HEYNE
BÜCHER

W0026747

HAROLD ROBBINS

DIE VERFÜHRTEN

Roman

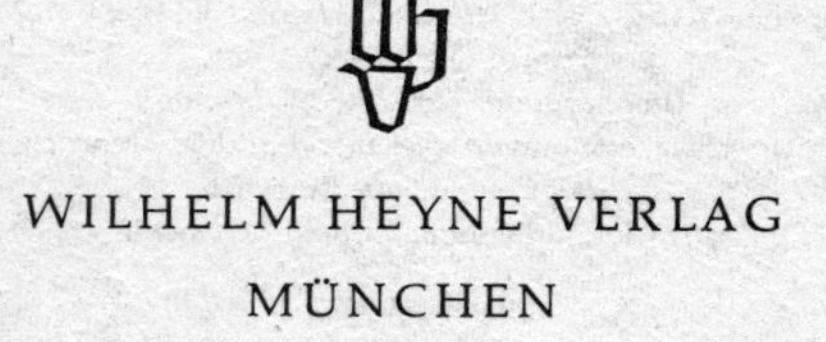

WILHELM HEYNE VERLAG
MÜNCHEN

HEYNE ALLGEMEINE REIHE
Nr. 01/7601

Titel der Originalausgabe
WHERE LOVE HAS GONE
Deutsche Übersetzung von Maria von Schweinitz

Das Buch ist bereits mit dem Titel
»Wohin die Liebe führt« erschienen.

Printed in Germany 1988
Umschlagfoto: ZEFA/Vloo, Düsseldorf
Umschlaggestaltung: Atelier Ingrid Schütz, München
Satz: Compu-Satz, München
Druck und Bindung: Elsnerdruck, Berlin

ISBN 3-453-00755-7

FÜR LIL

Inhalt

ERSTER TEIL
Colonel Careys Geschichte
Freitag nacht
Seite 9

ZWEITER TEIL
Handelt von Nora
Seite 39

DRITTER TEIL
Colonel Careys Geschichte
Das Wochenende
Seite 157

VIERTER TEIL
Handelt von Dani
Seite 197

FÜNFTER TEIL
Colonel Careys Geschichte
Die Verhandlung
Seite 343

Die Aufgabe der Jugendgerichtsbarkeit

»...jedem Jugendlichen, der unter der Gerichtsbarkeit des Jugendgerichts steht, so viel Sorgfalt und Führung – vorzugsweise in seinem eigenen Heim – angedeihen zu lassen, wie dies seinem seelischen, gefühlsmäßigen, geistigen und körperlichen Wohl und zugleich den vornehmesten Interessen des Staates dienlich ist; die familiären Bande des Jugendlichen, wenn immer möglich, aufrechtzuerhalten und zu verstärken und ihn der Obhut seiner Eltern nur dann zu entziehen, wenn sein Wohl und seine Sicherheit und zugleich der Schutz der Öffentlichkeit ohne eine solche Trennung nicht angemessen gewahrt werden können; wird der Jugendliche von seiner Familie getrennt, ihm die Pflege, Fürsorge und Erziehung soweit als möglich in dem entsprechenden Maße zuteil werden zu lassen, wie ihm dieses seine Eltern hätten geben müssen.«

Section 502, Chapter 2 des
*›Welfare and Institute Code
of the State of California‹*.

ERSTER TEIL

Colonel Careys Geschichte Freitag nacht

1

Es war ein Tag für Versager.

Vormittags verlor ich meinen Job. Nachmittags beim Baseball schlug Maris den Ball ins Außenfeld, und während die Fernsehkameras ihm beim Lauf von einem Mal des Spielfelds zum anderen folgten, bekam man auch die verschiedenen Gesichter der ›Cincinnati Reds‹ mit und merkte ihren Mienen an, daß es aus war mit der Meisterschaft, trotz der Tatsache, daß noch vier Spiele fällig waren. Und nachts läutete das Telefon und holte mich aus meinem Bett; schlaflos hatte ich an die grauschwarze Decke gestarrt und versucht, sehr leise zu sein – und dabei zu Elizabeth hinübergehorcht, die sich im andern Bett schlafend stellte.

Die unpersönliche Stimme der Fernamtvermittlung, singend, hohl: »Mister Luke Carey büüüüte. Ferngespräch.«

»Bin am Apparat«, sagte ich.

Aber jetzt hatte Elizabeth ihre Nachttischlampe angeknipst. Sie saß aufrecht im Bett, das lange blonde Haar fiel über ihre nackten Schultern. »Wer ist es?« flüsterte sie.

Ich legte meine Hand über die Sprechmuschel. »Weiß nicht«, sagte ich rasch. »Fernruf.«

»Vielleicht der Job in Daytona«, sagte sie voller Hoffnung, »wo du hingeschrieben hast.«

Eine Männerstimme im Telefon. Mit leichtem Anklang an das westliche Genäsel. »Mister Carey?« – »Ja.«

»Mister Luke Carey?«

»Jawohl.« Ich fing an, ärgerlich zu werden. Wenn jemand das für sehr witzig hielt – ich war anderer Meinung.

»Hier spricht Sergeant Joe Flynn von der Polizei in San Francisco.« Jetzt war der Akzent schon stärker. »Haben Sie eine Tochter, die Danielle heißt?«

Ein jähes Gefühl der Angst zog mir den Magen zusammen.

»Ja, so heißt meine Tochter«, sagte ich schnell. »Ist etwas passiert?«

»Das kann man wohl sagen«, kam langsam die Antwort. »Sie hat soeben einen Mord begangen.«

Mit Reaktionen ist es merkwürdig. Einen Augenblick hätte ich beinahe laut gelacht. Ich hatte schon ihren überfahrenen, blutigen Körper irgendwo auf einer einsamen Landstraße gesehen. Ich biß mir auf die Zunge, um die Worte: Weiter nichts? zu unterdrücken. Statt dessen fragte ich laut: »Was ist mit ihr?«

»Sie ist okay«, sagte die Stimme des Sergeants.

»Kann ich mit ihr sprechen?«

»Nicht vor morgen früh«, antwortete er. »Sie mußte zum Jugendgewahrsam.«

»Ist ihre Mutter anwesend?« fragte ich. »Kann ich mit ihr sprechen?«

»Ausgeschlossen«, sagte er. »Sie ist oben in ihrem Zimmer – hysterischer Anfall. Ich denke, der Arzt gibt ihr gerade eine Spritze.«

»Ist nicht irgendwer da, den ich sprechen kann?«

»Mister Gordon fährt mit Ihrer Tochter zum Jugendgewahrsam.«

»Ist das *Harris* Gordon?« fragte ich.

»Stimmt«, antwortete er. »Der Rechtsanwalt. Große Nummer. Er hat mich auch beauftragt, Sie anzurufen.«

Harris Gordon. Anwalt. Die große Nummer. So nannten sie ihn dort. Der beste, der zu haben war. Und der teuerste. Ich wußte Bescheid. Er hatte Nora bei unserer Scheidung vertreten und meinen Anwalt einfach lächerlich gemacht. Mir wurde wieder etwas besser. Ganz so hysterisch war Nora also nicht, sonst hätte sie ihn nicht angerufen.

In die Stimme des Polizisten kam ein neugieriger Tonfall. »Wollen Sie nicht wissen, wen Ihre Tochter umgebracht hat?«

»Ich glaube es einfach noch nicht«, sagte ich. »Danielle kann keinem Menschen etwas antun. Sie ist noch nicht einmal fünfzehn.«

»Sie hat ihn aber richtiggehend umgebracht«, sagte er nüchtern.

»Wen?«

»Tony Riccio«, sagte er. In seiner Stimme war jetzt etwas Häßliches. »Den Liebhaber Ihrer Frau.«

»Sie ist nicht meine Frau«, sagte ich. »Wir sind seit elf Jahren geschieden.«

»Sie hat ihn mit so einem Meißel umgebracht, wie ihn Ihre Frau in ihrem Atelier hat. Scharf wie ein Rasiermesser. Glatt in den Bauch. Das Ding hat ihn aufgerissen wie'n Bajonett. Das ganze Zimmer voll Blut.« Ich glaube, er hatte gar nicht hingehört, was ich gesagt hatte. »Scheint mal wieder so'n Fall zu sein, wo der Mann es mit beiden treibt und die Kleine eifersüchtig wird.«

Mir stieg der Ekel in die Kehle. Ich schluckte hart und würgte ihn herunter. »Ich kenne meine Tochter, Sergeant«, sagte ich. »Ich weiß nicht, warum sie ihn getötet hat – und ob sie's überhaupt getan hat –, aber wenn's wirklich so sein sollte, so wette ich meinen Kopf, daß das nicht die Ursache war.«

»Sie haben sie länger als sechs Jahre nicht gesehen«, sprach er beharrlich weiter. »Kinder können sich verändern in sechs Jahren. Sie wachsen heran.«

»Nicht zu einer Mörderin«, sagte ich. »Nicht Danielle!« Ich hängte ein, ehe er noch ein Wort sagen konnte, und wandte mich zum Bett.

Elizabeth starrte mich an, ihre blauen Augen weit aufgerissen.

»Hast du das gehört?«

Sie nickte, stieg rasch aus dem Bett und zog ihren Morgenrock an. »Aber ich kann's nicht glauben.«

»Ich auch nicht«, sagte ich matt. »Sie ist noch ein Kind. Sie ist erst vierzehneinhalb.«

Elizabeth faßte meine Hand. »Komm mit in die Küche. Ich koche uns erst einmal Kaffee.«

Wie in einem Nebel saß ich da, bis sie mir die Tasse mit dem heißen Kaffee in die Hand drückte. Ich war in dem Zustand, in dem der Mensch an tausend Dinge und in Wirklichkeit an nichts denkt. Wenigstens an nichts, was haftenbleibt. Vielleicht an Nebensächlichkeiten. Wie ein kleines Mädchen zum erstenmal in den Zoo gehen durfte. Oder über die Gischtflocken lachte, die in La Jolla von der See heraufspritzten. Und die Kinderstimme ... »Es ist so lustig, auf einem Boot zu leben, Daddy! Warum kann Mammi nicht runterkommen und mit dir in dem Boot wohnen statt in dem großen alten Haus oben auf dem Berg in San Francisco?«

Ich mußte innerlich beinahe lächeln, als ich mich daran erinnerte, wie Danielle damals San Francisco ausgesprochen hatte – San Flancisco. Nora ärgerte sich immer darüber. Nora sprach stets sehr korrekt. Nora war in allem korrekt. In allem, was die Leute sehen konnten. Sie war eine Lady, nach außen hin.

Nora Marguerite Cecilia Hayden. In ihr floß das stolze Blut der spanischen Dons des alten Kalifornien, das heiße Blut der Iren, die einst die Gleise der Eisenbahnen nach dem Westen gelegt hatten, das Eiswasser aus den Adern der Bankiers von Neuengland. Diese drei Sorten zusammengerührt – das ergab eine Lady. Und eine seltsame, wilde, starke Begabung, die sie hoch über alle andern hinaushob.

Denn was Nora auch berührt, Stein oder Metall oder Holz, es nimmt Gestalt an, bekommt ein eigenes Leben. Und was sie anrührt, das eine Gestalt hat, ein eigenes Leben, das zerstört sie. Ich wußte es. Weil ich wußte, was sie aus mir gemacht hatte.

»Trink deinen Kaffee, solange er heiß ist, Luke.«

Ich sah auf. Elizabeths Augen sahen mich fest an. Ich trank mit kleinen Schlucken und fühlte, wie die Wärme in die Kälte hineinkroch, die in mir gewesen war.

»Danke.«

Sie saß mir gegenüber. »Du warst weit weg.«

Ich zwang meine Gedanken zurück zu ihr. »Ich habe nachgedacht.«

»Über Danielle?«

Ich nickte stumm, spürte ein Schuldgefühl in mir aufsteigen. Auch das war so eine Eigenheit von Nora: einem ins Hirn kriechen und sich die Gedanken aneignen, die jemand anderem gehörten.

»Was wirst du tun?« fragte Elizabeth.

»Ich weiß nicht. Ich weiß nicht, was ich tun soll.«

Ihre Stimme war warm und herzlich. »Das arme kleine Ding.«

Ich sagte nichts.

»Wenigstens ist ihre Mutter bei ihr.«

Ich lachte bitter. Nora war niemals bei einem anderen. Nur bei sich selbst. »Nora hat einen hysterischen Anfall; der Arzt hat sie für die Nacht außer Gefecht gesetzt.«

Elizabeth sah mich groß an. »Du meinst... Danielle ist allein?«

»Noras Rechtsanwalt ist mit ihr zum Jugendgewahrsam gefahren.«

Elizabeth schaute mich noch einen Augenblick an, dann stand sie auf und ging hinüber zum Geschirrschrank. Sie nahm eine zweite Tasse heraus und holte einen Teelöffel vom Ablaufbrett des Spültisches. Ihre Hand zitterte. Der Löffel fiel klirrend auf den Linoleumboden. Sie wollte ihn aufheben, hielt aber inne. »Verdammt... ich bin so schwerfällig!« schalt sie.

Ich hob ihn auf und nahm einen andern Teelöffel aus der Schublade. Sie goß sich Kaffee ein und setzte sich wieder. »Es ist schon eine widerliche Zeit – so eine Schwangerschaft.«

Ich lächelte ihr zu. »Du bist nicht die einzige, die daran schuld ist. Ich hatte auch etwas damit zu tun.«

Ihre Augen ließen mich nicht los. »Ich komme mir so töricht vor – und so unbrauchbar. Wie ein Klotz. Besonders jetzt.«

»Sei nicht so dumm!«

»Ich bin nicht dumm«, sagte sie. »Du wolltest doch dieses Kind nicht haben. *Ich* wollte es!« – »Jetzt bist du *doch* dumm.«

»Du hast eine Tochter, und das genügte dir. Aber ich wollte dir auch ein Kind schenken. Ich war eifersüchtig auf sie, glaube ich. Ich mußte dir beweisen, daß ich doch wenigstens in einer Beziehung geradeso gut bin wie Nora.«

Ich ging um den Tisch und setzte mich neben sie. Sie sah mich unverwandt an. Ich nahm ihr Gesicht in meine Hände. »Du brauchst mir nichts zu beweisen, Elizabeth. Ich liebe dich.«

Plötzlich standen ihre Augen voller Tränen. »Ich sah den Ausdruck in deinem Gesicht, wenn du von Danielle sprachst. Sie fehlte dir. Ich dachte, wenn wir ein Baby haben, wirst du sie weniger vermissen.« Sie nahm meine Hand und führte sie über ihren runden, harten Bauch. »Du wirst unser Baby lieben, nicht wahr, Luke? Nicht weniger lieben als Danielle – ja, Luke?«

Ich beugte mich hinunter und legte die Wange an das Leben in ihr. »Du weißt, daß ich es lieben werde«, sagte ich. »Ich liebe sie jetzt schon.«

»Sie wird vielleicht ein Junge sein.«

»Das ist doch gleichgültig«, flüsterte ich. »Ich liebe euch beide.«

Ihre Hände zogen meinen Kopf an ihre Brust und drückten ihn fest dagegen. »Du mußt hin zu ihr«, sagte sie.

Ich entzog mich ihren Armen. »Bist du verrückt? Wenn du in zwei Wochen in die Klinik mußt?«

»Ich komme schon zurecht«, entgegnete sie ruhig.

»Und was wird das kosten? Hast du vergessen, daß ich heute früh meinen Job verloren habe?«

»Wir haben beinahe vierhundert auf der Bank. Und du hast deinen Lohnscheck für die letzte Woche noch in der Tasche.«

»Hundertsechzig...! Die brauchen wir zum Leben. Es kann Wochen dauern, bis ich eine neue Stellung finde.«

»Es sind mit der Düsenmaschine knapp drei Stunden von Chicago nach San Francisco. Und mit dem Rückflug kostet es nicht ganz hundertfünfzig Dollar.«

»Nein. Ich will nicht. Ich kann nicht. Wir brauchen das Geld für die Klinik.«

»Ich hab mir's genau überlegt. Du mußt hin. Ich weiß es; denn genauso würde ich es haben wollen, wenn Danielle unser Kind wäre.«

Sie griff nach dem Telefon an der Wand. »Du gehst hinauf und packst, ich rufe inzwischen den Flughafen an. Und zieh deinen dunkelgrauen Flanellanzug an. Es ist der einzige anständige Anzug, den du hast, Luke.«

2

Ich stierte in die offene Reisetasche, als Elizabeth hereinkam. »Um zwei Uhr dreißig geht ein Flugzeug von O'Hare«, sagte sie. »Es hat nur eine Zwischenlandung, und du bist schon um vier Uhr morgens in San Francisco. Küstenzeit.«

Noch immer sah ich die kleine Segeltuchtasche an. Ich war wie betäubt. Erst allmählich kam mir zu Bewußtsein, was dieser Anruf bedeutete.

»Rasch – du kannst dich noch duschen«, sagte sie. »Ich packe inzwischen.«

Ich sah sie dankbar an. Man brauchte Elizabeth nie um etwas zu bitten. Sie wußte immer das Rechte. Ich ging ins Badezimmer.

Hier sah ich mein Gesicht im Spiegel. Tiefe Löcher unter meinen Augen – sie schienen geradezu in ihre Höhlen gesunken. Ich griff nach meinem Rasierzeug. Meine Hand zitterte immer noch. »Das ganze Zimmer voll Blut.« Die Worte des Polizisten fielen mir ein. Zum Teufel mit dem Rasieren. Das konnte ich noch morgens tun. Ich ging unter die Dusche und drehte sie so stark wie möglich auf.

Als ich hinauskam, war die Reisetasche schon gepackt und zugemacht. Ich ging zum Schrank.

»Ich habe deinen Anzug eingepackt«, sagte Elizabeth. »Im Flugzeug kannst du Sporthose und Sportjacke tragen. Es hat keinen Sinn, den Anzug zu zerknittern.«

»Okay.«

Als ich gerade meinen Schlips gebunden hatte, klingelte das Telefon. Elizabeth nahm ab. »Es ist für dich.« Sie reichte mir den Hörer.

»Hallo!«

Niemand brauchte mir zu sagen, wer am andern Ende des Drahtes war. Ich hätte diese ruhige Stimme überall erkannt. Meine frühere Schwiegermutter. Wie gewöhnlich verlor sie keine Zeit mit langen Vorreden. »Mister Gordon, unser Anwalt, meint, es wäre keine schlechte Idee, wenn du herkämst.«

»Wie geht es Danielle?«

»Gut«, antwortete die alte Dame. »Ich habe mir erlaubt, für dich und deine Frau eine Suite im ›Mark Hopkins‹ zu bestellen. Wenn du dir die Billetts im Flughafen abholst, telegrafiere mir deine Flugnummer. Ich schicke einen Wagen hin.«

»Nein, vielen Dank.«

»Nicht der richtige Augenblick, den Stolzen zu spielen«, sagte sie etwas verstimmt. »Ich kenne deine finanzielle Lage, aber mir erscheint das Wohl deiner Tochter doch erheblich wichtiger.«

»Danielles Wohl war immer wichtiger.«

»Warum kommst du dann nicht?«

»Ich sagte nichts von Nichtkommen. Ich sagte nur nein zu deinem Angebot. Ich kann meinen Aufenthalt selbst bezahlen.«

»Immer noch der gleiche. Wirst du jemals anders werden?«

»Und du selbst?« erwiderte ich.

Einen Augenblick blieb es stumm, dann kam ihre Stimme wieder, etwas kälter, etwas klarer. »Mister Gordon möchte gern mit dir sprechen.«

Seine Stimme war warm und herzlich. Sie würde jeden täuschen, der ihn nicht kannte. Hinter diesem freundlichen Klang arbeitete ein Verstand wie eine stählerne Falle. »Nun, wie geht's, Colonel Carey? Schon lange her, nicht wahr?«

»Ja«, sagte ich. Elf Jahre seit meiner Scheidung. Aber ich brauchte ihn nicht daran zu erinnern. Er wußte sicher die Zeit auf die Minute genau. »Wie geht es Dani?«

»Es geht ihr gut, Colonel Carey«, sagte er beruhigend. »Als der Richter sah, in welchem Schockzustand das arme Kind war, gab er sie wieder in meine Obhut. Jetzt ist sie oben, hier bei ihrer Großmutter, und schläft. Der Arzt hat ihr ein Beruhigungsmittel gegeben.«

Ob ich ihn leiden konnte oder nicht – ich war froh, daß er uns zur Seite stand.

»Sie muß morgen früh um zehn wieder zum Jugendgewahrsam gebracht werden«, sagte er. »Und ich glaube, es wäre keine schlechte Idee, wenn Sie hier wären und sie begleiten.«

»Ich werde dort sein.«

»Sehr gut. Und könnten sie es möglich machen, früh um sieben hier mit uns zu frühstücken? Es gibt eine Menge Dinge, die wir besprechen müßten – Dinge, die ich lieber nicht am Telefon sagen möchte.«

»Okay – um sieben zum Frühstück.«

Nun kam eine Pause, dann war wieder Mrs. Haydens Stimme da. Anscheinend versuchte die alte Dame, freundlich zu sein.

»Ich freue mich darauf, deine Frau kennenzulernen, Luke.«

»Sie kommt nicht mit.«

Ich hörte ihr die Überraschung an. »Warum nicht?«

»Sie erwartet ein Baby. Es muß jeden Tag kommen.«

Dem war nichts mehr hinzuzufügen, also sagten wir adieu. Aber ich hatte kaum abgehängt, da läutete das Telefon schon wieder. Noch einmal Harris Gordon.

»Bitte, noch eins, Mister Carey. Bitte, reden Sie mit keinem Reporter. Es ist wichtig, daß Sie sich in keiner Weise äußern, ehe wir alles besprochen haben.«

»Ich verstehe, Mister Gordon«, sagte ich und hängte ein.

Elizabeth ging zum Badezimmer. »Ich ziehe mich an, dann fahren wir hinaus nach O'Hare.«

Ich sah sie fragend an. »Meinst du, das ist gut für dich? Ich kann mir doch ein Taxi rufen.«

»Sei nicht so dumm, Luke.« Sie lachte. »Was du auch der alten Dame gesagt hast – es dauert noch gute zwei Wochen.«

Ich fahre gern nachts. Dort, wo das Licht der Scheinwerfer aufhört, ist die ganze Welt zu Ende. Man sieht nicht, wohin man fährt, also ist man sicher, zumindest so weit man sehen kann – und das ist besser als das meiste im Leben. Ich sah den Tacho bis achtzig steigen, dann ging ich herunter auf sechzig. Wir hatten keine Eile. Es war noch nicht einmal Mitternacht.

Wir hatten keine Lust mehr gehabt, zu Hause herumzusitzen und zu warten. Draußen im Flughafen – da waren Menschen, war allerhand Leben. Dort hatte man wenigstens das Gefühl, etwas zu tun, wenn auch tatsächlich gar nichts zu tun war.

Neben mir sah ich ein Streichholz aufflammen; es beleuchtete kurz Elizabeths Gesicht. Dann kam ihre Hand herüber und steckte mir eine Zigarette zwischen die Lippen. Ich nahm einen tiefen Zug.

»Wie ist dir zumute?«

»Okay«, sagte ich.

»Magst du darüber sprechen?«

»Was ist da schon zu sprechen? Dani ist in Not, und ich fahre zu ihr.«

»Du sagst das so, als ... als hättest du's erwartet.«

Ziemlich überrascht sah ich zu ihr hin. Manchmal war sie zu klug. Sie grub sich geradezu in mich hinein und brachte dann Gedanken an die Oberfläche, die ich mir nicht einmal selbst eingestehen wollte. »Das hatte ich nicht erwartet«, sagte ich leise.

Jetzt glimmte auch ihre Zigarette auf. »Was hast du dann erwartet?«

»Ich weiß es nicht.«

Aber auch das war nicht die volle Wahrheit. Ich wußte, was ich erwartet hatte. Daß mich Dani eines Tages anrufen und mir sagen würde, sie wolle bei mir sein. Nicht bei ihrer Mutter. Aber elf Jahre hatten diesen Traum etwas unwirklich werden lassen.

»Meinst du, es war überhaupt etwas dran an dem, was der Polizist andeutete?«

»Ich glaube es nicht«, sagte ich. Dann überlegte ich einen Augenblick. »Wirklich – ich bin ziemlich sicher, daß nichts dran ist. Wenn's so gewesen wäre, hätte Nora ihn umgebracht. Nora teilt nichts, was ihrer Ansicht nach ihr gehört.«

Elizabeth schwieg, und ich hing meinen Gedanken nach. Ja, das war Noras Art. Nur eines auf der Welt war ihr wichtig: das zu erhalten, was sie haben wollte. Ich erinnerte mich an den letzten Tag vor Gericht.

Damals war alles schon geregelt. Sie hatte ihre Scheidung. Ich war ruiniert und völlig blank und konnte mich kaum selbst ernähren, während sie alles hatte, was sie sich auf der Welt wünschte. Die einzige offene Frage war noch das Recht auf Danielle.

Wir gingen dazu in das Zimmer des Richters. Verabredungsgemäß handelte es sich nur noch um eine reine Formalität. Wir waren bereits übereingekommen, daß Dani jedes Jahr zwölf Wochenenden und den halben Sommer bei mir in La Jolla auf dem Boot verbringen sollte.

Ich saß auf einem Stuhl dem Richter gegenüber, während mein Rechtsanwalt unsere Vereinbarung erklärte. Der Richter nickte und wendete sich zu Harris Gordon: »Das scheint mir recht und billig, Mister Gordon.«

Ich weiß noch, daß sich gerade in diesem Augenblick Danielle, die weiter hinten im Zimmer Ball spielte, plötzlich umdrehte und rief: »Da, Daddy, fang!«

Der Ball rollte über den Fußboden, und ich kniete nieder, um ihn aufzuheben. Da hörte ich Harris Gordon antworten: »Nein, Euer Ehren, das ist es keineswegs.«

Ich starrte ihn ungläubig an, noch mit dem Kinderball in der Hand. Wir waren doch gerade gestern zu dieser Einigung gekommen. Ich sah Nora an. Ihre dunkelblauen Augen blickten durch mich hindurch.

Ich rollte den Ball zu Dani zurück.

Harris Gordon fuhr fort: »Meine Klientin steht auf dem Standpunkt, daß Colonel Carey keinerlei elterliche Rechte hat.«

»Wie meinen Sie das?« schrie ich und richtete mich auf. »Ich bin doch ihr Vater!«

Gordons dunkle Augen waren undurchdringlich. »Haben Sie es nie sonderbar gefunden, daß das Kind schon sieben Monate nach Ihrer Rückkehr aus Japan geboren wurde?«

Ich gab mir Mühe, Fassung zu bewahren. »Mrs. Carey und ihr Arzt versicherten mir, daß Dani ein Siebenmonatskind sei.«

»Für einen erwachsenen Mann sind Sie reichlich naiv, Colonel Carey.«

Gordon wandte sich wieder an den Richter. »Mrs. Carey wünscht das Gericht dahingehend zu informieren, daß das Kind Danielle sechs oder sieben Wochen vor Colonel Careys Heimkehr aus dem Krieg empfangen worden ist. In Anbetracht dieser Tatsache – Mrs. Carey ist überzeugt, daß Colonel Carey sich dies selbst längst eingestanden hat – fordert sie das alleinige Pflegschaftsrecht über ihre Tochter.«

Ich drehte mich scharf zu meinem Anwalt um: »Wollen Sie ihnen das durchgehen lassen?«

Mein Anwalt beugte sich zu dem Richter hinüber: »Ich bin erschüttert über diese Haltung Mister Gordons. Euer Ehren müssen bedenken, daß dies gegen die Abmachung ist, die ich erst gestern mit ihm getroffen habe.«

Aus dem Tonfall des Richters hörte ich, daß er ebenfalls erstaunt war, obwohl seine Worte betont unparteiisch klangen. »Ich bedauere, aber Sie müssen in Betracht ziehen, daß das Gericht keine Vereinbarung bestätigen kann, die nicht vor Gericht getroffen worden ist.«

Mit meiner Fassung war es aus. »Zum Teufel mit der Vereinbarung«, schrie ich. »Dann müssen wir eben von vorn anfangen und die ganze Sache noch einmal durchfechten!«

Mein Anwalt nahm mich beim Arm und sah den Richter an.

»Darf ich mich einen Augenblick mit meinem Klienten beraten, Euer Ehren?«

Der Richter nickte. Wir traten zum Fenster. Dort standen wir, den Rücken zum Zimmer, und sahen hinaus.

»Wissen Sie, was das bedeutet?« flüsterte er. »Sie würden offiziell zugeben, daß Ihre Frau Ihnen Hörner aufgesetzt hat, solange Sie noch in Übersee waren.«

»Nun und? Die ganze Stadt weiß, daß sie sich durch alle Betten von San Francisco durchgeschlafen hat, von Chinatown bis zum Presidio.«

»Hören Sie auf, an sich zu denken, Luke. Denken Sie auch an Ihre Tochter. Wie soll das alles ausgehen, wenn es herauskommt? Daß ihre eigene Mutter sie öffentlich als unehelich erklärt?«

Ich sah ihn groß an. »Das wird sie nicht wagen.«

»Sie hat es ja schon getan.«

Diese Antwort war unwiderlegbar. Ich schwieg. Und wieder klang eine kleine Stimme durch das Zimmer: »Fang auf, Daddy!«

Fast automatisch bückte ich mich wieder, um den Ball zu fangen. Danielle kam gelaufen und stürzte sich in meine Arme. Ich hob sie hoch. Sie lachte, ihre dunklen Augen blitzten.

Plötzlich sehnte ich mich danach, sie fest an meine Brust zu drücken. Nora hatte gelogen. Sie *mußte* – Danielle *mußte* meine Tochter sein. Ich wußte es in meinem Herzen.

Ich sah durchs Zimmer auf den Richter, den Gerichtsschreiber, auf Harris Gordon, auf Nora. Alle beobachteten mich – alle bis auf Nora. Sie sah starr auf einen Punkt an der Wand über meinem Kopf.

Ich versenkte mich in das kleine lächelnde Gesicht vor meinen Augen. Ein krankes Gefühl des Besiegtseins stieg in mir hoch. Mein Anwalt hatte recht. Ich durfte es nicht tun. Ich konnte meine Chance nicht wahrnehmen auf Kosten meines Kindes.

»Was können wir machen?« flüsterte ich.

Ich sah das Mitleid im Gesicht meines Anwalts. »Lassen Sie mich mit dem Richter sprechen.«

Ich blieb stehen, Danielle im Arm, während er zum Tisch des Richters hinüberging. Nach ein paar Minuten kam er zurück.

»Sie können sie vier Wochenenden im Jahr haben. Und jeden Sonntagnachmittag zwei Stunden, wenn Sie nach San Francisco herüberkommen. Ist Ihnen das recht?«

»Bleibt mir denn eine Wahl?« fragte ich bitter.

Fast unmerklich schüttelte er den Kopf.

»Okay«, sagte ich. »Mein Gott, wie muß sie mich hassen!«

Mit dem unfehlbaren Instinkt eines Kindes hatte Danielle erfaßt, wovon ich redete. »O nein, das tut sie nicht, Daddy«, sagte sie schnell. »Mammi liebt dich. Sie liebt uns beide. Sie hat mir's gesagt.«

Ich sah hinunter in das kleine Gesicht, es war so ernst,

verlangte so sehnsüchtig nach Bestätigung. Ich blinzelte, um die jäh aufsteigenden salzigen Tränen zurückzudrängen. »Natürlich, mein Liebling«, beruhigte ich sie.

Nora trat auf uns zu. »Komm jetzt zu Mammi, Herzchen«, sagte sie, »es ist Zeit zum Heimgehen.«

Danielle sah erst sie an, dann mich. Ich nickte, als Nora ihr die Arme entgegenstreckte. Sie blickte mich jetzt über Danielles Kopf hin zum erstenmal an. In ihren Augen war ein seltsamer Triumph.

Derselbe Triumph, den ich in diesen Augen gesehen hatte, wenn sie eine bildhauerische Arbeit beendet hatte, die ihr besonders schwergefallen war. Etwas, dem sie nur mit großer Mühe hatte Gestalt geben können. Plötzlich begriff ich, was Danielle ihr bedeutete. Nicht ein Kind, sondern etwas, das sie selbst geschaffen hatte.

Sie stellte Danielle auf die Füße. Hand in Hand gingen sie zur Tür. Als Nora sie aufmachte, schaute Danielle zu mir zurück. »Du kommst doch mit heim, Daddy?« fragte sie.

Ich schüttelte den Kopf. Wieder kamen mir die Tränen in die Augen, sie blendeten mich, aber ich brachte es fertig, zu sagen: »Nein, Liebling. Daddy muß noch hierbleiben und mit dem netten Herrn sprechen. Wir sehen uns später!«

»Okay . . . Bye-bye, Daddy!«

Die Tür schloß sich hinter ihnen. Ich blieb nur, bis ich die notwendigen Papiere unterschrieben hatte. Dann nahm ich den Zug nach La Jolla, ging an Bord meines Bootes und betrank mich.

Es dauerte eine Woche, bis ich nüchtern genug war, eine Charter anzunehmen.

3

Ich bezahlte meinen Flugschein und gab mein Gepäck ab. Dann gingen wir in die Cocktail-Lounge. Trotz der ausgefallenen Stunde war sie sehr belebt. Wir bekamen einen kleinen Tisch, und ich bestellte uns zwei Manhattans.

Ich kostete meinen Drink. Er war gut. Kalt und nicht zu süß. Ich schaute hinüber zu Elizabeth. Sie sah jetzt müde aus.

»Fühlst du dich einigermaßen?« fragte ich. »Ich hätte dich doch nicht den ganzen langen Weg mitfahren lassen sollen.«

Sie hob das Glas und nahm einen Schluck. »Ich bin okay.« Ihr Gesicht bekam wieder etwas Farbe. »Vielleicht bin ich ein bißchen nervös, aber weiter nichts.«

»Du brauchst nicht nervös zu sein, wirklich nicht.«

»Ach, doch nicht wegen des Flugzeugs. Nur deinetwegen, Luke.«

Ich lachte. »Es wird schon glattgehen.«

Sie lächelte nicht. »Du wirst sie wiedersehen müssen.«

Nun wußte ich, was sie meinte. Nora besaß die Gabe, mich zur Verzweiflung zu treiben, und es dauerte stets eine Weile, bis ich mich wieder einigermaßen in der Hand hatte. In einem solchen Zustand war ich gewesen, als wir uns vor sechs Jahren kennenlernten, Elizabeth und ich. Damals lag meine Scheidung bereits fünf Jahre zurück.

Der Sommer neigte sich seinem Ende zu. Ich war von San Francisco zurückgekommen, wo ich Danielle – damals acht Jahre alt – nach einem unserer seltenen gemeinsamen Wochenenden bei ihrer Mutter abgeliefert hatte.

Dani war ins Haus gelaufen, während ich draußen auf den Diener wartete, dem ich ihr Gepäck übergeben wollte. Nach der Scheidung hatte ich das Haus nie wieder betreten.

Die Tür ging auf, aber es war nicht der Diener. Es war Nora. Wir sahen uns ein paar Sekunden lang an. In ihren kühlen Augen lag keinerlei Ausdruck. »Ich möchte mit dir sprechen.«

»Worüber?«

Nora verschwendete keine Zeit. »Ich bin zu dem Entschluß gekommen, daß dich Dani nicht mehr da unten besuchen darf.«

Ich fühlte, wie mir heiß wurde. »Warum nicht?«

»Sie ist kein Kind mehr. Sie sieht alles.«

»Was heißt alles?«

»Nun, das Leben, das du auf deinem schmutzigen Boot

führst. Die mexikanischen Weiber, die zu dir kommen, die Betrunkenheit, die wüsten Szenen. Ich möchte nicht, daß sie mit dieser Seite des Lebens in Berührung kommt.«

»Eine deiner Glanznummern: große Worte. Ich nehme an, die Art, wie du es treibst, ist besser? Mit reinen Bettlaken und Martinis?«

»Das mußt du ja beurteilen können. Es hat dir doch wohl recht gut gefallen.«

Was für verrückte Gedanken einem in den Kopf kommen. Die Faszination des Bösen – obwohl man weiß, daß es böse ist. Sie kannte mich genau. Sie wußte, wovon sie sprach. Ich kämpfte meine Erinnerungen nieder.

»Ich werde es mit meinem Anwalt besprechen«, sagte ich.

»Mach dich nicht lächerlich! Als ob du einen Anwalt findest, der etwas mit dir bespricht. Du bist bankrott und schmutzig, und wenn du zum Kadi gehst – ich habe die Auskünfte eines Privatdetektivs über das Leben, das du führst. Du wirst bei Gericht nicht weit kommen.«

Sie machte kehrt und schlug mir die Tür vor der Nase zu. Erstarrt blieb ich einen Augenblick stehen, dann ging ich die Stufen des Patio hinunter zu meiner alten Karre. Erst spät am nächsten Abend kam ich nach Hause und brachte mir noch eine halbe Kiste Whisky mit an Bord.

Zwei Tage später klopfte es an meine Kabinentür. Mühselig raffte ich mich von meiner Koje auf und stolperte zur Tür. Ich riß sie auf – ein paar Sekunden lang spürte ich, wie der Schmerz von meinen Augen durch die Sehnerven zum Gehirn lief. Der grellblaue Himmel, die heiße Sonne, das weiße Kleid und das goldblonde Haar des Mädchens, das dort stand. Ich blinzelte ein paarmal, weil mir das Licht weh tat.

Das Mädchen sprach mit kräftiger, warmer Stimme. »Man sagte mir im Laden drüben, daß man Ihr Boot chartern kann.«

Ich blinzelte noch immer. Das Licht vertrug sich einfach nicht mit dem Whisky.

Der Schmerz ließ nach. Ich schielte sie an.

»Sind Sie der Käpt'n?« fragte sie.

Sie war gut anzusehen, wie ihre Stimme gut klang. Blauäugig und sonnenverbrannt, mit schönem großem Mund und einem wohlgeformten Kinn.

»Ich bin die ganze Crew. Kommen Sie herein, trinken Sie ein Glas.«

Die Hand, die nach der meinen griff, als sie die schmalen Stufen hinunterging, war kräftig und fest. Sie sah sich neugierig in der Kabine um. Viel gab's da nicht zu sehen. Leere Whiskyflaschen und eine zerwühlte Koje. Sie schwieg.

»Entschuldigen Sie die Wirtschaft«, sagte ich. »Aber ich trinke zwischen meinen Charterfahrten.«

Ein leises Lächeln spielte um ihre Augen. »Das hat mein Vater auch getan.«

Ich sah sie an. »Fuhr er auch auf Charter?«

Sie schüttelte den Kopf.»Er war Kapitän eines Schleppers, auf dem East River in New York. Aber wenn er nicht arbeitete, trank er – gern und viel.«

»Wenn ich arbeite, trinke ich nicht«, sagte ich.

»Das hat er auch nicht getan. Er war der beste Schlepperkapitän von ganz New York.«

Ich schob den Kram vom Tisch und nahm zwei saubere Gläser aus dem Schrank. Dann holte ich die Flasche Bourbon. »Ich habe nur Wasser. Kein Eis.«

»Das ist ein guter Whisky«, sagte sie, »den soll man nicht verdünnen.«

Ich goß die Becher halb voll. Sie trank den Whisky wie Wasser. Das war ein Mädchen nach meinem Herzen.

»Nun zum Geschäft«, sagte sie sachlich und stellte das Glas weg.

»Fünfzig Dollar pro Tag. Morgens fünf Uhr hinaus, nachmittags vier Uhr zurück. Nicht mehr als vier Passagiere.«

»Und für die Woche? Wir möchten nach Los Angeles, das Wochenende dortbleiben und dann zurück.«

»Wir?« fragte ich. »Wieviel Personen?«

»Nur zwei. Mein Chef und ich.«

Ich sah sie an. »Dies ist die einzige Kabine auf dem Boot. Natürlich kann ich auf Deck schlafen, wenn's sein muß.«

Sie lachte. »Brauchen Sie nicht.«

»Ich versteh' Sie nicht. Fehlt dem Burschen denn was?«

Sie lachte wieder. »Nein, ihm fehlt gar nichts. Er ist einundsiebzig und behandelt mich wie seine Tochter.«

»Wozu dann die Charter?«

»Er ist Architekt in Phoenix. Hat geschäftlich erst hier und dann in Los Angeles zu tun. Nachdem er ziemlich lange nichts als Sand gesehen hat, ist er auf den Gedanken gekommen, etwas Salzluft zu schnappen und vielleicht ein bißchen zu fischen.«

»Mit dem Fischen wird er nicht viel Glück haben. Es ist die verkehrte Jahreszeit. Die Fische sind alle nach dem Süden abgezogen.«

»Das macht ihm nichts aus.«

»Alle Mahlzeiten an Bord?« fragte ich.

»Bis aufs Wochenende, ja.«

»Wären fünfhundert zuviel?«

»Mit vierhundert kommen wir eher zusammen.«

»Gemacht«, sagte ich und stand auf. »Und wann soll's losgehen?«

»Morgen früh. Ist Ihnen acht Uhr recht? Möchten Sie eine Anzahlung?« Ich lachte. »Sie haben ein ehrliches Gesicht, Miss...«

»Andersen«, sagte sie. »Elizabeth Andersen.«

Sie stand auf. Die Wellen von einem vorbeifahrenden Schiff ließen den Boden unter uns schaukeln. Sie streckte die Hand aus, um sich zu halten, und ging die Kabinentreppe hinauf.

Ich rief ihr nach. »Übrigens, Miss Andersen – was für ein Tag ist heute?«

Sie lachte wieder. Ein warmes, freundliches Lachen. »Genau wie mein Vater. Das war immer das erste, was er fragte, wenn er einen Rausch hinter sich hatte. Heute ist Mittwoch.«

»Natürlich.«

Ich sah ihr nach, als sie den Kai hinunterging zu ihrem Wagen. Sie wandte sich um und winkte mir zu, dann stieg sie ein und fuhr fort. Ich ging zurück in die Kajüte und begann aufzuräumen.

So hatten wir uns kennengelernt. Aber wir heirateten erst beinahe ein Jahr später.

»Jetzt lächelst du«, sagte Elizabeth. »Worüber?«

Mit einem Ruck war ich wieder in der Gegenwart, langte über den Tisch und legte meine Hand auf die ihre. »Ich dachte daran, wie du ausgesehen hast, als wir uns kennenlernten. Eine blonde Göttin aus Gold und Elfenbein.«

Sie lachte und trank einen Schluck Manhattan. »Nun, jetzt sehe ich keiner blonden Göttin mehr ähnlich!«

Ich rief den Kellner und bestellte noch zwei Glas. »Ich bin dir noch immer um eins voraus.«

Ihr Gesicht war plötzlich ernst. »Es tut dir nicht leid, daß du mich geheiratet hast. Oder...?«

Ich schüttelte den Kopf. »Frag nicht so töricht. Warum sollte es mir leid tun?«

»Du gibst mir keine Schuld an dem, was geschehen ist? Mit Dani, meine ich.«

»Ich gebe dir keinerlei Schuld«, antwortete ich. »Ich hätte auch ohne dich nichts tun können, um es zu verhindern. Das weiß ich jetzt selbst.«

»Du hast früher anders gedacht.«

»Ich war ein Narr. Ich habe Dani... sagen wir: als Krücke gebraucht.«

Der Kellner kam und stellte die Gläser hin. Zu dumm, daß die Zeit sich so lange hinzieht, wenn man auf ein Flugzeug wartet. Vielleicht weil man das Gefühl hat, daß alles viel schneller gehen müßte, so schnell wie eine Neunhundert-Kilometer-pro-Stunde-Maschine. Aber man hat die Füße noch auf der Erde, und nichts scheint sich zu regen – außer dem Wunsch, wegzukommen, bald anderswo zu sein.

So war mir heute früh nicht zumute gewesen – vielmehr gestern früh. Der Wind kam warm über den See, als ich vor dem Baugelände aus meinem alten Wagen ausstieg. Das letzte Haus dieses Bauabschnitts sollte heute zusammengesetzt werden, und ich war überzeugt, daß wir auch den Auftrag für den nächsten Abschnitt bekommen würden. Bei dem Wetter jetzt hatten wir die Häuser bestimmt unter Dach und Fach, ehe die schlechte Jahreszeit kam. Auf diese Art konnten wir während des Winters die ganzen Innenarbeiten vornehmen.

Ich ging in den Wohnwagen, der uns als Baubüro diente, und unterschrieb die Lohnzettel. Alles lief richtig und plangemäß. Auf diesem Posten konnte ich bis Dezember arbeiten. Und bis dahin war das Baby alt genug, daß wir nach dem Süden ziehen konnten. Davis arbeitete an einem neuen Projekt unmittelbar bei Daytona, und ich hatte recht gute Aussichten, dort die Stelle als Bauleiter zu bekommen.

Ich war also kein Architekt in dem Sinn geworden, an den Nora immer gedacht hatte. Mit Büro und Sekretärinnen und Kunden, die zu mir kamen, um mich mit der Frage zu belästigen, ob sie Goldrahmen für den Spültisch in der Küche und rosa Telefone für ihre Klos nehmen sollten oder nicht.

Statt dessen trug ich Arbeitshemd und Blue jeans, lief den ganzen Tag im Dreck herum und baute Häuser für zehn-, zwölf- und fünfzehntausend Dollar. Keine eleganten, aber gut und solide für dieses Geld. Häuser für Menschen, um darin zu wohnen. Für Menschen, die solche Häuser brauchten. Keine Neurotiker, die sich ein ›Heim‹ bloß bauen, um vor ihren Freunden damit zu prahlen.

Ich war recht zufrieden. Und kam mir nützlich vor. Ich tat etwas, was ich gern tat. Genau das, wofür ich studiert hatte und Architekt geworden war. Genau das, was ich geplant hatte, ehe ich in den Krieg mußte.

Ich wollte gerade meinen ersten morgendlichen Rundgang machen, als Sam Brady in den Wohnwagen kam. Sam war der Bauunternehmer, der Boß.

Ich lächelte ihn an. »Gerade zur rechten Zeit. Du kannst zusehen, wie das letzte Haus von diesem Abschnitt zusammengesetzt wird.«

Er erwiderte mein Lächeln nicht. Ich spürte, daß etwas nicht in Ordnung war. »Hallo, was gibt's? Kriegst du keine Zechinen für den nächsten Abschnitt?«

»Das Geld hab' ich schon.«

»Dann mach dir keine Sorgen. Wir kriegen sie vor dem ersten Schnee unter Dach. Nächstes Frühjahr stolzierst du herum, und die Tausenddollarscheine gucken dir oben aus der Tasche heraus.«

»Das ist es nicht, Luke«, sagte er. »Es tut mir leid..., aber ich muß dich vor die Tür setzen.«

»Du bist ja verrückt«, sagte ich. Ich glaubte ihm einfach nicht. »Wer soll denn dann die Häuser für dich aufstellen?«

»Die Geldgeber haben einen Mann«, sagte er. Er sah zu mir herüber. »Das gehört zum Kontrakt. Wenn nicht der Mann, dann keinen Zaster...« Er fischte eine Zigarette aus der Tasche und steckte sie ungeschickt an. »Es... es tut mir verdammt leid, Luke.«

»Leid?« sagte ich und steckte mir auch eine Zigarette an. »Hübsche Redensart. Mensch, kannst du dir nicht vorstellen, wie mir zumute ist?«

»Hast du noch nichts von deiner Anstellung bei Davis gehört?« Ich schüttelte den Kopf. »Noch kein Wort.«

»Aber das kommt noch.«

Ich zog schweigend an meiner Zigarette.

»Sieh' mal, das ist doch nur 'ne Frage der Zeit. Ich kann dich inzwischen in eine Schicht einstellen.«

»Danke, nein. Das weißt du selbst am besten, Sam.«

Er nickte. Er wußte Bescheid. Wenn ich jetzt zurückging in die Schichtarbeit, würde mir kein Bauunternehmer mehr einen besseren Posten geben. So etwas sprach sich herum wie ein Lauffeuer.

Ich stieß eine große Rauchwolke aus und zerdrückte den Stummel im Aschenbecher. »Ich arbeite dann also noch bis abends und pack dann meinen Kram zusammen.«

»Der neue Mann kommt schon heute nachmittag.«

Ich begriff. »Gut – dann verschwinde ich schon mittags.«

Er nickte, gab mir meine Lohntüte und ging hinaus. Ich starrte ihm ein paar Sekunden nach, dann machte ich mich daran, meine Sachen aus dem alten abgenutzten Schreibtisch herauszunehmen. Ich fuhr nicht direkt nach Hause. Ich ging in eine Bar und sah im Fernsehen, wie die ›Reds‹ ihr Spiel verpatzten. Ich trank keinen Whisky, sondern hielt mich an das Fünfzehn-Cent-Bier. Das Malheur passierte Maris, als ich das fünftemal aus dem Klo kam. Maris schlug den Ball gerade ins Außenfeld, und dann kam ein Bild des Managers der ›Cincinnati Reds‹, der düster zu Maris hinüberstierte.

Der Barkeeper wischte die Theke vor mir ab. »Versager«, meinte er und sah geringschätzig über seine Schulter auf den Bildschirm. »Jawohl, das sind sie. Geborene Versager. Sie könnten gradesogut gleich aufhören.«

Ich warf etwas Kleingeld auf die Theke und ging hinaus. Es hatte keinen Sinn, es noch länger hinauszuschieben. Irgendwann mußte ich's Elizabeth ja doch erzählen.

Tatsächlich war es leichter, als ich dachte. Ich glaube, schon aus der Art, wie ich vor der Zeit nach Hause kam, wußte sie es sofort. Sie sagte nichts, als ich's ihr erzählte, sondern drehte sich nur um und schob den Braten, den sie gerade zurechtgemacht hatte, in die Röhre.

Ich blieb stehen und wartete, daß sie etwas sagen würde. Was, wußte ich nicht. Irgendwas. Daß sie vielleicht ärgerlich wäre. Statt dessen handelte sie hunderprozentig als Frau.

»Am besten, du gehst gleich hinein und spülst das Geschirr.«

4

Ich wollte gerade noch einmal zwei Manhattans bestellen, als ich merkte, wie mich Elizabeth ansah. Ich bestellte Kaffee. Sie lächelte. »Auch das ist etwas, worüber du dich nicht zu beunruhigen brauchst«, sagte ich.

»Es ist nicht der richtige Zeitpunkt, in die alte Tour zu verfallen«, sagte sie. »Du wirst einen sehr klaren Kopf brauchen, um Dani zu helfen.«

»Ich wüßte nicht, was ich dabei tun könnte.«

»Es muß aber etwas geben«, sagte sie, »sonst hätte Gordon dich nicht dort haben wollen.«

»Das stimmt allerdings.«

Der Platz, den unsere Gesellschaftsordnung den Vätern einräumt. Zu irgend etwas muß der alte Herr doch taugen. Auch wenn's nur die Nebenrolle im Fernsehen ist, die den Helden erst den richtigen Hintergrund gibt.

Ich war unruhig. Die Zeiger der großen Wanduhr wiesen

auf ein Viertel vor zwei. Ich brauchte Bewegung. »Wir wär's, wenn wir ein Weilchen an die Luft gingen?«

Elizabeth nickte. Ich nahm die Rechnung und zahlte beim Hinausgehen. Wir traten auf die Zuschauertribüne hinaus, als gerade ein Düsenflugzeug brüllend zur Landung hereinkam. Ich konnte das große Doppel-A an beiden Seiten sehen, während es auf seinen Platz rollte.

Der Lautsprecher über unsern Köpfen plärrte: »American Airlines, Flug 42 auf New York. Flugsteig vier.«

»Das muß meine Maschine sein«, sagte ich.

Alles glatt und blank und groß. Vier mächtige Motoren an den so schwach wirkenden abgewinkelten Tragflächen. Jetzt wurden die Türen geöffnet. Die Passagiere begannen auszusteigen.

»Zum erstenmal fühle ich mich ein bißchen verlassen«, sagte Elizabeth plötzlich.

Ich sah sie an. Ihr Gesicht schien mir bleich in dem blauweiß fluoreszierenden Licht über dem Platz. Ich griff nach ihrer Hand. Sie war kalt. »Ich muß nicht, Elizabeth.«

»Du mußt – und du weißt es.« Ihre Augen blickten schwermütig.

»Nach Noras Begriffen nicht«, sagte ich. »Vor elf Jahren meinte sie, ich habe keinerlei Recht mehr...«

»Und glaubst du das?«

Ich antwortete nicht, sondern nahm mir eine Zigarette heraus und steckte sie an. Aber so leicht ließ Elizabeth nicht locker.

»Nun? Bitte?« In ihrer Stimme war eine merkwürdige Härte.

»Nein«, sagte ich und sah hinaus auf das Feld. Jetzt wurde das Gepäck aus dem Flugzeug geladen. »Ich weiß nicht, was ich glauben soll. Innerlich fühle ich, daß sie meine Tochter ist – absolut. Aber manchmal wünsche ich, es ist so, wie Nora gesagt hat. Alles wäre dann so viel leichter!«

»Wirklich, Luke?« fragte sie weich. »Würde das die Jahre auslöschen, die du mit Dani gelebt hast, die Jahre, in denen sie dir mehr gehörte als allen anderen, sogar ihrer Mutter?«

Wieder stieg das würgende Gefühl in mir auf. »Laß das!«

sagte ich kurz. »Selbst wenn ich ihr Vater bin – was habe ich ihr genützt? Ich habe nicht für sie sorgen können. Ich habe sie nicht behüten können. Ich habe sie nicht einmal vor ihrer Mutter schützen können.«

»Du hast sie lieben können. Und das hast du getan.«

»Ja, geliebt habe ich sie«, sagte ich bitter. »Eine großartige Hilfe für sie. Und wie nützlich ich ihr jetzt sein kann! Immer noch bankrott, immer noch eine Niete.« Ich merkte, wie mir die Galle in die Kehle stieg. »Ich hätte sie Nora nie lassen dürfen!«

»Was hättest du tun können?«

»Sie nehmen und mit ihr fortgehen. Ich weiß nicht. Nur irgendwas.«

»Das hast du einmal versucht.«

»Ich weiß. Aber ich hatte kein Geld, und ich war feige. Ich dachte, ich brauchte Geld; während alles, was Dani wirklich brauchte, Liebe war.«

Ich wandte mich zu Elizabeth und sah sie an. »Nora hat sie nie geliebt. Nora hat ihre Arbeit – und Dani war nur etwas, das sie um sich haben wollte, wenn sie ihr nicht im Wege war. Aber sobald sie Nora einmal unbequem wurde – schon war sie bei ihrer Großmutter, oder früher bei mir auf meinem Boot. Und weißt du, was der Gipfel von der ganzen Geschichte ist?«

Elizabeth schüttelte den Kopf.

»Dani war immer so glücklich, wenn sie ihre Mutter sah. Sie hat immer versucht, sie zu erobern, ihre Liebe zu gewinnen. Aber Nora strich ihr allenfalls einmal geistesabwesend über den Kopf und blieb bei dem, was sie gerade tat. Ich habe es erlebt, wie das Kind wieder zu mir kam, mit einem solchen Zug von Traurigkeit hinter dem lachenden Kindergesicht, daß ich mich zusammennehmen mußte, um nicht selbst zu weinen.«

In Elizabeths Augen stiegen die Tränen auf. Sie trat ganz dicht zu mir heran. »Du warst ihr Vater«, flüsterte sie liebevoll, »du konntest nicht auch noch ihre Mutter sein. Und wenn du dir noch so viel Mühe gabst.«

Der Lautsprecher über unsern Köpfen fing wieder an:

»American Airlines, Astrojet Flug 42 nach Denver und San Francisco... Flugsteig vier.«

Ich kratzte mich am Hals. Plötzlich war ich müde. »Das ist meiner«, sagte ich.

»Ich glaube auch, Daddy.«

Überrascht sah ich sie an. Es war das erstemal, daß sie mich so nannte. Sie lächelte. »Nun ja, ich muß dich doch wieder daran gewöhnen.«

»Das wird nicht schwer sein.«

Wir gingen in die Halle zurück. »Gibst du mir Nachricht, wenn du ankommst?«

»Ich rufe dich an. R-Gespräch aus San Francisco. Wenn du mir nichts zu berichten hast, nimm es nicht an. Dann sparen wir das Geld für den Anruf.«

»Was könnte ich dir denn zu berichten haben?«

Ich legte meine Hand auf ihren Leib.

Sie lachte.

»Mach dir keine Sorgen, ich kriege das Baby bestimmt nicht, ehe du zurück bist.«

»Versprichst du mir's?«

»Ich verspreche dir's.«

An Tor 4 waren nicht viele Leute, als wir hinkamen. Die meisten Passagiere befanden sich schon im Flugzeug. Ich küßte Elizabeth zum Abschied und gab dem Mann an der Sperre meinen Flugschein.

Er warf einen Blick darauf, stempelte ihn, riß die obere Kante ab und gab ihn mir zurück. »Bitte gleich geradeaus, Mister Carey.«

Ich stieg in Denver nicht aus, um mir ›die Beine zu vertreten‹, wie die Stewardeß es mir vorgeschlagen hatte. Statt dessen saß ich nur in der Lounge und ließ mir eine Tasse Kaffee geben. Er war heiß und stark. Ich fühlte, wie sich die Wärme in mir ausbreitete und meine Bauchmuskeln lockerte.

Sechs Jahre, eine lange Zeit. In sechs Jahren konnte vieles passieren. Ein Kind wächst heran. Sie konnte jetzt eine junge Dame sein. Mit hohen Hacken und Petticoats. Blaß, fast farblos, die Lippen geschminkt und mit grünen oder blauen Augenschatten. Und mit dieser komisch aufgetürmten Artischockenfrisur, um sich größer zu machen. Sie mochte ziemlich erwachsen erscheinen, bis man ihr ins Gesicht sah und einem klarwurde, wie jung sie in Wirklichkeit war.

Sechs Jahre sind eine lange Zeit, wenn man von zu Hause fort ist. Das Kind, das man zurückgelassen hat, konnte sich zu mancherlei auswachsen, was man sich nie für es gewünscht hätte. So werden wie seine Mutter. Sechs Jahre... Und ein Kind konnte heranwachsen... zur Mörderin?

Ich hörte, wie die Tür geschlossen wurde. Das Licht ging an. Ich drückte meine Zigarette im Aschenbecher aus und schnallte mich an. Die Stewardäß kam vorbei und nickte beifällig. Dann ging sie weiter, um nachzusehen, ob auch die übrigen Passagiere sich angeschnallt hatten.

Ich sah auf meine Uhr. Vier Uhr dreißig Chicagoer Zeit. Ich stellte meine Uhr zwei Stunden zurück. Jetzt war es an der Pazifikküste zwei Uhr dreißig.

Ich lächelte im stillen. Es war so leicht. Einfach den Zeiger drehen – und man hatte zwei Stunden, die man noch einmal erleben konnte. Warum eigentlich, wenn das so leicht war, hatte noch niemand eine Maschine erfunden, die es mit den Jahren ebenso machte?

Dann könnte ich sie um sechs Jahre zurückstellen, und Dani wäre nicht dort, wo sie heute nacht war. Nein, ich würde die Uhr fast fünfzehn Jahre zurückdrehen, bis zu der Nacht, in der Dani geboren wurde. Ich dachte an die Stunden in der Klinik. Gerade um diese Nachtstunde hatte man Nora in den Entbindungsraum gebracht.

»Bleiben Sie nicht zu lange«, hatte der Arzt gesagt, als ich in ihr Zimmer gehen wollte. »Sie ist sehr müde.«

»Wann kann ich das Baby sehen?«

»In zehn Minuten. Klopfen Sie nur an das Fenster des Säuglingszimmers. Die Schwester wird es Ihnen zeigen.«

Ich trat auf den Korridor zurück und schloß die Tür hinter mir. »Ich möchte zuerst das Kind sehen. Nora wird gern wissen wollen, wie es aussieht. Sie wäre verstimmt, wenn ich's ihr nicht beschreiben könnte.«

Der Doktor sah mich spöttisch an und zuckte mit den

Schultern. Nicht sehr viel später sollte ich erfahren, daß Nora ihr Kind im Entbindungsraum keines Blickes gewürdigt hatte.

Als die Pflegerin den Vorhang aufzog und meine kleine Tochter hochhob, war ich hingerissen. Dieses kleine, rote, schrumplige Gesicht, diese glänzenden schwarzen Haare, diese Fingerchen, die zu zornigen Fäustchen geballt waren – ich war hingerissen.

Aber etwas in mir begann zu schmerzen. Ich spürte die ganze Qual des Geborenwerdens, den ganzen Schock, den dieses winzige Wesen in den letzten Stunden erlitten hatte. Ich sah hinunter zu meiner Tochter, und da wußte ich, noch ehe sie Augen und Mund aufmachte, was sie nun tun würde. Wir waren aufeinander abgestimmt, auf der gleichen Wellenlänge, waren ineinandergefügt, und sie gehörte mir, und ich gehörte ihr. Wir waren eins. Und in meine Augen traten Tränen, die sie noch nicht weinen konnte.

Dann zog die Schwester den Vorhang wieder zu, und ich war plötzlich allein. Allein, als stünde ich am Strand des Meeres, und eine Welle schwarzer Nacht flutete über mich hin. Ich blinzelte ein paarmal, und dann war ich wieder im Korridor der Klinik. Ich klopfte leise an Noras Tür. Eine Schwester öffnete mir. »Darf ich sie jetzt sehen?« flüsterte ich. »Ich bin ihr Mann.«

Mit einem merkwürdig toleranten Blick, den die Schwestern anscheinend für die Väter reserviert haben, nickte sie und trat beiseite. »Bleiben Sie nicht zu lange.«

Ich ging hinüber zum Bett. Nora schien zu schlafen, ihr schwarzes Haar war über das weiße Kissen gebreitet. Sie sah blaß und matt aus und irgendwie hilfloser und zerbrechlicher, als ich sie mir je hätte vorstellen können. Ich beugte mich vor und küßte sie behutsam auf die Stirn.

Sie schlug die Augen nicht auf, aber ihre Lippen bewegten sich. »An die Ruder! Die freie französische Flotte ergibt sich nicht!«

Ich sah über das Bett hinweg auf die Schwester und lächelte. Behutsam drückte ich Noras Hand, die auf der Decke lag.

»Die freie französische Flotte ergibt sich nicht!«

Jetzt lächelte auch die Schwester. »Es ist das Pentothal, Mister Carey. Manchmal sagen die Damen die sonderbarsten Dinge.«

Ich nickte und drückte nochmals Noras Hand.

Ein seltsamer Ausdruck von Angst flog über Noras Gesicht.

»Tu mir nicht weh, John!« flüsterte sie heiser. »Ich werde alles tun, was du willst... Aber bitte... tu mir nicht weh!«

»Nora!« sagte ich rasch, »Nora... Ich bin es... Luke.«

Plötzlich schlug sie die Augen auf. »Luke!« Der Schatten der Angst verflog. »Ich hatte so einen schrecklichen Traum!«

Ich legte den Arm um sie. Nora hatte immer schreckliche Träume. »Schon gut, Nora«, murmelte ich. »Jetzt ist alles gut!«

»Ich habe geträumt, daß mir jemand die Hände brechen wollte! Es war fürchterlich. Alles – nur nicht meine Hände. Ohne sie wäre ich nichts... nichts.«

»Es war nur ein Traum, Nora... Nur ein Traum.«

Sie hob die Hände und betrachtete sie. Lang und schmal und sensibel. Sie sah zu mir auf und lächelte. »Bin ich nicht dumm? Natürlich sind sie heil und ganz.« Sie schloß die Augen und schlief wieder ein.

»Nora«, flüsterte ich, »willst du nichts von dem Baby hören? Ein kleines Mädchen, ein wunderbares, hübsches kleines Mädchen. Sie sieht aus wie du.«

Aber Nora rührte sich nicht. Sie schlief.

Ich sah die Schwester an. Nein, das war nicht, wie es sein sollte. In den Büchern war das ganz anders.

Ich glaube, die Schwester sah mein betroffenes Gesicht, denn sie lächelte teilnehmend. »Das kommt vom Pentothal.«

»Natürlich«, sagte ich und ging hinaus in den Korridor.

Ich sah aus dem Fenster. Vielleicht konnte man schon einen Lichtschimmer von der Stadt sehen, dort in der Ferne vor dem Flugzeug. San Francisco.

Es genügt nicht, die Uhr einfach fünfzehn Jahre zurückzustellen. Damit wäre nichts ungeschehen gemacht. Zwanzig Jahre – dann vielleicht.

1942. Sommer. Und die angeschlagene P-38, die ich flog, beim Sturzflug auf die Schornsteine eines grauschwarzen japanischen Schlachtschiffes zu. Ich hatte plötzlich den sonderbaren Drang, meine Bomben abzuwerfen, aber dann nicht mehr das Höhensteuer zu ziehen, sondern den Bomben hinabzufolgen in die Schornsteine des Kriegsschiffes, um in der kalten See mit ihm zu sterben.

Dann hätte es keine Air Medal gegeben, keinen Silver Star, kein Purple Heart. Allenfalls eine Congressional Medal of Honor, wie sie Colin Kelly bekam, der kurz zuvor genau dasselbe getan hatte. Kein Lazarett nachher, keine Heldenrundreise, keine Reden für die Kriegsanleihe, keine Berühmtheit.

Denn dann hätte es keinen Luke Carey mehr gegeben, und ich würde jetzt nicht nach San Francisco kommen, genau wie ich damals nicht hingekommen wäre. Denn ich wäre tot gewesen und hätte Nora nicht kennengelernt, und Danielle wäre nicht geboren worden.

Fast zwanzig Jahre. Und vielleicht hätten nicht einmal die genügt. Ich war damals so jung. Jetzt war ich müde. Ich schloß ein paar Sekunden lang die Augen.

Bitte, Gott, gib mir die Zeit zurück.

ZWEITER TEIL

Handelt von Nora

1

Abgedroschen, aber wahr: Die Zeit lehrt Perspektive. Wenn man in den Gefühlen der Gegenwart gefangen ist, hat man nicht den richtigen Blick. Weil man wie ein Blatt ist, das vor den Herbststürmen dahertreibt, gejagt von den Dämonen, von denen man besessen ist. Die Zeit betäubt die Dämonen des Hasses und der Liebe. Manchmal tötet sie sie sogar. Sie läßt nur den dünnen Faden der Erinnerung bestehen, so daß man durch das Schlüsselloch der Vergangenheit spähen und vieles sehen kann, was man zuvor nicht gesehen hat.

Jetzt machte das Flugzeug einen weiten Bogen über der Stadt und setzte zur Landung an. Ich schaute zum Fenster hinaus, sah die Lichter der Stadt und die Perlenschnüre ihrer Brücken, und plötzlich spürte ich, daß die Schmerzen und die Furcht, die mich bei dem Gedanken an eine Rückkehr hierher erfüllt hatten, verflogen waren. Sie lagen tot in der Vergangenheit bei den andern Dämonen, von denen ich damals besessen war.

In diesem Augenblick verstand ich auch, warum Elizabeth darauf bestanden hatte, daß ich nach San Francisco fliegen sollte – und ich war ihr dankbar dafür. Sie hatte diesen Weg gewählt, um meine Teufel auszutreiben, damit ich wieder mir selbst gehörte, befreit von meiner Schuld und meinen Qualen.

Die Reporter waren da mit ihren Kameras, aber sie waren in dieser frühen Morgenstunde ebenso müde wie ich. Nach ein paar Minuten ließen sie mich gehen. Ich versprach ihnen für eine spätere Stunde einen ausführlicheren Bericht.

Bei Hertz mietete ich den billigsten Wagen, der zu haben war, und fuhr in die Stadt zu einem neuen Motel, das sie auf Van Ness gebaut hatten, gegenüber der Straße, wo ›Tommy's Joynt‹ lag. Das Zimmer war klein, aber bequem, in diesem antiseptischen Stil, den die Motels anstreben.

Zuerst rief ich Elizabeth an. Als ich ihre Stimme hörte –

warm von unserm Bett –, wie sie der Vermittlung erklärte, daß sie das R-Gespräch nicht annehme, wollte ich schnell ein paar Worte des Dankes sagen. Aber schon beim ersten Wort war die Verbindung abgebrochen.

Vor den Fenstern stand der Morgen. Ich ging hinüber und sah hinaus. Nördlich, den Bergen zu, konnte ich in den grauen Dunstschwaden den Turm des Mark Hopkins in den Himmel ragen sehen. Ich versuchte mehr zu erkennen, ein paar Blocks weiter westlich eine wohlbekannte weiße Fassade und ein schiefergedecktes Walmdach. Das Haus, in dem ich damals wohnte. Das Haus, in dem jetzt Nora vermutlich schlief. Schlief, in ihrer seltsamen, traumerfüllten, absonderlichen Welt.

Von irgendwoher, weit her, läutete im Nebel des dumpfen Schlafes das Telefon. Nora hörte es und hörte es nicht. Sie wollte nicht. Sie drückte das Gesicht tiefer in die Kissen und preßte ihre Hände an die Ohren. Aber das Telefon läutete weiter.

»Rick! Geh zum Telefon!« Der Gedanke machte sie wach. Weil Rick tot war.

Sie drehte sich um und starrte böse auf das Telefon. Jetzt klang das Läuten entfernter; da war nur noch das leise Klingeln der kleinen Glocke ihres Schlafzimmeranschlusses. Noch immer rührte sie sich nicht.

Nach einem Augenblick hörte das leise Klingeln auf; das Haus war wieder still. Nora setzte sich auf und griff nach einer Zigarette. Das Schlafmittel, das ihr der Arzt nachts gegeben hatte, pochte noch dumpf in ihrem Kopf. Sie zündete die Zigarette an und sog den Rauch tief ein.

Mit einem Klicken meldete sich die Haussprechanlage. Sie hörte die Stimme des Dieners: »Sind Sie wach, Miss Hayden?«

»Ja«, antwortete sie, ohne aufzustehen.

»Ihre Mutter ist am Telefon.«

»Sagen Sie ihr, ich rufe sie in fünf Minuten an, Charles. Und bringen Sie mir etwas Aspirin und Kaffee.«

»Ja, Madam.« Die Sprechanlage klickte ab, kam aber gleich darauf wieder: »Miss Hayden?«

»Ja?«

»Ihre Mutter sagt, es ist sehr wichtig, daß sie sofort mit Ihnen sprechen kann.«

»Also in Gottes Namen«, sagte Nora wütend. Sie griff nach dem Telefon. »Und Charles – beeilen Sie sich mit dem Aspirin und dem Kaffee. Ich habe die fürchterlichsten Kopfschmerzen.« Dann sprach sie ins Telefon: »Ja, Mutter?«

»Bist du wach, Nora?« Die Stimme ihrer Mutter war hell und durchdringend.

»Jetzt allerdings«, antwortete sie grollend. Sie begriff nicht, wie ihre Mutter das machte. Sie war weit über siebzig, und ihre Stimme klang, als sei sie schon stundenlang wach.

»Es ist halb sieben, Nora. Und wir erwarten dich um sieben. Mister Gordon ist schon hier.«

»Ist Luke auch da?«

»Nein. Aber er wird bald kommen.«

»Du bist so sicher. Woher weißt du es? Hast du etwas von ihm gehört?«

»Nein.«

»Vielleicht ist er gar nicht hier.«

»Er ist gewiß schon hier«, sagte die Mutter bestimmt. »Er hat doch gesagt, daß er kommt.«

»Du hast ihm immer mehr geglaubt als mir, nicht wahr?« Ihrre Stimme war wieder voll Unmut.

»Darauf kommt es nicht an. Du bist meine Tochter.«

»Und lediglich darauf kommt es an!« fügte Nora bitter hinzu. »Das stimmt«, sagte die Mutter scharf und abschließend. »Und wenn du das bis jetzt nicht begriffen hast, wirst du es wohl niemals lernen.«

Ein vorsichtiges Klopfen, dann ging die Tür auf und Charles kam herein. Er trug ein kleines silbernes Tablett.

»Mister Gordon möchte, daß du ein möglichst einfaches Kostüm trägst und einen Tuchmantel, Nora. Und kein Make-up, nur etwas blassen Lippenstift.«

»Mister Gordon denkt an alles.«

Charles stellte das Tablett ab und goß eine Tasse voll Kaffee. Er reichte sie Nora, dazu drei Aspirintabletten auf einem kleinen Teller.

»Du kannst Gott danken, daß wir ihn bekommen haben«, sagte Mrs. Hayden.

»Muß ich denn kommen? Ich fühle mich scheußlich schlecht. Ich habe fürchterliches Kopfweh...«

»Nora!« Die Stimme der Mutter klang entrüstet.

»Was kann ich schon dabei nützen? Ich werde diese Fragerei heute morgen einfach nicht ertragen können. Und die Reporter werden da sein...«

Jetzt wurde Mrs. Haydens Stimme kalt und hart. »Du wirst heute früh mit deiner Tochter zum Jugendgewahrsam gehen. Das ist einmal etwas, was ich nicht für dich tun kann. Danis Vater wird da sein, und du wirst da sein, ob es dir paßt oder nicht.«

Die Kopfschmerzen umspannten Noras Schläfen wie ein Schraubstock. »Schon gut. Ich werde da sein.«

Sie legte den Hörer auf, nahm das Aspirin, legte die drei Tabletten auf die Zunge und spülte sie mit einem Schluck Kaffee hinunter.

»Und wie geht es Miss Danielle?« fragte Charles leise. Ein fragender Blick lag auf seinem glänzenden, runden Gesicht.

Etwas betroffen sah sie den Diener an. Sie selbst hatte nicht gefragt. Aber schließlich hatte sie auch keinen Grund dazu. Wenn es Danielle schlecht gegangen wäre, hätte ihre Mutter etwas davon gesagt. »Gut«, antwortete sie automatisch.

Charles wartete, daß sie weiterspreche.

»Meine Mutter sagt, sie schläft noch«, log sie. Dann ärgerte sie sich über sich selbst. Sie war ihm keine Erklärung schuldig. Charles war nichts als ein Diener. Gleichviel, wie lange er schon bei ihr war.

»Sagen Sie Violet, sie soll mein Bad einlassen«, sagte sie scharf.

»Ich schicke sie sofort herauf, Madam.«

Die Tür schloß sich hinter ihm. Nora trank ihren Kaffee aus. Dann stieg sie aus dem Bett und schenkte sich eine zweite Tasse ein. Als sie sich umwandte, sah sie ihr Bild in dem großen Spiegel über dem Frisiertisch. Die Tasse noch in der Hand, ging sie auf das Bild zu.

Sie studierte es sehr sorgfältig. Nein, ihre achtunddreißig Jahre sah man ihr nicht an! Sie war noch sehr schlank und sehr gerade. Auf ihren Hüften kein Fett, und ihre Brüste – sie waren nie groß gewesen – noch rund und fest.

Sie trank schluckweise ihren Kaffee, ohne ihr Spiegelbild aus den Augen zu lassen. Es gefiel ihr, wie ihr Fleisch durch die dünne weiße Seide und die Spitzen ihres Nachtkleides schimmerte. Sie beugte sich näher zum Spiegel und prüfte ihr Gesicht. Unter ihren Augen waren matte blaue Ringe, aber sonst war kein Anzeichen von alledem zu sehen, was sie durchgemacht hatte. Ihre Augen waren klar, das Weiße darin nicht gerötet, und das Fleisch über den Backenknochen war fest und keine Spur schwammig.

Jetzt fühlte sie sich schon besser. Jeder, der sie heute sah, würde kaum glauben, daß Danielle wirklich ihre Tochter war. Nebenan im Badezimmer lief nun das Wasser in die Wanne. Schnell trank sie den Kaffee aus, ließ die Tasse auf dem Frisiertisch stehen und ging ins Badezimmer.

Das farbige Mädchen sah auf von der großen eingelassenen Marmorwanne. »Guten Morgen, Miss Hayden.«

Nora lächelte. »Guten Morgen, Violet.«

»Haben Sie gut geschlafen, Miss Hayden?«

»Ich kann mich an nichts mehr erinnern von dem Augenblick an, als mir Doktor Bonner die Spritze gegeben hat.«

»Ich habe nicht gut geschlafen. Die Polizisten haben mich die halbe Nacht wach gehalten mit ihrer Fragerei.«

Nora sah sie neugierig an. »Was haben Sie ihnen gesagt?«

»Was konnte ich schon sagen?« Violet richtete sich auf. »Genau, was ich gesehen habe, als ich ins Atelier kam.« Sie griff nach einem Flakon mit Badesalz, der auf dem Regal über der Wanne stand, und begann das duftende Salz ins Wasser zu streuen. »Als ich hineinkam, knieten Sie auf dem Boden und beugten sich über Mister Riccio. Und Miss Dani, die drückte sich an die Wand.«

»Ich wünsche nicht mehr darüber zu sprechen«, sagte Nora kalt.

»Ja, Madam. Ich auch nicht. Ich möchte nicht mal mehr dran denken.« Sie schloß den Flakon und stellte ihn wieder auf seinen Platz. Der zarte Moschusduft stieg mit dem Dampf aus der Wanne auf. »Es dauert ein paar Minuten, bis die Wanne voll ist. Wünschen Sie, daß ich Sie inzwischen massiere? Es wird Sie entspannen, Madam.«

Nora nickte stumm und zog das Nachthemd über den Kopf. Violet kam schnell, nahm es ihr ab und faltete es ordentlich auf einem Stuhl zusammen, während sich Nora auf den schmalen Massagetisch legte.

Sie drückte das Kinn auf ihre gekreuzten Arme. Es tat so gut, sich auszustrecken, bis man spürte, wie jeder Muskel im Körper angespannt war. Sie atmete tief und schloß die Augen.

Nach dem Bad drückte sie auf den Knopf der Sprechanlage. »Charles?«

»Ja, Madam?«

»Würden Sie bitte den Wagen aus der Garage holen. Und könnten Sie mich heute fahren? Ich fühle mich nicht wohl genug.«

»Selbstverständlich, Madam.«

Sie ließ den Knopf los und stand auf. Ehe sie hinausging, studierte sie sich nochmals in dem langen Spiegel. Harris Gordon wußte, was er tat. Der richtige Eindruck war so wichtig in einer solchen Situation.

Das schwarze Kostüm, das sie trug, war vollendet. Es ließ sie sehr schlank und sehr jung erscheinen. Und der einfache Tuchmantel über dem Arm gab die letzte Note – was ihre Freunde aus der Werbebranche »schlicht und gediegen« nennen würden. Sie sah jung, attraktiv und sehr vertrauenswürdig aus. Dann griff sie nach Handschuhen und Tasche und verließ das Zimmer.

Das Klappern ihrer Pfennigabsätze auf den Marmorstufen gab einen hohlen Widerklang, als sie in die Halle hinunterging. Sie sah aus einem der Fenster neben der Tür.

Charles hatte den Wagen noch nicht gebracht.

Einem Instinkt folgend, den sie nicht ganz verstand, ging sie den schmalen Gang hinunter, der ins Atelier führte. Überrascht blieb sie am Eingang stehen. Ein junger Polizist saß davor.

Er stand auf und griff unbeholfen an seine Mütze. »Guten Morgen, Madam.«

»Guten Morgen. Ich bin Miss Hayden.«

»Ich weiß, Madam. Ich war letzte Nacht hier.«

In gespielter Überraschung zog sie die Brauen hoch. »Die ganze Nacht?« fragte sie. »Ohne zu schlafen?«

»Ja, Madam.«

»Haben Sie gefrühstückt? Sie müssen doch hungrig sein.«

»O danke, Madam.« Der Polizist wurde rot vor Verlegenheit. »Man war so freundlich, mir Kaffee zu bringen.«

»Darf ich hineingehen?«

Er stand verlegen vor ihr, sah sie an und antwortete nicht.

»Es ist schon in Ordnung so«, sagte sie, plötzlich in den Ton verfallend, den sie als Herrschaft dem Personal gegenüber anschlug, wenn sie ärgerlich wurde. »Schließlich ist es mein Atelier.«

»Ich weiß, Madam. Aber der Sergeant sagte, er wünsche nicht, daß etwas von seinem Platz verrückt wird.«

»Ich werde nichts verrücken«, sagte sie kalt. »Sie können aufpassen, wenn Sie das möchten.«

Er zögerte einen Augenblick. »Ich glaube, in diesem Fall wird es okay sein.«

Sie blieb wartend stehen. Der Polizist sah sie verwundert an, wurde aber rot, als er begriff und ihr die Tür öffnete.

»Danke«, sagte sie, als er beiseite trat, um sie vorbeizulassen.

Nora sah sich um. Kreidestriche auf dem Fußboden, wo der tote Rick gelegen hatte. Und ein paar dunkle Flecke, die wie Blut aussahen. Sie spürte den wachsamen Blick des Polizisten, hob den Kopf und ging achtsam um die Kreidestriche herum zum Fenster.

Der Schweißbrenner lag noch auf der Werkbank, wo sie ihn gelassen hatte, als Rick ins Atelier gekommen war. Die Kiste mit den dünnen Stahlbändern stand auf dem Boden neben dem kleinen Sockel, auf dem ihr jüngstes Werk Form anzunehmen begann.

Es war erst die Skelettkonstruktion, aber ein paar Stahlbänder, versuchsweise gespannt und an der richtigen Stelle angeschweißt, deuteten schon die spätere Form an. Sie schloß eine Sekunde die Augen. Ja, es war noch da; sie konnte das Werk in seiner Vollendung sehen. Sie empfand eine starke innere Freude. Sogar die letzte Nacht hatte ihrer Phantasie und ihrem Können nichts anhaben können.

Das Bewußtsein ihrer Kraft und das Wissen um das, was sie war, was sie in sich hatte, schossen warm durch ihr Blut. Sie war nicht wie die anderen. Sie war anders. Niemand vermochte zu sehen, was sie sah.

Sie öffnete die Augen und blickte den Polizisten an, ein seltsames Lächeln der Befriedigung um ihre Lippen. »Es ist schön«, sagte sie dann.

Unvermittelt machte sie kehrt und ging aus dem Atelier.

Ich flüsterte Dani allerlei Unsinn zu, kleine dumme Worte, wie sie ein Vater manchmal gern gebraucht, und Dani ging darauf ein, froh, für ein paar Augenblicke wieder ein kleines Mädchen sein zu können. Da ließ irgendein Instinkt uns beide die Augen zur Tür wenden.

Ehe sich einer von uns rühren konnte, war Dani von ihrem Stuhl aufgesprungen und lief Nora entgegen. Als sie bei ihr stand, war Dani kein kleines Mädchen mehr. Die Verwandlung war rasch und erschreckend vollständig: Sie war eine junge Frau.

Ich sah mich am Tisch um, ich wollte wissen, ob es die andern auch bemerkt hatten. Aber ich konnte es nicht feststellen. Harris Gordon hatte ein schwaches Lächeln aufgesetzt, als dächte er, wie gut die Szene vor Gericht ausgesehen hätte. Meine frühere Schwiegermutter sah mich an, in ihren hellblauen Augen war ein nachdenklicher Ausdruck. Dann wandte auch sie sich der Tür zu.

Nora hatte die Arme um Dani gelegt. »Mein Kleines!« sagte sie weich und hielt Dani die Wange zum Kuß hin. »Mein armes Kleines!«

»Wie geht es dir, Mutter?« fragte Dani besorgt.

»Gut, mein Liebling. Und dir?«

»Ich bin okay, Mutter. Ich bin bloß... bloß verängstigt... Ich hatte in der Nacht solche Alpträume.«

Nora streichelte ihr Haar. »Aber, aber Kind – hab' keine Angst! Mutter läßt's nicht zu, daß dir etwas geschieht. In ein paar Tagen ist alles vorbei. Dann bist du wieder zu Hause, als sei nichts geschehen.«

»Ich weiß, Mutter. Und weißt du, warum?«

Nora schüttelte den Kopf.

Dani kam zu mir und faßte meine Hand. »Weil Daddy gekommen ist, um mir zu helfen«, sagte sie mit stolzem Lächeln. »Er ist den ganzen weiten Weg von Chicago gekommen!«

Nora starrte uns an. An dem Ausdruck von Danis Augen konnte ich erkennen, daß es war, als habe es die sechs Jahre Trennung zwischen ihr und mir nie gegeben. Und an der Hand meiner Tochter konnte ich es erkennen: Sie war so voll vertrauender Wärme, wie es immer zwischen uns gewesen war. Wir waren einander so ähnlich, daß Nora sich, wenn wir drei zusammen waren, immer etwas als Außenseiterin vorkam.

»Du bist dünn geworden, Luke.« Sie kam auf mich zu und streckte mir die Hand hin; ich spürte ihren Unwillen. »Danke, daß du gekommen bist.«

»Nicht einmal Ketten hätten mich halten können«, sagte ich ruhig. Ich nahm ihre Hand, aber nur kurz und unpersönlich. Durchaus nicht so, wie man es sonst tut.

Sie zog die Hand rasch zurück und berührte mit einer mir wohlbekannten Geste ihre Stirn. ›Kopfwehwarnung‹ hatte ich diese Geste genannt. Und der eigentümliche Schatten, der in ihre Augen kam, bestätigte meine Diagnose. »Plötzlich fühle ich mich alt«, sagte sie. »Du siehst so jung aus, wenn du neben Dani stehst.«

»Du wirst niemals alt aussehen«, erwiderte ich höflich.

Aber sie sah mich an und wußte es besser. Und wußte, daß auch ich es besser wußte. Der Schatten vertiefte sich, Furchen erschienen auf ihrer Stirn. Plötzlich wandte sie sich an ihre Mutter. »Hast du etwas Aspirin, Mutter? Ich fürchte, ich habe einen Schlafmittelkater!«

Mrs. Hayden wies auf das Büfett. »Dort, Nora.«

Ich beobachtete sie, als sie zum Büfett ging und drei

Tabletten aus der kleinen Flasche schüttete. Eine tat sie zurück. Nun wußte ich, daß sie bereits drei genommen hatte, bevor sie hierherkam. Ehe sie das Aspirin schluckte, sah sie zu mir herüber, und wieder spürten wir blitzartig dies eigenartige Wiedererkennen.

Plötzlich tat sie mir leid. Fragen Sie mich nicht, warum. Sie tat mir eben leid. Manchmal ist es schrecklich, so viel von einem andern menschlichen Wesen zu wissen. Ich wußte, daß sie von einer neuen, unerklärbaren Furcht erfüllt war, daß sie sich sehr einsam fühlte. Dies war das ›Morgen‹. Das leere ›Morgen‹ ihrer heimlichen Alpträume. Das ›Morgen‹, das niemals kommen würde – wie oft hatte sie sich das gesagt.

Und ich war in diesem ›Morgen‹ derselbe, der ich immer gewesen war. Ehe sie mir das Herz aus dem Leibe gerissen hatte.

Im September 1943 war der Krieg in Italien fast vorbei. MacArthurs Operationen zur Wiedereroberung der Philippinen hatten begonnen, und ich war in San Francisco und wickelte eine lange Werbeaktion für die Kriegsanleihe durch die Rüstungsfabriken ab. Die Bonzen hatten gemeint, dies sei eine ideale Möglichkeit, meine Kräfte wiederherzustellen, bis ich meinen Dienst wiederaufnahm.

Nora veranstaltete ihre erste Ausstellung, um die Werke zu zeigen, die sie in den einundzwanzig Monaten seit Kriegsbeginn geschaffen hatte. Das kleine Atelier – früher ein Gewächshaus hinter dem Haus ihrer Mutter – war mit Menschen überfüllt. Sie sah sich prüfend um. Es gefiel ihr – alles war gelungen.

Auch die Zeitungen hatten ihre Kritiker geschickt, und die schienen beeindruckt. Nora glühte innerlich vor Stolz. Diese Ausstellung – das war eine Entschädigung für die vielen ermüdenden Nächte, die sie im Atelier verbracht hatte, denn tagsüber arbeitete sie in einer Flugzeugfabrik.

Der Krieg. Es war albern, was sie getan hatte. Aber sie war hineingerutscht wie alle andern. Hineingerutscht in die Hysterie des Patriotismus. Die Zeitungen hatten viel davon hergemacht: Nora Hayden, die prominente Debütantin,

Tochter einer der ersten Familien von San Francisco und zugleich eine der verheißungsvollsten jungen Künstlerinnen Amerikas, setzt ihre Karriere für die Dauer des Krieges hintenan!

Als sie das las, war sie sich selbst wie eine Närrin vorgekommen. Aber schließlich hatte sie 1942 nicht gedacht, daß sich der Krieg so lange hinziehen würde. Nun mußte sie es ausbaden. Sie hatte es satt, um sechs Uhr dreißig aufzustehen und sechs Tage in der Woche fünfzehn Meilen weit zur Arbeit zu fahren, um jeden Tag die gleiche, geisttötende Arbeit zu tun.

Das Fließband... Das Fließband stoppen. Draht eins an Draht zwei löten. Das Fließband weiterlaufen lassen, damit das Mädchen neben ihr Draht zwei an Draht drei löten kann. Das Fließband stoppen. Draht eins... Nein, Nora war es müde, die tapfere Kriegshelferin zu spielen.

Das Ganze war zu sehr mechanisiert, zu genau geplant für sie. Sogar die Mittagspause war organisiert. Nicht genug damit, daß sie diese scheußlichen Sandwiches essen mußte; nein, jeden Mittag mußte sie außer dem Sandwich und dem trüben, ungesüßten Kaffee auch noch Ermahnungen schlukken, die Produktion zu steigern.

Und diesen Mittag sollte in der Pause ein Kriegsheld eine Ansprache an die Belegschaft halten. Sie war nicht hingegangen, sondern hatte sich nach oben in die Lounge geschlichen. Hier kauerte sie auf einer Bank in der Nähe des Fensters. Dann zündete sie sich eine Zigarette an und streckte sich aus. Sie schloß die Augen. Es war schon eine Wohltat, daß der Fabriklärm wenigstens eine Zeitlang aufhörte. Sie konnte Ruhe brauchen. Erst um vier Uhr morgens war sie ins Bett gekommen, denn sie hatte dafür sorgen müssen, daß alles für die Ausstellung am Nachmittag richtig vorbereitet war.

Von draußen kam der brausende Beifall der Menge. Sie setzte sich auf und sah hinaus. Ein olivfarbener Chevrolet der Army war an die Tribüne herangefahren und hielt genau unter der großen blau-weißen E-Flagge der Fabrik – der Auszeichnung für »exzellente« Leistung.

Wieder brausender Beifall, als ein Mann aus dem Rücksitz

stieg und zur Tribüne hinaufging. Der Mann war natürlich ich.

Ich tat gar nichts. Der Beifall machte mich verlegen. Hilflos sah ich beiseite. Ich war immer noch Neuling genug, um mir wie ein Idiot vorzukommen. Ich drehte mich um und blickte nach oben.

Ein Mädchen stand am Fenster, genau über dem Eingang. Zuerst glitten meine Augen an ihr vorbei, dann kehrten sie zu ihr zurück – Reflex? Vorwissen? Kismet? Ich weiß es nicht. Jedenfalls trafen sich in jenem Bruchteil einer Sekunde unsere Blicke.

Dann wandte sich Nora ärgerlich vom Fenster ab. Es war zuviel für sie. Sie gehörte nicht hierher, sie hätte von Anfang an niemals hier arbeiten sollen. Sie zögerte eine Sekunde, dann ging sie hinunter zur Personalabteilung. Eines Tages mußte sie doch Schluß machen – warum nicht gleich heute? Am Tag ihrer ersten Ausstellung?

Und nun war alles anders. Hier – auf der Ausstellung – war sie wieder ein lebendiger Mensch, und es geschah wieder etwas in der Welt um sie her. Sie schaltete sich in ein Gespräch ein, das Sam Corwin, der Kunstkritiker des ›Examiner‹, mit einem Mann führte, den sie nicht kannte.

»*Assemblage* ist die Kunst der Zukunft, das Zusammenwerfen«, sagte Sam. »Wir erleben jeden Tag, den der Krieg länger dauert, daß die einzig echte Kunst ein Resultat des Zufalls ist. Der Krieg zerstört die altüberkommenen Zielsetzungen des Menschen, und das einzige, was übrigbleiben wird, wenn dies alles vorüber ist, wird ein Ergebnis des Zufalls sein. Deshalb ist *Assemblage* die einzige Kunstform, die den Versuch der Natur widerspiegelt, aus sich heraus etwas Bedeutendes zu verkörpern.«

Sie stürzte sich kopfüber in das Thema. Jede Gelegenheit, eine Meinung zu äußern, die genau der von Sam Corwin entgegengesetzt war, nutzte sie aus. Sie erinnerte sich daran, wie auch sie von seinem Wissen beeindruckt gewesen war. Sie war noch nicht ganz siebzehn gewesen und eine begeisterte Kunststudentin, als sie eines Abends in seine Wohnung ging, um seinen klugen Worten zuzuhören.

Das endete damit, daß sie ihre Meinungsverschiedenheiten mit zu Bett nahmen, um sie dort zu lösen. Sie erinnerte sich auch noch seines entsetzten Gesichts, als sie ihm nachher sagte, daß sie noch nicht in dem gesetzlichen Alter war...

Jetzt drehte sie sich um und sah Sam ins Gesicht. »Ich bin anderer Meinung, Sam. Kunst ohne bestimmtes Ziel ist nichts. Sie drückt nur die Leere des Künstlers aus. Besonders in der Skulptur. Ein vollendetes Werk muß eine Aussage haben, selbst wenn sein Schöpfer der einzige Mensch ist, der sie versteht.«

Sie lächelte dem Mann zu, den sie nicht kannte, und entschuldigte sich; sie streckte ihm die Hand entgegen: »Ich bin Nora Hayden – manchmal bringt mich Sam einfach auf die Palme!«

Der kleine Mann mittleren Alters mit dem freundlichen Lächeln nahm ihre Hand. »Ich glaube, Sam tut das manchmal ganz absichtlich! Es ist mir eine Freude, Sie kennenzulernen, Miss Hayden. Ich bin Warren Bell.«

Überrascht hob sie den Blick. Warren Bell war einer der führenden Kunstgelehrten des Landes. »Professor Bell... welch eine Ehre!« Sie sah Sam vorwurfsvoll an. »Du hättest mich benachrichtigen müssen, Sam, daß Dr. Bell kommt.«

»Schelten Sie ihn nicht, Miss Hayden. Tatsächlich hatte ich gar nicht vor, herzukommen. Ich hatte mich mit Sam zum Lunch verabredet, und er hat mich einfach ins Schlepptau genommen. Da ich schon so viel von Ihrer Arbeit gehört hatte, konnte ich nicht widerstehen.«

»Professor Bell plant eine Ausstellung zeitgenössischer amerikanischer Bildhauer unten im u.s.c.«, sagte Sam. »Ich meinte, daß keine solche Ausstellung vollständig wäre, wenn nicht ein Werk von dir dabei ist. Du siehst also, daß ich gar nicht so sehr gegen dich bin, wie du denkst.«

Sie hob die Hände: »Ich bekenne mich geschlagen! Sam, du hast absolut recht. *Assemblage* ist die Kunst der Zukunft.«

Alle lachten.

»Ich rufe Arlene Gately, damit sie Sie führt«, sagte Norma zu Dr. Bell. Arlene Gately hatte eine kleine Kunstgalerie in der unteren Stadt und war Noras Betreuerin und Agentin.

»Das ist nicht nötig. Ich würde viel lieber auf eigene Faust herumstöbern.«

»Also bitte!« Sie lächelte. »Und wenn Sie irgend etwas wissen wollen, fragen Sie mich.«

Der Professor machte eine kleine Verbeugung und ging. Nora wandte sich zu Sam. »Du Stinktier!« flüsterte sie. »Du hättest mir doch einen Tip geben können!«

»Das wollte ich. Aber jedesmal, wenn ich mich nach dir umsah, warst du von Menschen umringt.« Er fischte eine Pfeife aus seinem Jackett und steckte sie in den Mund. »Übrigens – stimmt es, daß du nächsten Monat in New York im Clay Club ausstellst?«

Sie sah ihn neugierig an. »Woher weißt du das?«

»Von Arlene. Woher sonst?«

»Manchmal schwatzt Arlene zuviel«, sagte sie. »Es ist noch nichts Endgültiges.« Sie sah sich nach Professor Bell um. »Und du meinst wirklich, er wird etwas nehmen?«

»Wer weiß? Unberufen toi, toi, toi. Es ist Zeit, daß San Francisco mit einem wirklichen Bildhauer außer Bufano herauskommt.«

»Und du glaubst, ich bin eine echte Bildhauerin, Sam?« sagte sie, und plötzlich waren ihre Augen ganz ehrlich und ernst.

»Die echteste, die es gibt«, sagte er ebenso ernst. »Und ich habe so eine Ahnung, daß Bell derselben Meinung sein wird.«

Sie holte tief Atem. »An so viel Holz kann ich gar nicht klopfen, Sam!«

Er wandte sich wieder zu ihr und lächelte. »Wenn's gut ausgeht, werde ich mir zur Abwechslung einmal nicht von einer Künstlerin anhören müssen, daß die einzig wahre Inspiration im Marxismus zu finden ist!«

Sie lachte. »Armer Sam, du hast schon deine Sorgen, nicht wahr?«

»Woher weißt du das?« fragte er trocken. »Ich habe dich in letzter Zeit sehr selten zu sehen bekommen.«

Sie legte die Hand auf seinen Arm. »Das liegt nicht daran, daß ich dich weniger liebe, Sam. Ich habe kaum Zeit für mich selbst gehabt. Zwischen der Flugzeugfabrik und meinem Atelier blieb mir nur verdammt wenig Zeit.«

»Du siehst etwas nervös aus. Ich glaube, du brauchst eine meiner berühmten Entspannungskuren.«

Sie sah ihn nachdenklich an. Sie waren beide nicht naiv. Und eine Liebe ist der andern wert. Es bedeutete nichts und bedeutete alles. Das war nun einmal die Welt, in der sie lebten.

»Es ist ziemlich lange her, Sam, nicht wahr?«

»Zu lange«, antwortete er.

»Meinst du, der Herr Doktor könnte heute abend für mich Zeit haben?«

»Ich denke, der Herr Doktor kann's einrichten. Um acht – in meiner Wohnung?«

»Gut. Ich komme.«

Sie sah ihm nach, wie er zu Professor Bell ging. Sie versuchte zu hören, was er zu ihm sagte, aber eine Hand legte sich auf ihren Arm und zog sie herum.

»Nun, wie geht alles, mein Kind?«

»Großartig, Mutter.«

»Das freut mich.« Cecilia Hayden lächelte. Sie lächelte nicht oft. Aber ihr Lächeln ließ die leuchtendblauen Augen unter dem sorgsam frisierten weißen Haar wärmer erscheinen. »Ich überlegte nämlich, ob du Zeit hättest, mir einen kleinen Gefallen zu tun.«

»Was denn, Mutter?«

»Da ist ein junger Mann – der Sohn eines Freundes deines Vaters. Ich hatte nicht an deine Ausstellung gedacht, als ich ihn für heute nachmittag zu einem Cocktail einlud. Er wird wahrscheinlich zum Dinner bleiben.«

»Aber Mutter.« Nora sprach mit gereizter Stimme. »Der Zeitpunkt ist wirklich schlecht gewählt. Ich habe jetzt einfach zuviel im Kopf.«

»Bitte, Nora.«

Nora sah ihre Mutter an. Diese beiden Worte erübrigten jedes Argument. Trotz ihres zarten Äußeren war Cecilia Hayden hart wie Stein.

»Er ist anscheinend ein sehr netter junger Mann«, fuhr sie

fort. »Ein Kriegsheld. Und er hat nur drei Tage Zeit, ehe er wieder hinaus muß. Ich bin überzeugt, daß er dir gefallen wird. Ich habe Charles gesagt, er soll ihn herbringen, sobald er kommt.«

Nora nickte und wandte sich um, als Sam gerade mit aufgeregtem Gesicht zu ihr kam. »Er will den ›Sterbenden Mann‹.«

»Ausgerechnet!« sagte Nora entsetzt.

»Ihm gefällt er.«

»Red's ihm aus«, bat sie. »Ich wollte den ›Sterbenden Mann‹ ja gar nicht in die Ausstellung hineinnehmen, und ich hätt's auch nicht getan, wenn ich nicht gerade ein großes Stück gebraucht hätte, um die Ecke auszufüllen. Heute arbeite ich überhaupt nicht mehr so.«

»Das ist doch egal. Er will gerade dieses Stück.«

Sie drehte sich um und sah über die vielen Menschen hinweg auf die große eiserne Gestalt. Ein Mann, der, schon halb zu Boden gesunken, sich auf den Ellbogen stützte, eine Hand auf dem Herzen, mit schmerzverzerrtem Gesicht. Sie erinnerte sich, wie aufgewühlt sie daran gearbeitet hatte. Aber jetzt kam er ihr irgendwie häßlich vor.

»Bitte, Sam, überrede ihn zu etwas anderem!«

»Ich denke nicht daran! Nachdem er mir eben gesagt hat, er habe an dieser Figur zum erstenmal gesehen, daß ein Künstler in eine Plastik genau den Moment des Todes gepackt hat.«

Sie sah ihn groß an. »Hat er das wirklich gesagt?«

Sam nickte.

Sie blickte nochmals die Skulptur an und versuchte darin zu sehen, was der große Kenner gesagt hatte. »Also gut«, sagte sie endlich. »Gut. Dann sage ich ihm, daß er es haben kann.«

Zumindest war es ein großes Stück, tröstete sie sich. Und in einer Kollektivausstellung war das besser als ein kleines. Daran konnten die Leute nicht vorbeisehen.

Sie stand noch nachdenklich da, als ihre Mutter mich zu ihr führte. Mrs. Hayden berührte ihren Arm, und Nora wandte sich zu uns um. Sie hob das Gesicht, und ich wußte, daß sie das Mädchen war, das ich diesen Mittag in der Fabrik am Fenster gesehen hatte.

Ich sah, daß sie vor Überraschung große Augen machte, und merkte daraus, daß auch sie mich wiedererkannt hatte.

»Nora – das Major Luke Carey. Major Carey, das ist meine Tochter Nora.«

2

Kriege sind der Wetzstein, den der Mensch braucht, um seinen Appetit zu schärfen.

Ich sah sie an, und ich wußte, daß ich geliefert war.

Manche Mädchen sind Huren und manche sind Damen, und jedem Mann kommt im Leben eine über den Weg, die beides ist. Das war mir in dem Augenblick klar, als ich ihre Hand berührte.

Die dunkelblauen Augen waren fast violett unter den langen, schweren Wimpern, das üppige schwarze Haar hoch aus der Stirn gekämmt. Die blasse, durchsichtige Haut, straff über die hohen Backenknochen gespannt, und die schlanke, kleinbusige, fast knabenhafte Gestalt machten den Eindruck vollends verwirrend. Aber für mich war sie genau das Richtige.

Dies war das Schicksal. Leben und Tod. Alles und ganz.

Mrs. Hayden war fortgegangen. Ich hielt noch immer Noras Hand. Ihre Stimme war leise und hatte die sorgsam gezüchtete Beherrschtheit, die den Mädchen in den besten Schulen anerzogen wird. »Wo sehen Sie hin, Major Carey?«

Ich ließ ihre Hand schnell los. Es war, als verlöre ich den Kontakt mit einer seltsamen Art von Wirklichkeit – so wie man seinen Kopf an eine Wand stößt, bloß um zu spüren, wie gut es ist, wenn man damit aufhört. »Entschuldigen Sie bitte«, sagte ich, »ich wollte Sie nicht anstarren.«

»Wie haben Sie herausbekommen, wo ich zu finden bin?«

»Gar nicht. Es war ein glücklicher Zufall.«

»Haben Sie immer so viel Glück?«

Ich schüttelte den Kopf. »Nicht immer.«

Ich sah ihre Augen über die Ordensbänder an meiner Bluse gleiten. Ich wußte, was sie sah. Außer dem Purple Heart und dem Eichenlaub war genug Buntes da, um einen kleinen Christbaum damit zu schmücken.

»Aber Sie haben's wenigstens überlebt.«

Ich nickte. »Ich glaube, ich darf mich nicht beklagen. Bis jetzt ist noch alles glattgegangen.«

»Und Sie meinen nicht, daß es weiter glattgehen wird?«

Es war mehr eine Feststellung als eine Frage. Ich lachte. Dieses Mädchen ging den Sachen auf den Grund, ohne auch nur eine Minute zu verlieren.

»Zweimal hab' ich Glück gehabt«, sagte ich. »Das drittemal – nein, das gibt es nicht.«

»Haben Sie Angst vor dem Tod?«

»Ständig.«

Sie sah wieder auf die bunten Bänder. »Ich glaube, man würde Sie nicht nochmals einsetzen, wenn man das wüßte.«

»Wahrscheinlich nicht«, sagte ich. »Aber ich verrate es nicht.«

»Warum nicht?«

»Ich glaube, weil ich mehr Angst davor habe, mich zu drücken, als zu sterben.«

»Das kann nicht der einzige Grund sein.«

Allmählich wurde mir unbehaglich. Sie hörte nicht auf zu bohren. »Vielleicht nicht«, gab ich zu. »Vielleicht nur deshalb, weil der Tod wie eine Frau ist, der man zu lange nachgejagt ist. Man will endlich wissen, ob er so gut oder so schlimm ist, wie man sich's vorgestellt hat.«

»Und das ist alles, woran Sie denken? Der Tod?«

»Ich habe fast zwei Jahre kaum Zeit gehabt, an etwas anderes zu denken.« Ich sah auf die Skulptur, die mir sofort aufgefallen war, als ich hereinkam: Der ›Sterbende Mann‹. Ich merkte, wie ihre Augen mir folgten. »Ich bin wie der Mann da drüben. Jede Sekunde, die ich lebe.«

Ich sah, wie sie das Werk prüfend betrachtete, dann griff sie wieder nach meiner Hand. Ich spürte, wie sie zitterte.

»Bitte... Ich wollte gar nicht, daß es so verdammt scheußlich klingt!« sagte ich.

»Sie brauchen sich nicht zu entschuldigen«, antwortete sie schnell. Jetzt waren ihre Augen dunkel, beinahe blauschwarz, wie die schweren Trauben in den Weinbergen von Sacramento. »Ich verstehe ganz genau, was Sie meinen.«

»Ich glaube es Ihnen.« Ich lächelte. Dann sah ich weg. Ich konnte nicht mehr.

»Wissen Sie«, sagte ich, »als ich erfuhr, daß ich zu dieser Sache hier kommen müßte, dachte ich mir's schrecklich langweilig. Wieder so eine amerikanische höhere Tochter, die in Kunst macht, dachte ich mir.« Ich fand es sicherer, wieder mit ihr zu sprechen. »Aber jetzt habe ich das Gefühl, daß Sie einigermaßen etwas können.«

»Nicht nur einigermaßen, Luke!« Die wohlbekannte Stimme war direkt hinter mir. »Sie kann sehr viel!«

Ich fuhr herum. Es war länger als drei Jahre her, daß ich diese Stimme gehört hatte. »Professor Bell!«

Er war ganz aufgeregt und sichtlich erfreut, als er mir die Hand schüttelte. »Luke war vor ein paar Jahren mein Schüler«, erklärte er Nora. »Hauptfach Architektur.«

»Baufach«, verbesserte ich in Erinnerung an unseren alten Streit. »Architektur ist nämlich etwas, worin die Tauben nisten können. Bauen ist etwas für die Menschen.«

»Der alte Luke, unverbesserlich!« Er blickte mir ins Gesicht, und ich las das Erschrecken in seinen Augen. Ich hatte dieses Erschrecken mehrmals in den Augen alter Freunde gesehen. Die kleinen Schrapnellnarben kreuz und quer in meiner kupferbraunen, ledernen Haut gehörten irgendwie nicht zu dem frischen Jungen, der in den Krieg gezogen war.

»Nicht so ganz derselbe, alte Luke, Professor«, sagte ich, um ihm darüber hinwegzuhelfen. »Es waren lange Kriegsjahre.«

Und während der ganzen Zeit, die wir da standen, spürte ich, wie ihre Hand in der meinen immer wärmer wurde.

Wir aßen in dem großen Speisezimmer, dessen Fenster über die niedrigeren Berge auf die Bucht hinaussahen. Reiche Eichentäfelung, ein großer runder Tisch, brennende

Kerzen in schimmernden Silberleuchtern. Alle anderen waren gegangen, wir waren nur zu dritt – Nora, ihre Mutter und ich. Ich saß der alten Dame gegenüber. Das alles hier war der gegebene Hintergrund für sie. Alles paßte zueinander. Sie saß hoch aufgerichtet und gerade – irgend etwas an ihr erinnerte mich an eine blitzende Stahlklinge.

Sie war eine starke Persönlichkeit und sich in ihrer ruhigen, gemessenen Art ihrer Kraft bewußt. Und man spürte ständig ihre Klugheit, ohne daß sie diese jemals hätte beweisen müssen. Nach den Erzählungen meines Vaters waren viele Leute sehr überrascht gewesen, als sie mit dieser stillen jungen Witwe zu verhandeln hatten, die zwei große Vermögen geerbt hatte.

»Mein verstorbener Mann hat oft von Ihrem Vater gesprochen.« Sie lächelte mir über den Tisch hinweg zu. »Sie waren sehr gute Freunde. Eigentlich sonderbar, daß wir uns nie begegnet sind.«

Ich nickte stumm. Ich fand es nicht so sonderbar. Bis mein Vater im letzten Jahr seinen Dienst quittiert hatte, war er Postmeister in der kleinen südkalifornischen Stadt gewesen, in der ich geboren bin. Er gehörte so wenig zu Gerald Haydens Welt wie Hayden zu der seinen. Sie hatten nichts gemeinsam als die Erinnerung, während des Ersten Weltkriegs in derselben Kompanie gedient zu haben.

»Ihr Vater hat meinem Mann im Ersten Weltkrieg das Leben gerettet – das wissen Sie sicher?«

»Ich habe die Geschichte gehört. Nur war es gerade umgekehrt, wenn mein Vater sie erzählte.«

Sie griff nach der kleinen silbernen Glocke, die vor ihr auf dem Tisch stand. Ein zartes Läuten. »Wollen wir im Wintergarten Kaffee trinken?«

Ich sah hinüber zu Nora. Sie warf einen Blick auf ihre Armbanduhr. »Geh nur mit Major Carey hinüber, Mutter«, sagte sie, »ich habe um acht eine Verabredung in der Stadt unten.«

Ein leichter Schatten überflog Mrs. Haydens Stirn und verschwand wieder. »Ach wirklich, Kind? Mußt du ...?«

Nora sah ihre Mutter nicht an. »Ich habe Sam Corwin

zugesagt, mit ihm seine Pläne für eine Ausstellung moderner Architektur durchzusprechen.«

Mrs. Hayden blickte auf mich, dann auf Nora. Ihr Ton deutete nur leisesten Widerstand an, und sie wählte ihre Worte sehr sorgfältig. Weil ich da war, oder... Ich wußte es nicht. »Ich dachte, du hättest diese Dinge hinter dir«, sagte sie. »Es ist ziemlich lange her, daß du Mister Corwin das letztemal gesehen hast.«

»Ich muß, Mutter. Schließlich habe ich es Sam zu verdanken, daß Professor Bell zu meiner Ausstellung gekommen ist.«

Ich wandte mich an die alte Dame. »Bitte, Mrs. Hayden, Sie brauchen auf mich keine Rücksicht zu nehmen. Ich muß selbst um acht Uhr dreißig wieder im Presidio sein«, sagte ich schnell. »Ich kann Ihre Tochter unterwegs absetzen, wenn es Ihnen recht ist.«

»O nein. Ich will Ihnen keine Mühe machen«, sagte Nora.

»Es macht mir keine Mühe. Ich fahre einen Dienstwagen, brauche mir also über die Benzinmarken nicht den Kopf zu zerbrechen.«

»Dann gern«, sagte Nora. »Lassen Sie mir nur ein paar Minuten zum Umziehen.«

Wir sahen ihr nach, als sie hinausging. Dann sagte ich zu ihrer Mutter: »Sie haben eine sehr begabte Tochter, Mrs. Hayden. Sie können stolz auf sie sein.«

»Das bin ich«, antwortete sie. »Aber ich muß bekennen, manchmal verstehe ich sie nicht ganz. Manchmal werde ich richtig kopfscheu. Sie ist so ganz anders als die jungen Mädchen zu meiner Zeit. Nun ja, schließlich – Nora ist ein Einzelkind, und ich war nicht mehr sehr jung, als sie zur Welt kam.«

»Das ist der Krieg. Wir sind alle anders, Mrs. Hayden.«

»Unsinn. Das höre ich ständig«, sagte sie scharf. »Das ist so eine Redensart. Ihre Generation ist nicht die einzige, die einen Krieg erlebt hat. Die meine hat es auch. Und die jungen Menschen aus der Generation meiner Eltern ebenfalls.«

Ich hätte verschiedenes einwenden können, tat es aber nicht. »Ihre Tochter ist hochbegabt«, sagte ich wieder. »Professor Bell meinte oft, es sei keineswegs leicht, ein großes Talent zu verstehen oder mit ihm zu leben.«

Ihr Augen wurden wieder hell. Sie lächelte belustigt. »Sie sind ein netter junger Mann. Ich hoffe sehr, Sie werden uns wieder besuchen. Ich habe das Gefühl, daß uns das recht gut täte.«

»Danke... Ich komme gern wieder. Aber ich muß wieder nach Übersee. Vielleicht geht es, wenn der Krieg vorbei ist.«

Sie sah mir direkt in die Augen. »Das könnte zu spät sein.«

Ich glaube, ich machte ein sehr erstauntes Gesicht, denn sie schien noch amüsierter als vorher. Ich griff nach einer Zigarette.

»Ich habe gehört, daß Sie ein vielverheißender junger Architekt gewesen sind, ehe Sie zum Militär gingen, Major Carey.«

»Offenbar gibt es nicht viel, was Sie nicht wüßten, Mrs. Hayden.«

»Man tut, was man kann, Major Carey. Für eine hilflose Witwe ist es sehr wichtig, die Augen offenzuhalten.«

Ich wollte protestieren. Hilflose Witwe... meine Güte! Doch ich sah ihr Lächeln und wußte, daß sie mich zum besten hielt. »Vor dem Krieg haben Sie sich um eine Anstellung bei Hayden & Caruthers beworben. Man hatte damals einen sehr guten Eindruck von Ihnen.«

»Die Army hatte einen noch besseren.«

»Das weiß ich, Major Carey«, sagte sie. »Ich kenne auch Ihre Beurteilung als Offizier...«

Ich hob abwehrend die Hand. »Ersparen sie mir's, Mrs. Hayden. Worauf wollen Sie hinaus?«

Sie sah mich offen an. »Sie gefallen mir, Major Carey. Unter gewissen Umständen könnten Hayden & Caruthers eine Vizepräsidentenstelle für Sie offen haben.«

Nun starrte ich sie an. Das hieße weiß Gott von oben anfangen! Nicht schlecht für einen jungen Mann, der nach seiner Abschlußprüfung noch keine Stellung innegehabt hatte. Hayden & Caruthers – das war eine der führenden Firmen der Bauwirtschaft an der Westküste.

»Woher wissen Sie das, Mrs. Hayden?«

»Ich weiß es eben«, sagte sie gelassen. »Ich besitze den entscheidenden Anteil an der Firma.«

»Und was meinen Sie mit ›gewissen Umständen‹?«

Sie sah zur Tür und dann wieder auf mich. Ihre Augen waren hell und fest auf mich gerichtet. »Ich glaube, Sie wissen die Antwort bereits.«

In diesem Augenblick kam Nora ins Zimmer. »Ich hoffe, ich habe Sie nicht zu lange warten lassen.«

»Durchaus nicht«, sagte ich.

»Der Major und ich... wir hatten ein wirklich interessantes Plauderstündchen, Nora.«

Ich fing den raschen, neugierigen Blick auf, den Nora ihrer Mutter zuwarf. Dann sah ich die alte Dame an. »Vielen Dank für das reizende Dinner, Mrs. Hayden«, sagte ich formell.

»Es war *uns* eine Freude. Und denken Sie über das nach, was ich Ihnen sagte.«

»Das werde ich tun, Madam. Und nochmals – vielen Dank.«

»Leben Sie wohl, Major.«

»Gute Nacht, Mutter«, sagte Nora.

Als wir an der Tür waren, rief uns Mrs. Hayden nach: »Und bleib nicht zu lange aus, Kind.«

Ich atmete den Duft von Noras Parfüm ein, als sie sich im Wagen zurücklehnte. Ich fand ihn erregend. Keineswegs die Art Parfüm, die eine Dame benützt, wenn sie zu einer geschäftlichen Besprechung geht.

»Wohin?« fragte ich.

»Untere Lombard Street. Hoffentlich ist das kein Umweg für Sie?«

»Durchaus nicht.«

Sie rückte näher und legte mir die Hand auf den Arm. »Hat meine Mutter über mich gesprochen?«

»Nein.« Es war nicht direkt gelogen. Oder auch nicht direkt die Wahrheit. »Warum?«

»Aus keinem besonderen Grund«, sagte sie gleichgültig.

Schweigend fuhren wir ein paar Blocks entlang.

»Sie müssen nicht um acht Uhr dreißig im Presidio sein?«

»Nein. Und Sie? Können Sie Ihre Verabredung schießen lassen?«

Sie schüttelte den Kopf. »Jetzt nicht mehr, dazu ist es zu spät. Es wäre...« Sie zögerte. »Es wäre nicht fair. Verstehen Sie das?«

»Völlig klar und eindeutig.«

Sie blickte mich an. »Nein, so etwas ist es nicht«, sagte sie schnell.

»Ich habe ja nichts gesagt.«

Eine Verkehrsampel. Ich hielt an. Das Rot der Ampel lag wie eine Flamme auf ihrem Gesicht. »Was werden Sie jetzt tun?« fragte sie.

»Ich weiß nicht. Vielleicht nach Chinatown hinunterfahren, mir einen hinter die Binde gießen.«

»Das ist schnöde Flucht.«

Das Licht wechselte. Ich startete. »Die schnödeste«, gab ich zu. »Aber immer noch die beste Möglichkeit, die ich kenne, um mir etwas vom Hals zu schaffen.«

Ich spürte, wie ihre Hand sich fester um meinen Arm schloß.

»Ist es so schlimm?«

»Manchmal.«

Durch meinen Ärmel fühlte ich ihre Fingernägel. »Ich wünschte, ich wäre ein Mann.«

»Ich bin froh, daß Sie keiner sind.«

Sie wandte sich zu mir. »Wollen wir uns nachher treffen?«

Ich fühlte ihre festen, kleinen Brüste an meinem Arm. Nun wußte ich, daß ich recht gehabt hatte. Sie war alles das, was ich dachte, und ich brauchte bloß zuzugreifen. Aber irgend etwas hielt mich zurück.

»Ich glaube nicht«, sagte ich.

»Warum nicht?«

»Aus keinem besonderen Grund.« Ich war ärgerlich auf mich selbst. »Es spielt keine Rolle.«

»Für mich doch. Sagen Sie mir's.«

Ich merkte, wie meine zornige Gereiztheit sich meiner Stimme bemächtigte. »Ich habe mindestens ein Dutzend anderer Möglichkeiten in dieser Stadt, wo ich der Zweite sein könnte..., wenn das alles wäre, was ich suchte.«

Sie ließ meinen Arm los und rückte weg. Ich sah, daß ihr plötzlich die Tränen in die Augen kamen.

»Entschuldigen Sie«, sagte ich. »Ich bin so lange weggewesen – ich habe vergessen, wie man sich benimmt.«

»Sie brauchen sich nicht zu entschuldigen. Ich habe es verdient.«

Sie sah aus dem Fenster. »Hier können Sie wenden. Es ist in der Mitte des nächsten Blocks.«

Ich zog den Wagen an die Bordschwelle.

»Sie haben noch drei Tage Urlaub?«

»Ja.«

»Werden Sie mich anrufen?«

»Ich glaube nicht. Ich will hinunter nach La Jolla und noch ein bißchen fischen.«

»Ich könnte auch hinunterkommen.«

»Ich glaube, das wäre nicht ratsam.«

»Oh... haben Sie ein Mädchen da unten?«

Ich lachte. »Nein, kein Mädchen.«

»Dann... warum?«

»Weil ich wieder in den Krieg gehe«, sagte ich schroff. »Weil ich keine Bindungen will. Ich will an nichts anderes zu denken haben, als daß ich den nächsten Tag überlebe. Ich kenne zu viele Jungens, die ihr ›Morgen‹ verloren, weil sie hinter sich blickten.«

»Sie fürchten sich.«

»Sie haben verdammt recht. Ich sagte es Ihnen ja schon.«

Jetzt kamen ihr wirklich die Tränen. Sie rollten ihr langsam die Wangen hinunter. Ich legte ihr die Hand auf die Schulter.

»Hören Sie, das ist töricht«, sagte ich zärtlich. »Gerade jetzt ist doch alles verkrampft. Vielleicht eines Tages, wenn der Krieg vorbei ist. Wenn ich durchkomme...«

Sie unterbrach mich. »Aber Sie haben selbst gesagt, daß es kein drittesmal gibt!«

»So berechnen wir's im allgemeinen«, gab ich zu.

»Dann glauben Sie ja selbst nicht, daß Sie mich anrufen

werden. Nein, niemals!« In ihrer Stimme lag eine sonderbare Trauer.

»Ich muß mich ja dauernd bei Ihnen entschuldigen. Es tut mir leid, wirklich.«

Sie sah mich einen Augenblick fest an, dann stieg sie aus dem Wagen. »Ich mag keine Abschiede.«

Ich hatte keine Möglichkeit, ihr zu antworten, denn sie lief schnell die Stufen hinauf, ohne zurückzuschauen. Ich steckte mir eine Zigarette an und sah zu, wie sie an der Türglocke läutete. Gleich darauf erschien ein Mann und ließ sie ein.

Als ich morgens gegen drei Uhr in mein Hotel kam, lag ein Zettel unter meiner Tür.

Bitte rufen Sie mich morgen früh an, damit wir unser Gespräch fortsetzen können.

Die Unterschrift: *Cecilia Hayden.*

Ärgerlich zerknüllte ich das Blatt und warf es in den Papierkorb. Ich fuhr am Morgen nach La Jolla, ohne mir die Mühe zu machen, sie anzurufen.

Noch in derselben Woche war ich schon auf dem Weg nach Australien, zurück in den Krieg. Wenn ich mir jemals eingebildet hätte, daß die alte Dame viel Zeit damit verlor, auf meinen Anruf zu warten, so hätte ich mir selbst nur blauen Dunst vorgemacht.

Es gab gewisse Dinge, auf die sie nicht warten konnte. Nach einer gewissen Zeit rief sie Sam Corwin an.

3

»Mrs. Hayden«, sagte Sam Corwin, als er in das Zimmer trat, in dem die alte Dame ihn erwartete, »ich hoffe, ich habe Sie nicht warten lassen.«

»Durchaus nicht, Mister Corwin«, sagte sie lebhaft. »Bitte, nehmen Sie Platz.«

Er sank in den Sessel und sah sie neugierig an. Seit sie ihn morgens angerufen hatte, fragte er sich, weshalb sie ihn wohl zu sehen wünschte.

Sie kam sofort zur Sache. »Nora ist für den Eliofheim-Preis für Bildhauerei vorgesehen.«

Mit einem neuen, plötzlich erwachten Respekt sah Sam Corwin sie an. Er hatte allerlei Gerüchte gehört, aber die Namen waren streng geheimgehalten worden. Besonders, da dieser Preis zum erstenmal seit dem Kriegsausbruch verteilt wurde.

»Woher wissen Sie das?« fragte er neidisch. Nicht einmal ihm war es gelungen, etwas darüber zu erfahren.

»Das spielt keine Rolle«, sagte sie kurz. »Wichtig ist nur, *daß* ich es weiß.«

»Gut. Es freut mich für Nora. Ich hoffe, sie bekommt den Preis. Denn sie verdient ihn.«

»Deshalb wollte ich Sie sprechen. Ich möchte gern sicher sein, daß sie ihn bekommt.« Sam sah sie groß an. Er sagte nichts.

»Manchmal ist Geld ein schreckliches Hindernis«, fuhr Mrs. Hayden fort. »Besonders in der Kunst. Ich möchte sichergehen, daß der Reichtum meiner Tochter sich nicht nachteilig auf ihre Chancen auswirkt.«

»Das wird nicht passieren, Mrs. Hayden, davon bin ich überzeugt. Die Jury steht über diesen Dingen.«

»Kein Mensch steht über diesem oder jenem Vorurteil«, antwortete sie sehr bestimmt. »Und ich habe den Eindruck, daß zur Zeit die ganze Kunst von der kommunistischen Ideologie bestimmt wird. Fast jedes Werk, das außerhalb dieser bestimmten Gruppe entsteht, wird automatisch als bourgeois und unbedeutend abgelehnt.«

»Bringen Sie das nicht auf einen zu einfachen Nenner?«

»Meinen Sie?« Sie sah ihn offen an. »Sagen Sie selbst: Jeder – wenigstens fast jeder Kunstpreis wurde in den letzten Jahren von einem Künstler gewonnen, der, wenn nicht ausgesprochener Kommunist, zumindest eng mit dieser Richtung verbunden war.«

Sam wußte nichts zu antworten. Sie hatte beinahe völlig recht. »Vorausgesetzt, ich wäre Ihrer Meinung, sehe ich doch nicht, was ich für Sie tun könnte. Der Eliofheim-Preis ist nicht käuflich.«

»Das weiß ich. Aber wir wissen beide, daß kein Mensch unbeeinflußbar und gegen die Macht der Suggestion gefeit ist. Auch die Jury besteht aus Menschen.«

»Wo sollte ich anfangen? Man müßte da wohl ein paar sehr wichtige Leute dazu bringen, daß sie einen anhören.«

»Ich habe gestern mit Bill Hearst in San Simeon gesprochen. Er hatte durchaus den Eindruck, daß Nora den Preis verdient. Er meint, das würde einen Triumph für den Amerikanismus bedeuten.«

Jetzt bekam das Ganze Hand und Fuß. Er hätte von Anfang an wissen müssen, woher ihre Information stammte. »Hearst könnte nützlich sein«, sagte Sam. »Und wer sonst?«

»Ihr Freund, Professor Bell, zum Beispiel. Und Hearst hat bereits mit Bertie McCormick in Chicago gesprochen. Auch er ist außerordentlich interessiert. Und sicher gibt es noch viele andere, wenn Sie Ihre Energie dafür einsetzen.«

»Es müßte noch eine Menge getan werden. Jetzt haben wir Februar, also nicht einmal mehr drei Monate, bis die Preise im Mai verteilt werden. Und selbst dann könnten wir nicht absolut sicher sein.«

Sie nahm einen Bogen Papier vom Schreibtisch. »Ihr Gehalt bei Ihrer Zeitung beträgt ungefähr viertausendfünfhundert. Dazu verdienen Sie durchschnittlich annähernd zweitausend mit Zeitschriftenartikeln und verschiedenen anderen Arbeiten.« Sie sah ihn an. »Das ist wirklich nicht sehr viel Geld, Mister Corwin.«

Sam schüttelte den Kopf. »Sehr viel nicht, Mrs. Hayden.«

»Sie haben kostspielige Liebhabereien, Mister Corwin«, fuhr sie fort. »Sie haben eine teure Wohnung. Sie leben gut, wenn auch nicht ganz im Rahmen Ihrer Mittel. In den letzten Jahren haben Sie jährlich etwa dreitausend Dollar Schulden gemacht.« Er lächelte. »Um meine Schulden mache ich mir keine Sorgen.«

»Das ist mir klar. Ich weiß, Mister Corwin, daß manche dieser Schulden nicht mit Geld, sondern mit Gefälligkeiten bezahlt werden. Rechne ich sehr falsch, wenn ich annehme, daß die Höhe Ihres Gesamteinkommens ungefähr bei zehntausend Dollar liegt?«

Er nickte. »Sie rechnen ungefähr richtig, Mrs. Hayden.«

Sie legte den Bogen wieder auf den Schreibtisch. »Ich bin bereit, Ihnen zehntausend Dollar zu bezahlen, wenn Sie uns behilflich sind, meiner Tochter den Eliofheim-Preis zu sichern. Wenn sie ihn bekommt, könnten wir einen zehnjährigen Kontrakt schließen, der Ihnen zwanzigtausend Dollar jährlich garantiert und zehn Prozent von Noras Bruttoverdienst.«

Sam kalkulierte schnell. Bei Noras derzeitiger Produktion konnte sie fünfzig- bis hunderttausend Dollar verdienen, wenn sie den Preis bekam. »Sagen wir fünfzig Prozent.«

»Fünfundzwanzig«, entgegnete sie rasch. »Schließlich hat meine Tochter noch ihre Galerie-Mieten zu zahlen.«

»Einen Moment, Mrs. Hayden. Das geht mir ein bißchen zu schnell. Lassen Sie uns feststellen, ob ich genau verstehe, was sie sagen. Sie engagieren mich als Presseagenten, um Nora zu helfen, daß sie den Eliofheim-Preis gewinnt?«

»Richtig, Mister Corwin.«

»Und wenn sie den Preis gewinnt, schließen wir einen Vertrag, nach dem ich ihr persönlicher Bevollmächtigter, Agent und Manager werde – oder wie Sie es nennen wollen. Stimmt es? Und hierfür zahlen Sie mir ein Jahresgehalt von zwanzigtausend plus fünfundzwanzig Prozent des Bruttoverdienstes aus ihrer Arbeit?«

Mrs. Hayden nickte wieder. »Genau.«

»Und was, wenn sie den Preis nicht gewinnt?«

»Dann wäre wohl jeder Vertrag sinnlos, Mister Corwin. Oder...«

»Natürlich, Mrs. Hayden.« Er sah sie scharf an. »Und wenn wir einen Vertrag machen, wer würde die Garantie zahlen?«

»Meine Tochter natürlich.«

»Es könnte doch passieren, daß sie nicht soviel verdient, um dabei auch auf ihre Kosten zu kommen!«

»Ich glaube nicht, daß sie das irgendwie interessieren würde«, sagte die alte Dame lächelnd. »Nora ist eine reiche Frau mit eigenem Vermögen. Sie hat aus dem Familienvermögen ein Jahreseinkommen von über hunderttausend.«

Sam starrte sie an. Daß Nora Vermögen hatte, wußte er, aber er hätte nie auch nur annähernd gedacht, daß es so viel war. »Ich bin noch auf eins neugierig, Mrs. Hayden. Haben sie mit Nora schon darüber gesprochen?«

Sie nickte. »Natürlich, Mister Corwin. Ich hätte dies alles doch nicht ohne Noras volles Einverständnis mit Ihnen besprochen.«

Sam holte tief Atem. Das hätte er wissen müssen. Aber er konnte sich nicht enthalten, noch eine Frage zu stellen. »Warum hat sie dann nicht selbst mit mir gesprochen?«

»Nora meint, es sei besser, wenn Sie und ich es erst durchsprechen«, erwiderte die alte Dame. »Denn dann wäre ihr Verhältnis zu Ihnen nicht getrübt, wenn Sie abgelehnt hätten.«

Sam nickte. »Ich verstehe.« Er fischte in seiner Tasche nach seiner Pfeife und steckte sie nachdenklich in den Mund. »Natürlich ist Ihnen beiden klar, daß, falls ich den Job übernehme, meine Entscheidungen in allen geschäftlichen Dingen maßgebend sind – und zwar endgültig?«

»Nora hat die größte Achtung vor Ihrer Ehrlichkeit ebenso wie vor Ihrer Klugheit.«

»Sie haben eben einen guten Handel abgeschlossen, Mrs. Hayden.«

»Nora wird sich sehr freuen.«

»Wo ist sie? Wir werden allerhand zu besprechen haben.«

»Ich werde sie von Charles rufen lassen. Sie ist im Atelier.« Sie drückte auf einen Knopf. Der Diener erschien in der Tür. Sie bat ihn, Nora zu holen, und wandte sich wieder zu Sam. Ihre Stimme war trügerisch sanft. »Auch ich bin wirklich froh, Mister Corwin. Es ist sehr beruhigend für mich, zu wissen, daß sich außer mir noch jemand um Noras Wohl kümmert.«

»Seien Sie überzeugt, Mrs. Hayden, daß ich mein Bestes tun werde.«

»Daran zweifle ich nicht«, sagte sie. »Ich will ehrlich sein – ich verstehe meine Tochter nicht immer. Sie ist ein äußerst eigenwilliger Mensch. Ich kann ihr Benehmen nicht immer billigen.«

Sam antwortete nicht. Er sog an seiner Pfeife und sah die alte Dame an. Wieviel mochte sie wirklich von Nora wissen? Ihre nächsten Worte ließen keinen Zweifel darüber offen, daß es wohl sehr wenig gab, was sie nicht wußte.

»Ich fürchte, man wird mich in mancher Beziehung für altmodisch halten«, sagte sie halb entschuldigend. »Aber zuweilen kommt mir meine Tochter ... ich möchte fast sagen: ziemlich wahllos vor.«

Sam sah sie einen Augenblick sehr prüfend an. »Darf ich offen sprechen, Mrs. Hayden?« Sie nickte.

»Bitte verstehen Sie mich richtig. Ich möchte Nora weder entschuldigen noch anklagen. Aber ich glaube, es ist sehr wichtig, daß Sie und ich genau wissen, wovon wir sprechen.«

Sie beobachtete ihn ebenso scharf, wie er sie beobachtet hatte.

»Bitte, sprechen Sie weiter, Mister Corwin.«

»Nora ist kein Durchschnittsmensch. Sie ist hoch begabt, vielleicht ein Genie. Ich weiß es nicht. Sie ist voll nervöser Spannung, äußerst sensibel und leidenschaftlich. Sie braucht den Sexus, wie manche Leute den Alkohol brauchen.«

»Wollen Sie mir in höflicher Form sagen, daß meine Tochter Nymphomanin ist, Mister Corwin?«

»Nein, durchaus nicht.« Er wählte seine Worte sehr behutsam. »Nora ist Künstlerin. Sie findet eine gewisse Anregung und zugleich einen Ausweg im Sexus. Sie hat mir einmal gesagt, durch ihn sei es ihr möglich, den Menschen näherzukommen, mehr von ihnen zu wissen, sie besser zu verstehen.«

Die alte Dame sah Corwin noch immer scharf an. »Haben Sie und Nora ...« Sie ließ die Frage in der Luft hängen.

Er begegnete ihrem Blick ganz offen und nickte.

Sie seufzte leise und blickte auf ihren Schreibtisch.

»Ich danke Ihnen für Ihre Aufrichtigkeit, Mister Corwin. Ich hatte nicht die Absicht, Sie über Ihre Privatangelegenheiten auszufragen.«

»Oh, es ist schon ziemlich lange vorbei. Ich bin mir darüber klar, seit sie das letztemal bei mir war.«

»Das war vor ungefähr sechs Monaten? Gleich nach Noras Ausstellung?«

Er nickte. »Sie war sehr erregt. Sie hatte geweint. Anscheinend war der junge Offizier, der sie zu mir gefahren hatte, ziemlich schroff zu ihr gewesen.«

»Major Carey? Er schien so ein netter junger Mann zu sein.«

»Er muß ihr etwas gesagt haben, was sie aufregte. Jedenfalls habe ich sie eine halbe Stunde, nachdem sie gekommen war, in einem Taxi nach Hause geschickt.«

»Ich hatte mich schon gewundert, daß sie an diesem Abend so früh heimkam. Ich möchte Sie um eine Freundlichkeit bitten, Mister Corwin.«

»Bitte, was in meiner Macht steht...«

»Nora hält sehr viel von Ihrer Meinung. Helfen Sie mir... helfen Sie mir, sie vor Unheil zu bewahren.«

»Ich werde es versuchen, Mrs. Hayden. Um unser aller willen.«

»Ich danke Ihnen.« Plötzlich sah sie sehr müde aus. Sie lehnte sich in ihren Sessel zurück und schloß die Augen. »Manchmal denke ich, das beste für sie wäre, zu heiraten. Vielleicht würde sie dann alles anders ansehen.«

»Vielleicht.« Aber in seinem Innern wußte Sam es besser. Mädchen wie Nora ändern sich nicht, ob sie heiraten oder nicht.

Sie warteten schweigend, bis Nora ins Zimmer kam. »Mister Corwin hat in unsern Vorschlag eingewilligt«, sagte Mrs. Hayden.

Nora lächelte. Sie streckte die Hand aus. »Danke, Sam.«

»Danke mir lieber nicht. Es könnte dir leid tun.«

»Ich werde die Chance wahrnehmen.«

»Okay.« Seine Stimme war jetzt gelassen und geschäftlich. »Also – woran arbeitest du jetzt?«

»Ich bereite alles für eine Ausstellung vor, die Adele Gately im April veranstalten will.«

»Die mußt du absagen.«

»Warum, um alles in der Welt?«

»So etwas können wir uns nicht leisten.«

»Aber ich hatte ihr versprochen...«

»Dann mußt du dein Versprechen brechen.« Sam sprach schroff. Er wandte sich an Mrs. Hayden. »Bitte, schreiben Sie einen Scheck über zehntausend Dollar aus. Nora und ich fahren nach New York.«

»Nach New York? Warum?« fragte Nora.

Auch Mrs. Hayden sah Sam fragend an. »New York«, wiederholte er. »Ich möchte, daß Aaron Scaasi ihr im April eine Ausstellung arrangiert.«

»Das... das kann ich nicht«, sagte Nora.

»Warum nicht?« fragte er kurz.

»Weil Arlene immer meine Agentin gewesen ist. Sie hat bisher alle meine Ausstellungen besorgt. Ich kann sie diesmal unmöglich sitzenlassen.«

»Du kannst es, und du wirst es. Arlene Gately mag sehr nett sein, aber sie ist nicht mehr als eine Schmalspur-Kunsthändlerin, und du bist über sie hinausgewachsen. Aaron Scaasi gehört zu den führenden Kunsthändlern der Welt. Eine Ausstellung in seiner Galerie, gerade jetzt, nützt dir mehr als alles andere, den Preis zu gewinnen, Nora.«

»Aber woher weißt du, daß er's tun wird?«

»Oh, er wird es tun.« Sam lächelte. »Der Scheck über zehntausend Dollar ist die Garantie dafür.«

Das alles ereignete sich natürlich, während ich noch im Pazifik war.

Ich wäre genau die richtige Figur gewesen für eine Somerset-Maugham-Geschichte: der schwitzende, dampfende Dschungel, der den weißen Mann schlaff und willenlos werden läßt, bis er mit Hilfe einer braunhäutigen Schönen in ein glückliches Leben hinüberwechselt, von dem er sich im lieben alten Blighty nie etwas hätte träumen lassen. Aber für mich kam alles anders. Ich glaube, ich war im verkehrten Dschungel.

In der Gegend nördlich Port Moresby war es immer kalt und feucht. Man konnte noch soviel Wollzeug übereinander anziehen – die Kälte fraß sich doch durch bis auf die Knochen. Unsere Zähne klapperten, unsere Nasen liefen, und man holte sich leichter eine Grippe als Malaria. In unserer freien Zeit hockten wir Flieger meistens um den dickbäuchigen Ofen im Bereitschaftsraum und diskutierten seriöse taktische Aspekte des Krieges: ob Pat wohl erst die Anstandsdame spielen würde, ehe er Terry die Jungfernschaft nimmt, oder ob Daisy Mae wohl jemals Li'l Abner vom Mutterkomplex befreien könne, und ähnlichen Unsinn.

Zwischen solchen Diskussionen von hohem Niveau rannten wir zu unseren Maschinen, wenn die Sirenen heulten, stiegen auf, kamen wieder herunter und schickten dann unsere Wäsche zu den kleinen, schwarzen, krausköpfigen Mädchen, die für uns wuschen, damit wir für den nächsten Flug bereit waren. Es wäre nämlich wirklich unästhetisch gewesen, in schmutzigen Unterhosen zu sterben. Man könnte sagen: geradezu unamerikanisch. Ich wurde auf die harte Tour Oberstleutnant. Meinen Kommandeur schossen sie vor mir ab. Ich wurde befördert und bekam seine Stelle. Ich weiß noch, was ich dachte, als sie mir statt der silbernen Eichenblätter die goldenen verpaßten: Alle Menschen müssen sterben – und nun komme ich dran.

Aber ich hatte Glück gehabt. Ich erinnere mich an meine Überraschung, als ich plötzlich den nadelstichartigen Schmerz in meinem Rücken spürte. Das Schaltbrett verschwamm vor meinen Augen, als die japanische Zero über mir wegtrudelte und ins Wasser stürzte, während ich versuchte, der andern Maschine genau unter mir zu entkommen. Ich weiß nicht, wie ich es geschafft habe, zu unserem Landestreifen zurückzufinden. Mir war, als schwämme ich in einer Gallertmasse. Meine Kiste krachte auf den Boden und überschlug sich. Irgendwo ganz fern hörte ich jemanden schreien. Dann spürte ich Hände, die an mir zerrten. Warme Hände, tröstliche Hände – tröstlich, obwohl sie versuchten, mich aus der wohligen Wärme herauszuziehen, die mich umgab.

Ich schloß die Augen und überließ mich diesen Händen. Es schien mir allmählich an der Zeit, in den Dschungel zu kommen, von dem ich so viel gelesen hatte. Stillvergnügt lächelte ich vor mich hin. Ja, so war es schon richtiger. Ich lag in Bali Bali am Strand, und tausend nacktbrüstige Schöne, die alle so aussahen wie Dorothy Lamour, paradierten vor mir auf und ab, und mein einziges Problem war die Entscheidung, welche von ihnen die Nacht mit mir verbringen sollte.

Dies war der einzige Traum, den ich nie aufgeben würde. Mochte MacArthur sehen, wie er ohne mich fertig wird!

Sobald ich transportfähig war, verfrachteten sie mich zurück nach den Staaten.

4

Ich erfuhr erst in der zweiten Juliwoche, daß Nora den Eliofheim-Preis gewonnen hatte, und auch das nur, weil ich zufällig ihr Bild auf einer Titelseite des ›Life‹ fand.

Im Februar war ich angeschossen worden; dann lag ich fünf Wochen in einem Lazarett in Neuguinea, anschließend sieben Wochen in einem Erholungsheim in San Diego, und von dort entließ man mich als ›so gut wie neu‹. Vor mir lagen dreißig Urlaubstage, ehe ich zur Truppe zurück mußte. So fuhr ich nach La Jolla, mietete ein kleines Boot, auf dem ich essen und schlafen konnte, und fing endlich an, mich ein bißchen voll Sonne zu saugen.

Ich hatte an Deck in einem Sessel vor mich hingedöst, da ließ mich das Aufklatschen eines Bündels hochschrecken. Als ich die Augen aufschlug, sah ich einen Jungen am Kai stehen und zu mir herübergrinsen. Ich las absichtlich keine Zeitungen. Ich hatte genug vom Krieg. Aber ich hatte am Zeitungsstand den Auftrag gegeben, mir jede Woche ein paar Illustrierte und Zeitschriften herüberzuwerfen.

Ich steckte die Hand in die Tasche und wirbelte einen halben Dollar in die Luft. Der Jung fing ihn ebenso geschickt auf, wie Joe DiMaggio einen zu hohen Ball herunterzuholen pflegt.

Ich beugte mich nieder, hob das Bündel auf und löste die Schnur, die es zusammenhielt. Die Zeitschriften glitten zu Boden. Das erste Heft, das mir in die Hand kam, hob ich auf.

Auf dem Titelblatt sah ich das Bild eines mir merkwürdig

vertraut vorkommenden Mädchens und dachte noch, wie nett, daß die endlich mal aufhören mit den Kriegsbildern. Erst dann merkte ich, warum mir das Mädchen so bekannt vorkam.

Dort stand es in schwarzen Buchstaben auf weißem Grund: NORA HAYDEN – GEWINNERIN DES ELIOFHEIM-PREISES FÜR BILDHAUEREI. Ich sah nochmals auf das Bild, und der alte Zauber war wieder da. Die leuchtenden dunklen Augen, der seltsam sinnliche Mund über dem stolzen, fast hochmütigen Kinn. Es war wie gestern, obwohl es beinahe ein Jahr her war, seit ich sie gesehen hatte.

Ich schlug das Heft auf. Innen waren noch mehr Bilder von ihr. Nora in dem kleinen Atelier hinter dem Haus ihrer Mutter bei der Arbeit. Nora rauchend, während sie eine Idee skizziert. Nora auf dem Fenster sitzend, ihr Gesicht als Silhouette gegen das Licht. Nora, auf dem Fußboden liegend, hört sich eine Schallplatte an.

Ich begann zu lesen:

Die zierliche Miss Hayden, die eher wie ein Modell als wie eine Bildhauerin aussieht, läßt keinen Zweifel offen, welchen Standpunkt sie zu ihrer Arbeit einnimmt.

»Die Skulptur ist die einzige echte Lebensform in der Kunst«, behauptet sie. »Sie ist dreidimensional. Sie können herumgehen, sie aus jedem Gesichtswinkel betrachten, sie berühren, sie fühlen wie jedes lebende Ding. Sie hat Gestalt, Form und Wirklichkeit und ist im Leben rings um Sie her vorhanden. Sie können sie in jedem Stein sehen, in der fließenden Maserung eines jeden Holzes, in der dehnbaren, nachgebenden Stärke eines jeden Stücks Metall.

Der Künstler braucht nur die gebundene Vision aus dem Rohmaterial herauszuholen, in eine Form zu schmelzen, ihr Leben einzuhauchen ...«

Ich hörte förmlich ihre Stimme in meinem Ohr.

Dann blätterte ich zurück zum Titelblatt und betrachtete ihr Bild. Das gab mir den Rest. Ich ließ das Heft auf Deck fallen und stand auf. Ich war nun anderer Meinung. Was machte es schon aus, daß es ein Jahr später war?

In der engen Telefonzelle am Kai hörte ich das Telefon in San Francisco am andern Ende des Drahtes läuten. Ihre Mutter meldete sich. »Hier spricht Luke Carey«, sagte ich. »Erinnern Sie sich noch an mich?«

Die Stimme der alten Dame war fest und klar. »Aber natürlich, Colonel. Wie geht es Ihnen?«

»Gut, Mrs. Hayden... und Ihnen?«

»Ich bin im ganzen Leben keinen Tag krank gewesen«, antwortete sie. »Ich habe in den Zeitungen von Ihnen gelesen. Sie haben Großartiges geleistet, Colonel.«

»Die Zeitungen haben zu viel davon hergemacht. Tatsächlich hatte ich gar keine andere Wahl. Ich konnte gar nicht anders.«

»Ich bin überzeugt, ganz so einfach lagen die Dinge nicht. Aber darüber können wir ein andermal reden.« Ich hörte, wie ihre Stimme weich wurde. »Wie schade, daß Nora nicht hier ist. Sie wird sicher sehr enttäuscht sein.«

»Oh, wie schade. Ich hätte ihr so gern zum Eliofheim-Preis gratuliert.«

»Eben wegen dieses Preises ist sie unterwegs. Das arme Kind hat seit der Veröffentlichung keine ruhige Minute mehr gehabt. Ich habe darauf bestanden, daß sie nach La Jolla ging, damit sie einmal aus dem Trubel herauskommt.«

»Bitte... sagten Sie La Jolla?«

»Ja.« Ein plötzliches Begreifen kam in ihre Stimme. »Von wo aus rufen Sie an?«

»Von La Jolla. Ich verbringe meinen Urlaub hier.«

»Das ist aber ein glücklicher Zufall! Natürlich, Colonel, jetzt erinnere ich mich auch, irgendwo in der Zeitung gelesen zu haben, daß Sie dort sind. Nora ist im ›Sand an Surf Club‹.«

»Ich werde sie anrufen.«

»Wenn Sie sie nicht erreichen, setzen Sie sich mit Sam Corwin in Verbindung. Er weiß, wo sie zu finden ist.«

»Sam Corwin?«

»Ja – Sie erinnern sich sicher an ihn. Der Zeitungsmann... der Freund von Professor Bell. Er ist der Manager meiner Tochter für alle geschäftlichen Dinge. Das arme Kind hat nämlich keinen Sinn dafür.«

Die Stimme der alten Dame bekam jetzt einen anderen Klang. »Ich hoffe, wir müssen nicht wieder ein Jahr auf Ihren Besuch warten, Colonel. Ich glaube noch immer, daß wir verschiedenes zu besprechen haben. Mir scheint Hayden & Caruthers wären ein ausgezeichneter Start für Sie, wenn Sie Ihren Beruf wieder aufnehmen wollen.«

»Vielen Dank, Mrs. Hayden, daß Sie an mich dachten. Wir werden bald darüber sprechen.«

»Das sollte mich freuen, junger Mann. Leben Sie wohl.«

Das Telefon klickte, und ich zögerte einen Augenblick, ehe ich einen weiteren Nickel einsteckte. Diesmal meldete sich Corwin.

»Ist Miss Hayden zu sprechen?«

»Wer spricht dort bitte?«

»Luke Carey.«

Seine Stimme wurde freundlicher. »Colonel Carey?«

»Ja.«

»Einen Augenblick bitte. Ich will sehen, daß ich sie finde.«

Ich wartete einen Augenblick, dann hörte ich ihre Stimme.

»Colonel Carey! Das ist aber eine Überraschung! Woher wußten Sie, wo Sie mich erreichen?«

Ich lachte. »Ihre Mutter hat mir's gesagt. Ich dachte, wir könnten uns treffen – zu einem Drink, ja?«

»Sind Sie in La Jolla?«

»Etwa drei Meilen von der Stelle, wo Sie stehen. Nun, wie wär's damit?«

»Ich käme schrecklich gern. Aber Aaron Scaasi, mein Agent, muß jede Sekunde von New York ankommen. Wir haben um fünf einen Cocktailempfang für die Presse angesetzt.«

Ich wartete darauf, daß sie eine andere Zeit vorschlagen würde, aber sie tat es nicht. Das war keineswegs unfair, dachte ich. Sie hatte wirklich keinen Grund dazu. Als wir uns das letztemal gesehen hatten, war ich nicht grade höflich zu ihr gewesen.

»Nun, ich werde es noch einmal versuchen«, sagte ich.

»Ja, bitte, tun Sie das«, sagte sie höflich und hängte ab.

Ich sah kritisch nach dem Himmel, als ich den Kai entlangging. Der Himmel war richtig. Blau wie auf den Postkarten, mit ein paar hohen Wölkchen. Schöne, warme Sonne. Später würde die Luft heiß und schwer werden, aber dann war es mir gleichgültig, dann war ich nicht mehr auf dem Wasser.

So – und damit wäre der Fall erledigt, dachte ich. Aber damals wußte ich nicht, was Sam ihr erzählte, nachdem sie das Telefon aufgelegt hatte.

»Sehr herzlich warst du gerade nicht«, sagte Sam.

»Verdammt... ein ganzes Jahr! Was bildet er sich eigentlich ein? Für was hält er sich?«

Sam nahm sich wieder ihren Skizzenblock und sah sich die Zeichnung an. Ein junger Mann, der gerade zum Tauchen ansetzt. Nackt. Sam kannte das Gesicht. Es war der Junge aus der Oberschule, der im Klub als Badewärter und Lebensretter arbeitete.

»Er ist jedenfalls keins von diesen Babys«, sagte er trocken.

»Das soll sicher sehr witzig sein. Hast du irgend etwas dagegen einzuwenden?«

»Nichts Persönliches«, antwortete er. »Ich scher' mich einen Teufel darum, mit wem du schläfst. Aber wenn es allzu öffentlich wird, tut es uns geschäftlich Abbruch.«

Ihre Stimme wurde kalt. »Woher weißt du es?«

»Es ist die Sensation unten an der Muscle Beach. Du bist eine zu große Sache für den Jungen, als daß er darüber schweigen könnte. Er verpaßte es all seinen Freunden, ein Detail nach dem andern. Der Junge läßt keins aus.«

Ärgerlich riß sie das Blatt vom Skizzenblock und zerknüllte es. »Das kleine Schwein!«

»Ich habe dir gesagt, du sollst vorsichtig sein«, sagte Sam geduldig.

»Also bitte – was soll ich tun?« Sie warf den Papierknäuel auf den Boden. »Soll ich etwa Nonne werden?«

Automatisch hob er das Papier auf und warf es in den Papierkorb. Er zog die Pfeife aus der Tasche.

»Ich wünschte bloß, du würdest diese verdammte Pfeife wegschmeißen. Ich kann den Gestank nicht leiden.«

Schweigend steckte er sie wieder ein und ging zur Tür. Sie

rief ihn zurück. »Sam!« Ihr Ärger war verraucht. Plötzlich wirkte sie jung und hilflos. »Sam – was meinst du, was ich tun soll?«

»Ich weiß nicht«, sagte er nachdenklich. »Aber an deiner Stelle finge ich damit an, diese Jungens in Frieden zu lassen.«

»Natürlich, Sam.«

»Und noch etwas«, fügte er hinzu. »Es könnte nichts schaden, wenn du mit jemandem aufkreuzt wie zum Beispiel diesem jungen Offizier, der gerade angerufen hat. Vielleicht hört dann der Klatsch eher auf.«

Als ich zurückkam, saß der alte Wächter auf der Bank vor der Bude am Kai. Er winkte mir mit müder Hand zu. »Hei, Curnel!«

»Hei!«

»Hab' gehört, vor Coronado haben Sie Merline gesichtet. Könnte sich lohnen, wenn Sie mal nachsehen.«

»Könnte ich«, sagte ich und gab ihm sein tägliches Trinkgeld.

Er ließ den halben Dollar in die Tasche gleiten. »Danke, Curnel.« Er schielte mit seinen wässerigen Augen herauf zu mir. »Übrigens – draußen auf Ihrem Boot ist ein Mädel. Hab' ihr gesagt, Sie sind nach dem Lunch fällig.«

Ich ging hinunter zu meinem Boot. Nora mußte meine Schritte gehört haben, denn sie stand auf dem Deck, als ich kam. Sie trug ein Paar enganliegende, blaue, gepunktete Shorts und einen Büstenhalter. Wie ein kleines Mädchen sah sie aus mit ihrem zu einem Pferdeschwanz gebundenen Haar.

»Hallo!« rief sie.

»Hallo.«

Ihre Augen blinzelten in die Sonne. »Diesmal bin ich dran, mich zu entschuldigen, Colonel.«

Ich sah sie einen Augenblick prüfend an, dann sprang ich aufs Deck und war neben ihr. »Deswegen hätten Sie nicht den langen Weg hier herunter machen sollen, Nora.«

Sie legte die Hand auf meinen Arm. Sie lag warm auf meiner Haut. »Aber ich wollte es gern, Colonel. Ich wollte, daß Sie wissen, wie leid es mir tut.«

Sie stand so dicht neben mir, daß ich den Duft ihres Haares atmete. Gut und sauber und frisch... wie die Fichten oben auf den Bergen. Und keinerlei Make-up als einen Schimmer von Lippenstift. Ich sah ihr in die Augen. Es war wie eine Ewigkeit. Dann küßte ich sie.

Ihr Mund war warm und süß, ihre Zähne hinter den weichen Lippen hart und scharf. Ich fühlte, wie ihre Arme sich um meinen Hals legten, spürte den Druck ihres Körpers. Ich ließ meine Hände zu ihren Hüften hinuntergleiten und konnte dabei fast jede Rippe zählen. Es war genauso, wie ich wußte, so müsse es zwischen uns sein.

Als ich sie noch einmal geküßt hatte, ließ ich sie plötzlich los und griff nach einer Zigarette. Ich drehte am Rädchen meines Feuerzeuges, aber ich konnte das verdammte Ding nicht zum Zünden bringen. »Siehst du... ich zittere.«

»Ich zittere auch«, sagte sie leise.

Ich zog an meiner Zigarette. Endlich hatte ich sie angesteckt. Dann gab ich sie ihr.

Sie rauchte eine Sekunde, dann wandte sie sich zu mir. »Ich hab' mir gleich beim erstenmal gewünscht, daß du mich küssen sollst«, sagte sie.

»Ich habe mir's auch gewünscht.«

»Warum hast du's denn nicht getan?« Ihre Augen waren wie die Schatten im Wasser zwischen Boot und Kai. »Du wußtest, daß ich darauf wartete.«

Ich wandte mich ab. »Ich dachte, du... wolltest zu einem andern gehen...«

»War das damals so wichtig für dich?«

»Ja... Du hast dir lange Zeit gelassen, die Szene aufzubauen... Ich wollte, daß zwischen uns alles klar ist.«

»Nun, du selbst warst auch nicht gerade ein früher Vogel.«

»Nein.«

»Und... ist es dir jetzt wichtig?«

»Jetzt ist alles andere gleichgültig.« Ich schloß sie wieder in meine Arme.

Dann schossen ihr Tränen in die Augen. Meine Wange wurde naß davon. »O Luke, Luke!«

Ich kenne viele Redensarten über Weibertränen, aber ich

glaube keine einzige. Sie sind das wirksamste Einschläferungsmittel für das Selbstbewußtsein des Mannes, das die Natur erfunden hat. Ich fühlte mich wie ein Gott, als ich die Tränen wegküßte. Ich fuhr am Nachmittag nicht hinaus, um zu sehen, ob man bei Coronado wirklich Merline gesichtet hatte. Statt dessen stieg ich – zum erstenmal seit ich hier war – in meine Uniform und trabte hinter Nora her zu ihrer Pressekonferenz.

Ich war heilfroh, als diese Konferenz ihrem Ende zuging. Es war entsetzlich. Die Reporter hatten sich wie die Aasgeier auf uns gestürzt, als sie uns beide zusammen erblickten.

Wir mußten uns ihren Kameras stellen. Sie überhäuften uns mit Fragen. Ob wir verlobt sind? Wann wir heiraten wollen? Wie wir uns kennengelernt haben? Ob sie mit mir nach Washington fährt, wenn ich dorthin befohlen werde? Ob ich hierhergekommen war, um in ihrer Nähe sein zu können? Oder ob sie . . . und warum . . .?

Nach einer Weile hatten sie ihre Fragen selbst satt, denn wir gaben ihnen keine Antwort, und interessierten sich endlich für den eigentlichen Zweck der Pressekonferenz. Sie sollten sich nämlich Aaron Scaasis Erklärung anhören, warum er Nora für das größte Ereignis in der Geschichte der amerikanischen Skulptur seit den Zeiten des Totempfahls hielt.

Ich muß sagen, er sprach überzeugend. Sogar für mich. Scaasi war ein kahler, untersetzter Mann, der mehr wie ein ehemaliger Boxer aussah als wie einer der prominentesten Kunsthändler des Landes. Er wischte sich ständig den Kopf mit einem babyblauen Taschentuch. Nora wirkte wie ein kleines Mädchen, als sie da neben ihm auf der Couch saß.

Sam Corwin kam herüber und setzte sich. »Er weiß recht genau, was er sagt«, bemerkte er und deutete mit dem Kopf auf Scaasi. »Nora ist wirklich sehr gut.«

Ich sah mir Sam an. Ein sehr schlanker, fast zarter Mensch, dessen Äußeres zu Trugschlüssen verführte, wenn man nicht den festen Mund und das energische Kinn beachtete. Innerlich ein Bursche hart wie Stahl. »Ich glaube es ihm«, sagte ich, während ich mich fragte, wie tief wohl Corwins Interesse für Nora gehen mochte.

Offenbar spürte er, was ich dachte. »Ich kenne Nora, seit sie noch zur Schule ging. Ich habe immer an sie geglaubt, und ich war sehr glücklich, als ihre Mutter mir vorschlug, ich sollte mich ihrer Angelegenheiten annehmen.«

Er blickte mich mit seinen dunklen Augen sehr prüfend an. »Übrigens bin ich Ihnen Dank schuldig.«

»Nanu?« fragte ich erstaunt.

Er nickte. »Daß Sie zu dieser Party gekommen sind. Nora war schrecklich aufgeregt, als sie mit Ihnen gesprochen hatte, und wollte am liebsten das alles hier absagen, wenn sie sich nicht vorher bei Ihnen hätte entschuldigen können. Sie läßt sich ganz und gar von ihren Gefühlen leiten.«

Die Party begann sich aufzulösen, und Sam Corwin ging zu den Zeitungsleuten, um noch ein paar abschließende Worte mit ihnen zu sprechen. Vielleicht hatte der Bourbon meine Sinne etwas umnebelt – aber ich hatte das Gefühl, daß er mir eigentlich gern noch mehr gesagt hätte.

Scaasi und Nora traten zu mir. Ich spürte, daß es mich ärgerte, wie vertraulich er seine Hand auf ihre Schulter gelegt hatte. »Hätten Sie Lust, mit uns zu essen?«

Ich zögerte einen Moment und sah Nora an, dann faßte ich meinen Entschluß. »Nein, danke. Ich weiß, Sie haben allerlei Geschäftliches zu besprechen, da möchte ich lieber nicht stören.«

»Sie würden durchaus nicht stören«, sagte Nora schnell. Ich sah die Enttäuschung in ihren Augen.

Einen Augenblick lang hätte ich meinen Entschluß beinahe umgestoßen. Doch ich überlegte schnell noch einmal. Lächelnd entschuldigte ich mich: »Ich habe mir selbst ein Gericht Merline versprochen. Ich möchte heute abend noch mit meinem Boot hinaus und vor Coronado Anker werfen. Dann kann ich mit dem Angeln gleich anfangen, wenn die Sonne aufgeht.«

»Wann werden Sie morgen zurück sein?« fragte Nora.

»Spät.«

»Dann sehe ich Sie nicht mehr. Ich muß übermorgen früh in San Francisco sein.«

»Wie schade!« antwortete ich.

Sam sagte etwas zu Scaasi. Sie traten ein paar Schritte beiseite.

»Du wirst mich doch anrufen?« fragte sie.

»Natürlich.«

»Nein, du wirst es nicht tun«, sagte sie nach einem Augenblick. »Ich weiß, du wirst es nicht tun. Es wird wieder genauso sein wie das letztemal. Du gehst zurück – und ich höre nichts mehr von dir. Niemals. Ich werde nichts anderes von dir wissen als das, was ich in den Zeitungen lese.«

»Sei nicht albern. Ich sage dir doch – ich rufe dich an.«

»Wann?« – »Sobald ich in San Francisco bin.«

»Das wird niemals sein«, sagte sie düster.

Ich nahm ihre Hand. Sie war warm, weich und hilflos. »Ich rufe dich an. Ich verspreche es dir.«

Sie sah mich eigentümlich an. »Und was ist, wenn dir etwas passiert? Wie erfahre ich das?«

»Mir passiert nichts. Davon bin ich jetzt überzeugt. Du kennst doch das alte Sprichwort: Wer zum Hängen geboren ist, dem kann nichts anderes passieren.«

Der letzte Reporter war gegangen. Es wurde Zeit für mich zu verschwinden. Ich schüttelte ringsum viele Hände und ging.

»Ich begleite dich bis zur Tür«, sagte sie.

Wir gingen hinaus ins Patio. Es war schon dunkel. Tausend kleine Sterne schimmerten in die Nacht hinein. Ich schloß die Tür hinter uns. »Ich denke, du magst keinen Abschied?« sagte ich. Ich wußte, ich hätte sie küssen können, aber ich tat es nicht. Denn sonst wäre ich nie weggegangen.

Ich glaube, das wußte sie auch. »Dies ist kein Abschied«, flüsterte sie. Ihre Hand berührte kurz die meine. Die Tür schloß sich hinter ihr. Ich ging hinunter zum Taxi.

Scaasi war auf sein Zimmer gegangen, so daß Sam allein war, als Nora wiederkam. Er sah sie fragend an.

»Misch mir einen Drink«, sagte sie.

Schweigend erhob er sich aus seinem Sessel und mischte ihr einen Scotch-Soda. Sie nahm das Glas und stellte es auf den Tisch.

»Ich werde heiraten«, sagte sie fast trotzig.

Corwin schwieg noch immer.

»Nun, hast du gar nichts dazu zu sagen? Es ist doch genau das, was ihr gewollt habt, Mutter und du?«

Er war überrascht. »Woher willst du das wissen?«

»So dumm bin ich doch auch nicht«, sagte sie und nahm ihr Glas wieder auf. »Ich wußte es in dem Augenblick, als du mir sagtest, ich solle ihn anrufen. Und außerdem schon, als er erzählte, Mutter habe ihm meine Nummer gesagt. Da war ich sicher.«

Nun, da sie es ausgesprochen hatte, war Sam nicht mehr ganz überzeugt, daß es ihn freute ... »Heiraten ist eine ernste Sache.«

Sie trank ihr Glas leer und stellte es fort. »Das weiß ich.«

»Er ist allem Anschein nach ein netter Junge.«

»Was mit andern Worten heißt: Ich bin nicht nett!«

»Das habe ich nicht gesagt.«

»Das weiß ich. Aber gedacht hast du's, oder nicht? Weil ich bin, wie ich bin, würde ich für ihn keine gute Frau sein?«

Sam schwieg.

»Und warum eigentlich nicht?« fragte sie. »Ich habe das richtige Alter für ihn. Ich bin nicht schwer zu behandeln. Ich habe alles Geld, das wir jemals brauchen, und nach dem Krieg läßt es sich arrangieren, daß er tun kann, was er will. Ist das so schlecht?«

»Fragst du – oder sagst du's mir?«

»Ich sage dir's«, antwortete sie gereizt.

Er zog die unvermeidliche Pfeife heraus. »In diesem Fall hätte ich nur eine Frage. Liebst du ihn?«

Sie sah ihn groß an. Das war die letzte Frage, die sie von ihm erwartet hätte. »Natürlich!«

»Dann ist ja alles in Ordnung.« Er lächelte. »Und wann soll die Hochzeit sein?«

Sie sah sein Lächeln, und ihr Ärger und Trotz verflogen. Sie lächelte ebenfalls. »Sobald ich ihn dazu bringen kann, mich darum zu bitten«, sagte sie.

5

Ich zog meine Uniform aus und fuhr in ein Paar Blue jeans, als ich auf mein Boot zurückkam. Die Öltanks waren voll – dafür hatte ich schon gesorgt, als ich mir vornahm, wegen der Merline hinauszufahren. Aber der eine Zylinder gefiel mir nicht. Also machte ich mich daran, ihn zu reinigen. Das führte dazu, daß ich gleich noch die Ventile und die Düsen reinigte, und ehe ich's mich versah, war es fast zehn Uhr. Plötzlich merkte ich, daß ich hungrig war.

Ich musterte meinen Proviant, aber es war nichts dabei, auf das ich Appetit hatte. Ich mußte noch Verschiedenes einkaufen, wenn ich morgen den ganzen Tag draußen bleiben wollte. Ich fand einen kleinen Lebensmittelladen, der noch offen war, kaufte, was ich brauchte, und ging dann in den ›Fetten Löffel‹ zu einem sehr schlechten Steak und der unvermeidlichen Flasche Chili. Unmöglich, das Steak mit etwas anderem hinunterzuspülen.

Aber nicht einmal der Chili konnte den scheußlich faden Geschmack verdecken. Ich sah angewidert auf meinen Teller. Wäre ich nicht so ein bockiger Esel gewesen, hätte ich jetzt ein herrliches Dinner haben können. O nein, ich nicht! Ich war frei und unabhängig! Keine Bindungen für den lieben kleinen Luke. Er war Einzelgänger. Ich nahm wieder einen Bissen von dem Steak und kaute nachdenklich darauf herum. Himmel, was war eigentlich mit mir los?!

Mein Pech war, daß ich immer und aus allem mehr machte, als wirklich daran war. Ich verstand es nicht, die Dinge zu nehmen, wie sie waren. Ich machte wer weiß wie große Angelegenheiten daraus. Was war es? Ihr Geld? Die Tatsache, daß die alte Dame es mir allzu mundgerecht gemacht hatte? Nein, das konnte es nicht sein. Ich erinnerte mich an eine Redensart meiner Schulkameraden: Man kann sich genauso gut in ein reiches Mädchen verlieben wie in ein armes. Und sogar viel besser.

Und dann wußte ich, was es war. Ich sträubte mich dagegen, ich wollte nichts damit zu tun haben – weil ich Angst hatte. Ich fürchtete mich. Denn ich wußte, wenn ich ihr verfiel, dann war ich erledigt. Sie war alles, was ich mir je erträumt hatte. Klasse und Stil und Charme, alles hell und glänzend durch eine Politur, wie sie nur in Generationen entsteht. Das alles, und dazu die künstlerische Begabung und diese ungebändigte wilde Hurenart tief drinnen in ihr, die ich gleich gespürt hatte. Mit einem solchen Mädchen hatte man kein leichtes Leben. Außerdem – wußte ich denn, ob sie dasselbe empfand wie ich? Und was hatte ich ihr zu bieten?

Ich aß wieder ein Stück von dem Steak, aber jetzt war es auch noch kalt. Ich schob den Teller weg, ging zur Theke und holte mir meine beiden Pakete mit dem Proviant.

Ich hatte keinen Kühlschrank, also legte ich alles auf den Boden der Cockpit und sah zum Himmel hinauf. Es war klar, Mondschein, fast taghell. Die See war glatt wie der sprichwörtliche Mühlenteich. Ich sah auf die Uhr. Halb zwölf. Demnach konnte ich kurz nach eins vor Coronado Anker werfen. Ich drückte auf den Starterknopf und ging an Deck, um loszuwerfen.

Die Fahrt dauerte nicht länger, als ich gedacht hatte. Ich stellte den Motor ab und ließ den Anker fallen; Schaum spritzte mir ins Gesicht. Jetzt fühlte ich mich wohl. Ich ließ meine Kleider aufs Deck fallen und folgte dem Anker über Bord.

Im tiefen Wasser schwimmen – das ist fast, als ob man in einer Wiege liegt. Und die Dünung mit ihrem Auf und Ab spürt man wie einen Körper. Man hebt und senkt sich wie auf dem Leib einer Frau. Aber die Bewegung besänftigt und beruhigt und löst. Schließlich kletterte ich wieder an Bord. Auf nackten Füßen lief ich zur Kajüte, stieß die Tür auf und griff nach einem Handtuch. Aber da war nur der leere Haken. Ich wollte mich gerade umdrehen und das Licht anschalten, als eine Stimme aus der Dunkelheit kam. »Suchst du ein Handtuch, Luke?«

Aus der Dunkelheit flog ein Handtuch auf mich zu, traf

mich und fiel zu Boden. »Mein Gott, bist du mager! Ich hab dir durchs Bullauge zugesehen – jede Rippe konnte ich zählen!«

Schnell wickelte ich mich in das Tuch. Ich hörte, wie sie sich bewegte. Dann wurde es dunkel. Ihr Kopf war jetzt vor dem Bullauge, so daß kein Mondlicht mehr in die Kajüte fiel. Ich spürte ihre Hände auf meinen Schultern, und als sie sich umwandte, lag das Licht des Mondes voll auf ihrem Gesicht. Ich griff nach ihr, und ehe meine Finger sie noch berührten, wußte ich, daß sie nackt war wie ich.

Ich weiß nicht, wie lange wir so in der kleinen Kajüte standen. Unsere Lippen berührten sich, unsere Körper verschmolzen.

»Ich liebe dich, Nora«, sagte ich.

Ich spürte, wie sie sich in meinen Armen regte. »Ich liebe dich, Luke.« Sie legte die Wange an meine Brust. »Ich sagte dir schon, daß es kein Abschied war.«

Ich hob sie hoch und trug sie zur Koje. »Wir werden uns nie wieder Lebewohl sagen, du und ich«, flüsterte ich. Ihre Arme umfaßten mich und führten mich in ein Wunderland, das ich bisher nicht gekannt hatte.

Süß ist das Fleisch der Liebe.

Als ich nachts erwachte, lag sie schlafend auf der Seite, mit dem Rücken an der Wand, die Knie so weit heraufgezogen, wie es die schmale Koje erlaubte. Die Wimpern ihrer geschlossenen Augen waren so lang und so dunkel, daß ich es sogar im Mondlicht sah. Auch im Schlaf sah sie wie ein kleines Mädchen aus. Langsam schlug sie die Augen auf.

Sie schloß sie wieder, öffnete sie noch langsamer, und ein mutwilliges Lächeln flog über ihr Gesicht. »Komm her, Baby«, sagte sie und zog meinen Kopf an ihre Brust.

Ihre Brüste waren wie kleine reife Früchte, süß und fest und warm. Ich küßte sie und hörte den leisen Lustschrei tief in ihrer Kehle.

Später, viel später lag sie still, das Gesicht in meiner Schulter vergraben. »Luke«, flüsterte sie, »so war es noch niemals für mich. Niemals.«

Schweigend streichelte ich ihr Haar.

Sie hob den Kopf und sah mir in die Augen. »Du glaubst mir doch, Luke, oder...?«

Ich nickte, ohne ein Wort zu sprechen.

»Du mußt mir glauben. Du mußt!« sagte sie heftig. »Ganz egal, was die Leute sagen!«

»Ich glaube dir, Nora.«

Zu meiner Verwunderung fing sie an zu zittern und war plötzlich wieder den Tränen nahe. »Es gibt so viele Leute, die mich hassen. Die mich um alles beneiden, was ich habe und was ich kann. Und sie denken sich immer neue Geschichten über mich aus. Lügen, alles Lügen!«

Ich weiß noch, um wie vieles klüger, um wie vieles älter ich mir damals vorkam als sie. »Denk nicht daran, Nora! Solche Leute gibt es überall. Aber ich kenne dich. Und jeder, der dich kennt, weiß es besser und wird dem Gerede nicht glauben.«

Ich drückte ihren Kopf wieder an meine Schulter. Nach einer Weile hörte sie auf zu zittern. »Luke, was denkst du?« Sie sah mir ins Gesicht. »Luke, ich muß dir ein schreckliches Geständnis machen.«

Eine plötzliche Angst überfiel mich. Wenn sie mir etwas vorgelogen hatte, so wollte ich es nicht wissen. Es durfte sich nichts ändern zwischen uns. Ich schwieg.

Sie wußte wohl genau, was mir durch den Kopf ging, denn sie lächelte wieder mutwillig. »Ich kann nämlich nicht kochen.«

Meine Erleichterung über diese Art von Geständnis war beinahe komisch. Ich lachte; dann stieg ich aus der Koje und ging Kaffee kochen.

Als ich zurückkam, sah ich, daß sie ein altes Stück Draht gefunden hatte. Sie saß still und spielte damit, während ich den starken schwarzen Kaffee trank. Und ich sah fasziniert zu, wie das Stück Draht Leben bekam und die Umrisse eines Mannes annahm, der gerade ins Wasser springen will. Sie merkte es und legte den Draht weg.

»Bitte, hör nicht auf«, sagte ich. »Ich wollte, ich könnte so etwas.«

Sie lächelte. »Und ich wünschte manchmal, ich könnte es

nicht. Ich sehe immer etwas in die Dinge hinein, und dann möchte ich, es müsse aus den Dingen wieder herauskommen. Verstehst du, was ich meine?«

»Ich glaube ja. Du bist eine der wenigen Glücklichen. Viele Leute sehen auch allerlei – aber es nimmt nicht Gestalt an.«

Sie sah die Drahtfigur einen Augenblick an, dann warf sie sie gleichgültig beiseite. »Ja, ich bin eine der wenigen Glücklichen«, sagte sie beinahe bitter. »Und du? Was bist du?«

Ich zuckte die Achseln. »Ich weiß nicht. Ich habe nie darüber nachgedacht. Ich glaube, ich bin bloß ein armes Schwein, das darauf wartet, daß der Krieg zu Ende geht.«

»Und was tust du dann?«

»Mir Arbeit suchen. Vielleicht habe ich Glück und kann noch ein paar Häuser bauen, ehe ich zu alt bin, um vor die Tür gesetzt zu werden. Ich weiß nicht, ob ich wirklich etwas kann. Ich hatte noch keine Möglichkeit, mich zu beweisen. Ich ging von der Hochschule direkt zur Luftwaffe.«

»Professor Bell sagte, du kannst sehr viel.«

»Er ist voreingenommen«, antwortete ich. »Ich war sein Lieblingsschüler.«

»Vielleicht kann ich dir helfen. Ein Vetter von mir ist ein ziemlich bekannter Architekt.«

»Ich weiß«, sagte ich. »George Hayden. Hayden & Caruthers.«

»Woher weißt du das?«

»Von deiner Mutter. Sie sagte mir's.«

Nora sah mich nachdenklich an, dann streckte sie die Hand nach einer Zigarette aus. Ich gab ihr Feuer. Sie nahm einen tiefen Zug.

»Mutter verliert keine Zeit.«

Ich antwortete nicht.

Sie lehnte sich zurück. »Hier draußen ist es so still. So groß und leer und so weit weg von den Dingen. Kein Lärm, der einem die Ohren zerreißt. Keine Menschen, die einen belästigen. Eine erschreckend tiefe Stille. Als sei man allein in einer anderen Welt.«

Ich schwieg.

»Luke.« Sie sah mich nicht an. »Möchtest du mich heiraten?«

»Ja.«

Jetzt sah sie mich an, und ihre Augen waren zugleich leuchtend und dunkel. »Warum fragst du mich dann nicht?«

»Was könnte ich einem Mädchen wie dir bieten? Ich habe nichts. Kein Geld, keine Stellung, keine Zukunft. Ich weiß nicht einmal, ob ich imstande wäre, für eine Frau zu sorgen.«

»Ist das so wichtig? Ich habe genug.«

»Nein, ich müßte es selbst können. Ich bin altmodisch.«

Sie kniete neben mir nieder und nahm meine Hände. »Das ist doch gleichgültig, Luke – glaub mir's! Es spielt wirklich keine Rolle. Du mußt mich bitten, dich zu heiraten.«

Ich betrachtete sie schweigend.

Jetzt sah sie mich nicht mehr an. »Das heißt... wenn du wirklich möchtest. Aber du mußt nicht, weil... nun, weil das zwischen uns geschehen ist. Das sollst du wissen.«

Ich drehte ihr Gesicht zu mir. »Ich liebe dich«, sagte ich. »Willst du mich heiraten?«

Sie antwortete mir nicht, sondern sah mich nur an und nickte mit hellen Tränen in den Augen. Ich beugte mich zu ihr und küßte sie sanft auf den Mund.

»Das muß ich Sam wissen lassen.«

»Sam?« fragte ich.

»Doch, das muß ich. Es gehört zu seinem Job. Er muß eine Pressenotiz lancieren. Das ist besser, als wenn ein Skandalreporter es zuerst erfährt und eine schmutzige Geschichte daraus macht.«

Ich sagte kein Wort. Sie legte die Hand auf meinen Arm. »Sam ist ein guter Freund.«

»Mit Sam hattest du dich verabredet... an dem Abend, als wir uns kennengelernt haben.«

»Ach so, das ist es. Du bist eifersüchtig auf ihn.«

Ich schwieg.

»Du brauchst nicht eifersüchtig zu sein. Sam ist mir seit vielen Jahren ein guter Freund. Seit ich zur Schule ging.«

»Ich weiß. Er war sehr darauf bedacht, mir das zu erzählen.«

Sie sah mich einen Augenblick an. »Jawohl. Ein guter Freund. Das war alles. Etwas anderes war nie zwischen uns, was man auch darüber erzählt.«

»War das eins der Gerüchte, vor denen du mich warnen wolltest?« fragt ich.

»Ja. Auch das ist eine dieser dreckigen Lügen.«

In diesem Augenblick beging ich den ersten schweren Fehler unserer Ehe. Ich wußte genau, daß es Lüge war – aber es war ihre eigene Lüge. Ich weiß bis heute nicht, wieso ich es wußte – aber ich wußte es. Vielleicht war es der ehrliche, offene Blick in ihren Augen oder der aufrichtige Klang ihrer Stimme. Irgend etwas davon stimmte nicht. Es war irgend etwas, das ich noch nie bei ihr gespürt hatte. Es gehörte nicht zu ihr.

Aber es war mein Fehler, mein eigener Fehler, und es gibt kein Zurück und kein Anders. Eine Lüge führt zur nächsten, nicht nur für den Lügner, sondern auch für den, der sich gläubig stellt, bis die Wahrheit so schrecklich wird, daß keiner von beiden ihr ins Gesicht sehen kann. Aber damals wußte ich das noch nicht.

Damals dachte ich, das, was ich von ihr nicht glauben sollte, sei schon lange vorbei. Ich dachte, es sei geschehen, ehe wir uns kennenlernten, und deshalb jetzt unwichtig. Ich liebte sie, und sie liebte mich, und alles andere war gestern. Ich beugte mich über sie und küßte sie sanft auf die Wange.

»Ich glaube dir«, sagte ich.

6

Ich sah auf Dani, die neben mir saß, dann über den Tisch auf Nora, die zwischen Harris Gordon und ihrer Mutter Platz genommen hatte. Ebenso unauffällig wie sorgfältig hatte sie es so eingerichtet, daß sie nach unserer höflichen Begrüßung meinen Blick sorgsam vermeiden konnte. Ob wohl die Dämonen der Erinnerung sie jemals so heimsuchten und vergifteten wie mich?

Harris Gordon sah auf seine Uhr. »Ich glaube, wir müssen uns fertigmachen«, sagte er. Er blickte zu Dani hinüber und lächelte. »Geh hinauf und hol deinen Mantel, Kind.«

Dani schaute ihn einen Augenblick an, dann ging sie schweigend hinaus. Eine lastende Stille senkte sich auf uns herab, als habe sie jenes Unsichtbare mit sich genommen, das einzige, das eine Verständigung zwischen uns, die wir hier saßen, möglich machte.

Gordon räusperte sich. »Dani kann mit ihrer Mutter und Großmutter fahren«, sagte er. Dann wandte er sich zu mir: »Es wäre mir sehr lieb, wenn Sie mit mir fahren würden, Colonel, dann hätten wir Gelegenheit, noch etwas zu besprechen.«

Ich nickte; es war auch mein Wunsch. Denn ich wußte bisher nicht mehr als das, was ich durch das nächtliche Telefongespräch erfahren hatte. Während des ganzen Frühstücks hatten wir sorgsam vermieden, auch nur zu erwähnen, was uns zusammengeführt hatte.

»Wir können meinen Wagen nehmen, Mutter«, sagte Nora.

»Charles wird uns fahren.«

Als Mrs. Hayden aufstand, seufzte sie unwillkürlich leise. Sie sah mich mit einem matten, grimmigen Lächeln an. »Altwerden ist ein schmerzhafter Prozeß. Und niemals so charmant, wie wir's gern haben möchten.«

Ich nickte und lächelte zurück. Ich verstand genau, was sie meinte.

Gordon begleitete die alte Dame hinaus. Nora und ich blieben allein. Sie nahm die Kaffeekanne. »Noch etwas Kaffee?«

Ich nickte.

»Sahne und Zucker?«

Ich sah sie an.

Sie wurde rot. »Wie dumm von mir. Ich hatte es vergessen. Schwarz. Keine Sahne. Ein Stück Zucker.«

Wir schwiegen eine Weile. »Dani ist sehr hübsch ... findest du nicht?«

»Ja, sie ist sehr hübsch.« Ich nahm einen Schluck Kaffee.

»Was denkst du von ihr?«

»Ich weiß nicht, was ich denken soll. Es ist sehr lange her... und jetzt hab ich sie nur ein paar Minuten gesehen.«

Eine Spur Sarkasmus war in ihrer Stimme. »Ich hätte nicht gedacht, daß du Zeit brauchst, um zu einem Eindruck zu kommen. Du sagtest früher immer, ihr beide wäret vollkommen aufeinander abgestimmt.«

»Das waren wir«, sagte ich. »Aber es ist sehr lange her. Sie ist inzwischen älter geworden, und wir haben beide viel erlebt. Ich weiß nicht... vielleicht kommt es wieder.«

»Du warst früher deiner Tochter sicherer.«

Ich sah sie an. »Es gibt viele Dinge, deren ich ›früher sicher war‹. Wie augenblicklich... Augenblicklich bin ich sicher, daß du absichtlich so viel von dem Wort ›Tochter‹ hermachst. Wenn du meinst, mir etwas sagen zu müssen, so ist dieser Zeitpunkt nicht schlechter als jeder andere.«

Ihre Augen verschleierten sich. »Du bist noch genauso, wie du warst, als wir uns kennenlernten. Peinlich offen!«

»Für höfliche Lügen ist es zu spät, Nora. Das haben wir schon damals versucht – und es hat nichts getaugt. Die Wahrheit ist einfacher. Man stolpert nicht über sie!«

Sie sah auf das Tischtuch. »Warum bist du gekommen?« fragte sie bitter. »Ich hatte Gordon gesagt, wie brauchten dich nicht. Wir würden schon allein damit fertig werden.«

Ich stand auf. »Ich wollte nicht kommen. Aber ich bin überzeugt, wenn ihr bisher mit allem so gut fertig geworden wäret, so hätte ich allerdings nicht zu kommen brauchen.«

Ich ging hinaus in die Halle. Mir war, als liege mir etwas bleischwer im Magen. Nora hatte sich kein bißchen verändert. Dani kam die Treppe herunter. Ich sah hinauf zu ihr. Es war kein kleines Mädchen, das da die Stufen herabkam. Es war eine junge Frau. Eine, die ich sehr gut gekannt hatte. Ihre Mutter.

Sie trug ein Kostüm und hatte den Mantel nachlässig über die Schulter geworfen. Ihr Haar war aufgebauscht, toupiert, wie sie es, glaube ich, nennen, der Lippenstift frisch auf ihrem jungen Mund. Das Kind, das beim Frühstück neben mir gesessen hatte, war wieder verschwunden. »Daddy!«

Das Eis in mir schmolz. Die Stimme gehörte noch einem Kind. »Ja, Dani?«

Als sie unten angekommen war, drehte sie sich vor mir. »Wie seh' ich aus, Daddy?«

»Wie eine lebendige Puppe«, sagte ich und streckte die Arme nach ihr aus.

»Bitte nicht, Daddy!« rief sie schnell. »Du bringst meine Frisur in Unordnung.«

Mein Lächeln fror ein. Sie war noch ein Kind, wenn das alles war, was ihr Sorgen machte. Aber vielleicht war es das gar nicht. Genauso hatte sich Nora benommen, wenn ihr daran lag, ihre ›Aufmachung‹, wie sie es nannte, nicht zu verderben. Hatte meine Tochter schon gelernt, in den gleichen Begriffen zu denken wie Nora?

Dani schien mein Unbehagen zu spüren. »Sei nicht traurig, Daddy«, sagte sie mit der gleichen, eigenartig beruhigenden Stimme, die mir aufgefallen war, als Nora ins Zimmer kam. »Alles wird gut werden.«

Ich sah zu ihr nieder. »Davon bin ich überzeugt, Dani.«

»Ich weiß es bestimmt«, sagte sie mit merkwürdigem Nachdruck. »Manche Dinge müssen eben passieren, ehe ein Mensch erwachsen werden kann.«

Ich sah sie betroffen an. In diesem Augenblick trat die alte Dame in die Halle, gefolgt von Nora und Gordon.

»Sagen Sie Charles, er soll meinem Wagen nachfahren«, sagte Gordon, als er ihnen die Haustür öffnete.

»Um welche Zeit müssen wir vor Gericht erscheinen?« fragte Nora, als sie an ihm vorbeiging.

Er sah sie kritisch an. »Wir gehen heute nicht zum Gericht, wir bringen das Kind nur zurück in den Gewahrsam des Jugendamts.«

»Wie gut. Ich glaube, ich wäre heute einem Erscheinen vor Gericht nicht gewachsen.«

Gordon antwortete nicht, er nickte nur, während sie dem Wagen zuschritten. »Nach Ihnen, Colonel«, sagte er höflich.

Charles hielt den Schlag von Noras Jaguar auf, als ich herauskam. Ein faltiges Lächeln erschien auf seinem Gesicht. »Colonel Carey!«

»Charles!« Ich lächelte und gab ihm die Hand. »Wie ist's Ihnen immer gegangen?«

»Danke, immer gut, Colonel.« Seine Stimme wurde warm. »Trotz der Umstände ist's 'ne Freude, Sie wiederzusehen, Colonel.«

»Schließen Sie die Tür, Charles!« sagte Nora aus dem Innern des Wagens.

Charles nickte und schloß die Tür. Er warf mir einen Blick zu, ehe er rasch um den Jaguar ging und sich hinter das Steuer setzte.

»Sind Sie mit einem Wagen gekommen, Colonel?« fragte Gordon.

Ich deutete auf den kleinen gemieteten Corvair, einen Zwerg zwischen zwei Riesen, seinem schwarzen Cadillac und Noras grauem Jaguar.

»Dann sage ich meinem Chauffeur, er soll uns mit Ihrem Wagen nachfahren«, sagte Gordon. »Vielleicht brauchen Sie ihn, wenn wir alles soweit erledigt haben.«

Er gab seinem Chauffeur ein Zeichen mit der Hand, dann fuhren wir die lange Einfahrt hinunter. Der andere Wagen folgte uns. Der Gärtner öffnete das Tor. Draußen stand eine Gruppe von Reportern, aber sie eilten zu ihren Autos, als sie sahen, daß wir nicht anhielten. Gordon gab seinem Chauffeur hinter uns wieder ein Zeichen. Wir bogen rechts ab und fuhren an der Grace Cathedral vorbei durch die California Street.

Wir griffen beide gleichzeitig nach dem Anzünder am Schaltbrett. Er lachte und machte eine höfliche Handbewegung. Ich steckte mir eine Zigarette an und gab ihm Feuer.

»Danke.« Er sah mich nicht an. »Ich hoffe, Sie tragen mir nichts nach von unserer letzten Begegnung vor Gericht?«

Ich blickte zu ihm hin. Ein Bild fiel mir ein, das ich einmal gesehen hatte: die beiden Boxer Gene Tunney und Jack Dempsey bei einem Festessen. Tunney lächelte, aber Dempseys Gesicht war finster und voll Groll. Ich wußte jetzt, wie ihm, dem Verlierer, zumute gewesen war.

Gleichviel, welch lange Zeit seither vergangen ist – niemand wird gern an eine Niederlage erinnert. Ich war keine

Ausnahme – aber ich mußte lernen, mich damit abzufinden, wie jeder andere.

»Sehen Sie nur zu, daß Sie den Fall meiner Tochter ebenso glänzend vertreten – dann will ich mich nicht beklagen.«

Er überhörte mein Ausweichen nicht, zog es aber vor, nicht davon Notiz zu nehmen. »Gut. Sie können sicher sein, daß ich mein Bestes tun werde.«

Ich wartete, bis wir in die Gough Street einbogen, dann sagte ich: »Ich weiß bisher nichts, als was Sie mir telefonisch sagten und was ich in den Zeitungen gelesen habe. Vielleicht können Sie die Lücken ausfüllen.«

»Natürlich.« Er sah mich neugierig an. »Ich glaube, über Noras Beziehung zu Riccio brauche ich nichts zu sagen?«

Ich schüttelte den Kopf. Ich kannte Nora.

»Sie hatten den ganzen Tag gestritten«, sagte er. »Soweit ich unterrichtet bin, wollte Nora diese Beziehung lösen – persönlich und geschäftlich. Sie forderte ihn auf, das Haus sofort zu verlassen. Er lebte einen guten Tag und wollte nicht fort.«

»Hatte Nora einen andern Jungen gefunden?« fragte ich.

Wieder ein Seitenblick. Er zuckte die Achseln. »Ich weiß es nicht, und ich habe nicht danach gefragt. Die Polizei war schon am Tatort, als ich eintraf. Ich hielt es für unklug, danach zu fragen.«

»Ich verstehe«, sagte ich.

Wir fuhren wieder nach rechts, in die Market Street. »Allem Anschein nach war Riccio Nora aus ihrem Zimmer hinunter ins Atelier gefolgt – sie stritten sich immer noch. Dani war in ihrem Zimmer und machte Schularbeiten, als sie ihre Mutter aufschreien hörte. Sie rannte hinunter und sah Riccio drohend auf Nora zugehen. Sie griff nach dem Meißel, der auf dem Tisch lag, stürzte sich zwischen die beiden und stieß ihn Riccio in den Bauch. Als Riccio blutend zu Boden fiel, bekam das Kind einen Nervenzusammenbruch und fing an zu schreien. Charles kam ins Atelier gelaufen, hinter ihm Noras Zofe. Nora befahl Charles, über das Haustelefon den Arzt anzurufen, dann rief sie mich vom Ateliertelefon aus an. Ich sagte ihr, sie müsse sofort die Polizei benachrichtigen und ihr in jeder Weise behilflich sein, aber keine Aussage machen, ehe ich nicht dort sei. Zwanzig Minuten später war ich da. Die Polizei war schon zehn Minuten vor mir gekommen.«

Ich zerdrückte meine Zigarette im Aschenbecher. »Und nun die große Frage.«

»Ob Nora ihn getötet hat? Daran haben Sie doch gedacht?«

Ich nickte.

Er antwortete sehr langsam. »Ich glaube es nicht. Ich habe mit beiden gesprochen, ehe sie vernommen wurden. Das, was beide gesagt haben – jede allein –, war zu übereinstimmend, als daß man es in Frage stellen könnte.«

»Sie hatten Zeit, zu verabreden, was sie aussagen.«

Er schüttelte wieder den Kopf. »Ich habe in solchen Dingen zu viel Erfahrung, um mich täuschen zu lassen. Außerdem waren beide nicht in der Verfassung, eine frisierte Geschichte zu fabrizieren. Nora und Dani waren nahe am Zusammenbrechen. Unmöglich konnten sie sich in diesem Zustand etwas Logisches ausdenken.«

»Und es gibt keine anderen Zeugen?«

»Nein. Keine.«

»Und was geschah weiter?«

»Dr. Bonner war noch vor mir gekommen. Er brachte Nora hinauf und gab ihr eine Spritze. Dann ließ ich Sergeant Flynn bei Ihnen anrufen, während ich mit Dani zum Polizeipräsidium fuhr, wo sie ihre Aussage machte. Ich las sie ihr vor, und obwohl ich ihr abriet, bestand sie darauf, sie zu unterschreiben. Vom Polizeipräsidium fuhr ich zum Jugendgewahrsam, wo Dani der Obhut des Jugendamtes übergeben wurde. Zum Glück gelang es mir, den Bewährungshelfer dort dazu zu bewegen, daß er den Jugendrichter selbst anrief, der auch auf Dr. Bonners Empfehlung hin Dani für die Nacht heimschickte. Ich brachte sie zu ihrer Großmutter – und von dort aus rief ich Sie dann an.«

Jetzt waren wir am Portola Drive und fuhren bergan. Ich sah mich um. Noras Jaguar war direkt hinter uns, und zur Linken konnte ich fast die ganze Stadt sehen, die sich dort unten ausbreitete. Rechts hatte ich den mir wohlbekannten Anblick des Baugeländes. Wir kamen zu einer großen Tafel:

Hier hatte ich einst unseren Christbaum gekauft, damals, als Nora und ich jung verheiratet waren. Damals – daran dachte ich jetzt – hatte ich dieses Gelände für mein erstes Bauprojekt vorgesehen. Aber das Problem der Abstützung am Hang war sehr schwierig, und deshalb hatte die Stadt ihre Zustimmung nicht gegeben. Nun war das Baugelände rarer und deshalb teurer geworden. Offenbar war den Behörden ein Licht aufgegangen.

Mit kritischem Blick betrachtete ich die fertigen Häuser. Man hatte gute Arbeit geleistet.

Ich blickte Gordon an. »Ehrlich: Aus welchem Grund haben Sie mich angerufen?«

Er zuckte die Achseln. »Ehrlich... ich weiß es nicht. Ich glaube, es geschah rein gefühlsmäßig. Ich dachte, es ist gut, in einer solchen Kalamität einen Mann wie Sie zur Seite zu haben.«

»So... und das dachten Sie trotz der Dinge, die Nora gesagt hat, als wir das letztemal vor Gericht standen?«

Er antwortete nicht sofort. Als wir oben auf dem Berg waren, bog er scharf nach rechts in die Woodside Avenue ein. Eine lange Reihe mattgrüner Gebäude lag zu unserer Rechten. Wir lenkten in die Einfahrt ein, fuhren hinauf und um das Gebäude herum. Ich sah eine kleine Tafel:

AUFNAHME – KINDER

Gordon hielt an und stellte den Motor ab, dann wandte er sich zu mir und sah mich an. Seine Stimme war gleichmütig, und seine Augen blickten ehrlich in die meinen.

»Es spielt keine Rolle, was ich denke. Es kommt darauf an, was Sie denken. Die Verantwortung liegt bei Ihnen. Entweder Sie sind Danielles Vater – oder Sie sind es nicht.«

Er machte die Tür auf und stieg aus. Ich hörte ein Auto hinter uns. Ich sah in den Rückspiegel – es war Noras Jaguar. Langsam griff ich nach der Türklinke.

7

Reporter und Fotografen umringten uns, noch ehe Noras Wagen hielt. Gordon deutete auf eine Tür hinter ihm. »Hier herein – so schnell Sie können!«

Ich nickte und bahnte mir einen Weg zu Noras Wagen. Sie stieg zuerst aus. Ich nahm ihre Hand, um sie zu stützen. Blitzlichter flammten auf. Sie drehte sich um. Nora und ich halfen Dani heraus. Ihre Hände waren kalt wie Eis. Ich spürte, wie sie in meiner Hand zitterten.

»Sieh nicht hin, Kleines. Komm schnell mit mir.«

Dani nickte schweigend. Wir wollten auf die Tür zugehen, doch die Reporter drangen auf uns ein und zwangen uns, stehenzubleiben.

»Halt... eine Aufnahme bitte!« rief einer von ihnen.

Ich fühlte Danis fast instinktiven Gehorsam beim Klang der befehlenden Stimme. Ich wollte sie weiterschieben. »Komm, Kind.«

Schließlich gelang es Gordon, zu uns durchzukommen. Wir nahmen Dani in unsere Mitte und bahnten uns einen Weg zur Tür. »Laßt das doch, Jungens«, bat Gordon. »Gebt dem Kind eine Chance!«

»Das wollen wir ja gerade, Sie große Nummer«, rief eine Stimme aus dem Hintergrund heiser. »Ein Bild auf der Titelseite: Die jüngste Mörderin, die Sie je verteidigt haben!«

Danis Gesicht wurde weiß, und ihre Knie knickten ein. Ich legte den einen Arm um sie; mit dem andern hieb ich wütend um mich. »Laßt sie in Ruhe, sonst schlag ich euch eure verdammten Schädel ein!«

Plötzlich waren sie still. Ich weiß nicht, war es meine Wut oder ihre eigene Verlegenheit über die rohe Bemerkung – diejenigen, die am dichtesten bei uns standen, wichen zurück. Ich zog Dani in den Eingang. Nora und Gordon folgten. Gordon drehte sich um und schloß die Tür.

Dani taumelte mit halbgeschlossenen Augen gegen mich.

Sie war so blaß, daß sich das bißchen Make-up auf ihrem Gesicht scharf abzeichnete. Ich drückte ihren Kopf an meine Brust und hielt sie fest.

»Nimm's nicht so schwer, Liebchen!«

Ich spürte, wie sie zitterte. Sie versuchte zu sprechen, brachte aber kein Wort heraus. Sie zitterte nur noch heftiger.

»Dort drüben ist eine Bank, Mister Carey«, sagte eine weißgekleidete Aufseherin. Ich hatte sie gar nicht kommen sehen.

Ich führte Dani zu der Bank und setzte mich neben sie. Ihr Gesicht lag noch immer auf meiner Brust. Die Aufseherin, eine Flasche Riechsalz in der Hand, beugte sich über sie. »Lassen Sie sie das einatmen, Mister Carey«, sagte sie mitleidig.

Ich nahm die Flasche und hielt sie unter Danis Nase. Der scharfe, stechende Geruch stieg zu mir auf. Dani atmete schwer, dann hustete sie.

Die Pflegerin nahm mir die Flasche ab und gab mir ein Glas Wasser. Ich hielt es an Danis Lippen; sie nahm erst einen kleinen Schluck, dann trank sie.

Als sie aufschaute in mein Gesicht, kam eine Spur von Farbe in ihre Wangen. »Ich bin... ich bin schon wieder okay, Daddy«, flüsterte sie.

»Wirklich, Kind?«

Sie nickte. Ihre Augen waren dunkelviolett wie die ihrer Mutter. Nur weicher und irgendwie zärtlicher. Jetzt aber waren sie plötzlich müde und alt und krank. »Ich werde mich dran gewöhnen, Daddy. Es wird nur ein Weilchen dauern.«

»Du brauchst dich an gar nichts zu gewöhnen!« sagte ich zornig.

Sie lächelte. »Ärgere dich nicht, Daddy. Ich werde okay sein.«

Da sah ich Noras Augen. Ich kannte diesen Blick. Schon viele Male hatte ich ihn gesehen, wenn sie Dani und mich beobachtete. Als seien wir zwei Wesen von einem anderen Planeten. Die alte Bitterkeit blitzte in ihren Augen auf.

»Fühlst du dich gut genug, mit an den Tisch zu kommen, Kind?« fragte die Pflegerin.

Dani nickte. Als sie aufstand, nahm ich ihren Arm. Sie stieß meine Hand weg, und nun wußte ich, daß auch sie Noras Blick gesehen hatte. »Danke, Daddy, es geht schon.«

Ich folgte ihr zu dem kleinen Schreibtisch. Das Büro war ein kahler Raum, an der weißgestrichenen Wand ein Schild: AUFNAHME – MÄDCHEN. Es sah hier aus wie in einem billigen Hotel.

Unter diesem Schild las ich ein anderes, kleineres:

Mädchen dürfen kein Make-up haben, außer einem farblosen Lippenstift. Alles andere ist vor Betreten der Wohnräume hier abzugeben.

Eine grauhaarige, gelassen aussehende Frau saß hinter dem Schreibtisch. »Ihre Tochter braucht nicht mehr eingewiesen zu werden, Mr. Carey. Wir haben das schon gestern nacht erledigt. Sie braucht nur noch ihre Wertsachen zu hinterlegen.«

Dani legte ihre kleine Tasche auf den Schreibtisch. »Darf ich den Lippenstift und einen Kamm behalten?«

Die Frau nickte.

Dani öffnete die Tasche und nahm Lippenstift und Kamm heraus. Dann zog sie ihre Armbanduhr ab und legte sie in die Tasche. Sie griff nach ihrem Hals, nahm die einzelne Perlenschnur ab, die sie trug, und tat sie dazu. Sie wollte den Ring von ihrem Finger ziehen, aber er saß ziemlich fest. Sie sah die Frau fragend an.

»Es tut mir leid, Dani«, sagte die Frau freundlich.

Dani saugte einen Augenblick an ihrem Finger. Endlich ging der Ring herunter. Er ließ einen weißen Streifen zurück. Sie hielt ihn eine Sekunde über die offene Tasche, dann wandte sie sich um und gab ihn mir. »Willst du ihn für mich aufheben, Daddy?«

In ihrer Stimme war etwas, das mich veranlaßte, mir den Ring anzusehen. Mein Herz zog sich zusammen. Wie damals an dem heißen Nachmittag in La Jolla, als sie sechs Jahre alt war und ich meine letzten fünfzehn Dollar ausgegeben hatte für einen kleinen vierzehnkarätigen Goldring zu ihrem Geburtstag. Ich hatte ihre Anfangsbuchstaben eingravieren lassen: D. N. C. – Danielle Nora Carey. Jetzt sah ich, daß der

Ring im Lauf der Jahre geweitet worden war. Einen Augenblick lang konnte ich kein Wort sagen. Ich nickte nur und legte den Ring sorgfältig in meine Börse.

Gerade ging die Tür wieder auf. Die alte Mrs. Hayden trat ein. »Diese elenden Reporter! Nun, ich habe ihnen unmißverständlich meine Meinung gesagt!« Als sie zu uns kam, musterte sie Dani. »Geht's dir gut, Kind? Bist du gesund?«

»Danke, Großmutter – mir geht's gut.«

»Es ist Zeit, du mußt gehen, Dani«, sagte die grauhaarige Frau freundlich. »Miss Geraghty wird dich in dein Zimmer bringen.«

Plötzlich sah Dani sehr einsam aus. Der Schatten einer Ahnung flog über ihr Gesicht. Ihre Augen wurden dunkel vor Furcht.

Miss Geraghty sagte beruhigend: »Du brauchst keine Angst zu haben, Kind. Du wirst hier gut behandelt.«

Dani atmete tief. Dann ging sie zu ihrer Mutter und hob die Lippen, um Noras Wange zu küssen.

Diesen Moment benützte Nora zu einer dramatischen Szene. »Mein Kleines!« schrie sie auf. »Nein, mein Kleines, sie dürfen dich mir nicht wegnehmen!«

Das genügte, um Dani den Rest zu geben. Im Bruchteil einer Sekunde schluchzte sie hysterisch in den Armen ihrer Mutter. Sofort waren die beiden von allen andern umringt, und alle redeten ihnen mitleidig zu. Auch eines von Noras Talenten. Sogar die Pflegerin, die doch ähnliche Szenen gewöhnt sein mußte, hatte Tränen in den Augen.

Rasch und mit kundigen Bewegungen löste die Pflegerin Dani aus Noras Armen und brachte das weinende Kind durch eine andere Tür hinaus. Über dieser war wieder ein Schild: ZU DEN MÄDCHENRÄUMEN.

Immer noch weinend trat Nora zu Gordon. Er gab ihr sein Taschentuch. Sie bedeckte rasch ihre Augen damit – doch nicht so rasch, daß ich nicht den in ihnen aufblitzenden Triumph gesehen hätte. Ich blickte Nora und Gordon nach, als sie hinausgingen, dann wandte ich mich der alten Mrs. Hayden zu.

Ihr Gesicht war finster und traurig. »Würdest du mit mir

nach Hause kommen, Luke? Zum Lunch? Wir haben so vieles zu besprechen.«

»Nein, danke. Ich glaube, ich fahre am besten gleich ins Hotel und versuche etwas zu schlafen. Ich habe die ganze Nacht kein Auge zugemacht.«

»Dann morgen? Zum Dinner? Es wird sonst niemand dabeisein. Nur wir beide, du und ich.«

Was mochte sie im Sinn haben? Die alte Dame tat nie etwas, wozu sie nicht ihre Gründe hatte. »Vielleicht«, sagte ich. »Ich werde dich anrufen.«

Sie sah mich ein paar Sekunden lang schweigend scharf an, dann holte sie tief Atem. »Du brauchst keine Angst vor mir zu haben, Luke. Ich liebe das Kind. Wirklich.«

In ihren Augen war ein so bittender Blick, daß ich von der Wahrheit ihrer Worte überzeugt war. Zum erstenmal hatte ich erlebt, daß sie einen Menschen bat, ihr zu glauben. »Ich weiß, daß du sie liebst, Mutter Hayden«, sagte ich freundlich.

Sie sah mich dankbar an. »Bitte nenne mich weiter so.«

»Ja, gerne.«

Sie drehte sich um und ging. Die Tür schloß sich hinter ihr. Ich wandte mich an die grauhaarige Aufseherin, die inzwischen zu ihrem Pult zurückgekehrt war: »Wann kann ich meine Tochter besuchen?« fragte ich.

»Die gewöhnliche Besuchszeit ist Sonntag von halb drei bis drei. Aber für neu Eingewiesene werden manchmal Ausnahmen gemacht.«

»Ich kann jederzeit kommen.«

»Dann fragen Sie, wenn Sie kommen, beim Eingang nach. Ich hinterlege einen Besuchsschein für Sie.«

»Vielen Dank!«

Ich ging zur Einfahrt. Noras Wagen war fort, die meisten Reporter ebenfalls. Gordon stand neben seinem schwarzen Cadillac und sprach mit den beiden, die noch geblieben waren. Er winkte mir.

»John Morgan vom ›Chronicle‹«, sagte Gordon und wies auf den größeren der beiden, »und Dan Prentis, AP.«

»Ich möchte mich für diese niederträchtige Bemerkung

entschuldigen, Mister Carey«, sagte Morgan. »Bitte denken Sie nicht, daß wir alle so sind!«

»Das gilt auch für mich, Colonel«, sagte der AP-Mensch rasch. »Sie haben meine vollste Sympathie, und wenn ich irgend etwas tun kann, um Ihnen behilflich zu sein, so rufen Sie mich bitte unverzüglich an.«

»Ich danke Ihnen, meine Herren.«

Wir schüttelten uns die Hände, dann gingen sie. Ich blickte Gordon an. »Und was jetzt?«

Er sah auf seine Uhr, dann wieder auf mich. »Ich muß wieder in mein Büro. Ich bin den ganzen Nachmittag besetzt. Wo kann ich Sie gegen sechs erreichen?« – »Ich bin im Motel.«

»Gut. Ich rufe Sir dort an, und wir verabreden eine Zeit, um unser Gespräch zu beenden.« Plötzlich lächelte er. »Sehen Sie, ich hatte recht. Sie sind der richtige Mann, wenn eine Lage so brenzlig ist. Sie haben vorhin ausgezeichnet gewirkt.«

»Ich habe doch gar nichts...«

»Doch, Sie haben. Sie haben genau richtig reagiert. Sie haben jeden echten Reporter auf unsere Seite gebracht.«

Die Betonung machte mich stutzig. »Echten Reporter? Und was für ein Reporter hat die rüpelhafte Bemerkung gemacht?«

Er grinste. »Das war kein Reporter, das war mein Chauffeur. Ich hatte schon große Sorge, daß er nicht rechtzeitig an Ort und Stelle sein würde.«

Ich starrte ihn mit offenem Munde an. Das hätte ich wissen müssen. Man nannte ihn nicht umsonst ›Die große Nummer‹.

Er öffnete die Tür seines Wagens. »Richtig, hier sind Ihre Schlüssel. Ihr Wagen ist unten auf der Straße geparkt. Ich muß meinen Chauffeur ein paar Blocks weiter drüben auflesen. Denn ich durfte nicht riskieren, daß ihn jemand erkennt.« Ich nahm die Schlüssel und blickte ihm nach, als er in seinen Wagen stieg. Ein Weilchen blieb ich noch stehen, bis der Cadillac verschwunden war, dann ging ich langsam zu meinem Mietwagen.

Ich kam an einem Drahtzaun vorüber, hinter dem eine Reihe langer grüner barackenartiger Gebäude stand. Ich faßte den Drahtzaun an und blieb lange stehen. Irgendwo innerhalb dieses Gitters war meine Tochter. Ich hatte ein immer stärker werdendes Gefühl der Leere. Sie mußte so allein sein...

Ob Nora wohl jetzt dasselbe empfand wie ich, wenn sie an Dani dachte? Und in der alten, niederträchtigen Art, die sie hatte, meine Gedanken zu stehlen, nahm Nora wieder von ihnen Besitz, und ich dachte an die Vergangenheit.

8

Die drei Wochen, die von meinem Urlaub noch übrigblieben, wurden unsere Flitterwochen. Und in gewisser Weise waren sie unsere Ehe. Denn es dauerte dann fast zwei Jahre, ehe ich zurückkam. Damals war der Krieg über ein Jahr vorbei, und es gelang uns niemals, da wieder anzuknüpfen, wo wir aufgehört hatten.

Nora hatte mich nicht zum Flughafen begleitet, als ich fort mußte, weil sie vom Abschiednehmen nichts hielt. Sie war auch nicht am Flughafen, als ich wiederkam. Aber ihre Mutter war da.

Die alte Dame stand bereits da, als ich die Gangway hinunterkam. Auf sie brauchte man nicht in der Halle zu warten. Sie streckte mir die Hand entgegen. »Willkommen, Luke. Willkommen daheim. Es ist schön, dich wieder hier zu haben.«

Ich küßte ihre Wange. »Es ist schön, wieder daheim zu sein«, sagte ich. »Wo ist denn Nora?«

»Es tut mir so leid, Luke – dein Telegramm kam erst gestern an. Sie ist in New York.«

»In New York?«

»Heute abend ist die Eröffnung ihrer ersten Nachkriegsausstellung. Wir hatten ja keine Ahnung, daß du kommst.« Sie las die Enttäuschung in meinem Gesicht. »Nora hat sich entsetzlich aufgeregt, als ich ihr am Telefon dein Telegramm vorlas. Sie bittet dich, sie sofort anzurufen – sobald wir nach Hause kommen.«

Ich lächelte trocken. Es paßte genau ins Bild. Wie alles andere im letzten Jahr. Jedesmal, wenn ich dachte, ich werde entlassen, kam etwas anderes dazwischen, und ich mußte bleiben. Hätten sie mich nicht zum Colonel befördert und in den Generalstab versetzt, wäre es besser gewesen für mich. Denn all die andern Jungens, mit denen ich geflogen war, hatten sie schon mindestens sechs Monate vorher entlassen.

»Geht es ihr gut?« fragte ich. Nora war keineswegs die fleißigste Briefschreiberin der Welt. Ich war schon glücklich, wenn ich durchschnittlich einen Brief im Monat von ihr bekam. Ich glaube, ohne ihre Mutter hätten wir jeden Kontakt verloren. Die alte Dame schrieb mir regelmäßig, mindestens einmal in der Woche. »Es geht ihr großartig. Sie hat schwer gearbeitet, um alles für diese Ausstellung fertig zu haben. Aber du kennst ja Nora.« Sie sah mich sonderbar an. »Sie will es ja so und nicht anders. Sie muß immer beschäftigt sein.«

»Ja.«

Sie nahm meinen Arm. »Komm, wir gehen zum Wagen. Charles kann dein Gepäck holen.«

Wir plauderten alles mögliche auf dem Heimweg. Ich hatte den Eindruck, daß die alte Dame nervöser war, als sie es zeigen wollte. Nun ja, das war schließlich normal, denn jetzt war wirklich die erste Gelegenheit, unsere neue Verwandtschaft zu erproben. Ich war selbst ziemlich befangen.

»Scaasis Nummer findest du in der Bibliothek auf dem Schreibtisch, gleich neben dem Telefon«, sagte sie, als wir ins Haus kamen.

Sie folgte dem Diener, der mein Gepäck trug, nach oben; ich ging in die Bibliothek. Die Telefonnummer lag genau dort, wo sie gesagt hatte; ich gab sie dem Fernamt durch. Es dauerte nicht lange, bis ich die Verbindung hatte.

»Scaasis Galerie«, meldete sich eine Stimme. Im Hintergrund hörte ich Lärm und Stimmengewirr.

»Miss Hayden bitte.«

»Wer spricht dort?«

»Ich bin ihr Mann – ich rufe von San Francisco aus an.«

»Einen Augenblick bitte. Ich werde versuchen, sie zu finden.«

Ich wartete – es erschien mir eine Ewigkeit. Dann wieder die Stimme: »Es tut mir leid, Mister Hayden – ich kann sie nicht finden.«

Mr. Hayden. Es war das erstemal, daß ich das hörte. Es sollte nicht das letztemal sein. Nach einiger Zeit hatte ich es entsetzlich satt, aber in jenem Augenblick danach belustigte es mich.

»Ich heiße Carey«, sagte ich. »Ist Sam Corwin in der Nähe?«

»Ich werde nachsehen. Einen Augenblick bitte.«

Ein paar Sekunden später war Sam am Telefon. »Luke, alter Knabe! Willkommen daheim!«

»Danke, Sam. Wo ist Nora?«

»Ich weiß es nicht«, sagte er. »Eben noch war sie hier. Sie wartete auf Ihren Anruf. Sie wissen ja, wie es bei so einer Eröffnung ist. Vielleicht ist sie zu Tisch gegangen. Sie hatte den ganzen Tag noch nichts gegessen. Hier ist's geradezu hektisch zugegangen.«

»Das kann ich mir vorstellen. Und wie macht sich alles?«

»Großartig. Scaasi hat die wichtigsten Stücke bereits verkauft, noch ehe die Ausstellung überhaupt eröffnet worden ist. Er ist dabei, ein paar höchst wichtige Verträge für Nora abzuschließen.«

Nun, sonst war nicht mehr viel zu sagen. »Sie soll mich bitte anrufen, sobald sie kann.« Ich sah nach der Uhr. Hier war es sechs, das hieß also neun Uhr in New York. »Ich bleibe den ganzen Abend hier.«

»Schön, Luke. Sind Sie im Haus von Mrs. Hayden?«

»Natürlich.«

»Ich lasse sie anrufen, sobald ich sie finde.«

»Danke, Sam. Adieu.«

Ich legte den Hörer auf und ging aus der Bibliothek in die Halle, wo Mrs. Hayden mich erwartete. »Hast du mit Nora gesprochen?« fragte sie.

»Nein. Sie ist fortgegangen. Wohl zu Tisch.«

Meine Schwiegermutter schien überrascht. »Ich habe ihr doch aber gesagt, daß du gegen sechs anrufen wirst.«

Ich verteidigte Nora. »Sie hat einen schweren Tag hinter sich, sagt Sam. Du weißt ja, wie es in New York bei solchen Eröffnungen ist.«

Es sah aus, als wollte sie etwas antworten. Doch dann änderte sie offenbar ihren Entschluß. »Du mußt abgespannt sein von deinem Flug. Willst du nicht hinaufgehen und dich etwas frisch machen? Wir werden bald essen.«

Ich ging in mein Zimmer, während sie sich in die Bibliothek begab und die Tür hinter sich schloß. Freilich wußte ich nicht, daß sie sofort Sam anrief.

Nur ungern nahm er den Hörer ab – er wußte schon, wer es sein würde. »Ja, Mrs. Hayden?«

Die Stimme der alten Dame war scharf und gereizt. »Wo ist meine Tochter?«

»Das weiß ich nicht, Mrs. Hayden.«

»Ich glaube, ich hatte Sie gebeten, dafür zu sorgen, daß sie da ist, wenn er anruft.«

»Ich habe Nora Ihren Wunsch ausgerichtet, Mrs. Hayden. Sie sagte, sie wird hier sein. Ich habe sie gesucht, aber sie war weggegangen.«

»Wo ist sie?« wiederholte die alte Dame.

»Ich sagte Ihnen bereits: Ich weiß es nicht.«

»Dann suchen Sie sie. Sofort. Und sagen Sie ihr, ich wünsche, daß sie unverzüglich nach Hause kommt.«

»Ja, Mrs. Hayden.«

»Und ich wünsche, daß sie mit dem nächsten Flugzeug hier ist. Sorgen Sie dafür. Haben Sie mich verstanden, Mister Corwin?«

Jetzt klang ihre Stimme kalt und stählern.

»Ja, Mrs. Hayden.« Das Telefon klickte. Sie hatte eingehängt. Langsam legte auch er den Hörer auf. Müde massierte er seine Schläfen. Nora konnte an hundert Stellen sein.

Er schob sich durch die Menschen und trat hinaus in die Nacht. Die Fünfundsiebzigste Straße war fast leer. Er blickte nach beiden Richtungen und dachte nach. Schließlich kam er zu einem Entschluß. Er überquerte die Fahrbahn und ging die Park Avenue hinunter. Wenn er doch irgendwo anfangen mußte – warum nicht gleich hier oben? Und sich dann langsam bis zum Ende durchfragen. Im ›El Marokko‹ konnte sie ebenso gut sein wie in jedem anderen Lokal.

Dann zogen ihn die hellen Lichter eines Drugstores an, als er an der Vierundfünfzigsten Straße über die Lexington Avenue mußte. Einem Impuls folgend, ging er hinein und rief einen Privatdetektiv an, den er kannte.

Es war nach zwei Uhr nachts, als sie Nora endlich fanden. Im Village, im dritten Stock eines Hauses in der Achten Straße.

»Hier muß es sein«, sagte der Detektiv. Er schnupperte. »In dieser Luft geht man hoch, schon wenn man draußen steht.«

Sam klopfte. Ja, hier mußte sie sein. Sie hatten den jungen Kerl in einer Bar auf der Achten Avenue aufgegriffen, wo unbeschäftigte Schauspieler herumlungerten. Sam war überrascht, als er erfuhr, daß sie sich fast ständig mit ihm getroffen hatte, seit sie in New York waren – und dabei hatte er gedacht, über jede verfügbare Minute ihrer Zeit Bescheid zu wissen.

Nach ein paar Sekunden war innen eine Stimme zu hören. »Schert euch weg. Ich bin beschäftigt.«

Sam klopfte wieder.

Diesmal klang die Stimme noch gereizter. »Schert euch weg – ihr hört doch, daß ich beschäftigt bin.«

Der Detektiv sah die Tür abschätzend an, dann hob er den Fuß gegen das Schloß. Er schien gar nicht einmal kräftig zu drücken, da flog die Tür auch schon mit einem häßlich splitternden Krachen auf.

Ein junger Mann stürzte sich aus dem dunklen Flur auf die beiden. Wieder machte der Detektiv eine scheinbar mühelose Bewegung – und plötzlich stand er zwischen Sam und dem jungen Burschen, der auf der Erde lag und sich das Kinn rieb. Er sah zu ihnen auf.

»Ist Nora Hayden hier?« fragte Sam.

»Hier ist niemand, der so heißt«, sagte der Junge schnell.

Sam sah ihn einen Augenblick schweigend an, dann stieg er rasch über ihn hinweg und ging zur nächsten Tür. Ehe er noch dort war, ging sie auf.

Nora stand auf der Schwelle, völlig nackt, eine Zigarette zwischen den Lippen. »Sam, Baby!« sagte sie lachend. »Na, kommst du mitspielen? Offenbar wird dir's da oben in der Stadt zu langweillig.« Sie drehte sich um und trat wieder ins Zimmer. »Komm herein«, rief sie über die Schulter. »Hier ist Tee genug für die ganze mexikanische Armee!«

Sam ging ihr schnell nach und riß sie herum. Er nahm ihr die Zigarette aus dem Mund und warf sie auf den Boden. Der scharfe Marihuanageruch stach ihm in die Nase. »Zieh deine Kleider an!«

»Wozu?« fragte sie drohend.

»Du fährst nach Hause.«

Sie fing an zu lachen. »Heimat, süße Heimat. Und ist das Hüttchen noch so klein – kein trauter Plätzchen als daheim!« Sam schlug ihr ins Gesicht. Sie taumelte zurück. »Zieh dich an, hab' ich gesagt!«

»Heda – Augenblick!« Der junge Bursche war wieder auf die Füße gekommen. Er hielt seine engen schwarzen Hosen am Bund fest, als er auf Sam zuging. »Lassen Sie das! Sind Sie etwa ihr Mann oder so?«

Nora begann wieder zu lachen. »Kein schlechter Witz! Mein Mann! Nein, er ist bloß der Wachhund, den meine Mutter gemietet hat! Mein Mann ist fünftausend Meilen weg von hier.«

»Dein Mann ist zu Hause. Heute abend gekommen. Er versucht, dich telefonisch zu erreichen.«

»Er ist zwei Jahre weg gewesen. Da kommt's wohl auf ein paar Tage mehr oder weniger nicht an.«

»Vielleicht hast du nicht verstanden, was ich sagte.« Sam sprach ruhig. »Luke ist zu Hause.«

Nora starrte ihn an. »Großartig! Und wann wird die Parade abgehalten?«

Plötzlich wurde sie weiß im Gesicht. Sie rannte ins Badezimmer. Sam hörte sie stöhnen und würgen, dann rauschte die Spülung. Wasser floß in ein Becken.

Nach ein paar Minuten kam sie heraus. Sie hielt noch das nasse Handtuch an ihr Gesicht. »Ich bin krank, Sam. Sehr krank.«

»Das weiß ich.«

»Nein, das weißt du nicht. Das weiß niemand. Weißt du etwa, was es heißt, Nacht für Nacht allein ins Bett zu gehen? Danach zu hungern und es nicht haben zu können?«

»So wichtig ist das nicht.«

»Dir vielleicht nicht!« sagte sie wütend. »Aber wenn ich den ganzen Tag gearbeitet habe, bin ich fertig. Und überwach. Ich kann nicht einschlafen. Ich muß etwas haben, was mich entspannt.«

»Hast du's mal mit einer kalten Dusche versucht?«

»Du Witzbold! Denkst du denn, all die Dinge, die ich schaffe, kommen hier heraus?« Sie schlug gegen ihre Stirn. »Nein, das tun sie nicht. Hierher kommen sie!« Nora schlug auf ihren nackten Leib. »Hierher kommen sie, mein Lieber, und jedesmal fühle ich mich leerer. Und dann muß ich etwas haben, um mich wieder aufzufüllen. Kannst du das verstehen, du... du Mister Kunstkritiker?!«

Sam deutete auf ihre Kleider, die auf dem zerwühlten Bett lagen. »Zieh dich an. Deine Mutter wünscht, daß du Luke sofort anrufst.«

Sie warf ihm einen sonderbaren Blick zu. »Weiß meine Mutter denn...?«

Er sah sie fest an. »Deine Mutter weiß alles. Immer. Sie hat es mir gesagt, als ich damals zusagte, dein Agent zu werden.«

Sie sank auf das Bett. »Zu mir hat sie nie ein Wort davon gesagt.«

»Hätte das etwas genützt?«

Jetzt stiegen Nora die Tränen in die Augen. »Ich kann es nicht. Ich kann nicht. Ich kann nicht zurück.«

»Doch, du kannst. Ich habe Auftrag von deiner Mutter, dich in ein Flugzeug zu setzen, sobald du Luke angerufen hast.«

Sie sah zu ihm auf. »Hat sie das gesagt?«

»Ja.«

»Und Luke? Weiß er es auch?«

»Soweit ich's beurteilen kann, weiß er nichts. Ich glaube, deine Mutter wünscht, daß er nichts erfährt.«

Nora saß einen Augenblick schweigend da, dann atmete sie tief auf. »Meinst du, ich bringe es fertig? Jetzt, da Luke zu Hause ist, werde ich nachts nie mehr allein sein.«

Sie griff nach ihren Kleidern und begannn sich anzuziehen. »Meinst du, du kannst mich noch heute nacht ins Flugzeug setzen?« Es klang wie die Frage eines atemlosen, aufgeregten Kindes. »Ja, in das erste, das heute nacht fliegt.«

Sie lächelte. Jetzt war sie glücklich. »Ich werde ihm eine gute Frau sein. Du wirst es erleben!« Sie schlüpfte in ihren Büstenhalter und drehte ihm den Rücken zu. »Bitte, hak' ihn mir zu, Sam!«

Er trat zu ihr hin und hakte den Büstenhalter zu. Dann schlüpfte sie in ihr Kleid und ging nochmals ins Badezimmer. Als sie ein paar Minuten später herauskam, sah sie so frisch und sauber aus, als käme sie aus dem Morgenbad.

Sie ging auf Sam zu und küßte ihn plötzlich auf die Wange.

»Danke, Sam, daß du mich gesucht hast. Ich hatte Angst, zurückzugehen. Angst, ihm gegenüberzutreten. Aber jetzt weiß ich, es wird alles gut gehen. Ich hab' mir gewünscht, daß du mich finden solltest ... Und du hast mich gefunden.«

Einen Augenblick sah er sie an, dann zuckte er die Achseln. »Wenn du wolltest, daß ich dich finden sollte – warum hast du mir dann keine Nachricht hinterlassen?«

»Nein, es mußte gerade so sein«, sagte sie. »Sonst wäre es nicht das Richtige gewesen. Es mußte noch ein Mensch wissen – außer mir selbst.«

Er öffnete die Tür. »Komm, wir gehen«, sagte er.

Sie ging in das andere Zimmer und durch die Ausgangstür, ohne auch nur einen Blick für den jungen Mann, der auf einem Stuhl saß.

9

Charles stellte mir den Orangensaft auf den Tisch. Es war ein paar Monate später. Ich nahm das Glas und trank, als meine Schwiegermutter ins Zimmer trat.

Sie lächelte mir zu. »Guten Morgen, Luke.« Dann setzte sie sich und entfaltete ihre Serviette. »Wie geht's ihr heute?«

»Anscheinend gut. Sie hat gut geschlafen, und ich glaube, mit ihrer Morgenübelkeit ist es schon vorbei.«

Sie nickte. »Nora ist gesund und kräftig. Eigentlich sollte sie keine Beschwerden haben.«

Zustimmend nickte ich. Kaum sechs Wochen war ich zu Hause, als Nora entdeckte, daß sie schwanger war. Eines Abends kam ich aus dem Büro und fand sie in heller Hysterie. Sie hatte sich in unserm Zimmer über das Bett geworfen und schluchzte vor Wut.

»Was gibt es denn?« fragte ich. Ich war an ihre Temperamentsausbrüche schon gewöhnt – wenn etwa bei ihrer Arbeit eine Gestalt, die sie in ihrer Phantasie so deutlich gesehen hatte, nicht gleich die gewünschte Form annahm.

»Ich will es nicht! Und ich glaube es auch nicht!« schrie sie und setzte sich auf.

Ich sah sie erstaunt an. »Beruhige dich! *Was* willst du nicht?«

»Dieser verdammte Arzt! Er sagt, ich sei in andern Umständen!«

Unwillkürlich grinste ich. »Ja, solche Dinge passieren mitunter.«

»Was ist daran so komisch? Ach, alle Männer sind gleich! Ihr fühlt euch dann groß und stolz und männlich, nicht wahr?«

»Nun ja ... Bedrückt bin ich grade nicht«, gab ich zu.

Jetzt waren ihre Tränen versiegt, und ihr ganzer Zorn richtete sich gegen mich. »Natürlich, für *deine* Arbeit spielt es keine Rolle, ob man ein Kind hat oder nicht. Dich bringt ja keine Schwangerschaft um deine Figur, du wirst ja nicht dick und fett und so häßlich, daß kein Mensch dich mehr ansieht.«

Böse sah sie mich an. »Nein, ich will es nicht haben!« Sie schrie wieder. »Ich lasse es wegbringen! Ich kenne einen Arzt...«

Ich ging zu ihr. »Du wirst nichts dergleichen tun.«

»Du kannst mich nicht hindern!« schrie sie, sprang aus dem Bett und lief zur Tür.

Ich faßte sie bei der Schulter und drehte sie zu mir. »Ich kann – und ich will!« sagte ich ruhig.

Ihre Augen wurden dunkel vor Zorn. »Du machst dir ja keine Sorgen um mich! Du fragst ja nicht danach, ob ich beim Kinderkriegen sterbe oder nicht. Das einzige, wonach du fragst, ist schon jetzt das Kind.«

»Das ist nicht wahr, Nora. Gerade, weil du mir so wichtig bist, möchte ich, daß du das Kind bekommst. Eine Abtreibung ist sehr gefährlich.«

Langsam wich der Zorn aus ihren Augen. »Du sorgst dich also um mich? Ist das wahr?«

»Das weißt du doch selbst.«

»Und wenn es kommt, wirst du mich dann noch immer lieber haben als... das Baby?«

»Du bist das einzige, was ich habe, Nora. Das Baby ist doch etwas ganz anderes.«

Einen Augenblick schwieg sie. »Wir werden einen Sohn haben.«

»Woher weißt du das?« fragte ich. »Babys werden nicht im Atelier gemacht wie Statuen.«

Sie blickte mir ins Gesicht. »Ich weiß es. Jeder Mann will doch einen Sohn haben, und du sollst einen bekommen. Sicher, Luke!«

»Mach dir keine Sorgen. Ein kleines Mädchen wäre mir ebenso recht.«

Sie löste sich aus meinen Armen und ging zum Spiegel. Dort ließ sie ihr Negligé fallen, drehte sich seitwärts und betrachtete ihr nacktes Spiegelbild. »Ich glaube, ich bekomme einen kleinen Bauch.«

Ich lachte. Sie war flach wie ein Bügelbrett. »Ist das nicht ein bißchen früh?«

»O nein, gar nicht! Der Arzt meint, bei manchen Frauen sieht man es eher. Außerdem hab ich das Gefühl, schwerer zu sein.«

»Aber man sieht dir's nicht an.«

»Wirklich nicht?« Sie drehte sich um und sah, daß ich lachte. »Warte nur, das sollst du bereuen!«

Auch sie lachte und warf sich übers Bett gegen mich. Wir fielen um, sie über mich. Sie küßte mich und legte ihr ganzes Gewicht auf mich. »Da hast du's – nun, bin ich schwer? Wie ist das?«

»Herrlich ist das.«

»Nicht wahr?« Ich spürte den plötzlichen hungrigen Unterton in ihrer Stimme. Sie küßte mich wieder, und ihr Körper begann sich zu bewegen.

»Wart einen Augenblick«, sagte ich besorgt. »Meinst du, es kann dir nicht schaden?«

»Sei nicht albern! Der Arzt hat mir gesagt, wir sollten weiter leben wie bisher. Nur darfst du nicht so schwer auf mir liegen. Er empfahl die Stellung der ... der weiblichen Überlegenheit.«

Ich stellte mich dumm. »Der weiblichen Überlegenheit? Ich dachte, der Mann sei überlegen.«

»Ach, du weißt doch. Ich meine, daß die Frau oben liegt.«

Ich tat, als lerne ich etwas ganz Neues. Aber ich konnte mich nicht beherrschen. Ich lachte und warf Arme und Beine ekstatisch in die Luft. »Nimm mich ... ich bin dein!«

Und wir lachten beide, bis wir kaum mehr Luft bekamen.

Aber der nächste Morgen war schlimm. Und seitdem war ihr fast jeden Morgen übel gewesen ...

»Wie geht die Arbeit im Büro?« fragte meine Schwiegermutter.

»Okay, glaube ich. Sie gewöhnen sich langsam an mich, und ich versuche, den ganzen Apparat kennenzulernen. Tatsächlich habe ich bis jetzt herzlich wenig zu tun.«

»Solche Dinge brauchen ihre Zeit.«

»Ich weiß.« Ich sah sie an. »Ich habe schon gedacht, ich sollte mich vielleicht noch einmal auf die Schulbank setzen und meine Kenntnisse etwas aufpolieren. Es ist so viel Neues entstanden, während ich fort war. Da ist zum Beispiel ein ganz neues Gebiet, die Verwendung von Aluminium als Konstruktionselement. Und davon weiß ich überhaupt nichts!«

»Es hat keinen Sinn, das zu überstürzen.«

Ich wußte, was das bedeutete, wenn sie so sprach. Es hieß, daß sie etwas wußte, das ich nicht wußte. Aber es wäre zwecklos gewesen, sie danach zu fragen. Sie würde es mir genau dann sagen, wenn sie es für richtig hielt. Oder es mir gar nicht sagen. Bis ich es selbst erfuhr. Sie war eine Frau von Format, meine Schwiegermutter. Und sie tat alles auf ihre eigene Art. Wie an jenem Morgen, als ich zum erstenmal ins Büro ging.

Sie hatte mich in die Bibliothek gerufen; als ich eintrat, nahm sie ein Kuvert aus der Schublade und reichte es mir schweigend.

Neugierig machte ich es auf. Mehrere Aktien, sehr schön gedruckt, glitten heraus und fielen auf den Boden. Ich hob sie auf und sah sie mir an: Das waren zwanzig Prozent des Aktienkapitals von Hayden & Caruthers! Auf der Rückseite eines jeden Stücks hatte sie mir die Aktie überschrieben.

Ich legte die Papiere wieder auf den Schreibtisch. »Ich habe sie nicht verdient«, sagte ich. Sie lächelte. »Du wirst sie verdienen.« »Vielleicht«, sagte ich. »Aber jetzt kann ich sie noch nicht annehmen. Ich käme mir wie ein alberner Narr vor. Im Büro sind Leute, die Jahre um Jahre arbeiten ... Sie würden es sehr krumm nehmen.«

»Hast du die Morgenzeitung noch nicht gesehen?«

»Nein.«

»Dann sieh sie dir lieber gleich an.« Sie reichte mir die ›Chronicle‹ herüber.

Die Finanzseite war aufgeschlagen. Ich las die kleine Überschrift: HAYDEN & CARUTHERS ERNENNEN EINEN NEUEN VIZEPRÄSIDENTEN. Neben dem Text war mein Bild. Ich las den Artikel schnell durch.

»Das heißt aber, am Ziel anfangen«, sagte ich und gab ihr die Zeitung zurück.

»Genau die Stelle, wo ein Hayden anfangen muß.«

Es hatte keinen Sinn, ihr zu sagen, daß ich kein Hayden sei. Sie dachte ganz logisch und klar. Sie hatte keine Tochter verloren, sondern einen Sohn gewonnen.

»Ich hoffe, meine Degradierung geht nicht ganz so schnell!«

»Du hast einen etwas skurrilen Humor, Luke.«

»Wie gewonnen, so zerronnen«, sagte ich.

»So solltest du nicht reden!« Dann lächelte sie. »Du wirst deine Sache gut machen. Davon bin ich überzeugt.«

»Das hofffe ich.« Ich wandte mich zur Tür.

Sie rief mich zurück. »Warte doch! Du hast die Aktien vergessen.«

»Bitte, behalte sie hier. Wenn ich der Überzeugung bin, sie verdient zu haben, hole ich sie mir vielleicht.«

Etwas wie Kummer trat in ihre Augen. Und das hatte ich weiß Gott nicht beabsichtigt. Ich ging zurück an ihren Schreibtisch.

»Bitte, versteh mich doch«, bat ich. »Ich weiß wirklich zu schätzen, was du für mich tun möchtest. Es ist nur ... Nun, ich hätte ein besseres Gefühl, wenn ich es selbst schaffen könnte.«

Sie sah mich einen Augenblick ernst an, dann steckte sie die Papiere wieder in den Umschlag. »Ich verstehe dich. Und ich gebe dir von ganzem Herzen recht. Du tust genau das, was ich von einem Hayden erwartet hätte.«

Da hatte ich's wieder! Ich schwieg.

»Viel Glück, Luke!«

Ich erwiderte ihr Lächeln. »Danke.«

Seit dieser Szene hatte ich niemals ein gewisses Unbehagen abschütteln können, wenn ich daran zurückdachte.

Als Nora herunterkam, hatten wir gerade unsern Kaffee ausgetrunken. Sie war schon zum Ausgehen angezogen. Ich zog erstaunt eine Braue hoch. Es war jedesmal ein Wunder, wenn Nora schon am Vormittag erschien.

Sie machte ein aufgeregtes Gesicht. »Mußt du denn schon so früh im Büro sein?«

»Eigentlich nicht.« Ich glaube, niemand hätte es bemerkt, wenn ich mich ein Jahr lang nicht dort sehen ließ.

»Gut. Ich muß dir nämlich etwas zeigen.«

»Was denn?« – »Das ist eine Überraschung.«

»Sag mir's lieber. Ich hatte Überraschungen genug in der kurzen Zeit, die ich zu Hause bin. Ich weiß nicht, ob ich noch eine verdauen könnte.«

Sie lachte. »Diese Überraschung wird dir gefallen.« Sie sah ihre Mutter an. Beide lächelten. »Eine Freundin von mir möchte sich von dir ihr Haus umbauen lassen.«

»Oh – wirklich?« Das war schon eher etwas! Endlich etwas zu tun. »Wo ist es?«

»Nicht weit von hier. Wir gehen hinüber und sehen's uns an, und ich sage dir, was sie damit vorhat.«

»Fein! Ich kann sofort mit dir hinübergehen, wenn du fertig bist.«

»Ich bin schon fertig. Ich habe oben gefrühstückt.«

Es war ein Traumhaus. Drei Flügel und siebzehn Zimmer, ganz oben auf dem Nob Hill, mit dem Blick über die Bucht. Eine herrliche alte Marmortreppe, die geschwungen aus der großen Halle aufstieg. Riesenräume, wie sie heute kein Mensch mehr baut. Hinten eine Garage für drei Wagen, oben die Zimmer für das Personal. Das Haus selbst aus Graustein mit schöner Alterspatina, und dazu ein blaues Ziegeldach, das seine Farbe direkt aus dem Himmel zu saugen schien.

»Es ist wunderschön. Ich hoffe, sie will nicht zu viel daran ändern lassen. Man würde es nur verderben.«

»Ich glaube, es handelt sich hauptsächlich um die Modernisierung der Badezimmer und der Heizung – und vielleicht sollen ein paar Zimmer hergerichtet werden.«

»Das wäre vernünftig«, sagte ich, noch immer das Haus betrachtend.

»Aber ein Kinderzimmer werden sie brauchen. Und im Nordflügel ein Atelier für die Frau, damit sie gutes Licht hat. Und vielleicht eine Kombination von Studierzimmer und Büro für den Mann, wenn er einmal zu Hause arbeiten will.«

Ganz dumm war ich schließlich auch nicht. »Und für wen ich das Haus eigentlich?«

»Hast du's nicht erraten?« – »Ich fürchte doch.«

»Mutter hat es für uns gekauft«, sagte Nora.

»Um Gottes willen!« Ich explodierte. »Habt ihr überhaupt eine Vorstellung, was es kostet, ein solches Haus zu führen? In einem Monat mehr, als ich im ganzen Jahr verdienen kann!«

»Das macht doch nichts. Um Geld brauchen wir uns keine Sorgen zu machen. Aus meinem Vermögen allein habe ich mehr als genug Einkommen für uns beide.«

»Meinst du, das weiß ich nicht?« fragte ich. »Aber es ist dir wohl nie in den Kopf gekommen, daß ich meine Familie vielleicht gern selbst ernähren möchte? Ihr denkt an nichts anderes als an das Geld, deine Mutter und du. Allmählich komme ich mir wie ein Gigolo vor.«

»Du benimmst dich wie ein Trottel! Ich denke an nichts anderes als an ein anständiges Haus, in dem ich leben und ein Kind großziehen kann!«

»Ein Kind braucht kein Siebzehnzimmerhaus auf dem Nob Hill, um aufzuwachsen. Wenn du ein eigenes Haus haben möchtest, so gibt es eine Menge Häuser, die wir kaufen können. Häuser, die ich mir leisten kann.«

»Sicher«, sagte sie spöttisch. »Aber ich könnte mir's nicht leisten, in einem dieser Häuser auch nur als Leiche gesehen zu werden! Ich muß auf meine Position Rücksicht nehmen.«

»Deine Position? Und meine Position?«

»Du hast deine Position festgelegt, als du mich geheiratet hast«, sagte sie kalt. »Und als du anfingst, bei Hayden & Caruthers zu arbeiten. Soweit es sich um San Francisco handelt, gehörst du zu den Haydens. Ob es dir gefällt oder nicht – du bist jetzt einer von uns.«

Ich starrte sie an. Es war, als habe sie einen Eimer eiskaltes Wasser über mich gegossen. Was sie sagte, war richtig. Der Krieg war vorbei, und für jeden Außenstehenden konnte Colonel Carey genausogut tot und begraben sein. Das einzige, was mir an Persönlichkeit geblieben war, das war mit den Haydens verbunden. »Ich will dieses Haus haben«, sagte

Nora ruhig. »Und wenn du es nicht umbauen magst, finde ich leicht einen Architekten, der es mit Vergnügen tut.«

Ich brauchte sie nur anzusehen, um zu wissen, daß es ihr ernst war mit dem, was sie sagte. Es wurde mir auch klar, was das für mich bedeutete. Wenn ich es geschehen ließ, konnte ich mir gleich einen Job als Lastwagenfahrer suchen. »Gut«, sagte ich zögernd. »Ich werde es tun.«

»Du wirst es nicht bedauern, Liebling.« Sie legte die Arme um mich. »Du wirst der größte Architekt in San Francisco sein, wenn jeder Mensch sehen kann, wie herrlich du unser Haus umgebaut hast!« – Sie war jedoch nicht geschickt genug, das triumphierende Aufblitzen ihrer Augen zu verbergen. Und zum erstenmal, seit ich nach Hause gekommen war, suchte sie in dieser Nacht nicht meine Umarmung...

10

Schließlich war natürlich nicht ich es, der das Haus umbaute. Ich erntete zwar allen Ruhm dafür, aber ich war nur für das Technische zuständig. Alle Ideen kamen von Nora. Ich übersetzte sie lediglich in die richtigen Architekturbegriffe. Aber in einem hatte sie recht gehabt. Es wurde ein Schaustück.

Wir waren kaum eingezogen, als die Zeitschrift ›House Beautiful‹ auch schon in aller Ausführlichkeit darüber berichtete. Noch in dem Monat, in dem das Haus erschienen war, wurde ich der gesuchteste Architekt in der ganzen Stadt. Jeder, der an der Küste etwas darstellte, wollte sein Haus von mir umbauen lassen. Ich hätte Aufträge haben können wie Sand am Meer.

Ein Augenblickserfolg. Ich glaube, ich hätte damit zufrieden sein sollen, aber ich wurde gereizt. Wahrscheinlich ließ ich's mir anmerken, denn als ich zum erstenmal eine Klientin abwies, kam George Hayden selbst in mein Büro.

»Nun, wie läuft die Sache, Luke?«

»Okay, George«, sagte ich, erstaunt aufsehend. George war ein großer Mann, schwer gebaut, mit frischem Gesicht, sehr solide und zuverlässig. Es war das erstemal, daß er selbst kam, statt mich zu sich zu rufen. Ich drehte das Licht über meinem Zeichentisch aus und fragte: »Bitte, was kann ich für dich tun?«

»Ich wollte gern einiges mit dir besprechen.«

»Gern.« Ich deutete auf den Sessel.

Er setzte sich. »Ich habe gerade den Monatsbericht durchgelesen«, sagte er. »Ich habe das Gefühl, daß du überlastet bist.«

»Das schadet nichts«, sagte ich leichthin. »Eine angenehme Abwechslung vom Nichtstun.«

Er nickte. »Ich glaube, es ist Zeit, daß wir dir eine Abteilung geben. Du verstehst – ein paar Jungens, die die vorbereitenden Arbeiten zu erledigen haben, so daß du die Möglichkeit hast, die wesentlichen Dinge im Auge zu behalten.«

Das war eine Sprache, die ich verstand. So sprach man in der Army auch. Ich spielte den Unwissenden. »Was für *wesentliche*, George? Ich mache eigentlich doch nur kleinen Kram.«

»Aber gerade bei den Sachen, die du machst, ist die Verdienstspanne besonders hoch. Viel mehr als bei den großen Sachen. Deshalb bin ich sehr dagegen, einen Auftrag abzulehnen, bloß weil du zu beschäftigt bist. Wenn sich jemand zum Bauen entschlossen hat und der eine Architekt lehnt es ab, so findet er eben einen anderen, der es annimmt.«

»Du meinst Mrs. Robinson, die grade gegangen ist?«

»Ich meine nicht nur Mrs. Robinson. Es gibt auch andere. Sie kommen deiner Ideen wegen zu dir. Wer den Plan tatsächlich zeichnet, ist ihnen gleichgültig.«

»Komm, George, wir wollen uns doch nichts vormachen! Sie kommen nämlich nicht wegen meiner Ideen. Die meisten dieser Idioten wissen überhaupt nicht, was eine architektonische Idee ist, und wenn sie ihnen ins Gesicht springt! Sie kommen zu mir, weil ich plötzlich Mode geworden bin.«

»Nun und, Luke?« Er sah mich listig an. »Die Hauptsache ist, daß sie auch weiterhin kommen.«

»Und wie lange wird das dauern? Was meinst du? Nur bis

sie gemerkt haben, daß ihre Häuser nicht in den Zeitschriften erscheinen, wie es bei meinem gewesen ist. Dann werden sie hinter jemand anderem herlaufen, George.«

»So muß es aber nicht sein. Wir können die Dinge im Fluß halten. Dazu haben wir unsern Public-Relations-Mann.«

»Hör auf, George«, sagte ich angewidert. »Wir wissen doch beide, daß es Noras Haus ist.«

Er blickte einen Augenblick schweigend auf seine Hände, weiße, weiche, gutmanikürte Hände. Dann sah er mich fest an. »Du und ich, wir wissen beide ebenfalls, daß ich als Architekt nicht halb das Format habe, das Frank Caruthers hatte. Aber es ist mir gelungen, die Firma auf ihrer Höhe zu halten und unsern guten Ruf zu bewahren.« – »Aber das Robinsonhaus liegt mir nicht. Ich habe mir alles genau angesehen. Das Grundstück auch. Es ist nichts Besonderes. Ganz egal, was man damit anfängt, es bleibt bloß ein Durchschnittshaus.«

»Es ist kein Durchschnittshaus. Sie wollen gern ein paar hunderttausend daranwenden. Daß heißt, mindestens zehntausend an Honoraren und Kommissionen für etwas, das kaum ein paar Wochen Arbeit kostet.«

»Aber es ist kein Haus, an dem ich bauen möchte«, sagte ich eigensinnig.

»Und genau deshalb möchte ich dir eine Abteilung geben. Dann bist du in der Lage, dich auf das zu konzentrieren, was du gern tun möchtest. Und trotzdem wird der Klient glücklich und zufrieden sein, wenn er nur weiß, daß du dabei bist.«

Ich griff nach einer Zigarette. Seine Idee hatte manches für sich. Vielleicht könnte es gehen. Denn es gab etwas, das ich gern versucht hätte. Etwas, das mehr auf meiner Linie lag. »Was möchtest du also?« fragte ich. »Was soll ich tun?«

»Zuerst einmal sollst du Mrs. Robinson anrufen und sie wissen lassen, daß du in deinem Terminplan doch noch eine Lücke gefunden hast und für sie arbeiten kannst.« Er stand auf, denn er hatte erreicht, was er wollte. »Und dann verabrede mit meiner Sekretärin, wann du und ich uns zum Lunch treffen können, um deine Pläne zu besprechen.« Ich sah ihm nach, bis sich die Tür hinter ihm schloß. Ich wußte, wenn ich auf den Lunch mit ihm warten wollte, könnte ich langsam verhungern.

Ich ging wieder zu meinem Reißbrett. Ich arbeitete gerade an einer Skizze für ein riesiges Badezimmer mit Ankleideraum neben dem Schlafzimmer des Hausherrn. Das Haus war für den Präsidenten einer Bank in San Francisco. Ich hatte ein Bad im finnischen Stil entworfen, mit einer eingesenkten Badewanne, fast zwei Meter breit und zweieinhalb lang.

So groß, daß die ganze Familie darin sitzen konnte. Ich überlegte, ob das wohl die Absicht der Dame des Hauses war. Sie hatten nämlich von allen zwei Ausfertigungen – seinen und ihren Duschraum, sein und ihr Waschbecken und desgleichen Toiletten, alles komplett und mit Goldgriffen. Es fehlte bloß noch das Bidet aus purem Silber – und auch das nur, weil keiner von ihnen daran gedacht hatte. Bis jetzt.

Bis jetzt. Das war das Schlüsselwort. Plötzlich sah ich mein ganzes künftiges Leben vor mir ausgebreitet. Jahre und Jahre von Badezimmern wie diesem hier. Mein Anspruch und Ruhm: Carey baut die größten Badezimmer...

Das war zuviel. Ich riß das Blatt vom Reißbrett, knüllte es zusammen und ging hinunter durch die Halle zu Georges Büro. Es hatte keinen Sinn, auf einen Lunch zu warten, der niemals steigen würde, um etwas zu besprechen, was nie geschehen würde. Seine Sekretärin hob warnend die Hand, als ich ins Vorzimmer kam. »Mr. Hayden telefoniert gerade.«

»Das ist mir egal«, sagte ich und ging an ihr vorbei in Georges Allerheiligstes.

Er legte gerade das Telefon auf. Überrascht sah er mich an. »Was gibt es denn, Luke?« fragte er etwas gereizt. Er liebte es gar nicht, wenn jemand unangemeldet zu ihm kam.

»War es dir Ernst mit deinem Vorschlag?«

«Natürlich, Luke.«

»Gut. Warum könnten wir dann nicht jetzt gleich darüber sprechen?«

Er lächelte freundlich. »Weil jetzt nicht der richtige Zeitpunkt ist.«

»Woher weißt du das?« fragte ich. »Du weißt ja nicht einmal, was ich überhaupt vorhabe.«

Er sah mich fest an. Aber er wußte keine Antwort darauf. Dann wies er auf einen Sessel. »Also: Was hast du vor?«

Ich ließ mich in den Sessel ihm gegenüber fallen und nahm mir eine Zigarette. »Billige Häuser. Massenproduktion nach einem Grundplan, den man auf drei Arten variieren kann, um die Eintönigkeit bei Großvorhaben aufzulockern. Die Häuser hätten einen Verkaufspreis von zehn- oder elftausend Dollar!«

Er nickte langsam. »Du würdest ein Riesengelände brauchen, um ein solches Projekt rentabel zu machen.«

Daran hatte ich bereits gedacht. »Da ist ein Gelände von achtzig Morgen bei Daly City zu haben. Es wäre genau das Richtige dafür.«

Er nickte. »Keine schlechte Idee. Hast du eine gute Baufirma an der Hand?«

Ich sah ihn an. »Ich dachte, es wäre vielleicht etwas, das wir selbst in Angriff nehmen könnten.«

Er schwieg ein paar Sekunden, seine Finger spielten mit dem Bleistift, der vor ihm auf dem Tisch lag. »Ich glaube, du vergißt einen Faktor: Wir sind Architekten, keine Baufirma.«

»Vielleicht wäre es an der Zeit, daß wir unser Gebiet ausweiten; das tun andere Firmen auch.«

»Ich frage nicht danach, was andere tun«, sagte George. »Ich würde es nicht für richtig halten. Als Architekten laufen wir so gut wie kein finanzielles Risiko. Wir kassieren unser Honorar ein, und der Fall ist erledigt. Die Baufirma hat sich um all die anderen Dinge Kopfschmerzen zu machen.«

»Die Baufirma ist aber auch Großverdiener.«

»Soll sie«, sagte George. »Ich bin nicht geldgierig.«

»Ich nehme also an, du bist nicht daran interessiert?«

»Das habe ich nicht gesagt. Ich sagte nur, daß wir es unter den gegenwärtigen Umständen nicht tun sollten. Natürlich, wenn du mit einer Baufirma kämst, die willens wäre, ein solches Projekt zu unterschreiben, würden wir nichts lieber tun, als ihr in jeder Beziehung entgegenzukommen.«

Ich stand auf. Ich wußte Bescheid. Er auch. Es gab nicht

einen Architekten im ganzen Land, der ein solches Geschäft ablehnen würde – es war seine hundertfünfzigtausend allein an Honoraren wert. »Danke«, sagte ich. »So ähnlich habe ich mir deine Antwort vorgestellt.«

Er sah mich an. Seine Stimme war trügerisch sanft. »Mir kommt eine Idee, lieber Luke. Ich glaube, du solltest dich entscheiden, was du lieber sein möchtest – Architekt oder Bauunternehmer.«

Mir war, als würde es plötzlich hell in dem dunklen Raum. George hatte vollkommen recht. Ich dachte daran, warum ich Architektur studiert hatte: Weil ich bauen wollte. Und dann ging ich so im Betrieb unter, daß ich den eigentlichen Zweck vergaß. Bauen wollte ich. Das war es. Ich wollte Häuser bauen – Häuser, in denen zu wohnen eine Freude für die Menschen sein sollte.

George verstand mein plötzliches glückliches Lächeln nicht. Vielleicht hielt er es sogar für sarkastisch. Aber das wäre ein schwerer Irrtum gewesen. Ich war nie in meinem Leben aufrichtiger. »Ich danke dir, George«, sagte ich herzlich. »Ich danke dir, daß du alles auf eine so einfache Formel bringst.«

Die Nachricht war schon vor mir in unserm Haus. Nora und meine Schwiegermutter erwarteten mich. »So, so«, sagte ich. »Ich sehe, George hat keine Zeit verloren.«

Noras Gesicht war frostig. »Du hättest es wenigstens mit uns besprechen können, ehe du gekündigt hast.«

Ich ging zum Serviertisch und goß mir ein Glas Bourbon ein. »Was war da zu besprechen? Ich mußte es tun. Ich hatte es satt. Bis hierher!«

»Und was meinst du, wie das aussieht?«

»Ich weiß es nicht.« Ich trank einen Schluck Whisky. »Was meinst *du* denn, wie es aussieht?«

»Nun, wie eine direkte Beleidigung für Mutter und mich«, sagte Nora zornig. »Jeder Mensch weiß, was wir für dich tun wollten.«

»Vielleicht war das die Ursache, daß es nicht gut ausging.« Ich sah Mrs. Hayden an. »Es sollte wirklich keine Beleidigung sein – es war absolut mein Fehler. Ich habe mich einfach allzu schnell in diese Sache hier eingelassen, als ich aus der Army kam. Ich hätte mir mehr Zeit lassen, mich umsehen, mich entschließen sollen, was ich denn tatsächlich wollte.«

Sie sah mich ruhig an. »Und darum wolltest du die Aktien nicht nehmen?«

»Vielleicht. Aber das wußte ich damals selbst nicht.«

»Und was willst du jetzt tun?« fragte Nora.

»Mich umsehen. Mir bei einem Bauunternehmen eine Stellung suchen und etwas lernen.«

»Was für eine Stellung wirst du bekommen – was meinst du wohl?« fragte sie höhnisch. »Als Kranführer, für siebzig Dollar die Woche.«

»Irgendwo muß ich anfangen.« Ich sah sie lächelnd an. »Außerdem spielt es doch keine Rolle, oder... Wir brauchen ja das Geld nicht.«

»Du wünschst dir also weiter nichts, als ein gewöhnlicher Arbeiter zu sein? Nach all der Mühe, die ich mir gegeben habe, dieses Haus so herauszubringen, daß du dadurch berühmt geworden bist.«

»Wir wollen uns doch nichts vormachen, Nora. Du hast nicht an *meinen* Ruf gedacht, sondern an deinen eigenen.«

Sie sah mich einen Augenblick an, dann hob sie mit einer hilflosen Geste die Hände. »Ich gebe es auf.« Sie machte ungeschickt kehrt und stelzte aus dem Zimmer.

Ich sah ihr nach. Trotz ihrer Schwangerschaft war sie nicht sehr dick geworden. Sie achtete streng auf ihre Diät. Sie wollte sich nicht durch diesen Zustand die Figur verderben lassen. Ich ging nochmals zum Serviertisch und goß mir etwas nach. Als ich mich umdrehte, sah ich, daß meine Schwiegermutter noch dastand.

»Du darfst nicht so ernst nehmen, was Nora jetzt sagt. In diesem Zustand lassen sich die Frauen meistens mehr vom Gefühl leiten als von der Logik.«

Ich nickte. Keine schlechtere Entschuldigung als jede andere. Aber jetzt kannte ich Nora schon zu gut. Sie wollte immer ihren Kopf durchsetzen – auch wenn sie kein Baby erwartete.

»George erwähnte, daß du verschiedene Ideen über die

Entwicklung des Baumarktes hättest«, sagte sie. »Erzähl mir davon.«

Ich ließ mich in einen Sessel fallen. »Ist das jetzt noch wichtig? Er will nicht mitmachen. Es ist gegen seine Prinzipien.«

Sie setzte sich mir gegenüber. »Das bedeutet keineswegs, daß du es nicht machst.«

Ich sah sie groß an. »Ich mache mir keinen blauen Dunst vor. So viel Geld habe ich nicht.«

»Wieviel hast du?«

Die Frage war leicht zu beantworten. Für das Boot, das ich mir in La Jolla gekauft hatte, mußte ich siebentausend Dollar zahlen. Es blieben mir also noch genau neuntausend übrig. Fünfzehntausend waren aus der Lebensversicherung meines Vaters gewesen, den Rest hatte ich von meinem Offizierssold gespart.

»Würdest du jeden Penny in ein solches Projekt stecken?«

»Selbstverständlich. Aber das wäre ein Tropfen auf den heißen Stein. Der Baugrund allein kostet zweitausend Dollar pro Morgen. Das ist nur dafür bereits hundertsechzigtausend!«

»Das Geld spielt keine Rolle«, sagte sie ruhig. »Für das Geld könnte ich aufkommen.«

»Hoho!« Ich hob abwehrend die Hand. »Ich möchte kein Geld von dir. Da würde ich ja wieder im selben Boot sitzen.«

»Jetzt bist du töricht, Luke. Wenn ich dir völlig fremd wäre – würdest du es nehmen?«

»Das ist etwas anderes. Das wäre ein klares Geschäft. Ohne daß persönliche Beziehungen hineinspielen.«

»Damit hat unsere persönliche Beziehung nichts zu tun«, sagte sie rasch. »Du glaubst doch an das, was du vorhast? Und du erwartest davon einen beträchtlichen Gewinn, nicht wahr?«

Ich nickte. »Wenn es so ausgeht, wie ich denke, so wären etwa eine halbe Million Dollar drin.«

»Ich habe nichts gegen das Geldverdienen.« Sie lächelte. »Warum solltest du etwas dagegen haben?«

Gegen diese Logik war nichts einzuwenden. Außerdem –

wie sollte ich gegen meine eigenen Absichten argumentieren? Am nächsten Tag kaufte ich das Land. Zwei Tage später wurde Danielle geboren.

Ich durchlebte einige sehr böse Stunden, weil sie fast zwei Monate zu früh auf die Welt kam. Aber der Arzt sagte mir, ich brauchte deshalb keine Bedenken zu haben, das Kind sei absolut normal.

Ich hatte vorher nicht viele Babys gesehen, aber ich mußte ihm recht geben. Dani war das schönste Baby der Welt.

11

Jetzt waren die nächtlichen Geräusche völlig anders geworden. Man hörte stets ein sanftes Flüstern, das aus dem Zimmer der kleinen Dani kam – es lag neben unserm Schlafzimmer. Ab und zu schrie die Kleine in den Stunden zwischen Nacht und Morgen, und wir hörten die leisen schlürfenden Schritte der Säuglingsschwester, wenn sie ihr eine Flasche holte, und ihre gurrende Stimme, wenn sie Dani im Arm hielt, während sich unser Kind wieder in den Schlaf trank.

Unwillkürlich gewöhnte ich es mir an, auch im Schlaf auf diese Geräusche zu horchen – es war so beruhigend, wenn sie sich regelmäßig wiederholten. Dann wußte ich, daß alles in Ordnung war. Für Nora war alles ganz anders.

Gereizt, nervös und überempfindlich kam sie aus der Klinik. Das leiseste Geräusch in der Nacht weckte sie. Ich wußte, daß sich irgend etwas vorbereitet – aber ich erriet nicht, was. Ich spürte es aus ihren Stimmungen. Etwas Unbestimmtes in ihr lag bereit, direkt an der Oberfläche, und wartete nur auf einen letzten Anlaß – und ich hütete mich ängstlich, diesen Anlaß zu geben.

Ich wand mich vorsichtig durch die Tage, in der Hoffnung, daß diese Stimmung mit der Zeit vorbeigehen würde. Aber damit machte ich mir nur selbst etwas vor, und das wußte ich in dem Augenblick, als eines Nachts um zwei Uhr die Nachttischlampe aufflammte.

Ich war den ganzen Tag draußen auf dem Baugelände gewesen, bei der Arbeit mit den Landvermessern. Die Luft und die Aufregung hatten mich sehr müde gemacht. Aber plötzlich war ich, noch hinter geschlossenen Lidern, hellwach. Ich richtete mich auf, tat aber verschlafen. »Was ist denn?«

Nora saß aufgerichtet im Bett, hatte sich ein Kissen in den Rücken gestopft und starrte mich an. »Das Kind schreit.«

Ich sah sie einen Augenblick an, ließ sie aber noch nicht merken, wie wach ich war, und schwang die Füße aus dem Bett. »Ich werde nachsehen, ob alles in Ordnung ist.«

Ich fuhr in die Hausschuhe, zog den Bademantel an und ging in Danis Zimmer. Die Säuglingsschwester war schon da. Im sanften Licht des Kinderzimmers hielt sie Dani im Arm und gab ihr die Flasche. Mit erschrockenen Augen blickte sie mir entgegen.

»Mister Carey?«

»Ist alles in Ordnung, Mrs. Holman?«

»Natürlich. Das arme Häschen war bloß hungrig.«

Ich ging zu ihr und betrachtete Dani. Sie hatte die Augen schon wieder geschlossen und saugte zufrieden an ihrer Flasche.

»Mrs. Carey hat sie weinen gehört«, erklärte ich.

»Mrs. Carey braucht sich nicht zu sorgen. Dani gedeiht gut.«

Ich lächelte ihr zu und nickte.

»Dani war nur hungrig«, sagte ich zu Nora, als ich mich wieder hinlegte und die Lampe ausmachte. Ich drehte mich auf die Seite und lag ein paar Minuten still – ich wartete darauf, daß sie etwas sagte. Aber sie schwieg, und meine Augen waren schwer vor Müdigkeit.

Jetzt machte Nora Licht. Wieder war ich sofort hellwach. »Was ist denn jetzt?«

Nora stand auf der andern Seite des Bettes, ein Kissen und die Decke im Arm. »Du schnarchst!«

Ich sah sie nur schweigend an. Mir war zumute wie einem Boxer, der sich gerade dazu gratuliert, seinem Gegner geschickt ausgewichen zu sein, und sich plötzlich am verkehrten Ende eines Uppercuts findet. Mit einemmal wurde ich wütend. »Okay, Nora«, sagte ich. »Ich werde mir das Schlafen abgewöhnen. Hast du noch weitere Wünsche?«

»Du brauchst nicht gemein zu werden.«

»Ich bin nicht gemein. Du hast schon lange auf einen Streit gewartet. Also bitte – um was geht es denn?«

Ihre Stimme wurde laut. »Ich habe keinen Streit gesucht.«

Ich sah auf Danis Tür. »Du wirst das Baby wecken.«

»Siehst du, daran also denkst du!« rief sie triumphierend. »Immer nur an das Baby denkst du, statt an mich zu denken. Jedesmal, wenn das Baby schreit, machst du dir Sorgen. Um mich machst du dir niemals Sorgen! Ich zähle ja nicht! Ich bin ja bloß Danis Mutter. Ich habe meinen Zweck erfüllt.«

Gegen so etwas Dummes gab es kein Argument, und ich beging den Fehler, ihr das zu sagen. »Sei nicht albern. Mach das Licht aus und leg dich schlafen.« – »Du sprichst nicht mit einem Kind!« Ich stützte mich auf einen Ellbogen. »Wenn du kein Kind bist, dann hör auf, dich wie ein Kind zu benehmen.«

»Das würde dir passen, nicht wahr? Nichts wäre dir lieber, als wenn du mich den ganzen Tag hier hättest und dich und das Kind von mir von oben bis unten bedienen ließest, nicht wahr?«

Ich mußte lachen. Die Vorstellung war schon restlos lächerlich. »Ich weiß, daß du nicht kochen kannst«, sagte ich, »wie also willst du uns da bedienen? Ich habe dich nie auch nur die Babyflasche aufwärmen sehen – und gefüttert hast du es noch nie.«

»Du bist eifersüchtig!«

»Eifersüchtig – auf was?«

»Du bist eifersüchtig, weil ich eine Künstlerin bin und eine Persönlichkeit. Du wünschst dir nichts anderes, als mich zu unterjochen, mich die zweite Geige spielen lassen, damit du der große Mann bist und ich nichts als eine gewöhnliche Hausfrau.«

Müde legte ich mich zurück. »Es gibt Stunden, in denen ich die Vorstellung allerdings verlockend finde.«

»Siehst du?« sagte sie triumphierend. »Ich hatte recht.«

Ich war erschöpft.

»Schluß damit. Komm zu Bett, Nora. Ich muß zeitig aufstehen und aufs Baugelände hinaus.«

»Jawohl, ich gehe zu Bett«, sagte sie. »Aber nicht hier. Ich habe genug von deinem Geschnarche und dem Kindergeschrei.«

Sie packte Decke und Kissen fester und ging ins Badezimmer. Ehe ich noch aus dem Bett kam, hörte ich die Tür des Gästezimmers zuschlagen. Als ich hinkam, hatte sie bereits den Schlüssel im Schloß umgedreht.

Langsam ging ich zu meinem eigenen Bett zurück. Vielleicht war es ganz gut so. Mochte sie die Gereiztheit, die längst in ihr steckte, irgendwie abreagieren. Vielleicht war morgen abend schon wieder alles normal.

Aber da irrte ich mich. Als ich am nächsten Abend nach Hause kam, hatten die Handwerker schon das andere Zimmer für Nora eingerichtet, und sie hatte ihre Garderobe aus unseren Schränken geholt.

Ich ging hinunter. Charles richtete mir aus, Nora sei unten in der Stadt, um mit Mister Corwin zu speisen; er habe verschiedene Kunstkritiker eingeladen, die gerade aus dem Osten zu Besuch hier seien. Ich aß allein und arbeitete dann bis halb zwölf in dem kleinen Arbeitszimmer an der Planung für die Zufahrtsstraße zu meinem Baugelände. Dann ging ich nach oben und schaute noch einmal zu dem Baby hinein.

Dani lag auf ihrer rechten Seite, die Augen fest geschlossen und den kleinen Daumen im Mundwinkel. Hinter mir hörte ich ein Geräusch. Die Schwester mit der Flasche.

Ich trat beiseite. Sie nahm das Kind auf. Dani fand den Schnuller, ohne auch nur die Augen aufzumachen.

»Ich möchte ihr einmal die Flasche geben«, sagte ich plötzlich.

Mrs. Holman lächelte. Sie zeigte mir, wie man ein Baby halten muß, und ich nahm Dani in meine Arme. Eine Sekunde lang schlug sie die Augen auf und sah mich an. Offenbar fand sie mich vertrauenswürdig, denn sie schloß die Augen wieder und trank weiter.

Ich ging etwas nach zwölf schlafen. Nora war noch nicht

nach Hause gekommen. Ich habe nie erfahren, wann sie in jener Nacht heimkam. Erst am nächsten Tag sah ich sie, und nun war ihre Stimmung völlig umgeschlagen. Sie begrüßte mich lächelnd an der Tür. »Ich habe uns Cocktails in der Bibliothek gemacht.«

Ich küßte sie auf die Wange. Sie trug einen eleganten schwarzseidenen Hausanzug. »Du siehst so anders aus«, sagte ich. »Bekommen wir Besuch zu Tisch?«

»Nein, du Schlauberger. Ich habe mir nur die Haare anders machen lassen.«

Ich konnte keine Veränderung an ihrem Haar sehen. Nora reichte mir ein Glas. »Hast du einen netten Tag gehabt?«

Sie nippte an ihrem Glas, ihre Augen funkelten. »Wundervoll! Es war genau, was ich brauchte. Einmal herauskommen und wieder aktiv werden!«

Ich nickte lächelnd. Wenigstens war der Sturm vorbei.

»Ich habe mit Sam Corwin und Chadwinkes Hunt gegessen, mit dem Kritiker, du weißt schon. Sie meinen beide, je früher ich wieder anfange zu arbeiten, um so besser. Scaasi hat Sam gesagt, er möchte gern wieder eine Ausstellung von mir machen, spätestens diesen Herbst.«

»Meinst du, du hast bis dahin genug Zeit, um fertig zu werden?«

»Mehr als genug. Ich habe den ganzen Tag Skizzen gemacht. Ich habe tausend Ideen.«

Ich hob mein Glas. »Auf deine Ideen!«

»Oh, danke!« Sie lächelte und gab mir einen Kuß. »Und du bist mir nicht böse wegen der letzten Nacht?«

»Nein«, sagte ich leichthin. »Wir waren beide aufgeregt.«

Sie küßte mich noch einmal. »Da bin ich froh. Ich dachte, du magst es vielleicht nicht, daß ich in das andere Zimmer gezogen bin. Ich weiß nicht, warum ich nicht eher daran gedacht habe. Mutter und Daddy hatten immer getrennte Zimmer. Es ist wirklich kultivierter.«

»Meinst du?«

»Natürlich. Ich finde, auch Verheiratete haben einen gewissen Anspruch auf die Möglichkeit, allein zu sein.« Sie sah mich ernsthaft an. »Außerdem meine ich, daß es uns etwas von dem Geheimnisvollen erhält, das in jeder Ehe so wichtig ist.«

Das war mir neu. Ich hatte meine Eltern nie über den Mangel an Privatleben klagen hören. »Und was tue ich, wenn ich vergewaltigt werden möchte?«

»Jetzt bist du vulgär!« Aber sie lächelte übermütig. »Dann brauchst du nur zu pfeifen.«

»So?« fragte ich und hob die Finger an die Lippen.

»Halt! Charles wird denken, wir sind verrückt geworden.«

Ich trank mein Glas aus. »Ich will nur hinauf, mir die Hände waschen und nach Dani sehen.«

»Waschen kannst du dich hier unten. Mrs. Holman hat Dani schon hingelegt.«

Ich sah sie an. »Wie geht's ihr heute?«

»Mrs. Holman sagt, sie war wie ein Engel. Nun lauf und wasch dich. Ich habe der Köchin gesagt, sie soll Rindsrouladen machen, wie du sie gern ißt, und die dürfen nicht verderben. Nach Tisch, dachte ich, kommst du herauf und siehst dir mein Zimmer an. Ob es dir gefällt. Ich habe Charles oben eine Flasche Champagner auf Eis legen lassen.«

Nun mußte ich lachen. So also wollte sie es. Vielleicht hatte sie doch nicht so unrecht. Ich mußte zugeben, daß die kleine Note des Unerlaubten, die auf diese Weise entstand, recht reizvoll war.

Irgendwann mitten in der Nacht sagte ich: »Werden die Dienstboten es nicht komisch finden, daß wir uns zwei Schlafzimmer zulegen, um dann in einem zu schlafen?«

»Sei nicht töricht. Wer fragt schon, was die Dienstboten denken!«

»Ich wirklich nicht«, sagte ich und zog sie fest an mich. »Aber ich bestehe darauf, daß du morgen mein Gast bist!«

Jedoch wenn wir zusammen schliefen, war es stets in ihrem Zimmer. Und ich wurde immer ernüchtert, wenn ich über den kalten Fußboden des Badezimmers mußte, das zwischen unsern Zimmern lag. Allmählich lernte ich ihren Türknopf so langsam umdrehen, daß sie mich nicht hören konnte, denn manchmal fand ich ihre Tür verschlossen. Und es kam auch vor, daß ich todmüde von meiner Arbeit einfach auf mein Bett fiel und nicht wußte, ob ihre Tür verschlossen war oder nicht.

Langsam kam ich mir vor wie ein Mann, der gezwungenermaßen in eine Einbahnstraße biegt, obwohl er weiß, daß sie in eine Sackgasse führt. Ich fing an, die Ablehnung zu fürchten, die dieses Verschließen der Tür bedeutete. Aber ein paar kräftige Schluck Bourbon, ehe ich mich auszog, lösten die Spannung, so daß ich die Lust verlor, die Tür auszuprobieren.

Ich gewöhnte mir auch an, Dani ihr Abendfläschchen zu geben, und auch das half mir weiter. Ihre Zartheit und Winzigkeit füllten eine Leere in mir aus, deren ich mir nie richtig bewußt gewesen war. Dann küßte ich sie, legte sie zurück in ihr Bettchen, ging in mein Zimmer und schlief.

An der Oberfläche war alles normal. Nora und ich taten dasselbe wie jedes andere Ehepaar. Wir gingen mehrmals in der Woche aus, wurden zu Partys eingeladen, sahen Gäste bei uns. Nora tat scheinbar alles, was eine junge Frau tun sollte, sie war liebevoll und aufmerksam.

Wurde es dann aber Zeit, schlafen zu gehen, dann fand ich eine Entschuldigung – eine Arbeit, die man mir noch in letzter Minute aufgehalst hatte. Ich ging in mein Arbeitszimmer, trank rasch ein paar Gläser Bourbon und ließ ihr Zeit, hinaufzugehen und einzuschlafen, so daß sie gar nicht wußte, ob ich an ihrer Tür gewesen war oder nicht.

Falls Nora daran etwas merkwürdig fand, so sagte sie nie ein Wort darüber. Die Zeit verging, und Nora schien mit dem Stand der Dinge zufrieden zu sein. Sie war in ihre Arbeit vertieft, und mehrmals wöchentlich ging sie zu Treffen mit anderen Künstlern oder zu Dinners. In anderen Nächten arbeitete sie in ihrem Atelier, so daß ich gar nicht wußte, ob sie heraufkam in ihr Zimmer oder gleich in dem kleinen Kabinett schlief, das sie sich unten eingerichtet hatte.

Gewohnheit ist tödlich. Nach einiger Zeit schien es mir, als sei dies so, wie es immer gewesen war und immer sein würde. Wie gar nichts.

Was ich nicht wußte, war, daß sich Nora in ihrer eigenen,

sonderbaren, traumerfüllten Welt vor mir fast ebensosehr fürchtete wie ich mich vor ihr...

Sie erinnerte sich der Schmerzen. Der schrecklichen, reißenden Schmerzen in ihrem Leib, als das Baby auf die Welt kam. Der Schmerzen und der grellweißen Lampen an der grünen Decke des Entbindungszimmers. Jede Farbe war klar und deutlich. Das rote Blut auf den weißen Gummihandschuhen des Arztes. Der schwarze Knopf auf dem silbergrauen Metallbehälter neben der Schwester. Immer waren diese Dinge in ihren Träumen. Sogar darin war sie nicht wie andere Menschen. Sie träumte in Farben. Der Arzt flüsterte ihr ins Ohr: »Beruhigen Sie sich, Mrs. Carey, unterdrücken Sie die Schmerzen. In ein paar Minuten ist es vorbei.«

»Ich kann nicht!« versuchte sie zu schreien, aber es kam kein Ton über ihre Lippen. »Ich kann nicht, es tut zu weh.« Sie spürte, wie ihr die Tränen aus den Augenwinkeln rannen. Sie wußte, wie die Tränen aussehen mußten, wenn sie ihr über die Wangen rannen. Wie kleine funkelnde Diamanten.

»Sie müssen, Mrs. Carey«, flüsterte der Arzt wieder. Sie sah die blauroten Äderchen an seinen Nasenflügeln, als er sich über sie beugte.

»Ich kann nicht!« schrie sie wieder. »Ich kann die Schmerzen nicht aushalten! Um Gottes willen, tun Sie etwas, sonst werde ich wahnsinnig. Zerschneiden Sie das Kind und holen Sie es in Stücken heraus! Es soll mir nicht mehr weh tun!«

Sie spürte den Stich einer Nadel in ihrem Arm. In jäher Angst sah sie auf zu dem Arzt. Ihr fiel ein, daß er katholisch war und nach katholischer Lehre das Kind retten müsse und die Mutter notfalls sterben lassen. »Was tun Sie?« schrie sie auf. »Bringen Sie mich nicht um! Bringen Sie das Kind um! Ich will nicht sterben!«

»Keine Angst«, sagte der Arzt ruhig. »Keiner stirbt!«

»Das glaube ich Ihnen nicht!« Sie versuchte sich aufzurichten, aber es preßten sich Hände auf ihre Schultern und drückten sie herunter. »Ich muß sterben. Ich weiß es. Ich muß sterben!«

»Zählen Sie von zehn rückwärts, Mrs. Carey«, sagte der Arzt gelassen. »Zehn... neun...«

»Acht, sieben, sechs...« Sie blickte in sein Gesicht. Es sah auf einmal aus wie ausgefranst. Wie im Film, wenn ein Bild aus dem Brennpunkt rutscht. »Acht, sieben, sechs, vier, sieben, drei, vier...«

Dann kam das Dunkel. Das sanfte, rollende Dunkel.

12

Ein Geräusch aus dem Atelier neben dem kleinen Kabinett, in dem sie schlief, weckte Nora. Sie richtete sich schnell auf. »Sind Sie es, Charles?«

Schritte näherten sich der Tür. Sie ging auf, und Sam Corwin trat ein. Es war fast zehn Uhr. Erst kurz vor fünf war sie auf das Bett gefallen, zu müde, um auch nur ihren Overall auszuziehen. »Was tust du hier – schon so früh?« fragte sie.

Sam steckte sich eine Zigarette an. »Ich habe eine große Neuigkeit für dich.«

Sie stand verdrossen auf und fuhr sich mit den Fingern durch ihr Haar. Es fühlte sich fettig und schmutzig an. »Was denn?«

»Deine Skizze für die United Nations hat Beifall gefunden. Es wird die einzige Statue auf dem Platz der United Nations in New York sein, die von einer Frau ist.«

Ihre Müdigkeit war wie weggeblasen, sie war mit einemmal in bester Stimmung. »Wann hast du es erfahren?«

»Vor einer Stunde. Scaasi hat mich von New York angerufen. Ich bin sofort hergekommen.«

Eine Welle von Triumph durchflutete sie. Sie hatte recht gehabt. Sogar Luke mußte es jetzt zugeben. Sie schaute Sam an. »Hast du es schon jemandem erzählt?« Er schüttelte den Kopf. »Nein. Aber es wird noch am Vormittag offiziell bekanntgegeben.«

Sie ging ins Atelier. »Ich will es Luke erzählen, ehe er es auf anderm Weg erfährt.«

»Nun«, sagte Sam, »nachmittags kommt es bestimmt schon über die New Yorker Sender.«

»Dann wollen wir es ihm jetzt sagen.«

Sam folgte ihr durch den Gang durch die Halle. Charles kam gerade die Stufen herunter.

»Ist Mister Carey schon fort, Charles?«

»Ja, Madam. Er ist kurz nach acht gegangen, mit dem Baby und Mrs. Holman.«

»Er hat sie mitgenommen?« rief Nora überrascht. »Wozu denn, um Himmels willen?«

»Er sagte etwas... heute sei sein großer Tag, Madam. Die erste Häusergruppe wird nämlich fertig, und da gibt es eine kleine Feier. Er hat hinterlassen, Sie möchten doch hinauskommen, falls Sie Zeit haben.«

»Danke, Charles. Er hat etwas davon gesagt, richtig. Ich hatte es nur vergessen.«

Der Diener nickte, trat zur Seite und ließ sie vorbei. Sam folgte ihr hinauf in ihr Zimmer und schloß die Tür. »Du wußtest gar nichts davon... oder?« Sie schwieg.

Er sah sich im Zimmer um. Jetzt erst fiel ihm auf, daß es nicht mehr das Zimmer war, das sie mit Luke geteilt hatte. »Was bedeutet das? Auf einmal getrennte Zimmer? Ist etwas nicht in Ordnung zwischen dir und Luke?«

»Nein, nein, es ist alles in Ordnung.«

»Einen Augenblick mal«, sagte er. »Ich bin nämlich Sam, dein alter Freund, vergiß das nicht. Zu mir kannst du offen sprechen.«

Plötzlich weinte sie an seiner Brust. »O Sam, Sam«, schluchzte sie, »du ahnst nicht, wie schrecklich alles ist! Er ist krank. Der Krieg hat ihn ruiniert. Er ist nicht normal!«

»Ich verstehe kein Wort.«

Jetzt redete sie überstürzt, als könne sie die Worte nicht länger zurückhalten. »Du weißt doch von seiner Verwundung, nicht wahr? Und die... die treibt ihn zu allen möglichen irrsinnigen Sachen!«

»Zum Beispiel?«

»Ach, du weißt doch. Zu perversen Sachen. Er zwingt mich, sie zu tun. Weil sie das einzige sind, was ihn noch reizt. Ohne sie ist er beinahe impotent. Ich weiß nicht mehr, was ich tun soll. Manchmal denke ich, ich verliere den Verstand!«

»Ich wußte von einer solchen Verwundung ja noch gar nichts. Hast du ihm gesagt, er soll zum Arzt gehen?«

»Ich habe ihn so darum gebeten! Aber er hört einfach nicht auf mich. Er sagt, ich solle mich um meine eigenen Angelegenheiten kümmern. Er will von mir nichts anderes, als daß ich ein Kind nach dem andern kriege, bloß als Beweis, daß er ein Mann ist!«

Nora löste sich aus seinem Arm und holte sich eine Zigarette aus der Schachtel auf dem Tisch. Sam reichte ihr ein Streichholz. »Er tut nichts als lauter Dinge, die mich kränken sollen. Er weiß genau, daß der Arzt gesagt hat, wir sollen Dani nicht mit hinausnehmen. Sie ist erkältet. Und gerade deshalb nimmt er sie mit, in den ganzen Schmutz und die Nässe und die Kälte, bloß um mich damit zu kränken.«

»Nun, und... was wirst du tun?«

Sie sah ihn an. »Ich werde hinfahren und sie holen. Sie ist mein Kind, und ich lasse ihr von niemandem etwas zuleide tun, auch nicht von ihm.« Instinktiv spürte sie, daß Sam doch noch irgendwelche Zweifel hatte. »Du glaubst mir wohl nicht?«

»Ich glaube dir.«

»Vielleicht wirst du mir glauben, wenn ich dir verschiedenes zeige!«

Sie führte ihn durch das Bad in Lukes Zimmer. Dramatisch öffnete sie die Tür des Nachtkästchens neben seinem Bett. »Da!«

Seine Augen folgten ihrem ausgestreckten Finger. Zwei volle und eine halbgeleerte Flasche Bourbon standen im oberen Fach. Sam sah Nora erstaunt an.

»Er trinkt jeden Abend. Er trinkt, wenn er mich haben will. Und dann trinkt er wieder, bis er halb von Sinnen einschläft.«

Sie stieß die Tür zu. Sam folgte ihr in ihr Zimmer. Schweigend und prüfend sah er sie an. »So kannst du nicht weiterleben«, sagte er dann.

»Was kann ich sonst tun?«

»Du kannst dich von ihm scheiden lassen.«

»Nein.«

Wieder stiegen unklare Zweifel in ihm auf. Plötzlich schien

ihm das alles zu gut arrangiert, allzu nahtlos zusammenpassend.

»Und warum nicht?«

»Das weißt du so gut wie ich. Mutter hält nichts von Scheidungen, und es würde sie schrecklich aufregen, wenn der Name unserer Familie durch die Gerichtssäle gezerrt wird.«

»Und?«

Sie erwiderte seinen Blick. »Mein Kind! Ich habe zu viele Kinder gesehen, die seelisch verkümmert waren durch ein zerrüttetes Elternhaus! Nein, das möchte ich nicht für meine kleine Dani!«

Er wußte nicht, ob er ihr glauben sollte. »Gut, ich werde mit dir auf das Baugelände hinausfahren«, sagte er plötzlich.

Überrascht sah ihn Nora an. Sie hatte sich so in ihre dramatische Szene hineingesteigert, daß sie ganz ihre Absicht vergessen hatte. »Um dich und das Kind zurückzubringen«, sagte er.

Sie lächelte ihm zu. Er glaubte ihr also. Jetzt wußte sie es. Und warum sollte er ihr nicht glauben? Die Wahrheit war offenkundig genug. Sie legte ihm die Hand auf den Arm. »Sam ... ich danke dir! Und nun geh hinunter und trink eine Tasse Kaffee, während ich mich anziehe. In ein paar Minuten komme ich auch.«

13

Dani hielt einen Ball. Ihre dunklen Augen blitzten. Sie jauchzte vor Vergnügen, als ich sie losließ und sie in Mrs. Holmans ausgestreckte Arme glitt. Als ich sie wieder nahm, drehte und wendete sie sich und strebte zurück, um diesen wunderbaren kleinen Flug noch einmal zu erleben. Ich lachte und hob sie wieder hoch.

»Halten Sie sie eine Sekunde so, Colonel!« rief einer der Fotografen und hob seine Kamera. »Das gibt eine reizende Aufnahme!«

Dani hielt still – sie posierte für das Bild, als habe sie in den ganzen acht Monaten ihres Lebens nichts anderes getan.

Die Kamera klickte, und ich ließ Dani wieder herunter. Dann brachte ich sie hinüber zu der Schaukel.

Ich schnallte sie auf den kleinen Sitz und schaukelte. Sie gurgelte vor Freude. In der hellen Sonne glühten ihre Bäckchen wie Rosen, und sie sah in ihrem warmen blauen Winteranzug aus wie eine kleine Puppe. Wir waren auf dem Spielplatz, den ich hinter einem der Modellhäuser angelegt hatte, um zu zeigen, wieviel Raum hier für ein Leben im Freien sei.

Befriedigt sah ich die Straße entlang. Überall parkten Wagen, und unsere Verkäufer hatten alle Hände voll zu tun, um die neuen Häuser zu zeigen.

Sehr unterschiedlich waren die neuen Häuser gar nicht. Aber – und das war das wichtige – sie *wirkten* ganz verschieden. Der Grundriß war überall der gleiche, die gängige T-Form mit einem ausbaufähigen Dachgeschoß, wenn der Käufer sich vergrößern wollte. Aber dadurch, daß ich mich darauf beschränkt hatte, nur vier Häuser auf den Morgen zu bauen, konnten wir jedem Haus eine andere Lage geben, und so entstand das, was man im Baugewerbe einen ›Kundenfänger‹ nennt.

Auch der Preis war richtig – 13 990 Dollar. Fragen Sie mich nicht, warum wir nicht einfach 14 000 nahmen – auch das war eine der Praktiken des Gewerbes. Wahrscheinlich ließen gerade diese zehn Dollar das Haus billig erscheinen. Im übrigen aber waren sie auch tatsächlich billig.

Im Kaufpreis waren Luftheizung und Garage eingeschlossen. Das war wenig im Vergleich zu den Häusern, die näher an der Stadt lagen und drei- bis fünftausend mehr kosteten. Und obwohl wir auf Grund der städtischen Bebauungsvorschriften durch die Straße und die Zufahrten fünfundzwanzig Morgen verloren hatten, blieb uns ein klarer Reinverdienst von fünfzehnhundert an jedem Haus.

Dani lachte laut, als ich die Schaukel noch höher schwingen ließ. Ich wußte genau, was sie empfand. Das war ihre Welt.

Ich sah an der Schaukel vorbei. Die Planierraupen waren

beim nächsten Bauabschnitt schon wieder an der Arbeit. Morgen kamen dann die Bagger und hoben die Fundamente aus. Dann waren die Betonmischer an der Reihe. Und dann würde Häuser emporwachsen, wo kurz zuvor nur Ödland gewesen war. Ja, es war auch meine Welt.

Jemand legte mir die Hand auf den Arm. Hinter mir hörte ich Noras Stimme: »Es macht dir wohl so viel Spaß, daß du nicht einmal deine Frau begrüßen kannst, Luke?«

Überrascht drehte ich mich um. Ich hatte zwar durch Charles Nachricht hinterlassen, aber nicht damit gerechnet, daß Nora kommen würde. Bisher hatte sie keinerlei Interesse an meinem Projekt gezeigt. »Das ist aber eine nette Überraschung, Nora!«

Wie durch ein Zauberwort erschienen plötzlich wieder alle Reporter und Fotografen, die sich nach und nach an der Bar gesammelt hatten – unser Wohnwagenbüro war als Bar eingerichtet –, auf der Bildfläche. Ich machte mir nichts vor. Die Attraktion war Nora. Nora Hayden war immer eine Sensation. Besonders in ihrer Vaterstadt.

»Was führt dich her?« fragte ich.

Unsere Blicke begegneten sich. »Sam war so freundlich, mich herauszufahren, damit ich Dani nach Hause bringen kann.«

»Nach Hause... warum denn? Sie amüsiert sich doch herrlich!«

»Du weißt, daß sie noch erkältet ist.« Sie hielt die Schaukel auf und begann den Sicherheitsgurt aufzuschnallen.

Sam kam zu uns. Er hatte uns mit merkwürdiger Miene beobachtet. »Erkältet?« fragte ich Mrs. Holman. »Sie haben mir nichts davon gesagt, daß Dani erkältet ist.«

Mrs. Holman sah erst auf mich, dann auf Nora und schließlich zu Boden. Sie murmelte etwas Unverständliches. Ich konnte nicht hören, was sie sagte. Dani wollte nicht weg. Sie wand sich in Noras Armen und strampelte.

Einer der Fotografen sagte lächelnd zu Nora: »Kinder sind reizend, solange man sie nicht hindert, genau das zu tun, was sie mögen.«

Noras Gesicht wurde erst dunkelrot und dann weiß. Ein

Bild von ihr selbst, mit einem schreienden Kind auf dem Arm – das war eine Vorstellung, ganz und gar nicht nach ihrem Geschmack, ganz und gar nicht so, wie sie sich die Szene gedacht hatte. Mütter haben nur reizende Kinder in reizenden Posen auf dem Arm. Sie hielt Dani noch fester und wollte mit ihr von der Schaukel weggehen. Dani schrie, so laut sie konnte.

Nora drehte sich um und warf sie in den Arm der Kinderschwester. »Bringen Sie sie sofort in Mister Corwins Wagen.«

Dann wandte sie sich zu mir. »Da siehst du, was du angerichtet hast«, sagte sie wütend. »Aber du bist ja nicht glücklich, wenn du mich nicht in peinliche Situationen bringen kannst!«

Ich sah aus dem Augenwinkel die Blicke der Reporter, die sich herandrängten. Ich wußte nicht, wieviel sie von dieser Szene gehört hatten – aber ich wollte ihnen keine neue Gelegenheit geben. »Es tut mir leid«, sagte ich leise, »ich wußte nicht, daß Dani erkältet ist.«

»Und du läßt sie auf der kalten Erde spielen, in all dem Schmutz und der Nässe! Ich gehe sofort mit ihr zum Arzt.«

Ich merkte, daß es mit meiner Beherrschung zu Ende ging. Aber ich behielt wenigstens meine Stimme in der Gewalt. »Treib es nicht zu weit, Nora. Du überspielst es – kein Mensch glaubt dir das.« Ich war absolut unvorbereitet auf den Blick blanken Hasses, mit dem sie mich daraufhin ansah. Sie sagte kein Wort, aber dieser Blick verriet mir, daß die schlimmen Dinge zwischen uns zu weit gediehen waren, als daß sie jemals wieder gut werden konnten.

Aber wir standen so, daß uns jeder sehen konnte. Ich mußte dafür sorgen, daß wir einigermaßen gut abschnitten – sowohl um Noras als um meiner selbst willen. Ich zwang mich zu einem Lächeln. »Da du gerade hier bist, könntest du dich doch ein bißchen umsehen. Wie gefallen dir die Häuser?«

»Ich habe keine Zeit«, sagte sie verächtlich. »Ich muß erst einmal Dani nach Hause bringen und mich dann fertigmachen – ich fliege nach New York.«

Diesmal hatte sie mich völlig überrumpelt. »Nach New York?«

»Ja. Mein Entwurf für die United Nations ist angenommen. Sie haben mich aufgefordert, hinzukommen und alles zu besprechen.«

Das war allerdings eine Neuigkeit. Sogar diese Reporter hier, die sonst nur etwas von der Bauerei verstanden, erfaßten das. Sie drängten sich mit Fragen heran. Einen Augenblick später war Nora von ihnen umringt – mitten in einer regelrechten Pressekonferenz. Als ich hinüberging zu einer Planierraupe war sie entspannt und lächelte glücklich, wieder im Mittelpunkt der Szene zu stehen.

Auch mir war leichter. Wenigstens waren wir aus der peinlichen Situation gerettet. Aber das währte nur bis zum nächsten Morgen – bis zu der Minute, als ich die Zeitungen las. Ich war auf dem Baugelände, als der Telefonanruf kam und einer der Arbeiter mich holte.

Es war Stan Barrows, der Immobilienagent, der die Verkäufe besorgte. Er flüsterte ins Telefon, als sei er darauf bedacht, daß ihn niemand hörte. »Du mußt sofort zur Valley National Bank, Luke. Dicke Luft!«

»Wieso?« fragte ich. Die Bank hatte die Hypotheken. »Sie können sich doch über nichts beklagen. Wir brauchen weniger, als im Kostenplan vorgesehen.«

»Ich kann es nicht sagen. Geh sofort hin, Luke!«

Das Telefon war still. Ich wollte ihn noch einmal anrufen, unterließ es aber. Wenn er mir mehr sagen wollte, hätte er es sicher schon getan. Ich ging hinaus zu meinem Wagen.

Sie waren alle da, als ich in das Zimmer des Präsidenten der Bank eintrat. Sie wußten nicht, daß ich überraschter war, sie alle hier zu sehen, als sie über mein Kommen. Ich blickte mich im Zimmer um. Meine Schwiegermutter, George Hayden, Stan Barrows, außerdem der Bankpräsident und der Vizepräsident, der die Hypothekenabteilung leitete.

»Ich wußte nicht, daß hier eine Sitzung ist«, sagte ich. »Jemand hat vergessen, mich zu benachrichtigen.«

Sie machten verlegene Gesichter, aber niemand wollte zuerst sprechen. Nach ein paar Sekunden entschloß sich der Vizepräsident dazu. »Haben Sie die Morgenzeitungen gelesen, Luke?«

»Nein«, sagte ich, »es war noch dunkel, als ich zur Arbeit ging, und auf den Berg kommen sie erst später.«

»Nun . . . dann lesen Sie dies bitte.« Er hielt mir ein zusammengefaltetes Blatt des ›Chronicle‹ hin.

Ich sah auf die rotangestrichene Stelle. Daneben war ein Bild von Nora.

NORA HAYDEN
BEKOMMT EINEN AUFTRAG FÜR DIE UN

Ich sah auf. »Das ist sehr nett«, sagte ich, »aber ich weiß nicht recht, was das mit uns zu tun hat?«

»Lesen Sie nur weiter.«

Ich tat es. Die ersten beiden Absätze waren nichts. Sie sprachen von dem Preis. Aber dann die drei nächsten.

Anläßlich der Eröffnung der Carey-Siedlung – eines großangelegten Bauvorhabens unter Leitung ihres Gatten, des ehemaligen Kriegshelden Colonel Carey – sagte Nora Hayden mit ihrer gewohnten Offenheit ihre Meinung über die modernen amerikanischen Einfamilienhäuser, ihre Besitzer und diejenigen, die sie bauen:

»Der amerikanische Bauunternehmer behandelt die amerikanischen Hausbesitzer und seine Hausfrau geradezu schändlich! Unkünstlerisch und phantasielos, wie er ist, verwandelt er das amerikanische Heim in einen vernichtend eintönigen und geschmacklosen Steinwürfel, und zwar aus rein egoistischen, wirtschaftlichen Gründen, weil dies ihm einen größeren Profit bringt. Jedes Haus sieht genauso aus wie das andere, es fehlt ihm jeder individuelle Charakter, und jede Frau, die sich beschwatzen läßt, in einer dieser Kekskisten zu wohnen, hat es sich nur selbst zuzuschreiben.«

Auf die Frage, ob sich dieses Urteil auch auf die Carey-Siedlung beziehe, antwortete sie: »Schließen Sie daraus, was Sie wollen. Ich selbst würde jedenfalls nicht einmal als Leiche in einem so geschmack- und stillosen Kasten liegen wollen, geschweige denn darin leben!«

Miss Hayden beabsichtigt, nachmittags nach New York zu fliegen, um mit dem UN-Kunstausschuß ihr geplantes Werk zu besprechen.

Ich fühlte, wie es sich in meinem Magen zusammenzog, während ich den Artikel las. Ich warf das Papier auf den Tisch. »Das muß ein Irrtum sein. Ich werde Nora veranlassen, ihn sofort richtigzustellen.«

»Das hilft nichts«, sagte George Hayden. »Der Schaden ist bereits angerichtet.«

»Was für ein Schaden?« fragte ich gereizt. »Der normale Hauskäufer liest solchen Quatsch überhaupt nicht.«

»Da irrst du dich, Luke«, sagte Stan Barrows ruhig. »Unser Bestellbuch wies gestern abend siebenundvierzig Aufträge und neunzehn Interessenten auf. Heute um zehn Uhr waren nur noch elf Aufträge und drei Interessenten übrig. Ich habe jeden der Abgesprungenen persönlich angerufen. Natürlich wollte keiner den Grund nennen, aber alle gaben sie zu, daß sie den Artikel gelesen hatten.«

»Ich werde diese verdammte Zeitung dafür haftbar machen!«

»Aus welchem Grund?« fragte George Hayden verächtlich. »Sie hat nichts weiter getan, als die Worte deiner Frau zitiert.«

Ich gab ihm keine Antwort. Er hatte recht. Ich ließ mich auf einen Stuhl fallen und griff nach einer Zigarette. »Wenn wir den Namen der Siedlung ändern... Vielleicht ginge es, wenn nur mein Name wegfällt...«

»Das bezweifle ich, Luke. Das ganze Projekt ist vom Tode gezeichnet.«

Wortlos steckte ich meine Zigarette an. Mit dem Rauch zerflog mein Traum in der Luft.

»Sie müssen unsere Lage verstehen, Luke«, sagte der Präsident der Bank. »Wir haben fast eine Million Dollar in dieses Projekt gesteckt, und die müssen wir schützen. Wir müssen die Gelder kündigen.«

»Geben Sie mir die Chance, sie anderswo zu plazieren?«

»Natürlich – aber ich bezweifle, daß jemand sie übernehmen wird. Wir haben mindestens ein Dutzend anderer Banken angerufen, um das Risiko zu verteilen. Wir waren die einzige Bank, die mit hunderttausend drinbleiben wollte.«

Ich wandte mich an meine Schwiegermutter, die bis jetzt

geschwiegen hatte. »Was hältst du davon? Du weißt, was das bedeutet. Wir verkrachen, und deine dreihunderttausend sind hin.« Sie sah mich fest an. »Manchmal ist es besser, einen Verlust in Kauf zu nehmen und rechtzeitig auszusteigen. Wir können das Zehnfache verlieren bei dem Versuch, eine hoffnungslose Situation zu retten.«

Ich sah mich im Kreise um. »Ich kann es einfach nicht glauben, daß das ganze Projekt auffliegen soll wegen ein paar hingeworfener Bemerkungen.«

Wieder nahm meine Schwiegermutter das Wort. »Vielleicht wären sie nicht so entscheidend gewesen, wenn nicht gerade deine eigene Frau sie gesagt hätte.«

Der Einwurf war nicht zu widerlegen. »Ich kann mich nicht daran erinnern, daß du auch nur einmal imstande gewesen wärst, sie an etwas zu hindern, was sie sich in den Kopf gesetzt hatte.«

»Wie dem auch sei, Luke. In diesem Fall hat deine Frau gesprochen, nicht meine Tochter. Im Bereich deiner Verantwortlichkeit.«

»Sie ist kein Kind«, sagte ich zornig. »Sie weiß, was sie sagt.«

»Dennoch bist du der Verantwortliche.« Diesmal war die alte Dame hartnäckig.

»Wie konnte ich sie hindern?« fragte ich. »Sollte ich sie vielleicht einsperren?«

»Es ist zu spät, über Dinge zu streiten, die bereits geschehen sind.« George sagte es. »Ich habe etwas Derartiges befürchtet. Deshalb wollte ich, daß du wartest, bis du bessere Karten in der Hand hattest.«

»Warum warten?« fragte ich. »Die Idee war gut. Sie ist es noch. Aber darauf scheint es jetzt nicht mehr anzukommen. Ihr habt ja alle euren Entschluß bereits gefaßt.«

Ich stand auf und wollte zur Tür.

»Luke!« Es war die Stimme meiner Schwiegermutter.

»Ja?«

»Mach dir nicht zu viele Gedanken darüber. Ich werde zusehen, daß du dein Geld herausbekommst.«

Ich sah sie scharf an. »Ich habe jedes Recht auf das Haus,

das du uns geschenkt hast, abgelehnt. Ich habe die Aktien von Hayden & Caruthers, die du mir angeboten hast, nicht angenommen. Wie kommst du darauf, daß ich ein Trinkgeld dieser Art akzeptieren würde?«

Ihre blauen Augen wurden kalt und hart, aber – das muß ich dem alten Mädchen lassen – ihre Stimme blieb völlig unverändert. »Sei nicht töricht, Luke. Es gibt immer wieder eine neue Chance.«

»Danke, nein – ich danke wirklich!« sagte ich bitter. »Du meinst doch, daß ich jederzeit zu Hayden & Caruthers zurückgehen kann, wenn ich verspreche, ein braves Kind zu sein und zu tun, was man mir sagt?«

Sie antwortete nicht, aber ihre Lippen wurden zu einem dünnen, harten Strich.

»Nochmals, danke!« Ich lächelte spöttisch. »Dies ist nicht das erstemal, daß ich brennend abgestürzt bin ... aber es ist allerdings das erstemal, daß mich meine eigenen Leute abschießen.«

Ich sah mich um. Alle schwiegen und starrten mich an. »Ich werde überleben. Ich bin damals durchgekommen ... und ich werde auch diesmal durchkommen.«

»Luke!« Jetzt war Mrs. Haydens Stimme hart und zornig. »Wenn du jetzt so zu dieser Tür hinausgehst, wirst du nie wieder eine andere Chance haben. Das kann ich dir versichern.«

Plötzlich war ich müde. »Es hat keinen Sinn, daß wir uns etwas vormachen, Mutter Hayden«, sagte ich finster. »Wir wissen beide, daß die einzige Chance, die ich jemals hatte, die war, genau das zu tun, was ihr wünschtet, Nora und du. Und ich weiß jetzt, was für ein Narr ich war, als ich glaubte, ich könnte lernen, nach diesem Rezept zu leben.«

Ich schloß die Tür hinter mir. In einer Bar trank ich etwas. Dann ging ich nach Hause, um Nora gründlich meine Meinung zu sagen. Aber diese Möglichkeit war vorbei. Als ich heimkam, war sie schon fort, nach New York.

Ich ging hinauf in Danis Zimmer. Sie saß in ihrem Bettchen und sah mir entgegen. Ich trat zu ihr, nahm sie hoch und drückte sie fest an mich. Plötzlich spürte ich, daß mir die

Tränen über die Wangen liefen. Ich preßte meinen Mund sanft auf den weichen kleinen Kinderhals.

»Danimädchen«, flüsterte ich, »ich fürchte, dein Vater ist ein Pechvogel!«

An dem Tag, an dem sie ein Jahr alt wurde, erfolgte die Einleitung des Konkursverfahrens.

14

Mit kreischenden Bremsen war mein Leben zum Stillstand gekommen. Man wandert durch die Tage, aber man könnte geradesogut ein Geist sein. Die Menschen sehen einen nicht. Man berührt sie nicht. Sie berühren einen nicht. Es ist fast, als sei man überhaupt nicht da, und das wäre vielleicht recht angenehm bis auf das eine: daß man so verdammt viel sieht.

Man sieht das breite gelbe Band, das sich wie eine Schlange – man hatte nie gewußt, daß sie da war – durch alle Gefühle zieht. Manchmal beginnt sie damit, daß man einem andern seine Lügen abkauft. Und dann findet man sich bald durch dieses gelbe Band geknebelt, das man selbst akzeptiert hat...

Noras Mutter hielt ihr Versprechen. Mein Name war Dreck. Alle Türen fand ich verschlossen, und nach einer Weile hörte ich auf, auch nur einen Versuch zu machen. Tagsüber hatte ich wenigstens Dani.

Ich war es, mit dem sie im Park laufen lernte. Ich hörte ihr Lachen im Zoo und am Klippenhaus, wo sie nach den Seelöwen Ausschau hielt, die nie kamen. Aber ihr schönstes Vergnügen war, Nickel in die Schlitze der Automaten von Sutros altem ›Kristallpalast‹ zu stecken.

Da war ein Automat, den sie besonders liebte. Er zeigte eine Farm und einen Farmer, der eine Kuh molk, während seine Frau die Hühner fütterte und die Windmühle sich drehte. An ihrem zweiten Geburtstag sahen wir uns das sechsmal nacheinander an.

Nachts – nachts gab es immer Bourbon, der den häßlichen

Geschmack der Enttäuschung wegspülte. An den Wochenenden, an denen Nora meist zu Hause war, fuhr ich nach La Jolla und beschäftigte mich mit meinem Boot. Es war das einzige, was ich bei meinem Bankrott nicht verloren hatte. Diese Wochenenden waren auch die einzige Zeit, in der ich mich einigermaßen brauchbar fühlte. Ich hatte immer etwas zu tun – zu streichen, zu kalfatern, zu reparieren. Manchmal gingen die beiden Tage vorbei, ohne daß ich einen Tropfen trank. Aber wenn ich am Montagabend zu Hause saß, hatte ich die Flasche wieder neben mir.

Der Mann, der den Bourbon-Whisky erfunden hat, sollte eigentlich einen Orden bekommen. Scotch schmeckt wie Medizin, Gin riecht wie Parfüm, und Korn versäuert den Magen. Aber Bourbon tut nichts von alledem. Er ist mild und glatt und beruhigend. Von Bourbon-Whisky wird man nicht betrunken. Er füllt nur die Löcher und Risse aus, bis man sich wieder groß und stark fühlt. Und man schläft leichter ein.

Aber auch der Bourbon konnte meine Augen nicht verschließen. Ich sah zuviel, verdammt... immer noch. Wie in der Nacht, als ich nicht schlafen konnte und um drei hinunterging, um mir noch eine Flasche zu holen.

Als ich am Fuß der Treppe war, kam Nora herein und schloß die Haustür hinter sich. Wir standen da und sahen uns an, maßen einander wie Fremde, die versuchten, sich an irgendeinen undeutlichen Eindruck zu erinnern.

Ich wußte, wie ich aussah, mit ungekämmtem Haar, zerknittertem Pyjama und schief zugebundenem Bademantel. Nicht sehr ansprechend. Besonders mit den nackten Füßen.

Aber Nora... Es war fast, als sehe ich sie zum erstenmal. Sie hatte den Moschusgeruch der Erotik an sich. Ihr Gesicht war bleich, und unter ihren dunkelblauen Augen lagen die matten durchsichtigen lila Ringe, die sie immer nachher hatte, bis der Schlaf sie wieder auslöschte. Ich brauchte ihr nicht zu sagen, daß ich Bescheid wußte.

Aber dieses Wissen in ihren Augen war mehr, als ich ertragen konnte. Ich wandte mich schweigend ab.

In ihrer Stimme war lächelnder Spott. »Wenn du den

Whisky suchst – ich habe Charles gesagt, er soll eine Kiste Bourbon in dein Arbeitszimmer stellen.«

Ich gab keine Antwort.

»Denn du suchst doch Bourbon, nicht wahr?«

Ich blickte auf. »Ja.«

»Das dachte ich mir.« Sie ging an mir vorbei zur Treppe. Als sie halb oben war, drehte sie sich um und sah zu mir herunter. »Vergiß nicht, das Licht abzuschalten, wenn du heraufkommst.«

Ich ging in das Arbeitszimmer, nahm eine Flasche Bourbon und dachte an die tausend Dinge, die ich ihr hätte sagen müssen und nicht gesagt hatte. Ich spürte die gelbe Schlange in meinem Innern und versuchte, sie in Bourbon zu ertränken. Meine Tochter braucht mich, sagte ich mir. Sie braucht jemanden, der sie liebt und mit ihr zu Sutros Automaten geht, der sie sich freuen läßt an Sonnenschein und Wasser und all den andern Dingen, an die ihre Mutter niemals denkt. Ich nahm die Flasche mit und streckte mich aufs Bett.

Als ich den dritten Schluck genommen hatte, hörte ich das Türschloß leise schnappen. Ich sah zum Badezimmer hinüber. Die Tür war offen. Ich wollte schon aufstehen, ließ es aber. Statt dessen griff ich wieder zur Flasche.

Ich trank schnell, löschte das Licht und streckte mich wieder aus, ich konnte aber nicht schlafen. Ich ertappte mich dabei, daß ich im Dunkeln lag und auf ein Geräusch aus ihrem Zimmer lauschte. Ich brauchte nicht lange zu warten.

Das Licht im Bad ging an und fiel in mein Zimmer, als sie kam. Sie stand im Türrahmen und wußte, daß ich sah, daß sie nichts unter ihrem hauchdünnen Negligé trug. Sie sprach leise. »Bist du wach, Luke?«

Ich richtete mich auf, ohne zu antworten.

»Ich hatte die Tür aufgeschlossen«, sagte sie.

Ich schwieg noch immer.

Sie trat ans Fußende meines Bettes und betrachtete mich. Plötzlich bewegte sie die Achseln, und das Negligé fiel herab.

»Ich erinnere mich ... sagtest du nicht einmal, du möchtest nicht der Zweite sein?« In ihrer Stimme war ein leichter Klang von Verachtung. »Bist du noch immer dieser Meinung?«

Ich nahm eine Zigarette. Meine Hand zitterte.

Die Verachtung in ihrer Stimme wurde schärfer. »Ich hatte einmal gedacht, du bist ein Mann. Aber jetzt sehe ich, ich habe mich geirrt. Du hast deine Männlichkeit verloren, als du deine Uniform auszogst.«

Ich zog an meiner Zigarette, der Rauch brannte in meiner Lunge. Ich spürte den Schweiß in meinen geballten Fäusten. »Geh lieber in dein Zimmer, Nora«, sagte ich mit belegter Stimme.

Sie setzte sich auf den Bettrand und nahm mir die Zigarette aus der Hand. Sie hielt sie an ihre Lippen, tat einen raschen Zug und gab sie mir zurück. Ich roch das matte Parfüm ihres Lippenstifts.

»Vielleicht hilft es dir, wenn ich dir erzähle, was ich heute abend getan habe.«

»Treib's nicht zu weit, Nora!« sagte ich heiser.

Sie achtete überhaupt nicht auf das, was ich sagte. Sie beugte sich über mich, bis ihr Gesicht dicht an dem meinen war. Ich fühlte ihre kleinen warmen Brüste, die sich auf meinen Pyjama preßten. »Es war nämlich nur einmal«, flüsterte sie höhnisch. »Aber es war ganz toll! Nun, du kennst mich ja... Nur einmal – das ist wie ein chinesisches Essen. Eine Stunde später bin ich wieder hungrig.«

Jetzt schoß die rote Wut in mir hoch. Mehr konnte ich nicht ertragen. Ich packte sie bei den Schultern und schüttelte sie wild. Ein seltsam erregter Blick trat in ihre Augen, und ich spürte ihre Hand warm und drängend an mir. »Jetzt mußt du mich lieben, Luke, schnell!«

»Nora!« Ich warf mich über sie.

Es war vorbei, fast ehe es begonnen hatte. Ich lag da und fühlte mich elend und schal und zu nichts tauglich. Ich starrte sie an, während sie ihr Negligé vom Boden aufhob. Mit kaltem Triumph in den Augen sah sie auf mich herunter.

»Manchmal frage ich mich, weshalb ich nur glaubte, du wärst als Mann genug für mich«, sagte sie verächtlich. »Sogar ein Schuljunge kann das besser als du!« Die Tür schlug hinter ihr zu, und ich griff wieder nach der Flasche. Aber diesmal betäubte nicht einmal der Bourbon das schale Gefühl in meinem Magen. Ich war auf dem Boot in La Jolla, als über das Radio die Nachricht kam, die Roten hätten die Grenze in Korea überschritten. Ich lief, was ich konnte, den Kai hinunter zum Telefonautomaten und rief Jimmy Petersen in Washington an. Wir waren im Pazifik in einer Staffel gewesen. Nach dem Krieg war er dabeigeblieben und jetzt Brigadegeneral bei der Luftwaffe.

»Ich habe eben die Nachrichten gehört«, sagte ich, als er an den Apparat kam. »Kannst du einen guten Mann brauchen?«

»Klar – aber wir haben jetzt Düsenjäger. Du müßtest umgeschult werden, und ich weiß auch nicht, ob du deinen alten Rang bekommst.«

»Zum Teufel mit dem Rang, Pete. Wann soll ich kommen?«

Er lachte. »Geh morgen früh zum Presidio und sprich bei Bill Killian vor. Bis dahin hab' ich etwas für dich ausgemacht.«

»Ich werde pünktlich dort sein – mit allen Orden und Ehrenzeichen, Pete. Und... ich dank' dir sehr!«

»Du wirst mir vielleicht weniger danken, wenn du nachher bloß Captain bist.«

»General«, sagte ich aufrichtig, »ich werde dankbar sein, und wenn ich als Gemeiner wieder eingestellt werde.«

Ich ging zum Boot zurück, wo Dani in ihrem tragbaren Reisebettchen schlief. Sie war damals fast drei Jahre und schlug die Augen auf, als ich sie samt Bett und Zubehör aufhob. »Wohin woll'n wir, Daddy?« fragte sie schläfrig.

»Wir müssen nach Hause, mein Süßes. Daddy hat was Wichtiges zu tun.«

»Fein, Dad«, flüsterte sie und schloß wieder die Augen.

Ich schnallte das Bettchen im Auto auf den Sitz neben mir und warf meine Koffer hinten hinein. Ich sah nach der Uhr. Fast acht. Wenn nicht zuviel Verkehr war, konnte ich gegen vier Uhr morgens in San Francisco sein.

Dani schlief den ganzen Weg, ohne einmal wach zu werden. Es war so gut wie kein Verkehr. In Noras Studio brannte das Licht noch, als ich Dani um drei Uhr dreißig hinauftrug und in ihr Bett legte. Ich ging sofort in mein Zimmer, aber dann fiel mir das Licht im Atelier ein. Wenn ich es ihr morgen früh doch erzählen mußte, dachte ich, konnte ich es ebensogut gleich tun, da sie noch wach war. Ich ging die Treppe hinunter und in ihr Atelier. Die Lampen brannten, aber das Atelier war leer.

»Nora!« rief ich.

Ich hörte Geräusche aus dem kleinen Kabinett nebenan, ging hinüber und machte die Tür auf. Ich wollte nochmals ihren Namen sagen, aber da verschlug es mir die Stimme.

Sie lagen beide noch auf dem Bett, grotesk in ihrer Umarmung erstarrt. Nora war die erste, die sich faßte. »Raus!« schrie sie.

Mir war, als sei mein Kopf neun Meilen über den Wolken. Das war der Gipfelpunkt. Ich wurde hin und her gerissen zwischen dem Zorn, die Wahrheit so unerwartet vor Augen zu haben und dem wilden Wunsch, zu lachen über die verrückte Situation. Mein Zorn behielt die Oberhand.

Mit einem Satz war ich beim Bett und zog den Burschen am Genick von ihr weg. Ich riß ihn herum und versetzte ihm einen Kinnhaken. Er fiel rückwärts durch die offene Tür und krachte in eine Statue. Beide gingen mit einem Lärm, der Tote hätte aufwecken können, zu Boden.

Ich wollte ihm nach, aber irgend etwas hielt mich zurück. Ich sah ihn mir an. Furcht und Schuldbewußtsein machten ihn hilflos. Der da war nicht mehr als ein Junge. Mein Arm sank herab. Charles kam ins Atelier, er band noch seinen Bademantel zu. Hinter ihm sah ich die Köchin und das Hausmädchen aufgeregt hereinstarren.

Ich ging wieder ins Kabinett, las die Kleider des Bengels auf und warf sie hinaus ins Atelier. »Charles«, sagte ich, »befördern Sie diese dreckige kleine Laus an die Luft!«

Ich machte die Tür hinter mir zu und wandte mich zu Nora. Ihr Gesicht war bleich vor Wut und Haß. »Du ziehst dir besser etwas an. Du siehst wie eine Pennyhure aus, wenn du nichts anhast als das Bettlaken!«

»Warum hast du die Dienstboten wecken müssen? Wie soll ich ihnen je wieder gegenübertreten?«

Ich starrte sie an. Sie war nicht erschrocken, daß ich sie mit diesem jungen Bengel im Bett erwischt hatte. Das einzige, was ihr Sorgen machte, war, was die Dienstboten denken sollten. Ich schüttelte den Kopf. Ich lernte immer etwas Neues. Aber plötzlich schien ich die Antwort auf jede Frage zu kennen.

»Darüber brauchst du dir nicht den Kopf zu zerbrechen, Nora«, sagte ich beinahe freundlich. »Du hast ohnedies niemanden hinters Licht geführt. Niemanden als mich.«

»Du hast mir nie getraut. Du hast die Geschichten über mich gehört, und du hast sie geglaubt.«

»Da irrst du dich, Nora. Ich habe bisher keine einzige von diesen Geschichten gehört, noch immer nicht. Weißt du nicht, daß der Ehemann der letzte ist, der so etwas erfährt?«

»Was hast du denn von mir erwartet? Du bist ja nie mehr zu mir gekommen, seit Dani geboren ist.«

Ich schüttelte den Kopf. »Hör auf Nora. Es hat keinen Sinn. Jetzt nicht mehr.« Sie fing an zu weinen.

»Auch das hilft nichts, Nora. Es berührt mich nicht mehr. Auch Tränen helfen da nichts.«

Sie versiegten so plötzlich, wie sie gekommen waren. »Bitte, Luke«, sagte sie. »Es soll nicht wieder vorkommen.« Sie stieg aus dem Bett und kam zu mir.

Ich lachte. »Darin hast du recht, Nora. Mir wird's nicht wieder passieren. Ich gehe weg.«

»Nein, Luke, nein!« Sie warf die Arme um meinen Hals und klammerte sich an mich. »Ich will alles, alles wiedergutmachen! Ich schwöre es dir, Luke.«

Ich schob sie fort. Ihre Augen waren groß und voller Angst. »Was willst du denn tun?«

Plötzlich flammten alle Kränkungen und Schmerzen in mir auf. »Etwas, was ich schon längst hätte tun sollen!«

Mein Handrücken traf sie hart ins Gesicht, sie taumelte durch das halbe Zimmer, fiel über das Bett und dann zu Boden. Ich war draußen, ehe sie wieder aufstehen konnte.

Ich ging durchs Atelier in den Flur. Ich sah die Gesichter der Dienstboten, die mich anstarrten. Charles kam gerade von der Haustür zurück, als ich die Treppe erreichte. Der arme alte Bursche konnte mir nicht ins Gesicht sehen.

Die Ateliertür sprang auf. Nora stürzte in die Halle, splitternackt. »Du Hurensohn!« rief sie. »Ich werde der ganzen Welt erzählen, was du bist. Du bist ja nicht einmal ein Mann. Du bist ein Homosexueller, ein Schwuler, ein Impotenter!«

Ich sah Charles an. »Passen Sie auf sie auf, Charles. Und wenn Sie es für nötig halten, rufen Sie einen Arzt.« Er nickte schweigend. Sie kreischte noch Schimpfworte, als ich schon oben war. An der Tür des Kinderzimmers stand Mrs. Holman mit großen Augen. »Schläft Dani?« fragte ich.

Sie nickte, noch ganz bleich.

Ich ging ins Kinderzimmer. Wirklich, Dani schlief – das Baby, das sie war! Ich küßte sie auf die Wange. Ich dankte Gott für den Schlaf der Unschuld.

In Korea hatte ich dasselbe Glück wie während des Krieges. Ich fand mich leicht mit den Düsenjägern zurecht und flog neun Einsätze; zwei MIGS holte ich herunter, ehe sie mich erwischten. Aber der Krieg war nicht so gewaltig, daß sie mich noch in den Generalstab geholt hätten, als ich aus dem Lazarett kam. Also gab man mir die Entlassungspapiere und schickte mich heim.

Als ich in San Francisco ankam, erhielt ich einen sensationellen Empfang. Der einzige Mann, der im Flughafen auf mich wartete, war ein Gerichtsdiener.

»Colonel Carey?« – »Ja.«

»Entschuldigen Sie«, sagte er, drückte mir ein Papier in die Hand und eilte davon wie eine Ratte, hinter der ein Terrier her ist. Ich öffnete das Schreiben und las es. Es war vom gleichen Tag datiert – vom 20. Juli 1951. Nora Hayden-Carey gegen Luke Carey. Eine Scheidungsklage von der Klägerin, Mrs. Carey. Die Gründe: seelische Grausamkeit, böswilliges Verlassen und Vernachlässigung der Unterhaltspflicht.

»Willkommen daheim!« sagte ich zu mir selbst und schob das Schreiben in die Tasche. Es geht eben nichts über das herrliche Gefühl, wieder in der trauten Heimat zu sein.

DRITTER TEIL

Colonel Careys Geschichte Das Wochenende

1

Erst gegen Mittag kam ich vom Jugendgewahrsam ins Motel zurück. In Chicago war es jetzt etwa zwei Uhr. Sicher wartete Elizabeth schon darauf, von mir zu hören.

Plötzlich zitterten mir die Hände. Ich mußte etwas trinken. Direkt vom Lift ging ich durch die Halle hinüber zur Bar und bestellte mir einen Jack Daniels. Nur einen.

Ich trank ihn rasch und begab mich in mein Zimmer.

Ich warf mein Jackett über einen Stuhl, setzte mich auf den Bettrand und meldete mein Gespräch an. Dann band ich meinen Schlips ab und legte mich auf mein Bett, während ich auf die Verbindung wartete.

Sogar durch den Draht klang ihre Stimme warm: »Hallo!«

»Elizabeth!« sagte ich.

»Luke?« Es klang ein wenig besorgt. »Wie geht's dir, Luke?« Ich brachte die Worte kaum aus meiner Kehle. »Gut, Elizabeth – ich bin allright.«

»Ist es sehr schlimm?« fragte sie ruhig.

»Schlimm genug«, sagte ich. »Nichts ist verändert.« Ich zog die Zigaretten aus meiner Tasche. »Nora haßt mich noch immer.«

»Du hattest doch wohl nicht erwartet, daß sich das ändert – oder doch?«

Ich zündete die Zigarette an. »Ich glaube nicht. Nur...«

»Nur... was?«

»Ich wünschte, ich könnte etwas mehr tun. Schon damit Dani weiß, wie gern ich ihr helfen möchte.«

»Du bist jedenfalls da, nicht wahr?«

»Ja, aber...«

»Dann mach dir keine Kopfschmerzen darüber«, sagte sie ruhig. »Dani weiß es. Für sie ist es das wichtigste, zu wissen, daß sie nicht allein ist.«

Das brachte mich zu den Tatsachen zurück. »Und wie steht's mit dir? Fühlst du dich nicht allein?«

Sie lachte. »Ich bin nicht allein. Unser kleiner Freund hat mir Gesellschaft geleistet.«

»Ich wünschte, du wärst hier.«

»Vielleicht nächstesmal. Du wirst auch ohne mich deine Sache gut machen.«

»Ich liebe dich«, sagte ich.

»Und ich liebe dich, Luke. Und nächstesmal melde ein R-Gespräch an. Wir bekommen die Rechnung nicht vor dem Ersten.«

»Gut, mein Schatz.«

»Leb wohl, Luke.«

Die Anspannung hatte nachgelassen. So wirkte Elizabeth immer auf mich. Ich schloß die Augen und dachte zurück, wie es damals – vor langer, langer Zeit – auf dem Boot gewesen war; das erstemal. Als ihr Chef das Boot gechartert hatte.

Wir waren in Santa Monica an Land gegangen, und der alte Herr hatte sich ein Taxi nach Los Angeles genommen. Elizabeth war auf dem Boot geblieben – ihr Chef hatte gemeint, sie sollte doch zum Wochenende bleiben.

Wir nannten uns alle beim Vornamen, und als der alte Herr im Taxi fortgefahren war, fragte ich Elizabeth: »Ich habe einen Freund hier, bei dem ich übernachten kann, wenn Ihnen das lieber ist.«

»Wäre es Ihnen angenehmer?« In ihrer Stimme war keinerlei falsche Koketterie.

»Ich habe doch bloß den Gentleman spielen wollen.«

»Das weiß ich.« Sie sah mich an, ihre blauen Augen waren klar. »Wenn ich irgendwelche Zweifel hätte, Luke, hätte ich nicht eingewilligt, an Bord zu bleiben.«

»Eine nette Bemerkung! Sie trägt Ihnen eine Einladung zum Dinner ein«, sagte ich lachend.

»Das soll ein Wort sein – wenn ich bezahlen darf.«

»Hu-hu! Ich bestehe darauf. Sie sind mein Wochenendgast.«

»Das ist nicht fair. Ich habe Ihnen hundert Dollar von Ihrer Charter heruntergehandelt.«

»Das lassen Sie nur meine Sorge sein«, sagte ich unnachgiebig.

Sie sah meine Miene und legte mir die Hand auf den Arm. »Nun, wenn es Ihnen so viel bedeutet... Aber warum?«

»Ich hatte eine Frau, die es so einrichtete, daß *sie* die Rechnungen bezahlte. Das hat mir gelangt, für immer.«

Sie zog rasch ihre Hand zurück. »Ach so«, sagte sie. »Gut, ich hoffe nur, Sie haben viel Geld mit. Wir Schweden haben einen gesegneten Appetit.«

Wir gingen in die Fischküche am Coast Highway zwischen Malibu und Santa Monica, und sie hatte nicht zuviel gesagt! Sogar ich schaffte die riesigen Portionen nicht. Aber sie aß die ihre bis zum letzten Bissen. Nachher saßen wir bei unserm Kaffee, schauten durch die großen Scheiben auf die Brandung, die sich an den Klippen unter dem Fenster brach, und unterhielten uns. Es war sehr gemütlich, und der Abend ging so schnell vorbei, daß es nach elf wurde, als wir zum Boot zurückkehrten.

»Ich bin todmüde«, sagte sie seufzend, als wir den Kai entlanggingen. »Ich bin so viel Seeluft gar nicht mehr gewöhnt.«

»Ja, sie macht einen müde«, sagte ich. Ich betrachtete sie in dem ungleichmäßigen gelben Licht der einzigen Bogenlampe am Ende des Kais. »Sie legen sich jetzt zu Bett. Und wenn's Ihnen recht ist, gehe ich noch eine Weile zum Strand hinunter, einen Freund besuchen.«

Sie sah mich einen Augenblick lang sonderbar an, dann nickte sie. »Gut, gehen Sie nur. Und schönen Dank für das Dinner.«

Ich grinste. »Das war nur eine Generalprobe. Morgen kommt das Richtige. Matte Beleuchtung. Damasttischtuch, Musik.«

»Danke für die Voranzeige. Ich werde den ganzen Tag fasten.« Sie stieg hinunter ins Boot und verschwand in der Kabine. Ich wartete einen Augenblick, dann machte ich kehrt und ging zurück. Ich trat in die Tür der ersten Bar, die ich fand, und beschäftigte mich mit meinem Freund Jack Daniels.

Ich betrank mich, und es war sicher schon nach drei, als ich vom Kai ins Boot jumpte. Ich gab mir solche Mühe, leise zu sein, daß ich über ein Tau stolperte, das aufgeschossen an Deck lag, und höchst geräuschvoll hinschlug. Viel zu müde, um noch in die Kabine zu gehen, schlief ich gleich ein, wo ich hingefallen war.

Am Morgen weckten mich das Aroma von Kaffee und der Geruch von gebratenem Schinken. Ich setzte mich auf, ehe ich noch bemerkte, daß ich in meiner Koje lag, mit nichts als meinen Shorts bekleidet. Ich rieb mir mit den Händen über meinen brummenden Schädel. Ich konnte mich an nichts erinnern.

Elizabeth mußte mich gehört haben, denn sie kam von dem kleinen Herd in der Kombüse herüber und brachte mir ein Glas Tomatensaft. »Hier, trinken Sie das.« Ich sah sie zweifelnd an. »Trinken Sie nur. Das brennt den Nebel weg.«

Automatisch schluckte ich das Zeug hinunter. Sie hatte recht. Es brannte den Nebel weg – aber sauber! Es brannte auf den Zähnen, in der Kehle, am Magenrand, überall. Ich schnappte nach Luft. »Was ist das? Dynamit?«

Sie lachte. »Eine alte schwedische Katerkur. Tomatensaft, Pfeffer, Worcester-Sauce, Tabasco und Aquavit. Mein Vater sagte immer: Es kuriert, oder es bringt einen um.«

»Ihr Vater hatte recht. Es ist ein rascher Tod. Wo haben Sie den Aquavit her?«

»Aus derselben Quelle, wo Sie gestern Ihren Freund getroffen haben. Es ist die nächste von hier aus, nicht wahr?«

Ich nickte.

»Ihr Freund führt keine schlechten Tropfen!«

»Ich bin außer Übung«, verteidigte ich mich. »Ich habe praktisch vier Tage lang nichts getrunken. Wie haben Sie mich zu Bett gebracht?«

»Das war kein Kunststück. Mein Vater wog fast zwei Zentner – er war eins fünfundneunzig groß –, ich habe ihn oft zu Bett gebracht. Heute war's genau wie in der guten alten Zeit.« Sie nahm mir das leere Glas aus der Hand. »Hungrig?«

Vor einer Minute wäre mir schon bei dem Gedanken, etwas essen zu müssen, speiübel geworden. Jetzt hatte ich plötzlich Heißhunger. Ich nickte.

»Dann setzen Sie sich an den Tisch.« Sie ging wieder in die Kombüse. »Frühstück im Bett ist bei der Bedienung nicht eingeschlossen. Wie mögen Sie die Eier?«

»Am liebsten Spiegeleier. Zwei Stück.« Ich stieg aus der Koje und in meine Hosen. »Warten Sie einen Augenblick«, protestierte ich. »Sie sollen doch nicht kochen!«

Aber die Eier waren schon in der Pfanne. Es gab heiße Brötchen mit Butter, Marmelade und Orangen-Gelee, vier Eier, rund ein halbes Pfund Schinken, dazu eine Kanne dampfenden Kaffee. Ich aß wie ein Scheunendrescher, als sie ihre Tasse brachte, sich eingoß und sich zu mir setzte. Sie zündete sich eine Zigarette an.

Ich stippte den Rest des letzten Eis mit dem Rest des letzten Brötchens auf und lehnte mich mit einem Seufzer zurück.

»Das war gut!« sagte ich.

»Ich mag's gern, wenn ein Mann tüchtig ißt.«

»Nun, da sind Sie an einen Professional geraten.« Ich goß mir noch einmal Kaffee ein. »Das ist 'n richtiger Kaffee!«

»Danke.«

Ich steckte mir eine Zigarette an und trank schluckweise meinen Kaffee. Ich fühlte mich so wohl und gesund wie lange nicht.

»Sie haben eine Tochter?«

Ich nickte.

»Wie alt ist sie?«

»Acht.«

»Heißt sie Nora?«

Ich schüttelte den Kopf. »Nein. Dani. Abkürzung von Danielle. Nora war meine Frau.«

»Ach so.«

»Warum fragen Sie danach?«

»Sie sprachen ständig von ihnen, als ich Sie zu Bett brachte. Die beiden fehlen Ihnen sehr, nicht wahr?«

»Meine Tochter fehlt mir sehr«, sagte ich barsch. Ich stand

auf. »Warum gehen Sie nicht hinaus und schnappen frische Luft? Ich wasche das Geschirr.«

»Sie nehmen Ihren Kaffee mit an Deck. Das Geschirrwaschen ist übers Wochenende meine Sache.«

Ich ging hinauf und setzte mich auf einen Angelstuhl. Der Morgennebel zog hinaus auf die See. Es würde ein heißer Tag werden. Ich hatte meine Tasse gerade ausgetrunken, als sie heraufkam.

Ich wandte mich um. »Wollen Sie heute an den Strand?«

»Warum an einen überfüllten Strand, wenn wir unser eigenes Boot nehmen und einen ganzen Ozean für uns allein haben können?«

»Bitte – *Sie* haben gechartert«, sagte ich aufstehend. »Ich gehe an Land und besorge ein paar Bissen zum Lunch.«

Sie lächelte. »Dafür habe ich schon gesorgt. Auch für zwölf Flaschen Bier, wenn die Sonne zu heiß wird.«

Ich ging nach vorn, um loszuwerfen.

Der Morgen hielt, was er versprochen hatte. Die Sonne stach und drang so tief in die Knochen, daß selbst die Abkühlung im kalten, grünen Wasser nicht lange vorhielt. Ihr schien das wenig auszumachen.

Sie lag lang ausgestreckt auf dem Deck und sog sich voll Sonne. Fast eine Stunde lang hatte sie sich nicht gerührt. Ich lag auf der Bank hinter dem Steuerrad unter der Persenning, denn ich hatte keine Lust, bei lebendigem Leibe zu schmoren.

Ich schob meine Mütze so weit aus dem Gesicht, daß ich etwas sehen konnte. »In der Kabine ist etwas Sonnenöl, wenn Sie es brauchen.«

»Danke, nein – ich bekomme keinen Sonnenbrand, ich werde gleich braun. Aber ein Bier könnte ich vertragen. Ich bin ganz ausgedörrt.«

Ich griff in den Kühler, holte zwei Flaschen heraus, machte sie auf und trat hinaus in die Sonne. Es war wie in einem Hochofen. Sie rollte sich herum, setzte sich auf und griff nach der beschlagenen Flasche. Sie hielt sie an den Mund und trank durstig. Ein paar Tropfen rannen aus ihrem Mundwinkel auf ihre braune Schulter. Unwillkürlich sah ich hin. Bikinis und Bierflaschen.

Sie war ein hochgewachsenes Mädchen, mindestens eins zweiundsiebzig, und ihr Körper paßte zu ihrer Größe. Man weiß automatisch: Wenn man eine solche Frau hat, so hat man alles, was man braucht, und es gibt dann keine andere Frau auf dieser Erde, die einen irritieren könnte.

Sie fuhr sich mit dem Handrücken über das Gesicht. Dann sah sie, wie ich sie anstarrte. Sie lachte. »Meine Mutter sagte immer, ich sei ein unappetitlicher Trinker. Wie mein Vater.«

Sie legte beide Hände hinter sich flach aufs Deck und stützte sich rückwärts ab, das Gesicht in die Sonne haltend. »Gott, ist das schön. Sonne und Meer. Ich hatte nie gedacht, daß mir die See so sehr fehlen würde.«

Ich mußte mich zwingen, nicht mehr hinzusehen. Zum erstenmal in meinem Leben empfand ich die Wirkung der ›großen Blonden‹. Bis jetzt hatte ich sie eigentlich nur im Film erlebt oder als Tänzerinnen in Las Vegas. Aber als ich jetzt eine lebendige so dicht vor mir hatte, begriff ich verschiedenes.

»Wenn Ihnen das Wasser so sehr fehlt«, sagte ich, »warum sind Sie dann in einem Nest wie Sandsville hängengeblieben?«

Sie hatte der Sonne wegen die Augen geschlossen. »Ich war mit meinem Mann nach Phoenix gekommen. Er war Pilot in der Air Force. Er raste mit seiner Maschine mit über neunhundert Sachen in eine Felswand. Als alles vorbei war, habe ich diese Stellung angenommen. Seitdem bin ich dort.«

»Verzeihen Sie, das wußte ich nicht.« Ich sah hinaus über das Wasser. Manche Männer haben kein Glück. Kein einziges Mal. »Wie lange ist das her?« fragte ich.

»Vier Jahre. Sie waren auch Flieger, nicht wahr, Luke?«

»Ich war. Früher einmal. Aber zu einer Zeit, als Sie noch sehr jung waren.«

»So alt sind Sie doch gar nicht.«

»Ich bin sechsunddreißig und gehe auf die siebzig zu.«

»Das macht der Suff, daß Sie sich so fühlen. Meinem Vater ging's ebenso ...« Sie brach ab, als sie sah, wie ich sie anstierte. Sie schlug die Augen nieder. »Verzeihen Sie ... das ist mir so herausgefahren.«

»Wie alt sind Sie?«

»Vierundzwanzig.«

»Mit vierundzwanzig ist alles leicht.«

»Meinen Sie?« fragte sie, und wieder trafen sich unsere Blicke. »So leicht, wie mit zwanzig Witwe zu sein?«

»Jetzt muß ich ›Verzeihen Sie‹ sagen ...«

»Schon gut.«

Ich trank einen Schluck von meinem Bier. »Woher wissen Sie, daß ich Flieger war?«

»Ich wußte schon sehr lange von Ihnen. Deshalb war ich gekommen ... um Sie zu suchen.«

»Mich?«

»Sie waren doch Johnnys großer Held. Ein glänzender Kampfflieger. Mit fünfundzwanzig Colonel. Johnnys heißester Wunsch war, so zu sein wie Sie. Und deshalb mußte ich kommen, um mit eigenen Augen zu sehen, wie er gewesen wäre ... wenn er's überlebt hätte.«

»Und jetzt?«

»Jetzt brauche ich nicht mehr darüber zu grübeln. Ich glaube, ich werde es nie erfahren. Johnny hatte nicht die geringste Ähnlichkeit mit Ihnen.« – »Warum sagen Sie das?«

»Als ich Sie gestern zu Bett brachte, haben Sie geweint ... Ich kann mir Johnny nicht weinend vorstellen, wenigstens nicht mehr, als er älter war als sechs. Er war rasch und aggressiv und manchmal rauh und ungeduldig. Sie sind das genaue Gegenteil. Innerlich empfindsam und weich.«

»Ich war nie ein richtiger Held«, sagte ich. »Der Krieg zwingt einen oft, etwas zu sein, was man gar nicht ist – wenn man ihn überleben will. Und ich war Fachmann im Überleben.« Ich lachte trocken. »Obwohl ich nicht begreifen kann, was, zum Kuckuck, ich durchaus noch erleben wollte.«

Sie sah mich sehr fest an. »Ich glaube, das Überleben bedeutet eines Tages sehr wenig, wenn man sein Leben damit verbringt, sich in einem Whiskyfaß zu verstecken.«

Ich sah ihr tief in die Augen. Sie waren klar und stolz und wichen den meinen nicht aus. Ich seufzte. »Ich fürchte, ich habe das verdient.« Dann sah ich auf die Uhr. »Sie haben gerade noch Zeit zu einem Kopfsprung, ehe wir den Anker einholen.«

Mit meinem Bier ging ich hinunter in die Kabine. Dort war es etwas kühler. Ich nahm einen Schluck aus der Flasche und stellte sie vor mich auf den Tisch. Durch die offene Luke hörte ich das Wasser aufspritzen, als sie hineinsprang.

Das Telefon neben meinem Bett riß mich zurück in die Gegenwart. Langsam schüttelte ich die Wärme der Erinnerung ab.

»Ja?« murmelte ich.

»Colonel Carey?«

»Ja.«

»Hier Harris Gordon.«

Jetzt war ich hellwach. »Ja, Mister Gordon?«

»Es tut mir leid, daß ich erst so spät anrufen kann. Ich hatte alle Hände voll zu tun.«

Ich sah nach der Uhr. Es war nach sieben. Ich hatte den ganzen Nachmittag geschlafen. »O bitte – es macht nichts.«

»Wäre es Ihnen recht, wenn wir unsere Verabredung auf morgen vormittag verlegen? Heute ist Samstag, und meine Frau hat ein paar Leute eingeladen.«

»Selbstverständlich.«

»Morgen früh um neun?«

»Gut«, sagte ich. »Ich treffe Sie im Foyer.«

Ich legte den Hörer auf, ging zum Fenster und sah hinaus. Die Dämmerung kam, die Neonlichter blitzten auf. San Francisco an einem Samstagnachmittag... und ich hatte in meiner alten Heimatstadt nichts zu tun. Also steckte ich mir eine Zigarette an, lehnte mich wieder im Bett zurück und dachte weiter nach über Elizabeth und mich.

2

Elizabeth trug an jenem Abend ein einfaches weißes Kleid. Das Haar fiel ihr auf die Schultern herab wie gesponnenes Gold, und die sonnenbraune Haut sah dagegen wie Milchschokolade aus. Die Wochenendlöwen verdrehten sich die Hälse nach ihr. Sie sind in Südkalifornien schöne Frauen gewöhnt, besonders in der Gegend von Malibu, wo oft gefilmt wird. Aber an Elizabeth war etwas, das alle Augen anzog.

Der Maître d'Hôtel verstand etwas von seinem Fach: Wenn er eine Attraktion sah, so nutzte er sie. Er gab uns ein Eckfenster, das auf die See hinausging, wo uns jeder sehen konnte. Dann schickte er eine Flasche Champagner herüber und die Geigen.

Elizabeth sah mich lächelnd an. »Sie müssen hier ja eine gewaltige Nummer haben!«

»O nein, das gilt nicht mir.« Ich hob mein Glas. »Es gilt Ihnen. Tatsächlich hab' ich Dusel, daß er sich nicht an mich erinnert. Das einzigemal, das ich hier war, wurde ich wegen Trunkenheit rausgeworfen.«

Sie lachte. »Er wird seine gute Meinung ändern, wenn er mich essen sieht.«

Nach einer Weile verschwanden die Geigen, und die Tanzkapelle spielte. Ich sah Elizabeth an, und als sie nickte, gingen wir auf die Tanzfläche. Ich legte den Arm um sie, und wo meine Hand das Fleisch ihres nackten Rückens berührte, spürte ich die Kraft unter dieser glatten Haut.

Ich machte ein paar ungeschickte Schritte bei dem Versuch, den Rhythmus der Musik zu finden. »Es ist schon lange her...«

»Bei mir auch.« Dann aber legte sie ihr Gesicht an meine Wange, und nun war alles ganz leicht.

Ich war erstaunt, als das Orchester zusammenpackte und ich auf meine Uhr sah: drei Uhr vorbei. Seit langem war mir kein Abend so schnell vergangen. Ich zahlte die Rechnung und legte ein großes Trinkgeld für den Maître dazu, weil er so nett zu uns gewesen war. Der Duft der Blumen stieg zu uns auf, als wir vom Berg hinunter in die sternklare kalifornische Nacht gingen. »Wollen wir zu Fuß zum Wasser hinuntergehen?«

Sie nickte und schob ihren Arm unter den meinen. Wir gingen den Weg, der sich hinter dem Restaurant an dem kleinen Motel vorbeiwand, das auf den Strand hinaussah.

Die Nacht war sehr still. Kein Laut kam von der Autostraße herüber. »Ich könnte Sie fragen, ob Sie die Meerjungfern aufsteigen sehen«, sagte ich.

»Ich bin wild auf alle Seegeschichten.«

Ich lachte, als wir weiter am Strand entlanggingen, bis wir zu einem Felsen kamen. Wir setzten uns und schauten hinaus auf das Wasser. Wir sprachen kein Wort. Es war nicht nötig. Die Nacht war von einem eigenartigen Frieden erfüllt.

Ich warf meine Zigarette weg und sah der Funkenspur nach, die sie auf ihrem Weg ins Wasser zurückließ. Wir saßen dicht beeinander, sahen zu, wie sich die Brandung auf dem Sand brach, berührten einander nicht und waren uns doch sehr nahe.

Sie wandte mir ihr Gesicht zu. »Luke!«

Ich küßte sie. Kein Händedruck, keine heiße Umarmung – nur unsere Lippen begegneten sich und kosteten sich und erzählten einander von alledem, was uns vorher geschehen war. Wie einsam wir gewesen waren und was wir uns von der Zukunft wünschten.

Nach einer Weile löste sie ihren Mund von meinem und legte den Kopf an meine Schulter. So saßen wir eine lange Weile. Dann seufzte sie ein wenig und hob den Kopf. »Es wird spät, Luke. Ich bin müde. Komm, wir wollen zum Boot.«

In dem Taxi, das uns nach Santa Monica brachte, waren wir sehr still. Nur unsere Finger sprachen, obwohl sie ganz ruhig ineinander verschlungen waren.

Wir stiegen vom Kai ins Boot. Vor der Kabine blieben wir stehen. Ihre Stimme war leise und ruhig.

»Ich bin kein Typ für Wochenendromanzen, Luke. Wenn ich einmal einen Weg einschlage, meine ich den ganzen Weg, auf lange Zeit. Ich bin keine einsame Witwe, die eine Lücke in ihrem Leben ausfüllen will. Ich möchte nicht als Feuerlöscher benützt werde, um eine Fackel auszumachen.«

Ich sah ihr in die Augen. »Ich verstehe dich.«

Sie schwieg einen Augenblick, als prüfe sie die Wahrheit in mir. »Ich hoffe es«, flüsterte sie. »Ich wünsche es mir.« Sie legte den Arm um meinen Hals und drückte ihren Mund auf den meinen. »Laß mir ein paar Minuten Zeit, ehe du hereinkommst.«

Sie verschwand in der Kabine. Ich zündete mir eine Zigarette an. Plötzlich zitterten mir die Hände, und ich hatte Angst. Ich wußte nicht, wovor ich Angst hatte, aber sie war da. Ich sah mich nach einem Drink um, aber es war nichts da als ein paar Flaschen Bier. Ich machte eine auf und trank sie schnell aus. Sie war nicht mehr kalt, aber mir war besser, als ich getrunken hatte. Ich warf die Zigarette ins Wasser und ging in die Kabine.

Sie lag in meiner Koje und hatte die Decke bis zum Kinn heraufgezogen, das goldgesponnene Haar über mein Kissen gebreitet. »Dreh das Licht aus, Luke... Ich bin ein bißchen schüchtern.«

Ich machte es aus. Durch das Bullauge fiel das Licht vom Kai herein auf ihr Gesicht. Ich warf schnell meine Kleider ab, kniete neben der Koje nieder und küßte sie.

Ihre Arme schlangen sich um meinen Hals. »Luke... Luke!«

Ich hob den Kopf und zog langsam die Decke weg. Jetzt hatte sie die Augen offen und beobachtete mich. Nach einer kurzen Stille fragte sie: »Bin ich dir schön genug, Luke?«

Ihre Brüste waren voll und stolz, ihre Taille war sehr schmal unter den Rippen ihres leicht gewölbten Brustkorbs, ihr Bauch flach mit einer ganz leichten Rundung zu der schwellenden Kurve ihrer Hüften. Ihre Schenkel kräftig und ihre Beine lang und gerade.

Wieder erfüllte ihre Stimme das Schweigen. »Ich möchte gern schön für dich sein.«

Ich küßte ihre Kehle. »Du bist meine goldene Göttin.«

Ihre Arme schlossen sich fester um mich. »Halte mich, Luke. Liebe mich, Luke.«

Die Leidenschaft stieg in mir hoch. Ich küßte ihre Brüste. Sie stöhnte leise, und ich spürte, wie ihr Körper unter mir warm wurde. Dann war nichts mehr da als das harte Pochen meines Herzens und das Brausen in meinem Hirn. Und plötzlich schlugen der viele Whisky und die verfluchte Hurerei, in die ich geflohen war, auf mich zurück.

»Nein ... nein!« schrie ich auf. Ich fühlte, wie ihre Arme, die mich hielten, in Schrecken und Überraschung starr wurden. »Bitte nicht!« – Aber es war vorbei.

Einen Augenblick lag ich ganz still, dann setzte ich mich langsam auf und griff nach einer Zigarette. »Es tut mir leid, Elizabeth, es tut mir so leid. Ich hätte es wissen sollen. Ich glaube, ich tauge zu nichts mehr. Ich bin nicht einmal mehr ein anständiger Liebhaber.«

Ich saß auf dem Rand der Koje und starrte auf den Fußboden. Ich wagte sie nicht anzusehen. Ein paar Sekunden schwieg sie, dann griff sie hoch und nahm mir die Zigarette aus dem Mund. Sie legte sie weg und hob mit der anderen Hand mein Gesicht. Ihre Stimme war still und sanft. »Das also hat sie dir angetan, Luke? Hat sie dich so kaputtgemacht?«

»Ich habe mich selbst kaputtgemacht«, sagte ich bitter. »Ich sagte dir's ja eben – ich bin ein armseliger Liebhaber.«

Sie zog meinen Kopf herunter auf ihre warme Brust und streichelte mich zärtlich. »Das bist du nicht, Luke«, flüsterte sie. »Dein Unglück ist ... du liebst zu sehr.«

Als ich am Morgen aufwachte, war sie fort. Auf ihrem Platz lagen ein Brief und vier Hundertdollarnoten. Ich öffnete den Umschlag mit zitternden Fingern.

Lieber Luke,
bitte vergib mir, daß ich Dich auf diese Art verlasse. Ich weiß, es wird nicht fair aussehen, aber ich weiß in diesem Augenblick nicht, was ich anderes tun könnte. Jeder Mensch trägt sein eigenes Kreuz und muß seinen eigenen Kampf auskämpfen. Ich habe meinen Kampf gewählt, als Johnny starb. Du stehst noch mitten in deinem Kampf, Luke.

Sollte die Zeit kommen, daß Du ihn so weit gewinnst und stark genug bist, aus Deinem Versteck herauszukommen und der Mann zu sein, der Du in Wirklichkeit bist, dann können wir vielleicht doch zusammen die lange Reise machen. Denn das ist es, was ich mir sehnlichst wünsche – das heißt natürlich, wenn Du es auch möchtest. Ich weiß, ich bin nicht sehr logisch – aber ich kann nie sehr logisch sein, wenn ich weine.

Alles Liebe
Elizabeth.

Drei Monate lang versuchte ich zu vergessen, was sie mir geschrieben hatte. Dann wachte ich eines Morgens in einer Arrestzelle auf – und alles war weg. Das Boot, mein Kredit, das bißchen Selbstachtung, das mir geblieben war – alles war weg. Ich bekam dreißig Tage Zwangsarbeit, als ich die Geldstrafe nicht bezahlen konnte.

Am Ende der dreißig Tage, als ich meinen Anzug wiederbekam, fand ich ihren Brief noch in meiner Tasche. Ich nahm ihn heraus und las ihn wieder, dann sah ich mich im Spiegel an. Zum erstenmal seit langer Zeit waren meine Augen klar. Wirklich klar. Ich konnte mir wieder selbst in die Augen sehen.

Ich dachte an Elizabeth und wie schön es wäre, sie wiederzusehen. Aber nicht so wie jetzt. Ich wollte mich ihr nicht zeigen, solange ich wie ein Landstreicher aussah. Also nahm ich eine Stelle als Bauarbeiter bei einer Baufirma an, und als das Vorhaben sieben Monate später fertig war, hatte ich mich schon zum Hilfspolier heraufgearbeitet, hatte sechshundert Dollar in der Tasche und einen alten Wagen, der immerhin mir gehörte.

Ich setzte mich hinein und machte eine Nonstopfahrt nach Phoenix. Dort erfuhr ich, daß sie nach Tucson gezogen war, wo ihr Chef gerade ein neues Projekt in Angriff nahm. Am selben Spätnachmittag war ich in Tucson. Das Büro lag draußen vor der Stadt an der Autobahn, und das erste, was ich sah, als ich auf den Parkplatz fuhr, war ein Schild:

Ich machte die Bürotür auf und ging hinein. Im Vorzimmer saß ein dunkelhaariges Mädchen. Sie blickte auf: »Ja, bitte?«

»Draußen steht, daß Sie eine Arbeitskraft brauchen.«

Sie nickte. »Das stimmt. Haben Sie Erfahrung?«

»Ja.«

»Bitte setzen Sie sich. Miss Andersen wird gleich da sein.«

Sie nahm das Telefon und flüsterte etwas hinein. Dann gab sie mir ein Formular. »Füllen Sie das aus, während Sie warten.« Ich war gerade fertig, als das Telefon summte und das Mädchen auf eine zweite Tür wies.

Elizabeth sah nicht auf, als ich eintrat. Sie war mit einem Aufrechnungsbogen beschäftigt. »Sie haben Erfahrung?« sagte sie, ohne den Blick zu heben.

»Ja, Madam.«

Sie sah noch immer auf den Bogen. »Welcher Art?«

»Aller Art, Madam.«

»Aller Art?« wiederholte sie ungeduldig. »Das ist nicht sehr deutlich ...« Sie sah auf, und die Worte blieben ihr in der Kehle stecken.

Sie schien schmaler geworden zu sein, die Backenknochen standen mehr heraus. »Aber das ist nicht der Grund, warum ich hergekommen bin, Madam«, sagte ich, ihre Augen beobachtend. »Der wirkliche Grund ist ... Ich bin hergekommen, weil ich die eine suche, die einmal gesagt hat, sie würde gern eine weite Reise mit mir machen.«

Ein paar sehr lange Sekunden sah sie auf zu mir, dann war sie im Nu aus ihrem Sessel und um den Schreibtisch herum und in meinen Armen. Ich küßte sie, und sie weinte, und immer wieder sagte sie meinen Namen: »Luke ... Luke ... Luke ...«

Die Tür am andern Ende des Büros ging auf. Der alte Herr, ihr Chef, kam herein. Er sah uns und wollte sich zurückziehen, dann warf er uns einen zweiten Blick zu und räusperte sich.

Er griff in die Tasche, holte seine Brille heraus, betrachtete mich gründlich und räusperte sich wieder.

»Also Sie sind's!« sagte er. »Höchste Zeit, daß Sie kommen. Da wird Elizabeth endlich aufhören, Trübsal zu blasen, und wir kommen weiter mit unserer Arbeit.«

Er stapfte hinaus, schloß die Tür hinter sich, und wir lachten. Und als ich sie lachen hörte, wußte ich, daß immer alles besser sein würde, wenn ich sie bei mir hatte. Immer – sogar jetzt, wo ich in San Francisco war und sie in Chicago in einer einsamen Nacht auf mich wartete.

3

Harris Gordon war bereits im Foyer, als ich am nächsten Morgen um neun Uhr herunterkam. Wir gingen ins Café, wo noch alle Tische leer waren. Natürlich, Sonntag morgen.

Die Kellnerin brachte uns Kaffee, ich bestellte mir kleine Buchweizenkuchen mit Würstchen. Gordon schüttelte den Kopf. »Ich habe schon gefrühstückt.«

Als die Kellnerin gegangen war, fragte ich: »Was wird nun geschehen?«

Er nahm sich eine Zigarette. »In einer Hinsicht haben wir Glück. Wir brauchen nicht vor ein Schwurgericht.«

»Nicht?« – »Nein«, antwortete er. »Nach kalifornischem Gesetz wird ein Jugendlicher, der ein Verbrechen begangen hat, nicht so abgeurteilt wie ein Erwachsener. Das trifft besonders zu für Fälle von Jugendlichen unter sechzehn Jahren.«

»Aber wie entscheiden sie dann bei einem Kind über Schuld und Strafe?«

»Wieder ist hier das Gesetz auf unserer Seite. Für Kinder gibt es so etwas wie eine Strafe überhaupt nicht. Nach kalifornischem Gesetz ist ein Kind nicht verantwortlich für seine Handlungen, auch dann nicht, wenn eine Schuld feststeht. Der Jugendliche kommt vielmehr vor das Jugendgericht, das über die bestmögliche Lösung hinsichtlich der Rehabilitation und der schließlichen Wiedereinordnung in die Gesellschaft entscheidet.« Er lächelte. »Habe ich mich allzu juristisch ausgedrückt?«

Ich schüttelte den Kopf. »Ich verstehe. Bitte, sprechen Sie weiter.«

Die Kellnerin brachte mein Frühstück. Gordon wartete, bis sie wieder ging, und fuhr dann fort:

»Das Gericht muß darüber befinden, in wessen Obhut die Interessen und das Wohlergehen des Kindes am besten gewahrt sind. Ob – je nach Lage des Falles – die Vormundschaft einem Elternteil übertragen wird oder beiden Eltern, ob es zu Pflegeeltern gegeben wird oder in ein Erziehungsheim wie Los Guilicos oder, falls nötig, auch in eine klinische oder psychiatrische Behandlung. Das alles aber erst nach vollständiger Untersuchung des Falles. Sollte das Jugendgericht entscheiden, Dani in Gewahrsam zu behalten, ist es möglich, daß sie zum California Youth Authority Reception Center in Perkins kommt, für eine gründliche tiefenpsychologische und psychiatrische Untersuchung.«

»Und was bedeutet das alles?«

»Eines bedeutet es mit Sicherheit«, antwortete er schnell, »und zwar folgendes: Sollten Sie daran denken, die Vormundschaft zu bekommen, dann vergessen Sie das so schnell wie möglich. Das Gericht läßt auf keinen Fall zu, daß das Kind an einen Ort außerhalb Kaliforniens kommt.«

Wir musterten einander. Zumindest kannte ich jetzt meine Situation. Man würde mir niemals die Vormundschaft über Dani geben, wie sonst auch alles ausging. Ich nahm mich zusammen: »Also ich bekomme Dani nicht. Wer dann?«

»Offen gesagt, ich bezweifle, daß das Gericht sie jemals an Nora zurückgibt. Es bleiben drei Möglichkeiten – ihre Großmutter oder Pflegeeltern, die das Gericht aussucht, oder Los Guilicos. Ich denke, die Pflegeeltern können wir streichen. Danis Großmutter kann ihr bessere Chancen bieten.«

»Es handelt sich also entweder um die alte Dame oder eine Anstalt?« fragte ich.

Er nickte.

Ich aß meinen letzten Bissen und bestellte mir noch einen Kaffee. »Und was meinen Sie – wie wird es ausgehen?«

»Soll ich Ihnen meine ehrliche Meinung sagen?«

Ich nickte.

»Dann steht es für Los Guilicos und Mrs. Hayden wie zehn zu eins.«

Ich schwieg eine Weile. Der Gedanke, Dani monate-, ja vielleicht jahrelang hinter Gittern zu wissen, war mir unerträglich. »Und wie kann man das Gericht dazu bringen, uns diese eine Möglichkeit zu geben?«

Gordon sah mich fest an. »Wir müßten beweisen, daß wir Dani all das angedeihen lassen können, was sie in einer Anstalt hätte. Das bedeutet: strenge Aufsicht, guten Unterricht, religiöse Erziehung, Psychotherapie und, wenn nötig, Analyse. Und ständigen Kontakt mit dem Bewährungshelfer, dem sie zugeteilt wird.«

»Warum das, wenn Dani bei ihrer Großmutter ist?«

»Weil ihr nur die Vormundschaft anvertraut wird. Dani verbleibt unter Aufsicht des Jugendgerichts, bis das Gericht völlig davon überzeugt ist, daß es keine sozialen Schwierigkeiten mehr mit ihr gibt.«

»Wie lange wird das dauern?«

»Nach meinen bisherigen Erfahrungen würde sie unter Gerichtsaufsicht stehen, bis sie mindestens achtzehn ist.«

»Das ist eine lange Zeit für einen Menschen, der wie unter einem Mikroskop leben soll... Auch für ein so junges Mädchen.«

Er sah mich kritisch an. »Sie hat einen Menschen getötet«, sagte er. »Das bleibt.«

Das war deutlich genug. Sogar für mich. »Was kann ich tun, um irgendwie zu helfen?«

»Ich glaube, es ist wichtig, daß Sie in San Francisco bleiben, bis die Verhandlungen bei Gericht abgeschlossen sind.«

»Das ist unmöglich«, antwortete ich. »Solche Prozesse hören nie auf!«

»Es ist kein Prozeß im üblichen Sinn, Colonel. Es gibt da keine Geschworenen, die verurteilen oder freisprechen können, sondern nur eine Verhandlung mit nur einem Richter, und geladen werden nur die betroffenen Personen. Nicht einmal die Polizei und der Staatsanwalt des Distrikts sind zugelassen, falls sie nicht eigens zum Erscheinen aufgefordert werden, um besondere Fragen über das Wohlergehen und die Führung des Kindes zu beantworten. Der ganze Fall muß rasch abgeschlossen werden. Das Gesetz schützt das Kind vor unnötiger Haft. Wenn ein Kind mehr als fünfzehn Tage in Verwahrung gehalten wird, ohne daß eine Verhandlung stattfindet, muß es entlassen werden.« – »In klaren Worten«, fragte ich, »wie lange?«

»Der Hafttermin wird am Dienstag stattfinden. Die eigentliche Verhandlung eine Woche später. Eine Woche von Dienstag an – also rund zehn Tage.«

»Zehn Tage!« Ich war außer mir. »Meine Frau muß jeden Tag niederkommen! Warum müssen wir bis Dienstag auf die Verhandlung warten?«

»Weil die Bestimmungen es so vorschreiben, Colonel«, erklärte Gordon geduldig. »Der Hafttermin ist für Dienstag angesetzt, weil das der Tag ist, an dem der Richter die Fälle minderjähriger Mädchen verhandelt. Die endgültige Verhandlung wird eine Woche später angesetzt, wie ich Ihnen schon sagte, weil die Bewährungshelfer Zeit haben müssen, den Fall von allen Richtungen zu untersuchen. Und diese Überprüfung ist für uns ebenso wichtig wie für das Gericht. Denn von dem Bericht des Bewährungshelfers hängt es im allgemeinen ab, wie der Richter entscheidet. Ist der Bericht nicht hinreichend überzeugend, ordnet der Richter an, daß das Kind zur weiteren Beobachtung nach Perkins kommt. Unsere Aufgabe ist es also, den Bewährungshelfer und das Gericht zu überzeugen, daß dem Staat und Dani am besten damit gedient ist, wenn sie in die Obhut ihrer Großmutter gegeben wird.«

»Wozu brauchen Sie dann aber mich? Ich kann doch nicht das mindeste dazu tun, jemanden zu überzeugen, daß Dani am besten zu der alten Dame kommt.«

»Da bin ich nicht ihrer Meinung, Colonel. Sie können nämlich sehr viel tun, wenn Sie nur darauf hinweisen, daß dies auch Ihrer Meinung nach das beste für das Kind wäre.«

»Ja«, sagte ich spöttisch, »mein Wort ist sehr schwerwiegend! Sie können sich für mein Wort nicht ein Glas Bier kaufen, wenn Sie nicht gleichzeitig einen Quarter zücken.«

Er sah mich an. »Sie unterschätzen sich, Colonel. Ihr Wort

gilt sehr viel. Die Öffentlichkeit kann nicht so schnell vergessen, was Sie für unser Land getan haben.«

»Wollen Sie den alten Brei vom Kriegshelden wieder aufwärmen?«

»Aber gründlich! Er wirkt bereits in unserem Interesse.«

»Wie meinen Sie das?«

Gordon winkte der Kellnerin und bat um die Morgenzeitungen. Als sie auf dem Tisch lagen, deutete er auf ein Bild auf dem ersten Blatt und die Schlagzeilen dazu.

Das Bild war von mir – ich hatte den Arm um Dani gelegt und führte sie in den Jugendgewahrsam. Die Schlagzeile war kurz:

KRIEGSHELD KOMMT ZUR VERTEIDIGUNG SEINER TOCHTER

»Anständig nicht wahr? Die Zeitungen sind bereits auf unserer Seite. Es steht kein Wort davon drin, daß Sie unbeherrscht auf die Reporter losgegangen sind. Sonst wird jeder gekreuzigt, der so etwas tut. Sie aber nicht.«

Ich sah ihn fragend an.

»Die Menschen, die sich mit dem Schicksal Ihrer Tochter zu beschäftigen haben, sind menschlich. Auch der Richter liest die Tageszeitungen – und ob er es zugibt oder nicht: er wird durch sie beeinflußt.« Gordon lehnte sich in seinen Stuhl zurück. »Wenn Ihr Hierbleiben eine finanzielle Frage ist, wird Mrs. Hayden – sie hat es mir gesagt – gern einspringen.«

»Meine Finanzen haben nichts damit zu tun. Ich sagte Ihnen bereits, daß meine Frau in diesen Tagen ein Kind erwartet.«

»Die öffentliche Meinung kann leicht über Nacht umschlagen«, fuhr Gordon fort. »Augenblicklich herrscht überall viel Sympathie für Sie und Ihre Tochter. Wenn Sie wegfahren, ehe die Frage geregelt ist, in wessen Obhut Dani kommt, könnte man in der Öffentlichkeit daraus vielleicht den Schluß ziehen, daß Ihre Tochter unverbesserlich ist und selbst in Ihren Augen nicht wert, daß man alles für sie tut.«

Ich sah ihn scharf an. Klug war er, das mußte man ihm lassen. Er hatte mich fast überzeugt. Ich sah keinen Ausweg.

»Denken Sie daran, Colonel: Ob Dani die nächsten vier Jahre ihres Lebens in einem staatlichen Erziehungsheim verbringt oder zu Hause bei Ihrer Großmutter, hängt großenteils von Ihrer Entscheidung ab.«

»Mit einemmal liegt alles in meiner Verantwortung!« entgegnete ich zornig. »Warum hat das Gericht das nicht bedacht, als es Nora die Vormundschaft übertrug? Das Gericht hatte Beweismaterial genug, um zu wissen, wie Nora ist. Wo war denn damals die Gerechtigkeit? Und wo war die alte Dame, als dieser Kerl in Noras Haus lebte? Sie muß doch gewußt haben, was da vor sich ging. Sie war ja nicht blind! Warum hat sie nichts unternommen, um Dani wegzuholen, ehe das alles passierte? *Ich* war ja nicht einmal hier. Ich *durfte* mich ja nicht sehen lassen. Ich war ja nicht gut genug, mich meiner Tochter auf zehn Schritt Entfernung zu nähern. Man hatte ja sogar bestritten, daß ich ihr Vater bin. Und jetzt sagen Sie, es hängt alles von meiner Entscheidung ab?!«

Gordon sah mich eine Weile schweigend an. Ich glaube, in seinen Augen war ein Schimmer von Verständnis. Er sprach sehr ruhig. »Zugegeben, daß alles wahr ist, was Sie sagen, Colonel, so ändert es doch nichts an dem derzeitigen Tatbestand. Wir stehen jetzt nicht einer bitteren Vergangenheit gegenüber, sondern sehr bitteren Tatsachen der Gegenwart.« Er rief nach der Rechnung. »Treffen Sie keine überstürzten Entscheidungen, Colonel. Warten Sie mindestens bis Dienstag, bis nach dem Hafttermin, ehe Sie einen Entschluß fassen.«

Er stand auf. »Vielleicht fällt es Ihnen leichter, wenn Sie morgen zu der Verhandlung vor dem Untersuchungsrichter kommen.«

»Vor dem Untersuchungsrichter! Wird Dani dabeisein?«

Gordon schüttelte den Kopf. »Nein. Aber ihre Aussage wird verlesen. Und Nora wird dort ebenfalls ihre Aussage machen.«

»Was wird dadurch bewiesen?«

Er zuckte die Achseln. »Vielleicht nichts, was wir nicht schon wissen. Aber die Verhandlung könnte Sie davon überzeugen, wie wichtig es ist, daß Sie hierbleiben.«

Während er das Restaurant verließ, bestellte ich mir noch eine Tasse Kaffee. Es hatte keinen Sinn, schon jetzt zum Haus der alten Dame zu gehen. Nicht, ehe ich Dani gesehen hatte.

4

Noras Jaguar stand auf dem Parkplatz des Jugendgewahrsams, als ich vorfuhr. Ich war gerade ausgestiegen und wollte zum Eingang, als mich Charles' Stimme anhielt. »Colonel!«

Ich drehte mich um. »Hallo, Charles!«

»Würden Sie mir einen Gefallen tun, Sir? Ich habe ein paar Pakete mit, die ich im Auftrag von Miss Hayden für Miss Dani abgeben soll.«

»Wo ist Miss Hayden?«

Charles wich meinem Blick aus. »Sie ist... sie fühlt sich heute nicht recht wohl. Doktor Bonner riet ihr, im Bett zu bleiben und zu ruhen. Sie ist sehr aufgeregt.«

»Das kann ich mir vorstellen«, sagte ich trocken. »Gut. Ich nehme die Pakete mit.«

»Vielen Dank, Colonel.« Er machte die Wagentür auf und nahm einen kleinen Handkoffer und zwei Pakete heraus. Das eine sah aus wie eine große Schachtel Konfekt.

»Wollte man sie Ihnen nicht abnehmen?«

»O doch, Sir... Aber man sagte mir, daß Sie herkommen und daß es doch netter für Miss Dani wäre, wenn Sie die Sachen ihr selbst geben.«

Ich wollte zum Eingang gehen, doch Charles blieb neben mir. »Würden Sie mir gestatten zu warten, Sir, bis Sie wiederkommen? Ich möchte so gern wissen, wie es Miss Dani geht.«

»Natürlich, Charles. Ich sehe mich nach Ihnen um, wenn ich zurückkomme.«

»Vielen Dank, Sir. Ich bleibe im Wagen.«

Er kehrte um und ging zum Parkplatz, während ich in das Gebäude trat. Am Eingang saß wieder die Grauhaarige. Sie lächelte, als sie mich sah. »Ich habe Ihren Besucherschein schon bereit, Colonel Carey.«

»Ich danke Ihnen.«

Sie sah den Koffer und die beiden Pakete. »Darf ich, Colonel? Es ist Vorschrift hier.«

Zuerst wußte ich nicht, was sie meinte. Dann verstand ich es. Sie nannten es zwar nicht Gefängnis, aber es herrschten doch wohl dieselben Regeln.

Sie öffnete zuerst den Koffer. Obenauf lagen ein paar Blusen und Röcke. Sie nahm sie heraus und legte sie auf den Tisch. Darunter zwei Sweater, Strümpfe, Unterwäsche, zwei Paar Schuhe und ein Stoß Taschentücher. Sie befühlte alles sorgsam und lächelte mir zu, als sie es wieder in den Koffer legte. Dann kamen die beiden Pakete dran. Ich hatte recht geraten. Das eine war eine Schachtel Konfekt. Das andere enthielt Bücher – sogenannte Jungmädchenlektüre.

Die Frau sah mich entschuldigend an. »Anscheinend ist alles in Ordnung. Sie können sich nicht vorstellen, was die Leute hier alles einzuschmuggeln versuchen.«

»Ich verstehe.«

Sie gab mir ein Papier und deutete auf eine Tür. »Dort durch bis zum Ende des Korridors. Dann eine Treppe hoch – an der Wand ist ein Zeichen, wie Sie weitergehen müssen. Sie kommen zu einer geschlossenen Pforte. Zeigen Sie der diensttuenden Aufseherin Ihren Schein. Sie bringt Sie zu Ihrer Tochter.«

»Danke vielmals.«

Die Korridore waren blitzsauber, die Wände mattgrün gestrichen, wie im Krankenhaus. Ich ging eine Treppe hinauf und kam in einen Korridor, der genauso war wie der, aus dem ich eben kam. Eine Tafel an der gegenüberliegenden Wand: ZU DEN RÄUMEN DER MÄDCHEN.

Ich ging weiter, bis zu einem Gitter. Es war aus sehr starkem Draht und reichte vom Boden bis zur Decke. In der Mitte befand sich eine Tür aus dem gleichen starken Drahtgitter und mit Stahlrahmen.

Ich wollte sie aufmachen, aber sie war verschlossen. Ich rüttelte; das Klirren hinter dem Gitter hallte im leeren Korridor wider. Jetzt öffnete sich eine Tür. Eine große Negerin kam herbeigeeilt, noch damit beschäftigt, die weiße Tracht zuzuknöpfen. »Ich komme gerade erst zum Dienst«, entschuldigte sie sich.

Ich reichte ihr meinen Schein.

Sie las ihn schnell und nickte. Aus einer Tasche ihrer weißen Tracht holte sie einen Schlüssel und schloß auf. Ich trat ein. Hinter mir schloß sie wieder zu.

Wir gingen den Korridor entlang, der in einen großen Aufenthaltsraum mündete. Einige Stühle standen herum; an der einen Seite, an der Fensterwand, weit vom Gang abgerückt, ein Tisch und noch ein paar Stühle.

Um den Tisch saßen ein paar Mädchen und hörten Radio. Zwei Mädchen, eine Weiße und eine Negerin, tanzten miteinander Rock 'n' Roll.

Die Mädchen sahen auf, als wir hereinkamen. In ihren Gesichtern stand eine seltsam uninteressierte Neugier, die schnell verschwand, als sie sahen, daß ich nicht zu ihnen gekommen war.

»In welchem Raum ist Dani Carey?« fragte die Aufseherin.

Sie sahen sie verständnislos an.

»Das neue Mädchen.«

»Ach so, die Neue.« Es war das farbige Mädchen, das antwortete. »Sie ist in zwölf.«

»Warum ist sie nicht draußen bei euch? Habt ihr sie nicht aufgefordert?«

»'türlich haben wir sie aufgefordert. Aber sie wollte nicht, Miss Matson. Sie wollte in ihrem Zimmer bleiben. Sie ist noch zu schüchtern, glaube ich.«

Die Matrone nickte, als wir den Raum verließen. Wir kamen in einen anderen Korridor mit vielen dicht nebeneinanderliegenden Türen. Vor einer blieb die Aufseherin stehen und klopfte. »Du bekommst Besuch, Dani.«

»Okay«, sagte Dani von drinnen.

»Ich lasse Sie wissen, wenn Ihre Besuchszeit um ist«, sagte die Aufseherin zu mir.

»Danke«, sagte ich, als sie fortging.

»Daddy!« rief Dani und warf sich in meine Arme.

»Hallo, Baby!« Ich ließ die Paket fallen und drückte Dani an mich.

Jetzt stand die Tür ganz offen, und ich konnte in Danis Zimmer sehen. Es war klein und schmal, mit zwei Feldbetten an den beiden Längswänden. Hoch oben in der Außenwand ein kleines Fenster. Auf einem der Betten saß eine junge Frau, die aufstand, als ich eintrat.

»Das ist Miss Spicer, Daddy«, sagte Dani. »Miss Spicer, das ist mein Vater.«

Die junge Frau streckte mir die Hand hin. »Es freut mich, Sie kennenzulernen, Colonel Carry«, sagte sie. Ihr Händedruck war fest und freundlich. »Ich bin Marian Spicer – die Bewährungshelferin, der Dani zugeteilt ist.«

Ich starrte sie an. Irgendwie hatte ich mir bei dem Ausdruck »Bewährungshelfer« so etwas wie einen Mann mit einem harten, strengen Gesicht vorgestellt. Diese Frau hier war jung, nicht älter als vielleicht achtundzwanzig, mittelgroß, mit braunem Haar, das lockig ihr Gesicht einrahmte, und lebhaften braunen Augen. Ich glaube, sie sah mir meine Überraschung an, denn ihr Lächeln verstärkte sich.

»Guten Tag, Miss Spicer.«

Anscheinend war sie diese Reaktion gewöhnt, denn sie ging nicht darauf ein. Sie sah auf die Pakete. »Ich sehe, dein Vater hat dir etwas mitgebracht. Ist das nicht nett?«

Dani sah mich fragend an. Ich wußte, daß sie den Koffer erkannte. »Deine Mutter schickt sie dir«, sagte ich.

Wie ein Schleier senkte es sich über Danis Augen. »Kommt Mutter nicht?«

»Nein. Sie fühlt sich nicht recht wohl...«

Der Schatten in ihrem Blick wurde tiefer. Ich konnte nicht mehr hinsehen. »Ich habe sie auch nicht wirklich erwartet, Daddy«, sagte sie leise.

»Doktor Bonner hat ihr gesagt, sie soll im Bett bleiben. Ich weiß, wie gerne sie...«

Dani unterbrach mich. »Woher weißt du das, Daddy? Hast du sie denn gesehen?«

Ich schwieg.

»Sie hat sicher Charles geschickt, und der hat dir die

Sachen gegeben. War es nicht so, Daddy?« Ihre Augen sahen mich herausfordernd an, ob ich wohl widersprechen würde.

Ich nickte.

Sie wandte sich mit fast zorniger Geste ab.

»So, Dani, ich gehe jetzt, solange du deinen Vater hier hast. Später komme ich wieder«, sagte Miss Spicer ruhig.

Dani ging zum unteren Ende des Bettes und setzte sich mit abgewendetem Gesicht. Ich sah mich nochmals im Zimmer um. Es maß etwa zweieinhalb mal drei Meter. Außer den beiden Betten waren nur noch zwei kleine Kommoden am Fußende der Betten und ein Stuhl vorhanden. Die Wände waren einst grün gewesen, dann aber ohne viel Erfolg cremefarben gestrichen worden. Sie waren dicht bekritzelt. Ich sah genauer hin: meistens Jungennamen oder Daten für Verabredungen, dann und wann eine Telefonnummer. Dazwischen hier und da ein paar obszöne Worte, wie man sie an den Wänden öffentlicher Toiletten findet. Ich sah auf Dani. Von der jungen Dame, die gestern früh die Treppe herunterkam, war nichts mehr geblieben. Statt ihrer saß da ein kleines Mädchen auf dem Feldbett. Ihr einziges Make-up war ein wenig blasser Lippenstift, und statt der toupierten Frisur hatte sie das Haar mit einem Gummiband zum Pferdeschwanz zusammengebunden. Mit Bluse und Rock sah sie sogar noch jünger als vierzehn Jahre aus.

Ich griff nach einer Zigarette. – »Gib mir eine, Daddy.«

Ich sah sie erstaunt an. »Ich wußte nicht, daß du rauchst.«

»Du weißt eine Menge Dinge nicht, Daddy«, sagte sie ungeduldig.

Ich gab ihr eine Zigarette und Feuer. Ja – sie rauchte. Ich sah es daran, wie sie inhalierte und den Rauch dann noch einmal durch die Nase ziehen ließ.

»Weiß deine Mutter, daß du rauchst?« fragte ich.

Sie nickte und sah mich wieder herausfordernd an.

»Ich halte das für gar nicht gut. Du bist noch so jung...«

Sie schnitt mir schnell das Wort ab. »Fang jetzt nicht mit diesem väterlichen Ton an. Dafür ist es zu spät.«

In einer Hinsicht hatte sie recht. Zu lange war ich nicht bei ihr gewesen, zu viele Jahre. Ich wechselte das Thema. »Willst du dir nicht ansehen, was dir deine Mutter schickt?«

»Ich weiß schon, was Mutter mir geschickt hat«, entgegnete sie. »Konfekt, Bücher, Kleider. Dasselbe Zeug, das sie mir immer schickt, wenn ich weg bin. Schon seit dem ersten Sommer, als sie mich in ein Ferienheim gesteckt hat.«

Plötzlich standen ihre Augen voller Tränen. »Ich glaube, sie denkt, das hier ist auch nichts anderes als wieder einmal so ein Heim. Sie hat mir immer etwas geschickt, sicher. Aber sie hat mich nie besucht, nicht einmal am Elterntag.«

Ich hätte sie gern an mich gezogen und gestreichelt und beruhigt, aber irgend etwas in ihrer steifen, graden Haltung hielt mich zurück. Es war sicher besser, wenn ich sie jetzt nicht anrührte. Nach ein paar Minuten hörte sie auf zu weinen.

»Warum bist du denn nie gekommen, um mich zu besuchen, Daddy?« fragte sie mit schüchterner Stimme. »Hattest du mich gar nicht mehr lieb?«

5

Der Untersuchungsrichter und die Geschworenen hatten ihre Plätze bereits eingenommen, als ich am nächsten Morgen in den kleinen überfüllten Gerichtssaal trat. Nur vorn waren noch ein paar für die Zeugen reservierte Sitze frei. Harris Gordon bemerkte mich, als ich hinten im Saal stand, er erhob sich und winkte mir. Ich ging nach vorn. Er wies auf den Platz neben Nora. Jeder andere wäre mir lieber gewesen, aber ich spürte, wie scharf die Reporter uns beobachteten, und setzte mich.

»Charles sagte mir, daß er dich gestern gesprochen hat. Wie geht es Dani?« fragte mich Nora.

Ihr Gesicht war blaß. Sie hatte ganz wenig Make-up aufgelegt und war sehr einfach angezogen. »Dani war enttäuscht, daß du nicht kommen konntest«, sagte ich.

»Ich war selbst enttäuscht! Aber der Arzt wollte nicht, daß ich aus dem Hause ging.«

»Das habe ich gehört. Geht es dir jetzt besser?«

Sie nickte. »Etwas besser wenigstens.«

Ich sah weg, mit einem bitteren Geschmack im Mund, wie früher so oft. Es gab nichts, was Nora wirklich ändern konnte, nichts, was auch nur an sie herankam, nicht einmal jetzt. Was auch geschah – sie hatte immer dieselben kleinen höflichen Redensarten bereit, die kleinen Lügen, die sorgfältigen Umwege um die Wahrheit. Sie war gestern sowenig krank gewesen wie ich selbst. Ein leichter Hammerschlag vor dem erhöhten Tisch, hinter dem der Untersuchungsrichter saß. Plötzlich war alles still. Der erste Zeuge wurde aufgerufen – der medizinische Sachverständige. Als erfahrener Zeuge berichtete er schnell und sachlich. Bei der Sektion der Leiche von Anthony Riccio habe er festgestellt, daß der Tod durch einen gewaltsam herbeigeführten Riß der großen Aorta eingetreten sei. Verursacht habe den Riß ein scharfes Instrument. Nach seiner Schätzung müsse der Tod auf keinen Fall später als fünfzehn Minuten nach dieser Verletzung erfolgt sein – vermutlich bereits nach viel kürzerer Zeit.

Der nächste Zeuge war ebenfalls ein Mediziner, der Polizeiarzt. Mit der gleichen Erfahrung wie der andere sagte er aus, daß er vom Polizeipräsidium telefonisch zum Tatort beordert worden sei und den Verstorbenen bereits tot vorgefunden habe. Außer einer oberflächlichen Untersuchung, wie sie zur Ausstellung des Totenscheins erforderlich war, habe er nichts getan und nur noch veranlaßt, daß der Tote ins Leichenschauhaus geschafft wurde. Er trat ab. Der Gerichtsdiener rief den nächsten Zeugen auf: »Doktor Alois Bonner.«

Ich blickte auf, als sich Dr. Bonner am anderen Ende der Zeugenbank erhob. Es war lange her, seit ich ihn das letztemal gesehen hatte. Er war kaum verändert. Immer noch das schöne graue Haar, immer noch das vornehme und gewichtige Auftreten, das ihm die reichste Praxis in San Francisco eingebracht hatte.

Er legte den Eid ab und setzte sich in den Zeugenstand.

»Doktor Bonner«, sagte der Untersuchungsrichter, »erzählen Sie dem Gericht mit Ihren eigenen Worten genau, was sich am letzten Freitagabend ereignet hat.«

Dr. Bonner wandte sich an die Geschworenen. Seine wie Honig dahinfließende Krankenzimmerstimme rollte klangschön durch den häßlichen Gerichtssaal.

»Ich verließ gerade meine Sprechstunde, als ein wenig nach acht Uhr das Telefon läutete. Es war Miss Haydens Diener Charles, der mich informierte, es habe ein Unglück gegeben. Ich sollte bitte sofort herüberkommen.

Da meine Praxis nur einen Block von Miss Haydens Haus entfernt ist, war ich schon fünf Minuten nach dem Anruf dort. Ich wurde unverzüglich in Miss Haydens Atelier geführt, wo ich Mister Riccio auf dem Boden liegend vorfand, den Kopf in Miss Haydens Schoß. Sie hielt ein blutbeflecktes Tuch an seine Seite. Als ich fragte, was geschehen sei, sagte Miss Hayden mir, Mister Riccio sei erstochen worden. Ich kniete neben ihm nieder und nahm das Tuch fort. Es war eine große, häßliche Wunde, die stark blutete. Ich legte das Tuch zurück und fühlte Mister Riccios Puls. Er war schwach und unregelmäßig. Da ich sah, daß er heftige Schmerzen hatte und schnell verfiel, öffnete ich meine Tasche, um ihm eine Morphiumspritze zu geben. Aber bevor ich es tun konnte, war er bereits tot.« Er sah den Untersuchungsrichter an.

Dieser erwiderte ein paar Sekunden lang seinen Blick, dann wandte er sich an einen Mann, der neben dem Gerichtsstenografen saß. »Haben Sie irgendwelche Fragen, Mister Carter?«

»Carter gehört zur Staatsanwaltschaft des Distrikts«, flüsterte Gordon, als der Mann aufstand und nickte.

»Doktor Bonner, hat der Verstorbene während Ihrer Untersuchung vor seinem Tod etwas gesagt, eine Bemerkung gemacht?«

»Ja, das hat er getan.«

»Was hat er gesagt?«

»Er hat zweimal den gleichen Satz gesagt: ›Sie hat mich erstochen.‹«

»Als Mister Riccio diese Bemerkung machte, Doktor Bonner... hatten Sie da eine Vermutung, wen er meinte?«

»Zu diesem Zeitpunkt nicht«, antwortete der Arzt bestimmt. Ich sah mit einem halben Blick Gordons Augen befriedigt aufblitzen und wußte nun, daß er bereits mit dem guten Doktor gesprochen hatte.

»Waren noch andere Personen im Atelier außer Miss Hayden und dem Verstorbenen, als Sie eintraten?«

»Miss Haydens Tochter war ebenfalls da«, antwortete Bonner.

»Blieb sie die ganze Zeit dort, während Sie sich mit dem Verstorbenen beschäftigten?«

»Ja.«

»Danke sehr, Doktor Bonner.« Der Stellvertreter des Distriktsanwalts ging zurück zu seinem Stuhl und setzte sich.

»Sie können abtreten, Doktor Bonner«, sagte der Untersuchungsrichter. »Ich danke Ihnen.«

»Inspektor Gerald Myrer«, rief der Gerichtsdiener.

Ein gutgewachsener, gediegen gekleideter junger Mann mit militärischem Haarschnitt erhob sich am Ende der Bank. Er trat vor, wurde vereidigt und setzte sich.

»Bitte, geben Sie den Geschworenen Ihren Namen und Ihren Beruf an.«

»Inspektor Gerald Myrer von der Polizei in San Francisco, Morddezernat.«

»Und nun berichten Sie uns bitte von Ihren Maßnahmen in dem vorliegenden Fall am Abend von Mister Riccios Tod.«

Der Inspektor zog ein kleines Notizbuch aus der Tasche und schlug es auf. »Der Anruf kam gegen 8 Uhr 25 im Morddezernat an, und zwar von dem Funkwagen, der als erster die Meldung aufgenommen hatte. Wir trafen um 8 Uhr 37 im Haus von Miss Hayden ein. Zwei Funkwagen waren bereits dort. Der Polizist an der Tür meldete mir, daß drinnen im Atelier ein Mann ermordet worden sei. Ich ging unverzüglich hinein. Der Verstorbene lag auf dem Fußboden. Anwesend waren im Atelier Miss Hayden und ihre Tochter Dani Carey, Doktor Bronner, der Diener Charles Fletcher; außerdem Mister Harris Gordon, der Anwalt. Er war, wie mir der Beamte an der Tür sagte, wenige Minuten vor mir gekommen. Ich begann sofort mit der Vernehmung.«

Er räusperte sich und sah sich im Gerichtssaal um.

»Die Vernehmung ergab, daß Miss Hayden und ihre Tochter die beiden einzigen im Raum Anwesenden waren, als Mister Riccio die Verletzung beigebracht wurde, die seinen Tod zur Folge hatte. Aus der Vernehmung Miss Haydens und ihrer Tochter entnahm ich, daß die Tochter den Verstorbenen mit einem Bildhauermeißel angegriffen hatte, und zwar während eines heftigen Streits zwischen Miss Hayden und dem Verstorbenen. Der Bildhauermeißel wurde auf dem Fußboden in der Nähe des Toten gefunden. Ich ließ ihn zur Prüfung ins Kriminaltechnische Institut schicken.«

»Verzeihen Sie die Unterbrechung, Inspektor Myrer«, sagte der Untersuchungsrichter. »Können Sie uns bereits jetzt etwas über das Ergebnis dieser Untersuchung mitteilen?«

Der Inspektor nickte. »Ja, das kann ich. Das Kriminaltechnische Institut berichtete mir, daß das Blut auf dem Meißel zur Blutgruppe O gehört, was mit der des Toten übereinstimmt. Auf dem Griff des Meißels waren dreierlei Fingerabdrücke festgestellt worden – von Miss Hayden, ihrer Tochter und dem Verstorbenen. Einige Fingerabdrücke waren verschmiert und überdeckt, aber es waren ausreichend einzelne Abdrücke da, um einwandfrei zu sichern, daß jede dieser drei Personen den Griff angefaßt hatte.«

»Danke, Inspektor. Bitte fahren Sie fort.«

»Nachdem ich die Vernehmung beendet hatte, nahm ich die Tochter, Danielle Carey, mit zum Polizeipräsidium. Der Anwalt, Mister Gordon – ich erwähnte schon, daß er anwesend war –, begleitete uns. Im Präsidium diktierte Miss Carey dem Polizeistenografen ein Protokoll, das ihr in Mister Gordons Gegenwart vorgelesen und dann von ihr unterschrieben wurde. Dann brachte ich sie dem Gesetz entsprechend in den Jugendgewahrsam, wo ich sie der Bewährungshelferin vom Dienst übergab. Auch dorthin begleitete uns Mister Gordon.«

»Haben Sie eine Kopie der Aussage bei sich?«

»Ja, Sir.«

Der Untersuchungsrichter wandte sich an die Geschworenen. »Nach den Gesetzen des Staates Kalifornien darf kein

Jugendlicher vor ein Gericht gestellt werden, von dem er möglicherweise wegen eines Verbrechens verurteilt werden kann. Das einzig zuständige Gericht ist das Jugendgericht. Da wir hier nur die eine Aufgabe haben, die physische Ursache für den Tod des Verstorbenen festzustellen, darf den Geschworenen die Aussage verlesen werde, die die betreffende Jugendliche gemacht hat.«

Er wandte sich wieder an den Inspektor: »Würden Sie uns bitte die Aussage vorlesen, Inspektor Myrer?«

Inspektor Myrer zog einen zusammengefalteten Bogen aus seiner Brusttasche. Er faltete ihn auseinander und begann zu lesen:

Aussage der Jugendlichen Danielle Carey:
Mein Name ist Danielle Nora Carey. Ich lebe bei meiner Mutter, Nora Hayden, in San Francisco. Ich war oben in meinem Zimmer und bereitete mich auf die Semesterprüfung vor, als ich Stimmen hörte, die aus dem untenliegenden Atelier meiner Mutter kamen. Ich wußte, daß meine Mutter und Rick schon den ganzen Tag über etwas gestritten hatten. Gewöhnlich blieb ich in meinem Zimmer, wenn sie sich stritten, denn es war immer sehr aufregend. Aber dieser Streit war den ganzen Tag immer heftiger geworden, und ich fing an, mich um meine Mutter zu ängstigen. Schon früher einmal, als sie sich stritten, hatte Rick sie geschlagen. Sie konnte drei Tage nicht ausgehen, weil sie ein zugeschwollenes Auge hatte und meine Mutter sich nicht damit in der Öffentlichkeit sehen lassen wollte.

Ihre Stimmen wurden immer lauter. Dann meinte ich, meine Mutter schreien zu hören, und Rick schrie: »Ich bringe dich um!«, und dann lief ich aus meinem Zimmer hinunter ins Atelier. Ich ängstigte mich sehr um meine Mutter, und als ich die Tür des Ateliers öffnete, sah ich, daß Rick ihren Arm gepackt hatte und nach hinten drehte und sie rückwärts über einen Tisch zwingen wollte. Ich ergriff den Meißel, der auf dem Tisch neben der Tür lag, und lief auf die beiden zu. Ich schrie Rick an, er solle meine Mutter loslassen. Er ließ auch ihren Arm los und wandte sich zu mir um, trat einen Schritt auf mich zu und sagte, ich solle mich zum Teufel scheren. Ich vergaß, daß ich den Meißel in der Hand hatte, und stieß ihn mit der Faust in den Bauch.

Eine Sekunde stand er still, dann legte er die Hände an den Bauch und sagte: »Herr im Himmel, Dani, warum mußtest du so etwas Idiotisches tun?« Dann sah ich den Meißel, der zwischen seinen Händen steckte, und sah das Blut, das ringsherum herausquoll. Ich rannte an ihm vorbei zu meiner Mutter und schrie: »Das hab' ich nicht gewollt!« Meine Mutter stieß mich beiseite und lief zu Rick. Er drehte sich zu ihr, zog den Meißel heraus und gab ihn ihr in die Hand. Das Blut spritzte aus Rick heraus, und meine Mutter ließ den Meißel auf den Boden fallen. Rick tat einen Schritt auf sie zu, dann fiel er hin. Ich konnte es nicht mehr ansehen und bedeckte mein Gesicht mit meinen Händen und fing an zu schreien.

Dann kamen Charles und Violet herein, und Violet schlug mich ins Gesicht, und ich hörte auf zu schreien. Dann kam Doktor Bonner und sagte mir, daß Rick tot ist. Ich glaube, das ist alles, außer daß ich es wirklich nicht hatte tun wollen.

Ich habe die vorstehende Aussage durchgelesen, die ich aus eigenem Willen und Entschluß gemacht habe, und füge hinzu, daß sie ein wahrer und getreuer Bericht der darin beschriebenen Ereignisse ist.

Der Polizei-Inspektor sah die Geschworenen an. Er sprach noch mit derselben flachen, ausdruckslosen Stimme: »Es ist natürlich unterzeichnet mit Danielle Nora Carey.«

Der Untersuchungsrichter wandte sich an den Stellvertreter des Distriktanwalts. »Haben Sie irgendwelche Fragen, Mister Carter?«

Carter schüttelte den Kopf.

»Danke, Inspektor. Sie können abtreten.«

Der Gerichtsschreiber stand auf, als der Inspektor an ihm vorbeiging. »Nora Hayden.«

Ich erhob mich, als Nora an mir vorbei in den Gang trat. Ihr Gesicht war bleich und gefaßt, ihre Lippen fest zusammengepreßt. Zum erstenmal sah ich eine gewisse Ähnlichkeit zwischen ihr und ihrer Mutter. Sie hielt sich sehr gerade, mit vorgestrecktem Kinn. Sie trat sozusagen mit fliegenden Fahnen auf. Sie legte den Eid ab und ging in den Zeugenstand. Harris Gordon setzte sich neben den Vertreter der Distriktanwaltschaft.

Die Stimme des Untersuchungsrichters war mitleidig und

sanft. »Bitte, sagen Sie den Schöffen, was Sie von den bereits geschilderten Ereignissen wissen, Miss Hayden.«

Sie sprach leise, aber ihre Stimme trug. Zumindest bis zu den Schöffen und den ersten Sitzreihen. Aber ich spürte, wie sich die Leute hinter mir anstrengten, sie zu verstehen.

»Mister Riccio und ich hatten uns gestritten. Er war mehrere Jahre lang mein Manager gewesen, aber ich war mit seiner Arbeit nicht mehr zufrieden und hatte ihm gekündigt. Er wollte sich nicht mit der Kündigung abfinden. Die Auseinandersetzung darüber dauerte den ganzen Tag an. Endlich kam er am Abend, während ich arbeitete, in mein Atelier und wurde sehr beleidigend. Ich forderte ihn auf, mich in Frieden zu lassen: Ich könne so nicht arbeiten und mich nicht konzentrieren, und das würde dem Werk schaden, an dem ich gerade arbeitete.

Da packte er mich bei den Schultern, schüttelte mich heftig und rief, er lasse sich mit solchen Ausflüchten nicht abspeisen. Ich versuchte ihn wegzustoßen, aber er ergriff meinen Arm und bog ihn nach hinten, so daß ich sehr schmerzhaft rückwärts über den Tisch fiel. Dann ging die Tür auf. Dani kam hereingestürzt und schrie ihn an. Er drehte sich nach ihr um und sagte ihr, sie solle hinausgehen.

Ich sah, daß sie auf ihn einschlug. Ich weiß noch, wie überrascht ich darüber war. Ich hatte noch nie erlebt, daß Dani jemanden schlug. Sie war immer sehr ruhig, ein gutes Kind, still und selbstbeherrscht. Wenn man sie nicht sah, wußte man gar nicht, daß sie im Hause war.

Dann drehte sich Mister Riccio wieder um, und ich sah das Blut. Dani rannte an ihm vorbei und auf mich zu, sie schrie, das habe sie nicht gewollt. Ich forderte sie auf, zur Seite zu gehen, während ich Mister Riccio zu helfen versuchte. Ich begriff noch immer nicht, was geschehen war, bis ich den Meißel in seiner Hand sah. Er ... er gab ihn mir und ... und er war naß von Blut. Ich ließ ihn fallen. Mister Riccio begann umzusinken, ich wollte ihn noch auffangen, aber da lag er schon auf dem Boden.«

Die Tränen kamen ihr in die Augen. Sie schluckte, versuchte zu sprechen, aber die Stimme versagte ihr. Sie begann zu weinen. Aber sehr damenhaft. Das Taschentuch sanft an die Augen drückend. Im Saal war es ganz still, bis der Untersuchungsrichter mit seiner ruhigen, wohlwollenden Stimme sagte: »Bitte, geben Sie Miss Hayden ein Glas Wasser.« Der Schreiber goß ein Glas Waser ein und brachte es Nora. Sie nippte zierlich.

»Würde Ihnen eine kurze Pause erwünscht sein, Miss Hayden?« fragte der Untersuchungsrichter.

Nora sah ihn dankbar an. »Ich... ich glaube nicht. Es... es geht schon wieder. Vielen Dank!«

»Lassen Sie sich Zeit, Miss Hayden.«

Nora nahm noch ein Schlückchen Wasser und begann wieder zu sprechen. Ihre Stimme klang mühsam und schwach, war aber noch gut verständlich. »Dani schrie, und der Diener kam ins Atelier. Ich bat ihn, den Arzt zu rufen, während ich die Polizei benachrichtigte. Dann ging ich zu Mister Riccio und versuchte ihn etwas besser zu betten.« Wieder kamen ihr die Tränen in die Augen. »Aber ich konnte nichts tun. Niemand konnte ihm mehr helfen. Ich wußte, daß Dani nicht die Absicht gehabt hatte, ihn zu verletzen. Es war ein unglücklicher Zufall. Dani kann keiner Fliege etwas zuleide tun.«

Sie schwieg einen Augenblick. Man konnte sehen, wie sie um Fassung rang. Dann hob sie den Kopf und sah die Geschworenen offen an. »Ich glaube, es war alles meine Schuld«, sagte sie tapfer. »Ich hätte ihr eine bessere Mutter sein sollen! Aber ich fürchte, das müßte sich jede Mutter sagen!«

Das war die Spitzenleistung. Unter den Geschworenen waren fünf Frauen; sie weinten alle mit ihr.

Nora wandte sich wieder an den Untersuchungsrichter: »Ich... ich glaube, das ist alles, was ich zu sagen habe.«

Er räusperte sich ergriffen. »Haben Sie noch irgendwelche Fragen, Mister Carter?« sagte er dann.

Mr. Carter erhob sich. »Miss Hayden, Sie sagten uns, daß Sie den Diener beauftragten, den Arzt anzurufen, während Sie die Polizei benachrichtigten und dann versuchten, Mister Riccio zu Hilfe zu kommen. Ist das richtig?«

Nora nickte. »Ja.«

»Aber als Inspektor Myrer eintraf, war Ihr Anwalt, Mister Gordon, bereits da. Wann haben Sie ihn angerufen?«

»Nachdem ich die Polizei benachrichtigt hatte, glaube ich. Ich war so aufgeregt, daß ich es wirklich nicht genau sagen kann.«

Ob Carter wohl merkte, daß Nora log? Soweit ich Nora kannte, war ich davon überzeugt, daß sie selbst sich dessen nicht bewußt war. Offenbar entschloß sich Carter, es ihr durchgehen zu lassen. »Wie waren Ihre Beziehungen zu Mister Riccio?«

»Er war mein Manager«, antwortete Nora.

»Aber er lebte bei Ihnen im Haus, nicht wahr?«

»Ja.«

»Ist das in Ihrem Beruf so üblich?«

»Das weiß ich nicht. Aber in meinem Fall war es eine Notwendigkeit. Es war eine Arbeit, die mehr Zeit in Anspruch nahm als die übliche Arbeitszeit.«

»Wollen Sie damit sagen, daß Sie und Mister Riccio eine sehr viel persönlichere Beziehung hatten als die rein geschäftliche, Miss Hayden?«

Gordon sprang auf. »Ich erhebe Einspuch! Die Frage gehört nicht zur Sache und ist für die Untersuchung des Falles unwesentlich.«

»Einspruch genehmigt.«

»Hatten Sie und Mister Riccio jemals die Absicht zu heiraten?« fragte der Vertreter des Distriktanwalts.

»Einspruch! Ich ersuche das Gericht ehrerbietigst, dem Vertreter des Distriktsanwalts aufzugeben, daß er sich auf die Fragen beschränkt, die für diese Unersuchung wesentlich sind.«

»Genehmigt«, sagte der Untersuchungsrichter. Seine Stimme klang ärgerlich, als er sich an Carter wandte: »Beschränken Sie Ihre Fragen auf das zur Sache Gehörige.«

Carter sah Nora an. »Haben Sie gesehen, daß Ihre Tochter den Meißel ergriffen hat, mit dem sie angeblich Mister Riccio verwundete?«

»Nein.«

»Haben Sie ihn in ihrer Hand gesehen, als sie zustieß?«

»Nein.«

»Wußten Sie, daß ein solcher Meißel auf dem Tisch neben der Tür lag?«

»Ich glaube, ja.«

»Lassen Sie diesen Meißel gewöhnlich dort liegen? Sie müssen doch sicherlich gewußt haben, daß ein so scharfes Instrument möglicherweise gefährlich sein konnte?«

»Ich ließ den Meißel stets dort liegen, wo ich zufällig mit ihm gearbeitet hatte. In diesem Fall lag er auf dem Tisch, weil ich dort an einer Rosenholzfigur gearbeitet hatte.« Jetzt sprach sie mit fester Stimme.»Es war mein Atelier. Außer diesem Meißel habe ich noch viele andere Werkzeuge, die zu meinem Handwerk gehören, auch eine Acetylen-Lötlampe. Ich bin Bildhauerin und nur an dem interessiert, was ich schaffe, nicht aber daran, Buch über meine Werkzeuge zu führen! Ich habe niemals eins meiner Werkzeuge als eine mögliche Gefahr betrachtet. Meine Werkzeuge sind die Grundvoraussetzungen meiner Kunst.«

»Keine weiteren Fragen«, sagte Carter und setzte sich.

Nora kam erhobenen Hauptes aus dem Zeugenstand. Ihre Kunst war ihr Schild, und sie trug ihn so vor sich her, daß nichts in der Welt an sie herankommen konnte. Hinter diesem Schild war sie sicher.

Nun war noch ein Zeuge zu vernehmen – Charles. Seine Aussage beschränkte sich lediglich auf die Bestätigung der bisherigen. Vermutlich war das der Grund, daß Violet nicht aufgerufen wurde. Der Untersuchungsrichter gab den Fall an die Geschworenen weiter.

Sie waren keine fünf Minuten draußen. Dann verkündete der Obmann den Spruch: »Die Geschworenen haben festgestellt, daß der verstorbene Anthony Riccio infolge eines Stiches mit einem scharfen Instrument zu Tode kam, das sich in den Händen der Jugendlichen Danielle Nora Carey befand und das sie in berechtigter Verteidigung ihrer Mutter gebraucht hat.«

Im Saal entstand Unruhe und Stimmengewirr. Ich drehte mich um und sah, wie sich die Reporter zur Tür drängten, als der Untersuchungsrichter mit dem Hammer aufklopfte. Ich trat beiseite, um Nora und Gordon vorbeigehen zu lassen. Sie begaben sich zur Tür. Blitzlichter flammten auf. Ich beschloß zu warten, bis die Fotografen fort waren, und setzte mich wieder hin. Der Saal war jetzt fast leer. Ich sah über den Gang hinweg eine junge Frau sitzen, die sich in einem kleinen Buch Notizen machte. Sie klappte es zu, sah zu mir herüber und nickte. Automatisch nickte ich zurück, noch ehe ich sie erkannte. Dann wußte ich, daß es die Bewährungshelferin war.

Ich stand auf. »Guten Tag, Miss Spicer.«

»Guten Tag, Colonel Carey«, sagte sie ruhig.

»Haben Sie Dani heute morgen schon gesehen?« Sie nickte.

»Wie geht es ihr?« – »Nun... sie fühlt sich noch ein wenig verloren. Aber das wird vergehen, wenn sie sich daran gewöhnt hat.« Sie stand auf. »Ich muß jetzt fort.« – »Natürlich«, sagte ich und trat zur Seite.

Sie ging schnell den Gang entlang. Dani wird sich daran gewöhnen, hatte sie gesagt. Als sei das etwas Gutes. Sich daran zu gewöhnen, daß man im Gefängnis ist.

Als ich zum Ausgang schritt, waren die Korridore bereits leer. Die helle Sonne fiel mir in die Augen, so daß ich Harris Gordon nicht sah, ehe er direkt vor mir stand. »Nun, Colonel Carey? Was meinen Sie?«

Ich kniff die Augen zusammen und sah ihn an. »Nun, ob es sich nun Verhandlung nannte oder nicht – sie haben es recht gut verstanden, Dani den Strick zu drehen.«

»Totschlag in Notwehr ist noch lange kein Mord«, sagte er, indem er sich mir anschloß.

»Ja«, antwortete ich trocken. »Auch kleine Begünstigungen werden dankbar angenommen.«

»Dort drin ist etwas nicht erwähnt worden, was Sie, glaube ich, doch wissen müßten«, sagte er.

Ich sah ihn an. »Und das wäre...?«

»Was Dani gesagt hat, als sie im Polizeirevier ihre Aussage unterschrieben hat.«

»Warum ließen Sie sie diese Aussage überhaupt machen?«

»Ich hatte keine Wahl, sie bestand darauf. Und als ich sie hindern wollte zu unterschreiben, beharrte sie ebenfalls darauf.«

Ich schwieg einen Augenblick. »Und was hat sie dann gesagt?« fragte ich dann.

Er sah mich lange an. »›Werde ich jetzt in die Gaskammer müssen?‹ Und dann weinte sie. Ich sagte ihr, kein Mensch denke auch nur an die Gaskammer, aber sie wollte mir nicht glauben. Je mehr ich sie beruhigen wollte, um so erregter wurde sie. Ich rief vom Präsidium aus Doktor Bonner an, und er gab ihr eine Spritze. Er fuhr sogar mit uns zum Jugendgewahrsam hinaus, aber auch das half nichts. Dani wurde immer erregter. Hauptsächlich deshalb haben sie sie die Nacht über in meine Obhut gegeben. Aber sie schrie und weinte und schluchzte noch immer, bis ihre Großmutter daran dachte, ihr das einzige zu sagen, das sie schließlich beruhigte.«

»Und was war das?«

»Daß Sie herkommen«, sagte er. »Daß Sie nicht zulassen werden, daß man ihr etwas zuleide tut.«

VIERTER TEIL

Handelt von Dani

1

Als Dani noch sehr klein war und nicht gern allein im Dunkeln blieb, sah sie oft aus ihrem Bettchen zu mir auf und sagte mit ihrer dünnen kleinen Stimme: »Daddy, dreh doch die Nacht aus!« Dann knipste ich in ihrem Zimmer ein mattes Lämpchen an, und sie schlief glücklich und geborgen ein.

Ich wünschte, es wäre jetzt auch so leicht gewesen. Aber jetzt konnte ich kein Lämpchen anknipsen, um »die Nacht auszudrehen«; davon hatte mich die Verhandlung vor dem Untersuchungsrichter gründlich überzeugt.

Ich sah Gordon nach, wie er in seinen Wagen stieg und davonfuhr. Dann machte ich kehrt, blickte noch einmal auf das Gerichtsgebäude und ging hinüber zum Parkplatz in der Golden Gate Avenue, wo ich meinen Wagen gelassen hatte.

Unaufhörlich ging mir der alte Kinderreim durch den Kopf: *Humpty Dumpty saß auf dem hohen Wall, Humpty Dumpty tat einen tiefen Fall...*

Zum erstenmal wußte ich, wie den Mannen des Königs zumute gewesen sei mußte, als sie sahen, daß sie Humpty Dumpty nicht wieder heilmachen konnten. Sie hätten ihn eben von Anfang an besser behüten und nicht fallen lassen sollen... Jetzt standen sie da wie die Narren. Auch ich hätte Dani nicht fallen lassen sollen. Vielleicht war es meine Schuld. Ich dachte daran, wie ich gestern nachmittag im Jugendgewahrsam bei ihr in dem engen Zimmer gesessen und versucht hatte, ihr zu erklären, warum ich sie nie besucht hatte. Auch wenn es die Wahrheit war – und das wußte ich –, klang es dennoch unglaubhaft.

Und Dani war ein Kind, trotz der Zigaretten, die sie so kundig rauchte. Was glaubte sie? Ich wußte es nicht. Ich spürte nur, wie brennend gern sie mir glauben, mir ganz vertrauen würde. Aber sie war nicht ganz sicher, ob sie es konnte. Ich war schon einmal fortgegangen, und ich konnte wieder fortgehen.

Das sprachen wir beide nicht aus. Mit keinem Wort. Aber es war da, es lag unter der Oberfläche ihrer Gedanken, ihrer Handlungen. Sie war zu alt, um es auszusprechen, und zu jung, um es vor mir zu verbergen. Es gab so viele Dinge, die wir uns zu sagen hatten, so vieles, was wir voneinander nicht wußten und was uns umzulernen zwang... Und wir hatten einfach zuwenig Zeit.

Die unausgesprochenen Worte lasteten auf uns wie eine unsichtbare Wolke, als wir uns verabschieden mußten. »Ich komme dich morgen besuchen.«

»Nein. In der Woche sind keine Besuche erlaubt. Aber ich sehe dich am Dienstag. Miss Spicer sagte mir, daß für Dienstag eine Verhandlung angesetzt ist.«

»Ich weiß.«

»Wird Mutter dort sein?«

Ich nickte. »Und deine Großmutter auch.« Ich beugte mich nieder und küßte sie. »Und du bist mein braves Kleines und machst dir keine Gedanken!«

Plötzlich schlang sie die Arme um meinen Hals. Sie preßte ihr Gesicht gegen meine Wange. »Jetzt fürchte ich mich vor gar nichts mehr, Daddy«, flüsterte sie leidenschaftlich. »Jetzt, da du wieder nach Hause gekommen bist!«

Erst draußen im Tageslicht begriff ich richtig, was sie gemeint hatte. Aber ich war nicht nach Hause gekommen, um zu bleiben. Ich war nur zu Besuch gekommen...

Es war vier, als ich in mein Motel zurückkehrte. Das rote Licht am Telefon blinkte unablässig auf – ein Zeichen, daß eine Nachricht für mich da war. Es würde so lange weiterblinken, bis ich die Vermittlung anrief. Ich tat es; ich nannte meinen Namen und meine Zimmernummer.

»Mrs. Hayden hat angerufen. Es sei unbedingt wichtig, daß Sie sie sofort anrufen, wenn Sie zurückkommen.«

»Danke.« Ich legte den Hörer einen Augenblick auf, dann wählte ich die Nummer, die die Vermittlung mir genannt hatte. Ein Mädchen meldete sich, dann kam sofort die alte Dame ans Telefon.

»Bist du allein?« fragte sie leise und vorsichtig.

»Ja.«

»Es ist unbedingt nötig, daß wir uns sprechen.«

»Worüber?«

»Das möchte ich am Telefon nicht sagen. Aber glaube mir, Luke, es ist sehr wichtig, sonst hätte ich dich nicht angerufen.« Ein gezwungener Ton kam in ihre Stimme. »Könntest du zum Dinner kommen? Ich sorge dafür, daß wir allein sind.«

»Um welche Zeit?«

»Wäre dir sieben recht?«

»Gewiß, ich komme.«

»Ich danke dir, Luke.«

Ich legte das Telefon auf und begann mich auszuziehen. Eine heiße Dusche sollte mir die Steifheit aus den Muskeln vertreiben. Ich überlegte, was die alte Dame wohl wünschte. Wenn sie Sorgen hatte, ob ich morgen vor Gericht für sie Partei ergreifen würde, so war das überflüssig. In diesem Punkt blieb mir keine andere Wahl.

Obwohl der Abend nur etwas kühl war, brannte ein helles Feuer im Kamin, als das Mädchen mich in die Bibliothek des großen Hauses führte. Die alte Dame saß in einem Armsessel vor dem Feuer.

»Nimm dir etwas zu trinken, Luke.«

»Danke.« Ich ging zum Büfett, goß einen kleinen Schuß Bourbon über ein paar Eiswürfel und füllte das Glas mit Wasser. Ich trank meiner früheren Schwiegermutter zu. »Auf dein Wohl!«

»Danke, Luke.«

Der Whisky war voll und süffig. Wie lange hatte ich mir keinen solchen Bourbon leisten können. Ich trank in kleinen Schlucken. Es hatte keinen Sinn, ihn hinunterzugießen. »Nun, was wünschst du?« fragte ich.

Die alte Dame sah zu mir auf. »Ist das Mädchen fort?«

Ich nickte. – »Bitte überzeuge dich, daß die Tür fest zu ist.«

Ich tat es. Niemand war im Nebenzimmer. Ich kam wieder zum Kamin. »Warum so geheimnisvoll?«

Schweigend nahm sie ihre Handtasche auf und öffnete sie. Sie zog einen Brief heraus und reichte ihn mir. Er war an sie adressiert. Ich sah sie fragend an.

»Bitte, lies ihn.«

Ich stellte mein Glas weg und falteten den Brief auf. Er war mit Maschinenschrift auf einfachem weißen Papier geschrieben.

Sehr geehrte Mrs. Hayden,
Sie kennen mich nicht, aber ich bin lange Zeit Tonys Freund gewesen. Vor einigen Wochen übergab er mir ein Paket mit Briefen, die sehr wichtig sind, wie er mir sagte. Ich sollte sie für ihn aufheben. Er sagte mir auch, daß er eine Menge Ärger mit Ihrer Tochter hatte, und wenn die Zeit zu einer Abrechnung käme, würden diese Briefe ihm dafür bürgen, daß er alles erhält, was ihm zukommt. Als ich Samstag morgen in den Zeitungen las, was ihm passiert war, öffnete ich das Paket und las die Briefe durch. Sie waren sowohl von Ihrer Tochter wie von Ihrer Enkelin, die letzten nicht älter als zwei Monate. Sie würden für die Polizei sehr aufschlußreich sein und noch viel interessanter für die Zeitungen, da beide ein Verhältnis mit Tony hatten. Aber Tony ist nun tot, und ich bin der letzte, der allen Beteiligten mehr Ungelegenheiten machen möchte, als sie sowieso haben. Sollten Sie also Interesse an diesen Briefen haben, so geben Sie bis spätestens Donnerstag folgendes Inserat im »Examiner« auf: KOMM ZURÜCK. ALLES VERZIEHEN, TANTE CÄCILIA. *Ich werde mich dann mit Ihnen in Verbindung setzen, ehe ich mit jemand anderem verhandle. Aber vergessen Sie nicht: keine Rechtsanwälte und keine Polizei – sonst ist nichts zu machen.*

Der Brief trug keine Unterschrift. Ich sah Mrs. Hayden an.

»Nun, was hältst du davon?« fragte sie.

»Es kann ein Verrückter sein. Ich habe öfter gehört, daß Geisteskranke solche Briefe schreiben.«

»Das glaube ich nicht, Luke. Ich habe Nora angerufen und sie gefragt, ob sie Briefe an Riccio geschrieben hat. Sie hat es zugegeben. Ich fragte sie, was in den Briefen steht. Ihre Antwort war, das ginge mich nichts an. Dann fragte ich sie, ob sie wüßte, daß auch Dani ihm geschrieben hat. Sie wurde sehr ärgerlich und legte einfach auf.«

»Typisch für Nora. Sobald etwas kommt, wofür sie nicht

gradestehen will, drückt sie sich. Glaubst du, daß etwas dran ist an diesen Briefen?« – »Vielleicht nicht«, sagte sie. »Aber ich möchte auf keinen Fall ein solches Risiko laufen.«

»Ich halte es für ein übles Erpressungsmanöver. Selbst wenn du bezahlst, was sie fordern, weißt du nie, ob sie nicht Briefe behalten haben, um weiter zu kassieren. Ich würde die Sache der Polizei übergeben.«

»Hat nicht schon genug in den Zeitungen gestanden? Möchtest du noch mehr von der Art?«

Ich sah sie groß an. »Hast du nicht schon mehr als genug getan, um den guten Namen der Haydens zu schützen?« antwortete ich sarkastisch. »Glaubst du, es gibt etwas auf der Welt, was Nora noch anrüchiger machen könnte, als sie bereits ist? Denkst du, die Leute sind so dumm, daß sie nicht wüßten, was sie in ihrem Hause treibt?«

»Nein. Die Leute sind nicht dumm. Aber du bist dumm, Luke.« Ärgerlich schob sie den Brief wieder in ihre Tasche. »Ich habe kein Interesse mehr daran, was über Nora gesagt oder gedruckt wird. Denn ich kann nichts daran ändern, und, ehrlich gesagt, mir liegt nicht mehr so viel daran, daß ich's versuchen würde. Aber vielleicht hast du den Brief nicht richtig gelesen.«

»Doch, ich habe ihn gelesen.«

»Hast du nicht gelesen, daß auch Briefe von Dani dabeisein sollen und daß sie ebenfalls in Riccio verliebt war?« fragte die alte Dame gereizt.

»Ich habe es gelesen, aber nicht sonderlich beachtet. Denn schließlich ist Dani noch ein Kind.«

»Dann bist du also noch dümmer, als ich meinte. An Jahren mag Dani ein Kind sein, aber hast du sie denn richtig angesehen? Sie ist körperlich voll erwachsen – war es schon mit etwas mehr als elf Jahren. Sie ist in allem und jedem wie ihre Mutter. Nora hatte ihren ersten sexuellen Verkehr mit knapp dreizehn Jahren und ihre erste Abtreibung, als sie kaum fünfzehn war. Ehe sie dich heiratete, hatte sie mindestens zwei andere Liebhaber, von denen ich wußte.«

Ich starrte sie an. »Das wußtest du alles?«

Sie senkte die Augen. »Ich wußte es«, gestand sie mit leiser

Stimme. »Aber ich hoffte, daß es vergangen und vergessen sein würde, wenn sie dich heiratet. Daß sie erwachsen wird und sieht, was für eine Närrin sie gewesen war.«

»Aber du bist immer für sie eingetreten. Du hast sie noch immer beschützt.«

»Ich bin ihre Mutter«, sagte die alte Dame einfach. Ich spürte ihre stolze Würde. »Tatsächlich habe ich mich nie so sehr um den Namen Hayden gekümmert. Es ging um meine Tochter. Und auch jetzt ist es nicht der Name, um den es mir geht. Es ist Dani. Ich möchte nicht, daß sie verurteilt wird, ohne eine Chance zu haben. Ich will nicht, daß sie wie ihre Mutter wird. Ich möchte ihr helfen.«

»Nora behauptet, daß ich nicht einmal Danis Vater bin.«

»Ich weiß, was Nora gesagt hat. Ich glaube, ich bin jetzt alt genug, um die Wahrheit hinzunehmen. Ich möchte wissen, ob du es bist.«

Ich stellte mein Glas hin. »Da bin ich überfragt.«

Ihr Blick ließ mich nicht los. »Ich glaube, selbst Nora weiß nicht, ob du Danis Vater bist oder nicht.«

Ich schwieg.

»Du siehst also«, sagte sie leise, »es kommt ganz auf dich an. Es hängt davon ab, was du für Dani empfindest.«

Ich nahm mein Glas wieder auf und trank einen Schluck. Die Eiswürfel waren geschmolzen, und der feine Geschmack des Whiskys verlor sich im Wasser. Offenbar fiel es immer wieder auf mich zurück. Harris Gordon hatte am Samstag dasselbe gesagt, vielleicht ein bißchen anders, aber im wesentlichen dasselbe. Entweder war ich ihr Vater, oder ich war es nicht.

Ich ging zum Büfett und goß etwas Whisky in mein Glas. Ich dachte an das Baby, das ich geliebt hatte, ehe ich wußte, was Nora eines Tages von mir sagen würde. Ich dachte an das Kind, mit dem ich in La Jolla auf dem Boot spielte, nachdem Nora geltend gemacht hatte, daß ich nicht der Vater sei. Ich wußte, daß ich das Kind genauso geliebt hatte wie das Baby. Und noch jetzt ebenso liebte wie damals.

Ich wandte mich wieder meiner früheren Schwiegermutter zu. »Ich glaube, es gehört mehr als ein Akt der Natur dazu, aus einem Mann einen Vater werden zu lassen«, sagte ich dazu. »Es muß ein Akt der Liebe sein.«

Ihre hellen alten Augen glänzten. »Das einzig Notwendige ist der Akt der Liebe. Die anderen Dinge zählen alle nicht wirklich.« Ich nahm einen kleinen Schluck aus meinem Glas und stellte es hin. »Also ... was wollen wir wegen des Briefes unternehmen?«

»Ich habe das Inserat bereits aufgegeben. Es erscheint Donnerstag. Heute ist Montag. Das gibt uns Zeit genug herauszufinden, wo die Briefe sind und wer sie hat.«

»Zwei Tage. Morgen und Mittwoch. Heute ist es zu spät, und morgen werden wir ein gut Teil des Tages im Gericht sein. Ich weiß nicht einmal, wo ich einhaken könnte. Ich weiß überhaupt nichts von Riccio. Nicht einmal, wer seine Freunde waren.«

»Sam Corwin wird es wissen.«

»Sam?« fragte ich verwundert. An Sam hatte ich überhaupt nicht gedacht. Seltsam, daß ich ihn so ganz vergessen konnte. Etwa ein Jahr nach unserer Scheidung hatte er Nora geheiratet. Ich sah ihn dann mehrmals im Haus, wenn ich Dani von ihren Besuchen bei mir zurückbrachte. Er war immer höflich und liebenswürdig.

»Ja, Sam. Der arme Sam. Er wußte, wie Nora ist, als er sie heiratete, aber er glaubte, er könne sie ändern. Als sie aber Riccio kennenlernte, hat es sogar Sam aufgegeben. Riccios wegen hat sich Sam scheiden lassen und dabei auch eine saubere Teilung des gemeinsamen Vermögens durchsetzen können.«

»Dann muß Sam etwas gegen sie in der Hand gehabt haben?«

»Er hatte gegen beide etwas in der Hand.«

Die Tür hinter ihr öffnete sich. Das Mädchen trat ein. »Das Dinner ist angerichtet, Madam.«

Wir standen auf. Die alte Dame sah mich lächelnd an. »Willst du mir bitte den Arm reichen, Luke?«

Ich lächelte zurück. »Es ist mir eine Ehre.«

2

Zum erstenmal näherte ich mich dem Haupteingang des Gebäudes. Der Parkplatz war überfüllt, ich hatte meinen Wagen ein paar Blocks entfernt abstellen müssen. Ich ging den geschwungenen Weg hinauf, der von der Straße zum Hauptportal führte. Ein Gärtner im Arbeitszeug beschnitt gerade die gepflegten Hecken, die den Weg säumten. Er sah auf, als ich vorbeiging. Von der Morgensonne hatte er große Schweißtropfen auf der Stirn. Ich betrachtete die Glastüren. Sie trugen in schönen Buchstaben die Aufschrift:

STAAT KALIFORNIEN
KREIS SAN FRANCISCO
Jugendgericht
Bewährungs-Abt.
Kalifornisches Jugendamt

Ich ging hinein und kam in eine große Halle voller Reporter und Fotografen. Ein paar Blitzlichter flammten auf, einige Reporter drängten sich an mich heran. Aber sie waren längst nicht so zudringlich wie neulich.

»Können Sie uns etwas über die Pläne zur Verteidigung Ihrer Tochter sagen, Colonel Carey?«

Ich schüttelte den Kopf. »Nein, das kann ich nicht. Soweit ich weiß, kommt nach den Gesetzen dieses Staates kein Jugendlicher vor ein ordentliches Gericht. Hier findet heute lediglich eine erste Verhandlung über die Vormundschaft statt.«

»Werden Sie versuchen, die Vormundschaft über Ihre Tochter zu bekommen?«

»Das zu entscheiden, ist Sache des Gerichts. Meiner Ansicht nach ist das wichtigste, daß den Interessen meiner Tochter so gut wie nur irgend möglich gedient wird.«

»Haben Sie Ihre Tochter gesehen?«

»Ich habe sie Sonntag nachmittag besucht.«

»War ihre Mutter auch mit?«

»Nein, ihre Mutter war krank.«

»Hat ihre Mutter sie überhaupt schon besucht?«

»Ich weiß es nicht. Aber ich weiß, daß sie Pakete von ihrer Mutter bekommen hat.«

»Wissen Sie auch, was darin war?«

»Kleider, Bücher, Konfekt.«

»Über was haben Sie mit Ihrer Tochter gesprochen?«

»Über nichts Besonderes. Was Väter sich so mit Töchtern unterhalten, glaube ich.«

»Hat sie Ihnen Genaueres über die Ereignisse von Freitag nacht erzählt?«

Ich sah den Mann scharf an, der die Fragen stellte. »Nein, davon haben wir überhaupt nicht gesprochen.«

»Haben Sie irgend etwas erfahren, was mehr Licht auf die ganze Angelegenheit wirft?«

»Nein. Ich weiß nichts als das, was ich gestern bei den Vernehmungen der Zeugen vor dem Untersuchungsrichter erfahren habe. Ich glaube, die meisten von Ihnen waren ebenfalls dort. Wenn Sie jetzt so freundlich wären, mich durchzulassen ...«

Sie traten beiseite und ließen mich vorbei.

Das Jugendgericht lag an der linken Seite der Vorhalle. Ich folgte dem Pfeil einen Korridor entlang und um eine Ecke. Ein weiterer Pfeil wies auf eine abwärtsführende Treppe, die zu einem verglasten Warteraum führte. Durch diesen Warteraum erreichte man das Jugendgericht. Ich öffnete die Tür.

Vor mir lag ein kleiner Saal mit einem Podium am entgegengesetzten Ende. Vor dem Pult des Richters ein langer Tisch mit mehreren Stühlen. Etwas seitlich davon, zwischen dem großen Tisch und dem Rednerpult, ein kleiner Tisch mit einem Stuhl. Die Wände in jenem Braun und Gelb der Amtsräume gestrichen. In der Längswand vier große Fenster. Den Rest des kleinen Saals nahmen Stühle und Sitzbänke ein.

Während ich mir das alles anschaute, trat ein Mann aus einer der Türen hinter dem Richterpult. Er blieb stehen, als er mich sah.

»Bitte, wird hier der Fall Dani Carey verhandelt?« fragte ich.

»Ja, aber Sie sind zu früh hier. Das Gericht kommt nicht vor neun. Sie können draußen im Vorzimmer warten. Sie werden aufgerufen.«

»Danke sehr.«

Im Warteraum waren mehrere Bänke. Ich sah nach der Uhr. Acht Uhr fünfunddreißig. Ich steckte mir eine Zigarette an.

Ein paar Minuten später kam ein Mann herein. Er blickte mich an, zündete sich ebenfalls eine Zigarette an und setzte sich. »Der Richter noch nicht da?«

Ich schüttelte den Kopf.

»Verdammt!« sagte er. »Das kostet mich wieder 'n halben Tageslohn. Kostet's mich jedesmal, wenn ich hierher muß. Sie nehmen meinen Fall immer erst spät dran.«

»Haben Sie ein Kind hier?«

»Tja...« Er warf den Kopf zurück. Die Asche seiner Zigarette fiel auf sein schmutziges Arbeitshemd. Er beachtete es nicht.

»Sie haben meine Tochter hier. Sie ist nichts wie 'ne Hure, weiß Gott, das ist sie. Ich habe ihnen gesagt, das nächstemal, wenn sie sie aufgreifen, sollten sie sie gleich dabehalten. Aber nein, sie holen mich jedesmal her!«

Er musterte mich. »Sie, Mister, Sie sehen mir so bekannt aus... hab' ich Sie schon mal hier getroffen?«

»Nein. Ich bin zum erstenmal hier.«

»Na, Freundchen, da können Sie was erwarten! Die lassen Sie nämlich egalweg wiederkommen, bis Sie sich bereit erklären, Ihr Früchtchen wieder nach Hause zu nehmen. So machen sie's nämlich mit mir. Sie ist noch'n Kind mit ihren fünfzehneinhalb, sagen sie. Ich soll ihr 'ne Chance geben, sagen sie. Na ja, das tut man dann auch, und was passiert? Zwei Tage später wird sie in 'nem Hotel gefaßt, wo sie für alle Besucher da ist, für fünf Dollar pro Stück! Da nehmen die Polypen sie dann mit – und ich bin wieder mal hier!«

Er schielte durch seinen Zigarettenrauch. »Hab' ich Sie nicht doch schon mal hier gesehen?«

Ich schüttelte den Kopf.

Er starrte mich weiter an, dann schnippte er mit den Fingern und sagte: »Jetzt weiß ich's. Ich hab' Ihr Bild in den Zeitungen gesehen. Sie sind der Bursche, dem seine Tochter den Liebsten ihrer Mutter kaltgemacht hat.« Ich schwieg.

Er beugte sich zu mir vor und flüsterte vertraulich: »Ist sie nicht auch so'n Stückchen? Was die Mädels doch heutzutage anstellen! Hat er die Kleine auch vernascht? Würde mich gar nicht wundern! Die Zeitungen sagen ja bloß die Hälfte!«

Ich fühlte, wie sich meine Fäuste ballten. Ich zwang mich, meine Finger zu strecken. Es hatte keinen Sinn, wütend zu werden. An so etwas würde ich mich gewöhnen müssen... Ich spürte einen scharfen Stich in meinem Herzen. Auch Dani würde sich daran gewöhnen müssen. Und das war viel schlimmer.

Zwei Frauen kamen herein. Sie sahen aus wie Mexikanerinnen und schwatzten aufgeregt auf spanisch. Als sie uns bemerkten, verstummten sie plötzlich, gingen zu einer Bank und setzten sich. Die Jüngere war sichtlich in anderen Umständen.

Einen Augenblick später kam eine Farbige herein, dann folgten ein Mann und eine Frau. Ihr Gesicht war geschwollen und verfärbt, ein blaues Auge hatte sie auch. Der Mann wollte sie am Arm zu einer Bank führen, aber sie schüttelte seine Hand ärgerlich ab und setzte sich an die Wand, ohne den Mann anzublicken. Die Negerin sprach zu der einen Mexikanerin. »Was meinen Sie – kriegen Sie Ihre Kleine zurück, Herzchen?«

Die schwangere Frau machte die typische Geste des Nichtwissens. »Ich weiß nicht«, sagte sie mit etwas spanischem Akzent.

»Die Fürsorge will sie nämlich lieber drin lassen, Herzchen. Klar! Wenn sie drinbleibt, kostet sie's bloß vierzig Dollar Unterhalt. Wenn Sie sie mit nach Hause nehmen, müssen sie Ihnen siebzig monatlich zahlen. Alles bloß 'ne Geldfrage!«

Die Schwangere zuckte die Achseln. Sie sagte auf spanisch etwas zu der anderen Frau und nickte dabei in heftiger

Zustimmung. Die Frau mit dem blauen Auge weinte still vor sich hin.

Immer mehr Leute kamen die Treppe herunter. Bald waren alle Bänke besetzt. Wer keinen Platz mehr fand, blieb im Korridor vor dem Warteraum. Fünf Minuten vor neun erschien Harris Gordon mit Nora und ihrer Mutter. Ich stand auf und ging ihnen entgegen.

Harris Gordon sah sich um. »Sieht ziemlich voll aus.«

»Das kann man wohl sagen. Offenbar sind wir nicht die einzigen, die Sorgen haben«, sagte ich.

Er sah mich sonderbar an. »Menschen mit Sorgen stehen selten allein da. Warten Sie hier. Ich suche den Schreiber und frage ihn, wann der Richter uns ungefähr drannehmen kann.«

Er verschwand im Korridor. Ich wandte mich an Nora. »Nun, wie geht dir's heute?« fragte ich höflich.

Ihre Augen durchforschten mein Gesicht, sie wußte nicht, ob es sarkastisch gemeint war. »Oh, danke. Ich bin nach Hause gegangen und den ganzen Tag im Bett geblieben nach dem, was ich gestern bei dem Verhör mitgemacht habe. Ich war restlos erledigt.«

»Das kann ich verstehen. Es war nicht leicht für dich.«

»Habe ich's richtig gemacht? Ich wollte nicht mehr sagen, als was ich absolut sagen mußte. Ich konnte mich überhaupt nur mit größter Mühe zu der Aussage zwingen – aber ich mußte doch, nicht wahr?«

»Natürlich. Es blieb dir keine Wahl.«

Gordon kam zurück. »Wir werden nicht lange warten müssen«, sagte er. »Wir sind der dritte Fall auf seiner Liste. Die beiden ersten werden knapp fünfzehn Minuten dauern, meinte der Gerichtsschreiber.«

Ich zündete mir eine Zigarette an und lehnte mich gegen die Wand. Die Tür zum Gerichtssaal öffnete sich. Ein Name wurde aufgerufen. Ich drehte mich um und sah die beiden Mexikanerinnen aufstehen. Die Tür schloß sich hinter ihnen. Es war genau neun Uhr.

Sie waren höchstens zehn Minuten drin. Die schwangere Frau weinte, als sie herauskam. Der Schreiber rief einen andern Namen. Es war der Mann, der gleich nach mir gekommen war.

Auch er brauchte keine zehn Minuten. Als er herauskam, machte er ein sehr befriedigtes Gesicht. Auf dem Weg zur Treppe blieb er vor mir stehen. »Diesmal behalten sie sie drin! Ich hab' ihnen gesagt, meinetwegen können sie den Schlüssel wegschmeißen!« Er stampfte die Treppe hinauf. Ich hörte hinter uns die Stimme des Schreibers. »Carey!«

Wir gingen durch das Wartezimmer in den Sitzungssaal. Der Schreiber wies uns unsere Plätze an. Wir saßen an dem Tisch vor dem Pult des Richters. Der Schreiber musterte uns gelangweilt. »Sind Sie zum erstenmal hier?«

Wir nickten.

»Der Richter ist einen Augenblick hinausgegangen. Er wird gleich wiederkommen.«

Er hatte kaum zu Ende gesprochen, als die Tür hinter ihm aufging. »Alles erhebt sich und grüßt das Gericht!« rief der Schreiber. »Ich gebe bekannt, daß das Jugendgericht des Staates Kalifornien, Kreis San Francisco, unter dem ehrenwerten Richter Samuel A. Murphy jetzt hier tagt.«

Der Richter war ein hochgewachsener Mann Anfang Sechzig. Sein Haar war weiß und dünn, die Augen hinter den horngefaßten Gläsern blau und durchdringend. Er trug einen zerdrückten braunen Anzug, ein weißes Hemd und einen rotbraunen Schlips. Der Richter setzte sich, nahm ein Blatt Papier vom Pult und nickte dem Schreiber zu. Dieser stand auf und ging zu einer Tür auf der rechten Seite. Er öffnete sie: »Danielle Carey.«

Dani kam herein und blickte sich zögernd um. Dann sah sie uns und kam auf uns zugelaufen. Nora erhob sich halb von ihrem Stuhl, und schon hielten sie sich in den Armen.

Dani weinte. »Mutter, Mutter – wie geht's dir, Mutter?«

Ich konnte nicht verstehen, was Nora murmelte. Ich sah einen Augenblick weg. Sogar ich spürte es... und dabei glaubte ich nicht einmal die Hälfte von dem Theater, das Nora immer machte. Eine andere Gestalt erschien in der Tür – Miss Spicer, die Bewährungshelferin. Sie blieb stehen und beobachtete Nora und Dani.

Ich schaute zum Richter hin. Auch er beobachtete die beiden. Ich hatte das Gefühl, daß es ein wichtiger Augenblick war und daß der Richter ihn sehr sorgfältig vorbereitet hatte.

Auf der gleichen Seite des Saals ging eine andere Tür auf. Ein uniformierter Beamter trat ein, braunhaarig und mittelgroß. Sein blau und goldenes Achselstück trug die Abzeichen des Sheriffamtes von San Francisco. Er schloß die Tür und blieb mit dem Rücken daran gelehnt stehen.

Dani war von Nora zu ihrer Großmutter gegangen. Sie küßte sie. Dann kam sie zu mir, und nun leuchteten ihre Augen. Sie küßte mich auf die Wange. »Mutter ist gekommen, Daddy! Mutter ist gekommen!«

Ich sah sie lächelnd an. »Ich sagte dir's ja, daß sie kommt.«

Jetzt trat Miss Spicer zum Tisch. »Komm, Dani, setz dich neben mich.«

Dani tat es. Sie sah Harris Gordon an. »Hallo, Mister Gordon.«

»Hallo, Dani.«

Der Richter räusperte sich. »Es handelt sich hier um eine ganz unformelle Verhandlung. Nur damit ich weiß, wer Sie sind, nennen Sie mir bitte Ihre Namen.«

»Darf ich es tun, Euer Ehren?« fragte Gordon.

Der Richter nickte. »Ja, bitte, Mister Gordon.«

»Links von mir Nora Hayden, die Mutter des Mädchens. Rechts von mir Frau Cecilia Hayden, die Großmutter mütterlicherseits. Neben ihr Colonel Luke Carey, der Vater Danielles.«

»Und Sie treten als Anwalt des Kindes auf?«

»Ja, Euer Ehren«, sagte Gordon, »und zugleich als Rechtsberater der Familie.«

»Gut. Ich nehme an, Sie sind alle bereits mit Miss Marian Spicer bekannt – sie ist die Bewährungshelferin, der dieser Fall zugeteilt ist.«

»Jawohl, Euer Ehren.«

»Dann können wir, glaube ich, anfangen.« Er nahm wieder das Papier zur Hand. »Am letzten Freitagabend nahm die Polizei entsprechend Paragraph 602 des Kalifornischen Jugendgerichtsgesetzes die Jugendliche Danielle Cecilia Carey in Gewahrsam und übergab sie der Bewährungshelferin in Verwahrungshaft. Grund dazu war die Tatsache, daß besagte Jugendliche einen Rechtsbruch im Staat Kalifornien begangen hat, einen Totschlag. Seitdem befindet sich die Jugendliche – mit Ausnahme der ersten Nacht, in der sie der Obhut des Anwalts Harris Gordon übergeben wurde, weil der Arzt dies im Interesse der Gesundheit und des Wohlergehens der Jugendlichen für nötig hielt – im Jugendgewahrsam in Haft, wie dies dem Gesetz entspricht.

Wir sind hier, um einen Antrag zu behandeln, den uns die Bewährungsabteilung unterbreitet hat; die Bewährungsbehörde wünscht, die Jugendliche in Gewahrsam zu behalten, bis sie alle Umstände richtig überprüft hat, die dazu geführt haben, daß die Jugendliche vor Gericht gestellt werden mußte.«

Der Richter legte das Papier nieder und sah Dani an. Seine Stimme war sanft und freundlich. »Obwohl das alles sehr juristisch klingt, Danielle, ist dies keine Schwurgerichtsverhandlung, und du hast kein Strafverfahren gegen dich zu gewärtigen. Du bist hier, weil du ein Unrecht, ein sehr großes Unrecht begangen hast, aber wir sind nicht hier, um dich zu bestrafen. Wir wollen dir helfen, so gut wir können, daß du niemals mehr etwas Schlechtes tust. Verstehst du das, Danielle?«

Danis Augen in dem weißen Gesicht waren groß und angstvoll. »Ich glaube, ja«, sagte sie zögernd.

»Das freut mich, Danielle. Es ist wichtig für dich, daß du folgendes begreifst: Wenn du auch nicht als Verbrecherin bestraft wirst für das, was du getan hast, so kannst du doch gewissen Konsequenzen nicht entgehen, die sich aus deinem Unrecht ergeben. Ich bin gesetzlich verpflichtet, dich über diese möglichen Konsequenzen zu unterrichten und dir zu sagen, welche Rechte du vor diesem Gericht hier hast. Kannst du mir folgen?«

»Ja, Sir.«

»Das Gericht kann dich von deiner Familie trennen und dich in einem staatlichen Jugendheim oder einem Erziehungsheim unterbringen, bis du großjährig bist. Oder dich in eine Klinik zur Beobachtung schicken. Es kann dich auch zu Pflegeeltern geben, wenn es nach dem Ermessen des Gerichts für dich nachteilig wäre, dich zu deinen nächsten Angehörigen oder einem anderen Verwandten zurückzuschicken. Es kann dich jederzeit, solange du unter der Gerichtsbarkeit des Jugendgerichts stehst, unter Bewährungsaufsicht nehmen, so daß du, gleichviel, bei wem du lebst, in Verbindung mit deiner dir zugeteilten Bewährungshelferin stehen mußt, bis dich das Gericht davon befreit oder du volljährig wirst. Aber ich möchte, daß du das eine nicht vergißt: Was dieses Gericht auch entscheidet, soll keinerlei Strafe sein, sondern nur eine Maßnahme in deinem eigensten Interesse. Verstehst du das, Danielle?« Dani nickte. Sie blickte vor sich hin auf die Tischplatte. Ich sah, wie ihre Hände nervös zuckten.

»Während der Verhandlung vor diesem Gericht«, fuhr der Richter fort, »hast du natürlich volles Anrecht auf einen Rechtsberater. Du hast das Recht, Zeugen für dich zu benennen und das Recht, jeden Zeugen ins Kreuzverhör nehmen zu lassen, den du für voreingenommen und gegen deine Interessen eingestellt hältst. Verstehst du das, Danielle?«

»Ja, Sir.«

»Ich bin ferner verpflichtet, dir zu sagen, daß deine Eltern das gleiche Recht auf einen Anwalt, auf Zeugen und Kreuzverhör haben.« Er machte eine kurze Pause.

»Und jetzt wollen wir den Antrag der Bewährungsbehörde besprechen. Miss Spicer, wollen Sie uns bitte die Gründe darlegen, warum Sie das Gericht ersuchen, diese Jugendliche in Gewahrsam zu behalten?«

Die Bewährungshelferin erhob sich. Sie sprach mit ruhiger, klarer Stimme. »Wir haben zwei Gründe für unseren Antrag, Euer Ehren. Der erste: Die Art der Handlung, die das Kind begangen hat, deutet auf eine emotionale Störung hin, die viel tiefer liegt, als dies eine vorläufige psychologische und psychiatrische Untersuchung aufdecken konnte. Im Interesse des Wohlergehens und des seelischen Gleichgewichts benötigen wir eine zusätzliche Zeitspanne, um diese Untersuchungen sehr viel gründlicher vornehmen zu können. Der zweite Grund: Wir brauchen Zeit, um uns über die Umgebung und das Familienleben des Kindes zu informieren, wenn wir einen angemessenen Rat für seine zukünftige Behandlung und Betreuung geben sollen.«

Sie setzte sich.

Der Richter wandte sich an uns. »Haben Sie Einwendungen gegen diesen Antrag?«

Harris Gordon erhob sich. »Nein, Euer Ehren. Wir haben das größte Vertrauen zu der Erfahrung und Urteilskraft der Bewährungsabteilung und ebenso zu deren Fähigkeit, alle Faktoren dieses Falles richtig abzuwägen und die entsprechende Entscheidung zu treffen.«

Die Stimme des Richters klang ein wenig belustigt. Er wußte natürlich, daß Gordon gar nichts anderes sagen konnte und keinerlei Wahl hatte. Solche Anträge wurden immer angenommen. »Wir danken Ihnen für Ihr Vertrauen, Mister Gordon, und hoffen, uns dessen würdig zu erweisen.«

Er sah einen Augenblick zu Boden, dann fuhr er fort: »Das Gericht hat entschieden, daß der Antrag der Bewährungsabteilung in Sachen der Jugendlichen Danielle Nora Carey angenommen wird; ferner, daß sie zum zeitweiligen Mündel dieses Gerichts erklärt wird, bis endgültige Entscheidungen getroffen werden. Ich setze den Termin für eine vollständige Verhandlung des Falles auf heute in einer Woche an. Ich erwarte, daß alle Anwesenden zu diesem Termin hier wieder erscheinen, und wünsche, daß mir dann sämtliche Beweise und die Ergebnisse der Ermittlungen, soweit sie zur Sache gehören, vorgelegt werden. Ich erwarte ebenso, daß mir alle Vorschläge für eine Vormundschaft des Kindes und sein künftiges Wohlergehen schriftlich mindestens vierundzwanzig Stunden vor der angesetzten Verhandlung unterbreitet werden.« Er schwieg und klopfte mit seinem Hammer abschließend auf sein Pult.

Dann blickte er auf Dani, und seine Stimme war sanft und freundlich, ganz anders als bei seinen ofiziellen Worten. »Das bedeutet, daß du wieder in den Jugendgewahrsam zurückkehrst, Danielle, solange dein Fall nachgeprüft wird. Sei ein gutes Mädchen und gib dir Mühe, Miss Spicer und allen dort zu helfen, dann ist es viel leichter und besser für uns alle. Verstehst du das, Danielle?«

Dani nickte.

Er sah die Bewährungshelferin an. »Führen Sie Danielle und ihre Eltern in mein Zimmer, ehe Sie sie wieder in den Gewahrsam bringen, Miss Spicer.«

Sie nickte und stand auf. Auch wir erhoben uns. »Vielen Dank, Euer Ehren«, sagte Gordon.

Der Richter nickte. Wir folgten Miss Spicer durch die Tür hinter dem Podium.

3

Die Amtsräume des Richters bestanden aus zwei kleinen Zimmern, das kleinere war das seines Schreibers, das größere gehörte ihm selbst. Miss Spicer brachte uns in das größere Zimmer. Die eine Wand war mit Bücherregalen bedeckt, an den anderen hingen Fotografien und gerahmte Diplome. Ein hübscher Schreibtisch und ein paar Stühle vervollständigten die Einrichtung.

»Bitte, nehmen Sie doch Platz«, sagte Miss Spicer taktvoll. »Ich muß auf ein paar Minuten in mein Büro. Ich komme bald wieder.«

Als sich die Tür hinter ihr schloß, wandte sich Nora an Dani. »Du siehst schmal aus. Und warum trägst du nicht das hübsche Kleid, das ich dir geschickt habe? Was meinst du, was das auf den Richter für einen Eindruck macht! Er muß denken, uns liegt so wenig an dir, daß du dich nicht einmal anständig anziehen kannst! Wo hast du denn dieses scheußliche Zeug her? Ich habe es noch nie an dir gesehen.«

Ich beobachtete Dani. Ein merkwürdig duldsamer Zug kam in ihr Gesicht. Sie wartete, bis Nora ihre Vorwürfe beendet hatte, dann sagte sie mit leicht sarkastischem Tonfall: »Ich bin hier nicht in Miss Randolphs Schule, Mutter. Ich muß tragen, was alle Mädchen tragen. Wir bekommen diese Kleider dort.«

Nora sah sie groß an. »Ich bin überzeugt, wenn du darum gebeten hättest, dürftest du deine eigenen Kleider tragen! Denn wahrscheinlich geben sie diesen Mädchen solche Kleider nur, weil die meisten keine eigenen haben.«

Dani schwieg. Ich nahm eine Zigarette heraus. Sie sah mich an. Ich warf sie ihr zu. Sie fing sie geschickt auf.

»Dani!« rief Nora schockiert.

»Oh, sei doch still, Nora!« Mrs. Haydens Stimme klang gereizt. »Du kannst jetzt mit deinem Theater aufhören – es ist kein Publikum da! Du weißt doch, daß sie raucht. Ich habe dich oft genug ersucht, es ihr zu verbieten. Du hast stets geantwortet, daß du nichts dabei findest.«

Sie sah Dani an. »Komm her, Kind.«

Dani tat es. »Ja, Großmutter?«

»Wirst du gut behandelt, Kind?« – »Ja, Großmutter.«

»Bekommst du genug zu essen?«

Dani lächelte. »Mehr als genug. Aber ich bin nicht hungrig.«

»Du mußt ordentlich essen, Dani, damit du bei Kräften bleibst. Es geht nicht, daß du zu alledem auch noch krank wirst.«

»Nein, Großmutter, ich werde bestimmt nicht krank.«

»Soll ich dir irgend etwas schicken?«

Dani schüttelte den Kopf. »Nein, danke, Großmutter.«

Die alte Dame küßte sie auf die Stirn. »Und du tust, was der Richter sagt! Sei ein gutes Kind und hilf selbst, wo du kannst – dann kommst du sicher in kürzester Zeit wieder nach Hause.«

Dani sah zu ihr auf und nickte. Ein seltsames Wissen war in ihren Augen – als wisse sie viel besser als die alte Dame, was mit ihr geschehen werde. Aber sie sagte nichts.

Statt dessen kam sie zu mir. »Hast du das Boot in La Jolla noch, Daddy?«

»Nein, Dani.«

»Wie schade. Ich würde schrecklich gern wieder einmal mit dir hinausfahren.«

»Vielleicht geht es eines Tages, Dani. Wenn du hier herauskommst.«

Sie nickte, aber ich merkte, daß sie auch dies nicht glaubte. »Eine der Aufseherinnen hat mir erzählt, daß sie ein Bild von deiner Frau gesehen hat, in der Zeitung. Sie sagt, sie ist sehr hübsch.« Sie sah mir in die Augen. »Und in der Zeitung steht, daß sie nicht mit hergekommen ist, weil sie ein Baby erwartet, Daddy.«

»Das stimmt, Dani.«

»Wann denn?«

»Sehr bald«, antwortete ich. »Der Arzt meinte, es sei besser, wenn sie jetzt nicht reist.«

Plötzlich flog ein Lächeln über ihr Gesicht. »Dann ist's also wahr, was in der Zeitung steht? Ach, da freue ich mich aber!«

»Es ist wahr.« Ich gab ihr Lächeln zurück. »Dachtest du, sie hätte einen anderen Grund gehabt, nicht mitzukommen?«

Dani warf einen schnellen Seitenblick auf Nora. Nora beschäftigte sich, sichtlich gelangweilt von unserer Unterhaltung, mit ihrem Lippenstift. »Ich weiß nicht recht«, sagte Dani leise. »Zuerst dachte ich, sie ist nicht mitgekommen, weil sie mich zu sehr haßt.« – Ich lachte. »Wie kommst du auf so eine Idee?«

Wieder blickte sie rasch zu Nora hinüber. »Ich weiß nicht... es war bloß so ein Gedanke...«

Die Tür ging auf. Miss Spicer kam zurück. Durch die offene Tür sah ich draußen eine Aufseherin. »Du mußt jetzt gehen, Dani. Komm mit.«

»Okay«, antwortete Dani. Sie drückte ihre Zigarette in einem Aschenbecher aus und küßte mich. »Adieu, Daddy.«

Sie küßte ihre Großmutter und ging dann zu Nora. Nora umarmte sie und sah ihr in die Augen. »Du weißt, daß ich dich liebe, Dani, nicht wahr?«

Dani nickte.

»Mehr als jeder andere?«

Dani nickte wieder. – »Wie sehr, Liebling?«

Ich merkte, daß es ein Spiel war, das sie schon viele Male gespielt hatten. Ob es für Nora wirklich etwas bedeutete oder nicht, das vermochte ich nicht zu sagen.

»Am allermeisten, Mutter.«

Nora sah mich an, um sich zu vergewissern, daß ich die Antwort gehört hatte. Dani drehte sich um und schaute mich mit erschrockenen Augen an. Es muß schon etwas auf sich haben mit dieser sogenannten Telepathie, denn ich war überzeugt, sie wußte, warum ich lachte. Sie küßte ihre Mutter. »Adieu, Mutter...«

Auch Nora sah mich an. Sie war rot geworden – und wütend. Sie wollte etwas sagen, biß sich aber auf die Lippen und schwieg.

»Da Sie gerade alle hier sind«, sagte Miss Spicer, nachdem sich die Tür hinter Dani geschlossen hatte, »könnten wir vielleicht gleich unsere Verabredungen festlegen. Das würde alles beschleunigen.« Sie ging hinter den Schreibtisch und setzte sich. »Dürfte ich morgen nachmittag zu Ihnen hinauskommen, Miss Hayden?«

»Donnerstag wäre besser«, sagte Nora. »Da sind die Dienstboten nicht da, und wir wären allein. Wir hätten Zeit, alles zu besprechen.«

»Es wäre zweckdienlicher, wenn die Dienstboten da sind«, erwiderte Miss Spicer. »Ich möchte gern auch mit ihnen über Dani sprechen, Miss Hayden.«

Nora sah Gordon an. »Ich weiß nicht.« Sie zögerte. »Ich bin nicht sehr entzückt von der Idee, meine Angelegenheiten mit den Dienstboten zu besprechen. Mir scheint, sie haben bereits Grund genug zum Klatschen. Und von ihnen können Sie auch nicht viel erfahren.«

»Es ist meine Aufgabe, soviel wie möglich über Ihre Tochter zu erfahren, Miss Hayden. Sie können meiner vollsten Diskretion versichert sein.«

Nora sah wieder fragend auf Gordon. Er nickte. Sie wandte sich zu der Bewährungshelferin: »Können Sie nicht morgen vormittag kommen?«

»Nachmittag wäre besser. Am Vormittag habe ich eine Rücksprache in Miss Randolphs Schule.«

»Also gut, Mittwoch nachmittag«, sagte Nora mürrisch. »Um zwei Uhr.«

»Zwei Uhr – das paßt gut.« Miss Spicer sah Noras Mutter an. »Wäre Ihnen Mittwoch recht?«

Die alte Dame nickte.

»Ist morgens neun Uhr zu früh?«

»Ich bin eine Frühaufsteherin«, antwortete Mrs. Hayden.

Miss Spicer wandte sich zu mir. »Und wann würde es Ihnen passen, Colonel?« – »Jederzeit. Sie brauchen nur zu bestimmen.«

»Ich kenne Ihre Pläne nicht, Colonel Carey«, sagte sie. »Ihre Frau erwartet ein Kind. Ich wußte nicht, ob Sie nach Chicago zurückkehren und erst wieder zur Verhandlung herkommen wollen. Ich kann mich ganz danach richten, wie es Ihnen am besten paßt.«

Ich hatte absichtlich gewartet, bis die Verhandlung vorüber war, in der Hoffnung, mein Bleiben würde sich als unnötig erweisen. Aber es hatte keinen Sinn, noch länger zu warten. Ich wußte nun, daß ich hierzubleiben hatte. Ich mußte nachmittags Elizabeth anrufen und ihr sagen, daß ich nicht wie verabredet zurückkommen könne.

»Ich werde hier sein, Miss Spicer«, sagte ich. »Sie brauchen mir nur die Zeit zu nennen.«

»Ich danke Ihnen, Colonel Carey. Freitag nachmittag um vier Uhr in Ihrem Motel?«

»Gut.«

»Dann können wir jetzt gehen?« fragte Nora.

»Nur noch eins, Miss Hayden.«

»Ja?«

»Der Richter hat mich beauftragt, Ihre Erlaubnis einzuholen: Wir brauchen Einsicht in die Akten des Scheidungsprozesses zwischen Ihnen und Colonel Carey.«

Nora explodierte: »Das ist einfach lächerlich!« rief sie. »Ich sehe keinen Grund zu dieser Herumschnüffelei in meiner Vergangenheit. Ich bitte Sie – Dani war noch ein Baby, als die Scheidung erfolgte!«

»Das Gericht ist berechtigt, sich jede Information zu beschaffen, die für das Wohl Ihrer Tochter von Wichtigkeit ist. Ich glaube, Sie sollten uns Ihre Zustimmung geben. Sie müssen wissen, daß wir die Einsicht unter Strafandrohung erzwingen können. Wäre es nicht einfacher, wenn Sie uns helfen?«

»Drohen Sie mir, meine Tochter so lange zu behalten, bis Sie diese Akten bekommen?« fragte Nora schneidend.

Miss Spicer war nicht im mindestens eingeschüchtert. Sie sah Nora ruhig an. »Ich drohe überhaupt nicht, Miss Hayden«, sagte sie gelassen. »Ich erinnere Sie nur an die Macht des Gerichts. Wenn Ihnen das Wohl Ihrer Tochter auch nur im mindestens am Herzen liegt, werden Sie alles tun, um mitzuhelfen. Drücke ich mich korrekt aus, Mister Gordon?«

»Jawohl, Miss Spicer.« Gordon wandte sich zu Nora. »Dani ist zeitweiliges Mündel des Gerichts. Das bedeutet, das Jugendgericht hat absolute Macht über sie. Ich würde Ihnen raten, Ihre Einwilligung zu geben.«

»Ich dachte, Sie wären *mein* Anwalt«, saagte Nora zornig. »Aber Sie haben bisher nichts anderes getan, als dem Richter zugestimmt. Und nun geben Sie dieser... dieser Frau recht! Muß ich hier stehen und mich derartig demütigen lassen? Müssen wir in diesem idiotischen Gericht bleiben? Was verstehen die hier davon, wie man mit Menschen unseresgleichen umgeht, nachdem sie nur an die Sorte gewöhnt sind, die sie sonst hier haben? Können wir nicht an eine höhere Instanz appellieren oder dergleichen?«

»Dani ist minderjährig. Es gibt nur ein einziges Gericht, vor dem sie nach dem Gesetz erscheinen darf – dieses Jugendgericht hier.«

Nora sah ihn an, ihre Augen blitzten vor Zorn. »Wenn es so ist, wozu, zum Teufel, brauchen wir Sie dann?«

»Ich habe mich Ihnen nicht angeboten, Miss Hayden«, sagte Gordon ruhig. »Sie haben mich gerufen. Ich werde Ihre Vertretung jederzeit niederlegen, wenn Sie es wünschen.«

Nora sah ihn einen Augenblick an, dann wandte sie sich ab. »Ach, zum Teufel mit alledem! Tun Sie, was Sie wollen. Ich schere mich einen Dreck darum!«

Sie stürmte hinaus und knallte die Tür hinter sich zu.

Gordon wandte sich an die Bewährungshelferin. »Ich möchte mich für meine Klientin entschuldigen. Diese ganze schreckliche Angelegenheit hat sie völlig außer Fassung gebracht.«

»Ich verstehe, Mister Gordon.«

»Ich habe eine Abschrift der Scheidungsakten in meinem Büro. Wenn es Ihnen beliebt, zu irgendeiner Zeit vorbeizukommen, werde ich sie für Sie bereithalten.«

»Besten Dank, Mister Gordon.« Miss Spicer stand auf. »Ich glaube, das ist alles für heute.«

Wir gingen zur Tür. Zuerst die alte Dame, dann Gordon und ich. Die Bewährungshelferin rief mich zurück. »Colonel Carey, darf ich Sie noch einen Augenblick bemühen?«

Ich kehrte um und trat zu ihr. »Ja, Miss Spicer?«

Sie lächelte ein wenig. »Ich bin froh, daß Sie hierbleiben, Colonel. Und ich bin überzeugt, Dani ist darüber sehr glücklich. Sie hat sich große Sorgen gemacht, ob es Ihnen wohl möglich sein wird.«

»Es ist das wenigste, was ich tun kann. Sogar einem völlig Fremden würde es wohl schwerfallen, ein Kind in solchen Stunden zu enttäuschen.«

Sie sah mich einen Augenblick sonderbar an, dann senkte sie die Augen. »Wahrscheinlich, Colonel.«

Im Fond ihres Wagens wartete meine ehemaligen Schwiegermutter auf mich und winkte mir zu. Ich ging zu ihr. »Wo ist Nora?« fragte ich.

»Fort«, antwortete sie. »Sie war schon weggefahren, als ich herauskam.« Sie blickte die Straße entlang. »Wo hast du geparkt?«

»Ein paar Blocks weiter unten.«

»Steig ein. Ich bringe dich hin.«

Ich stieg ein. Der große Rolls-Royce schob sich majestätisch in den Straßenverkehr. »Hast du Sam Corwin angerufen?«

»Nein. Ich wollte es nachmittags tun.« Ich sah finster zum Fenster hinaus.

»Du bist deprimiert«, bemerkte sie etwas ungezwungen. »Hat Miss Spicer dir etwas gesagt, was wir nicht hören sollten?«

Ich sah sie an. »Nein. Aus welchem Grund sollte sie? Sie sagte nur, daß Dani froh sein wird, wenn sie erfährt, daß ich bleibe.«

»Ach so. Und weiß es deine Frau schon?«

»Nein.«

»Meinst du, es wird sie aufregen?« Die alte Dame wartete meine Antwort nicht ab. »Wie dumm ich bin! Natürlich muß es sie aufregen. Mich hätte es bestimmt aufgeregt. Ein Baby zu erwarten, das jeden Tag kommen soll, und allein zu Hause zu sein...«

Der große Rolls fuhr an die Bordschwelle. Das war nicht das einzige, dachte ich. Zum Beispiel die Frage, ob ich genug Geld hatte, um zu bleiben...

»Kann ich dir irgendwie behilflich sein? Vielleicht könnte ich mit ihr sprechen und ihr sagen, wie wichtig dein Hierbleiben ist.«

Ich schüttelte den Kopf. »Nein, danke. Ich bin sicher, daß Elizabeth es versteht.«

Ich öffnete die Tür und stieg aus. Die alte Dame lehnte sich vor: »Bitte, ruf mich heute an. Laß mich wissen, ob du etwas erfahren hast.«

»Ja, ich rufe dich an.« Ich sah ihren Wagen fortfahren, stieg in den meinen und fuhr zurück zum Motel.

Es war genau Mittag, als ich das Gespräch durchbekam.

»Hallo«, sagte ich, »hast du schon gegessen?«

»Natürlich«, antwortete sie. »Nun, wie ist alles gegangen?«

Ich fing an, ihr von der Verhandlung vor dem Untersuchungsrichter zu erzählen, aber sie unterbrach mich. »Das habe ich gerade alles in der Zeitung gelesen. Was hat man über Dani entschieden?«

Ich faßte mich so kurz ich konnte. Dann berichtete ich ihr die Sache mit den Briefen. Als ich damit fertig war, schwieg sie. »Elizabeth – hörst du mich?« fragte ich.

»Natürlich höre ich dich.« Ihre Stimme war sehr leise.

»Geht es dir gut?«

»Mir geht's gut«, sagte sie, »nie im Leben ist mir's besser gegangen. Ich nehme an, du wirst bis nächste Woche dort bleiben?«

Ich holte tief Atem. »Ich würde gern bleiben, wenn du einverstanden bist.«

»Was meinst du, daß du dort noch ausrichten kannst?«

»Wenn ich jetzt wegfahre, wird Dani denken, ich lasse sie wieder im Stich.«

»Aber du hast sie doch nie im Stich gelassen«, sagte Elizabeth. »Hast du ihr das nicht erklärt?«

»Natürlich habe ich es ihr erklärt. Aber sie ist noch ein Kind. Ich glaube nicht, daß sie es auch nur halb verstanden hat.« Ich griff nach einer Zigarette. »Sie verläßt sich auf mich.«

»Das tue ich auch«, sagte Elizabeth. »Kannst du dir vorstellen, wie mir zumute ist? Wenn alle Nachbarn mich anglotzen und fragen, was du machst? Sie lesen die Zeitung, genau wie ich. Sie wissen, daß du sie jeden Tag siehst.«

Ich wußte, wen sie meinte. »Das ist doch einfach dumm!«

»Meinst du?« fragte sie. »Bist du dir sicher, daß Dani der einzige Grund ist, daß du dort bleibst?«

»Natürlich bin ich mir sicher«, antwortete ich ärgerlich. »Zum Teufel, was für einen anderen Grund sollte ich haben?«

»Danis wegen würden dir diese Briefe nicht soviel Sorgen machen«, sagte Elizabeth. »Du hast mir doch gesagt, daß man ihr ohnedies nicht viel anhaben kann. Das Gesetz schützt sie. Aber du, du willst Nora schützen. Dessen würdest du dir selbst bewußt werden, wenn du dir nur Zeit nähmst, ehrlich mit dir selbst zu sein.«

Ich hörte, wie die Verbindung am anderen Ende des Drahts abbrach. Ich rief schnell die Vermittlung und sagte, ich sei unterbrochen worden. Dann hörte ich das Telefon wieder läuten.

»Hallo.« Es klang, als habe sie geweint.

»Elizabeth«, sagte ich, »es tut mir leid. Ich werde es so einrichten, daß ich nach Hause komme.«

»Nein, das wirst du nicht.« Ich hörte, wie sie schluckte. »Du wirst dort bleiben, bis diese ganze verdammte Geschichte erledigt ist!«

»Aber...« protestierte ich.

»Nein. Nein, du bleibst dort und schaffst dir alles endlich einmal von der Seele! Wenn du heimkommst, will ich nicht, daß dich noch irgend etwas ständig bedrückt. Ich will einen normalen Ehemann zurückbekommen, nicht das schuldbeladene Gespenst des Mannes, der du in La Jolla warst.«

»Aber was ist mit dem Geld?« fragte ich.

»Keine Sorge«, sagte sie. »Deine Pension ist gerade gekommen. Das sind hundertvierzig Dollar, genug für eine Woche zu leben. Und wenn's sein muß, kann ich jederzeit ein paar Hunderter für meinen Ring bekommen.«

»Elizabeth ...« sagte ich. Es verschlug mir fast die Stimme.

Ich hörte sie hart schlucken.

»Elizabeth«, sagte ich. »Ich liebe dich.«

4

Die Scaasi-Corwin-Galerie hatte ein eigenes Haus in der Post Street, nicht weit von Gumps. Ein schmales, altmodisches Gebäude, halb erdrückt von zwei größeren, mit einer nagelneuen Front aus Klinkern. Der Eingang war eine schwere Tür mit Kristallglasscheiben, direkt neben einem kleinen Schaufenster, das wie ein Bilderrahmen in die Steine eingefügt war. Im Schaufenster stand wie ein Juwel auf blauem Samt eine kleine abstrakte Figur aus Bronze, rot und golden schimmernd in bernsteinfarbenem Scheinwerferlicht. Daneben der Name des Künstlers in kleinen schwarzen Buchstaben auf einer weißen Karte. An den dicken Kristallglasscheiben war in diskreter goldener Schrift zu lesen:

SCAASI – CORWIN
TOKIO, SAN FRANCISCO, NEW YORK, LONDON, PARIS

Ich trat ein. Ein junger Mann mit einem sauber gestutzten Van-Dyck-Bärtchen kam auf mich zu und fragte in einem Akzent, der zu seinem englisch geschnittenen Anzug paßte: »Womit kann ich Ihnen dienen, Sir?«

»Ich bin mit Mister Corwin verabredet.«

»Wenn Sie den Lift linker Hand nehmen, Sir ... Die Büros sind im vierten Stock.«

»Danke.« Ich ging zum Lift.

Wie durch Zauber ging die Tür auf, als ich mich näherte. »Vierter Stock bitte.«

»Vierter Stock«, wiederholte der Page, während er die Tür schloß. »Danke, Sir.« Ich sah ihn an und schämte mich sofort meines billigen Anzugs von der Stange. Sogar dieser Liftboy trug einen englisch geschnittenen Anzug.

Ich trat hinaus in einen üppig ausgestatteten Empfangsraum. Hinter dem Pult saß ein zweiter Van Dyck.

»Mister Corwin erwartet mich.«

»Ihr Name, Sir, wenn ich bitten darf?«

»Luke Carey.«

Er nickte. »Danke. Wenn Sie bitte Platz nehmen wollen ... Ich sehe nach, ob Mister Corwin frei ist.«

Ich setzte mich und griff nach einer Zeitschrift, die auf einem nierenförmigen Tisch vor einer Couch lag. Es war eine Nummer der »Réalités«. Große Klasse. Aber französisch. Also konnte ich mir nur die Bilder ansehen. Ich blätterte. Ein Bild von Brigitte Bardot auf einem Boot in St. Tropez. Ich betrachtete es. Eine Illustrierte, die ein Bild von Brigitte im Bikini zeigte, konnte nicht ganz schlecht sein. Ein Schatten fiel über das Blatt. Ich sah auf.

»Colonel Carey?« fragte die attraktive junge Blondine.

Ich nickte.

»Mister Corwin läßt bitten. Bitte, kommen Sie mit.«

Ich stand auf. Dieses Mädchen wußte, wie sie aussah, wenn sie vor einem herging, und sie verstand, etwas daraus zu machen. Sie war das einzig Erfreuliche, was ich den ganzen Tag über gesehen hatte. Sie war noch erfreulicher als das Bild von Brigitte.

»Danke sehr«, sagte ich, als ich durch die Tür ging, die sie aufhielt.

Sams Büro war wie der Empfangsraum, nur noch üppiger. Kirschholztäfelung. Zwei sehr farbige Matisses; ein schlehenäugiger Modigliani in wundervollem Mandelblütenton; ein Picasso, von dem ich zuerst vermutete, man habe ihn verkehrt herum aufgehängt. Und Noras Bronze »Die Frau im Netz«, mit der sie den Eliofheim-Preis gewonnen hatte; sie stand auf einem kleinen Podest in einer Ecke, von oben hell angestrahlt.

Sam kam aus einer Tür auf der andern Seite des Zimmers mit ausgestreckter Hand auf mich zu: »Luke!«

Ich nahm seine Hand. Ich hatte die Art gern, wie er einem die Hand gab, fest, aber nicht überfreundlich oder gar überschwenglich. Das gefiel mir. »Wie geht's dir, Sam?«

»Recht gut. Man läßt ein bißchen Haare, aber das ist alles.« Er musterte mich. »Du siehst gut aus, Luke.«

»Das gute Leben«, sagte ich. »Das und die richtige Frau.«

»Das freut mich.« Er ging um seinen Schreibtisch herum und setzte sich. »Bitte, nimm Platz, Luke.«

Ich ließ mich in einen Sessel ihm gegenüber nieder.

»Ich habe einen furchtbaren Schreck bekommen, als ich das von Dani hörte.«

Ich sagte nichts, aber ich glaubte es ihm.

»Ich mochte die Kleine gern«, sagte er. »Sie war ein süßes Ding, als sie klein war. Es tut mir leid, daß ihr so etwas passieren mußte. Immerhin ... es war immer, als ob so etwas fällig wäre ...«

»Warum war es so?« – Er zuckte die Achseln. »Nora.«

»Kanntest du Riccio?« fragte ich.

»Ja.« Sein Lächeln geriet etwas schief. »Ich war derjenige, der sie miteinander bekannt gemacht hat.«

»Wie kam denn das?«

Er lachte. »Du hast doch draußen meine ›jungen Männer‹ gesehen?«

»Die Van Dycks und die englischen Sakkos?«

»Genau.«

»Nicht leicht zu übersehen. Ich sage dir, ich war froh, als ich nachher deine Sekretärin erblickte!«

Er lachte wieder. »Es ist Scaasis Idee. Bei uns hier sind es meistens Frauen, die Kunst kaufen. Und da funktioniert so etwas gut.«

»Was hat das mit Riccio zu tun?«

»Als ich vor fünf Jahren diesen Laden hier aufmachte, war er mein ›junger Mann‹ Nummer eins. Er war ausgezeichnet. Die Frauen beteten ihn an.«

»Mitsamt dem Van-Dyck-Bärtchen?«

»Es gibt die künstlerische Note«, sagte er. »Eine Art soignierter Beatniks.« – »Ich verstehe.«

»Auch Nora fiel er auf«, sagte Sam trocken. »Er trug Hosen nach italienischem Schnitt – eng in Hüften und Gesäß, wie ein Ballettänzer. Nora hat ihn mit den Augen verschlungen.« Er öffnete ein Kästchen mit Zigaretten, das auf seinem Schreibtisch stand, und schob es mir hin. »Und du weißt ja, wie das geht. Wie im Kinderlied. ›Was unsre Nora will, kriegt unsre Nora auch‹.«

Seine Augen sahen mich ehrlich an. »Nur hat Nora diesmal mehr bekommen, als sie gewollt hat, glaube ich.«

»Erklär' mir das genauer, ich bin ein bißchen dumm«, sagte ich und nahm eine Zigarette. »Wie meinst du das?«

»Er war ebenso gemein wie sie. Mit jeder ins Bett, die ihm unter die Finger kam. Ein paarmal gab es Ärger mit Kunden, aber er wußte sich immer rechtzeitig herauszuwinden.«

»Warum hast du ihn behalten?«

»Weil er gut war. Der beste Verkäufer, den wir je hatten. Und er verstand seinen Kram.«

»Wie bist du auf ihn gestoßen?«

Sam sah mich an. »Warum fragst du nach Riccio?«

»Ich möchte etwas über ihn wissen«, antwortete ich. »Anscheinend weiß niemand Näheres. Ich dachte mir, wenn ich allerlei erfahre, könnte man vielleicht das Gericht überzeugen, daß es letzten Endes nicht schade um ihn war.«

»Ich verstehe.« Er nickte langsam. »Nicht ganz fair. Aber es könnte von Nutzen sein.«

»Das denke ich auch. Was weißt du über ihn? Hatte er besondere Freunde, an die du dich erinnern kannst?«

Er dachte nach, dann nahm er das Telefon. »Bitte die Personalakte über Tony Riccio.«

Einen Augenblick später kam Sams Sekretärin herein. Sie legte den Ordner vor Sam hin, sah mich an und ging hinaus. Ich bemerkte, wie Sams Augen ihr folgten.

»Gesund«, sagte ich. »Gesund und normal. Ich glaube, den Schock, daß du schwul geworden wärst, hätte ich nicht überlebt.«

Er lachte und schlug den Ordner auf. »Tony hat für Arlene Gateley gearbeitet, ehe er zu mir kam. Sie hat ihn mit hergebracht.« – »Arbeitet sie noch für ihn?«

»Sie ist seit zwei Jahren tot. Flugzeugunglück.«

»Oh. Und hatte er Freunde?«

»Ich kann mich an keine erinnern. Er war nur auf Weiber aus. Ich habe nie bemerkt, daß er mit einem Mann auch nur kameradschaftlich verkehrte.«

»Und was ist mit seiner Familie?«

»Die lebt hier in San Francisco. Sein Vater hat einen Fischstand am Kai. Ich glaube, seine Brüder besitzen ein Boot.«

»Hast du ihre Adresse?« Er zog einen Block heran und schrieb die Adresse auf. Ich nahm den Zettel.

»Ich wünschte, ich könnte mehr für dich tun.«

»Da ist noch etwas...«, sagte ich, »aber ich weiß nicht, ob du darüber sprechen willst.«

»Was ist denn?«

»Nora und Riccio. Mrs. Hayden sagte mir, du hättest sie bei der Scheidung zu einer Vermögensteilung gezwungen. Wie hast du das fertiggebracht?«

Er zögerte einen Augenblick. »Ich wußte, was vorging. Es war nur eine Frage der Zeit, wann ich die Fotos bekam. Sie zeterte, aber sie mußte sich dazu entschließen.«

»Hast du die Bilder noch?«

Er schüttelte den Kopf. »Ich gab sie ihr, als das Urteil rechtskräftig war. Ich wollte keins behalten. Ich hatte genug Erinnerungen an sie.«

Ich schwieg.

Er sah mich an. »Es war ein völlig korrektes Abkommen. Ich habe nichts angerührt, was wirklich ihr gehörte. Wir teilten nur, was wir gemeinsam verdient hatten.«

»Ich maße mir doch kein Urteil an, Sam!«

»Ich hoffe nur, du kannst etwas tun, Luke. Ich kann Dani als kleines Mädchen nicht vergessen. Sie war eine Zeitlang wie verloren, als du dich nicht mehr um sie kümmertest.«

Ich sah ihn erstaunt an. »Das lag nicht an mir. Nora hat es erzwungen.«

»Das wußte ich nicht«, sagte er überrascht. »Nora sagte mir bloß, du hättest dich eines Tages einfach entschlossen, nicht mehr zu Dani zu kommen.«

»Das ist echt Nora«, sagte ich.

»Weißt du, ich hatte mir eingebildet, ich wüßte alles, aber...« Er drückte seine Zigarette aus und nahm eine andere. »An die eine Szene muß ich immer wieder denken.«

»Was für eine?«

»Es war vor ungefähr fünf Jahren. Dani war fast zehn und sagte irgend etwas von einer Geburtstagsparty, die sie sich wünschte. Das brachte Nora hoch. Sie sagte dem Kind, es solle endlich aufhören, sein Alter zu betonen; Dani sei alt genug, um zu begreifen, wie peinlich es für ihre Mutter sein müsse, wenn sie herumliefe und prahlte, wie alt sie sei. Dani begriff überhaupt nichts, sondern sah sie an und fragte: ›Aber Mammi, willst du denn nicht, daß ich groß werde?‹ Nora wollte antworten, dann merkte sie, daß ich sie beobachtete. Sie lief davon und ließ Dani mit einem verständnislosen, verletzten Ausdruck in ihrem Kindergesicht stehen.«

Er zog an seiner Zigarette. »Ich glaube ehrlich, daß Nora auf Dani eifersüchtig war. Auf ihre Jugend, ihr Heranwachsen. Auf alles. Aber ich konnte nichts dagegen tun. Nora gab mir immer wieder zu verstehen, daß ich nicht Danis Vater sei und kein Recht habe, mich einzumischen.«

Er blickte einen Augenblick auf die Schreibtischplatte, dann sah er mich fragend an. »Ich glaube, du wunderst dich, daß ich sie trotz allem, was ich von ihr wußte, geheiratet habe?«

»Ich habe manchmal darüber nachgedacht.«

»Vielleicht wirst du es nicht verstehen«, sagte er ruhig. »Ich war Kunstkritiker an einer Kleinstadtzeitung. Gleichviel was man sagt, in Kunstdingen ist San Francisco eine Kleinstadt. Ich hatte etwas Großes entdeckt. Das passiert einem vielleicht einmal im Leben, wenn man viel Glück hat. Aber nur dann. Ich habe Nora Hayden entdeckt, und wie sie menschlich auch sein mag – auf ihrem Gebiet ist sie etwas ganz Großes. Was sie künstlerisch tut, ist die Wahrheit. So sehr die Wahrheit, daß sie gar nicht darüber nachdenkt, wie sie all ihre Wahrheit nur in ihre Arbeit steckt und ihr nichts für sie selbst als Mensch oder für einen andern Menschen übrigbleibt. Ich wußte, daß sie so war. Aber ich dachte, ich könnte sie ändern. Ich dachte, ich würde sie dazu bringen, etwas von der Wahrheit, die ich in ihrer Kunst erkannte, auf ihr eigenes Leben zu übertragen. Aber ich hatte unrecht, absolut unrecht. Ich hatte nicht gesehen, daß die einzige Wahrheit, deren sie fähig ist, in ihrer Arbeit verankert ist. Nichts anderes und kein anderer zählt für sie. Ja, und dann war noch etwas...«

»Was war das, Sam?«

Er sah mich an. »Ich habe sie geliebt«, sagte er einfach. Dann lächelte er grimmig. »Aber du siehst, wohin die Liebe geführt hat. Ich habe nichts davon behalten als ein paar Bilder an der Wand und einige Skulpturen. Aber du – du hast etwas. Gleichviel, wie schlecht es augenblicklich für dich aussieht, du wirst immer etwas haben, woran du zeigen kannst, wohin deine Liebe geführt hat.«

Ich wußte, was er meinte. Ich stand auf. »Du bist mehr als gut zu mir gewesen, Sam«, sagte ich.

Auch er erhob sich. »Ich würde Dani gern eine Kleinigkeit schicken. Meinst du, das wäre richtig?«

»Sie wird sich bestimmt darüber freuen, Sam.«

Er streckte mir die Hand hin. »Und sag ihr alles Liebe von mir, Luke.«

»Gern, Sam«, sagte ich. »Danke.«

Die Post Street wimmelte von Leuten, die ihre Nachmittagseinkäufe machten. Nach dem kühlen, gedämpften Licht in der Galerie schlug mir die Sonne schmerzhaft auf die Augen. Ich fühlte, wie mir der Schweiß aus der Haut trat, und strebte einer kühlen Bar zu. Ich bestellte eine Flasche Bier. Ein paar Touristen kamen herein und blieben neben mir stehen. Auch sie bestellten sich Bier.

»Herrgott, ist das heiß!« sagte der eine und hob das schäumende Glas an seinen Mund. »Aber stell dir bloß vor, wieviel heißer es noch für die armen Kerle da draußen sein muß, auf dem Felsen mitten in der Bucht! Ich wette, sie würden ihre Seele geben für ein kaltes Bier an einem solchen Tage!«

Ich sah sie an und dachte an den Felsen, von dem sie sprachen. Alcatraz. Mit dem Zuchthaus darauf. Es gab noch andere Felsen. Meine Tochter war auch auf so einem Felsen. Und sie war doch noch ein Kind.

Was mochte sie wohl tun, um sich in dieser Sommernachmittagshitze abzukühlen? Und was mochte Miss Spicer über sie erfahren haben? Wahrscheinlich Dinge, die ich nicht wußte. Nicht wissen konnte.

5

Marian Spicer erkannte die Schuhe, ehe sie noch die Stimme hörte. Sie waren so blank geputzt, daß sie fast ihr Gesicht darin spiegeln konnte, und sie wußte, wenn der Fuß sich hob, würde sich das Leder ein wenig verschieben, so daß darunter die weiße Baumwolle der Socken vorkam. Sie hob den Blick von den Notizen, die sie vor sich auf dem Tisch ausgebreitet hatte.

»Ah! Wie gut wäre es, wenn die holde Maid Marian herauskäme, um mit Robin Hood zu spielen... möglichst in einer schattigen Schlucht des Sherwoodwaldes!«

Sie lachte. »Setzen Sie sich, Red, ehe Sie Ihren Kaffee vergießen. Gut, daß ich Sie kenne und Ihren Unsinn nicht übelnehme!«

Er stand lachend vor ihr, die blauen Augen blinzelnd, das rote Haar zerzaust wie immer. Er hielt zwei Tassen Kaffee, in jeder Hand eine. »Sie sahen so aus, als ob Sie auffüllbedürftig wären!« sagte er und stellte eine Tasse vor sie hin. – »Danke!«

Er sah sich in der Kantine um. Sie war fast leer. »Es muß etwas geschehen! Die Arbeitnehmer machen zuwenig Gebrauch von den Segnungen ihrer Kaffeepause!«

An einem andern Tisch saß eine Bewährungshelferin mit einem Mädchen und seiner Mutter. Das Mädchen war etwa fünfzehn, schwanger und mürrisch. Die Mutter redete das Blaue vom Himmel herunter, die Bewährungshelferin nickte geduldig.

Marian konnte erraten, was die Frau sagte. Sie hatte allzuoft dieselben Worte gehört. »Ich wußte nichts davon... Ich ahnte überhaupt nichts... Meine eigene Tochter... Es waren diese Flittchen, mit denen sie...«

Es war immer dasselbe. Die Kinder gerieten ins Unglück, und die Eltern waren höchst erstaunt. Immer. Natürlich hatten sie es niemals kommen sehen. Sie waren immer zu sehr mit andern Dingen beschäftigt gewesen. Manche von ihnen begründeterweise, manche nicht. Aber das Resultat war immer dasselbe – das Jugendgericht.

»Wo sind Sie den ganzen Tag gewesen?« fragte sie, während sie ihre Notizen zu einem sauberen Bündel ordnete.

Red schlürfte geräuschvoll seinen Kaffe. »Na, was meinen Sie? Natürlich hab' ich diesen verflixten Lausebengel gesucht.«

Marian wußte, wen er meinte – einen Sechzehnjährigen. Seine Eltern hatte ihn in eine Schule mit militärischer Zucht und Ordnung gesteckt, um einen Mann aus ihm zu machen, nachdem ihn die Polizei vor sechs Monaten aus dem Wasser gefischt hatte. Vier Tage später kam ein Anruf, daß er aus der Schule verschwunden sei. »Nun, und haben Sie ihn gefunden?«

»Gefunden habe ich ihn. Genau dort, wo ich ihn vermutete. In der Männertoilette einer Bar am Nordstrand.«

»Aber ich verstehe nicht, daß Sie dazu vier Tage gebraucht haben?«

»Wissen Sie, wie viele solcher Kaschemmen dort sind?« fragt er entrüstet. Dann sah er, daß sie lächelte, und lehnte sich in seinem Stuhl zurück. »Sie hätten das Früchtchen sehen sollen, als ich ihn fand! Er trug noch seine Schuluniform. Sie sah aus, als habe er vier Tage darin geschlafen. Als er mich entdeckte, spielte er völlig verrückt. Stieß um sich und brüllte und kratzte. Ich mußte einen Streifenwagen kommen lassen, um ihn herzubringen.« Er sah Marian an und grinste übermütig. »Aber auch dabei hab' ich gar nicht so schlecht abgeschnitten heute. Ich bekam fünf unsittliche Anträge – einen sogar von einer Frau! Da draußen will das was heißen. Sie muß mich für wirklich pervers gehalten haben.«

»Haben Sie seine Eltern benachrichtigt?«

Red nickte. »Sie werden morgen hier sein.« Er zuckte die Achseln. »Ja, so ist das Leben. Die Jungens wollen partout Mädchen sein.«

»Der arme Junge.« Das war einer von den Fällen, die niemand gern übernahm. Man fühlte sich dabei so völlig nutzlos. Man konnte nichts tun. Das einzige war, so einen Jungen den Psychiatern zu übergeben. Und oft genug war auch das zwecklos, denn selbst die konnten nicht helfen.

»Und Sie, emsiges Bienchen? An welchem Fall arbeiten Sie? An der Hayden-Geschichte?«

»Das Mädchen heißt Carey.«

»Weiß ich. Aber alle Zeitungen nennen es den Fall Hayden. Nach der Mutter, die ja das Augäpfelchen unserer Stadt ist.« Er nahm wieder geräuschvoll einen Schluck Kaffee. »Wie steht's mit der Kleinen?«

Marian sah ihn nachdenklich an. »Ich weiß nicht recht... Es ist mir noch nicht recht gelungen, sie einigermaßen zu durchschauen. Sie paßt so gar nicht zu dem, was ich bei den meisten anderen Kindern hier kennengelernt habe.«

Er zog fragend eine Augenbraue hoch. »Sie macht sogar Ihnen zu schaffen, meinen Sie? Haben Sie schon die ersten Befunde?«

Sie nickte.

»Lassen Sie mich sehen.«

Sie beobachtete ihn, als er die oberste Seite las. Es war der Bericht des Arztes, der Dani untersucht hatte. Jedes Mädchen, das hier eingeliefert wurde, kam zunächst zu einer ärztlichen Untersuchung, ehe ihr ein Zimmer zugewiesen wurde. Dani war bereits am Samstag beim Arzt gewesen, während die psychometrische Bewertung erst am Montag vorgenommen werden konnte, weil die dafür zuständige Abteilung über das Wochenende geschlossen war.

Marian hatte das Gefühl, daß bei der ganzen Sache irgendein sehr wichtiger Faktor fehlte, aber sie konnte nicht feststellen, wo und was. Nun, Red war wirklich tüchtig. Er war seit vielen Jahren Bewährungshelfer. Vielleicht fiel ihm etwas auf, was ihr weiterhelfen konnte.

Er hatte den ärztlichen Bericht fertiggelesen und sah sie etwas zynisch an. »Na, wenigstens ist die Kleine normal. Freut mich«, sagte er.

Sie wußte, was er meinte. *Der Riß des Hymens ist vollständig, die Narbe gut verheilt und unbestimmbaren Datums. Es sind jedoch Reizmerkmale an den Vaginalwänden und eine leichte Schwellung der Klitoris vorhanden, die auf die Wahrscheinlichkeit gesteigerter sexueller Aktivität in allerletzter Zeit noch kurz vor der Untersuchung hinweisen.*

»Ich glaube allmählich, daß es in San Francisco keine Jungfrau über vierzehn gibt.« Er sah Marian an und lachte. »Rein historisch gesprochen, Marian – waren Sie mit vierzehn noch Jungfrau?«

»Schluß mit Ihren Witzen, Red. Und lassen Sie sich durch Ihren Beruf nicht Ihre Weltanschauung trüben. Die netten Jugendlichen kreuzen nämlich hier überhaupt nicht auf.«

»Wer war es? Der Bursche, den sie umgelegt hat?«

Marian sah ihn an. »Sie sagt es nicht. Sobald jemand sie danach fragt, klappt sie zu wie eine Auster. Spricht nicht, sagt nichts mehr. Lesen Sie den psychometrischen Befund und urteilen Sie selbst.«

Sie sah, wie er verdutzt die Brauen hochzog, als er in die Mitte der Seite kam. Ihr war es nicht anders gegangen.

»Die Kleine hat einen I. Q. von 152!«

»Stimmt genau. Intelligenzquotient 152. Wir haben es mit einer ungewöhnlichen Intelligenz und Auffassungsgabe zu tun. Darum ist es so schwer, das Folgende zu verstehen... Lesen Sie es.«

Schweigend las er weiter. Er überflog die nächsten Seiten schnell und legte dann den Bericht auf denTisch. »Sie spielt Katze und Maus mit uns. Ich verstehe das nicht. Warum?«

»Genauso geht es mir. Haben Sie gelesen, was sie der Psychiaterin am Schluß ihrer Sitzung sagte? Daß sie durchaus zugibt, Unrecht getan zu haben, daß ihr klar ist, sie hätte es nicht tun dürfen, daß sie bereit ist, alles mit uns durchzusprechen, was dieses Unrecht betrifft, aber daß sie kein Interesse daran hat, über mehr als dies zu sprechen. Ihr Leben außerhalb dieses Komplexes sei ihre eigenste private

Angelegenheit, und sie fühle sich nicht verpflichtet, etwas darüber auszusagen, da es nichts mit der begangenen Tat zu tun hat.«

»Sie spuckt ziemlich große Töne.«

Marian nickte. »Sie hat sich während des Wochenendes wieder gefangen. Zu schade, daß wir nicht mit ihr sprechen konnten, als sie Samstag eingeliefert wurde. Damals war sie aufgeregt und nervös.«

»Meinen Sie, jemand hat sie auf diese Tour gebracht?«

»Der einzige, den sie gesprochen hat, war ihr Vater. Dem würde so etwas gar nicht einfallen. Für ihn ist sie noch ein kleines Mädchen. Er hat sie zum letztenmal gesehen, als sie acht Jahre alt war, und wenn er auch erfaßt hat, daß sie größer geworden ist, so ist ihm, glaube ich, noch nicht aufgegangen, daß sie auch älter ist als damals.«

»Wie ist er überhaupt?«

»Er scheint sehr sympathisch zu sein und sehr feinfühlig.«

»Bei diesen Kriegsleistungen?« Reds Stimme klang ungläubig.

»Ja, das ist paradox. Aber mir tut der arme Kerl leid. Man sieht an seiner Kleidung, daß er es pekuniär nicht leicht hat, und doch ist er von Chicago hierhergekommen, um zu sehen, ob er ihr nicht helfen kann. Seine Frau ist dort geblieben, sie erwartet jeden Tag ein Baby, und er ist natürlich hin und her gezerrt. Er möchte gern das Richtige tun, aber er weiß selbst nicht, was das Richtige ist.«

»Und wie ist Miss Hayden?«

»Nora Hayden weiß, was sie will. Sie vergißt es keine Sekunde. Sie mag eine bedeutende Künstlerin sein, aber sie ist auch eine regelrechte Hure. Das arme Kind tut mir leid, daß es so viele Jahre mit ihr zusammen leben mußte. Es war bestimmt nicht leicht für das Mädchen.«

»Ich glaube, Sie mögen Miss Hayden nicht.«

»Wahrscheinlich nicht. Aber das ändert nichts an dem Grundproblem. Wie kommen wir an das Kind heran? Wie bringen wir Dani zum Sprechen?«

»Manchmal ist es am besten, wenn man diese jungen

Dinger ganz in Ruhe läßt. Vielleicht begreift sie, wenn sie uns besser kennenlernt, daß wir ihr zu helfen versuchen, und dann wird sie zutraulicher werden.«

»Ein gutes Rezept, wenn wir mehr Zeit hätten. Aber Murphy hat uns nur eine Woche gegeben. Ich habe das Gefühl, man hat ihm von oben her nahegelegt, die Angelegenheit möglichst schnell zu erledigen, und er will keinesfalls über die gesetzmäßige Frist von fünfzehn Tagen hinausgehen.«

Sie griff nach ihrer Tasse. Der Kaffee war kalt geworden, aber sie trank ihn trotzdem. »Ich habe den merkwürdigen Eindruck, daß wir bei diesem Fall noch nicht einmal in der Nähe der Wahrheit sind. Nach der überlegenen Selbstbeherrschung, die Dani an den Tag legt, kann ich mir einfach nicht vorstellen, daß sie zu einem Mord fähig ist.«

»Wer sollte es sonst getan haben? Was denken Sie? Die Mutter?«

»Es käme mir jedenfalls wahrscheinlicher vor.«

»Aber dagegen sprechen alle Beweise. Sie haben doch die Aussagen gelesen. Und Sie waren bei der ersten Verhandlung vor dem Untersuchungsrichter und haben alles mit angehört. Es deutet doch alles auf dieses Mädchen hin.«

»Das ist es gerade. Ungefähr so, wie wenn ich nach Hause komme und finde jedes Stück haargenau auf seinem Platz. Dann weiß ich, daß etwas nicht stimmt. Es ist *zu* ordentlich. Und außerdem gibt es für den ganzen Vorgang nur eine Zeugin.«

Sie nickte.

Red sah sie eine Weile sehr nachdenklich an. »Lassen Sie sich von dem Umstand, daß Sie die Mutter nicht mögen, nicht beeinflussen. Dies Gefühl habe ich nämlich bei fast jedem meiner Fälle, wenn ich sehe, wie töricht und stumpf die Eltern sind. Ich möchte immer lieber ihnen die Schuld geben als den Kindern. Aber das geht nicht.«

Er stand auf, ging zur Küchentür und kam mit weiteren zwei Tassen Kaffee zurück. »Wo ist das Mädchen jetzt?«

»In der Psychologischen. Vielleicht kommt die Jennings heute mit ihr ein bißchen weiter.«

»Sally Jennings ist prima. Wenn sie die Kleine nicht zum Sprechen bringt, schafft's niemand anders.«

»Ich hoffe sehr auf Sally. Inzwischen muß ich meine Rundreise antreten. Richter Murphy möchte, daß ich die Scheidungsakten der Eltern einsehe. Ich gehe jetzt zu ihrem Anwalt und hole sie mir.« Marian schob ihren Stuhl zurück. »Wie geht's Anita und den Jungens?«

»Wie immer. Anita möchte eine Halbtagsarbeit annehmen, um etwas mitzuverdienen. Aber ich habe ihr gesagt: Nur über meine Leiche! Ich sehe hier zuviel davon, was mit den Kindern passiert, deren Mütter Halbtagsarbeit machen.«

Sie nickte teilnehmend. Manchmal fragte sie sich, wie manche ihrer verheirateten Kollegen mit ihrem Gehalt auskommen konnten. Sie verstand recht gut, warum Reds Schuhe immer mindestens zwei Monate zu spät zur Reparatur kamen. Er seufzte. »Stevie, das ist der älteste, plagt uns andauernd – er möchte einen Motorroller. Er sagt, all die Buben in der Schule haben welche.«

»Und wollen Sie ihm einen schenken?«

»Wenn ich einen gebrauchten finde, für fünfzig Piepen...« Er sah hinunter auf den Tisch. »Ich weiß, ich mach' mir selbst was vor. Es gibt nämlich keine für das Geld.«

»Vielleicht haben Sie Glück, Red.«

»Drücken Sie mir den Daumen! Aber manchmal habe ich Angst.«

»Angst? Wie meinen Sie das?«

»Stevie ist ein guter Junge... Aber ich denke an all die Dinge, die er nicht kriegen kann. Sie wissen, wie ich's meine. Vielleicht ist es nicht gut, daß wir hier so vieles kennenlernen.« Sie nickte.

»Manchmal wache ich miten in der Nacht auf«, sagte Red, »weil ich träume, daß ich im Dienst bin, und es wird ein Junge hereingebracht... und es ist Stevie. Wenn ich ihn dann frage, warum und wieso, sagte er zu mir: ›Was hast du erwartet, Paps? Daß ich mein Leben lang glaube, der Mond ist aus grünem Käse?‹«

Sie sah ihn einen Augenblick an. Natürlich, daran litten sie alle.

Sie sahen zuviel – und sie fühlten zuviel. Freundschaftlich legte sie ihm die Hand auf die Schulter. »Heute war ein langer, heißer Tag, Red... Warum machen Sie nicht für den Nachmittag Schluß und gehen nach Hause?«

Er ergriff ihre Hand und klopfte sie dankbar.

»Wozu?« fragte er und lächelte. »Damit sich Anita halb tot sorgt, ob ich krank bin oder etwas passiert ist?«

6

Das gerahmte Diplom an der Wand über dem kleinen, übervollen Schreibtisch in der ebenfalls kleinen Glaszelle war das eines Magisters Artium in Psychologie, ausgestellt von der Universität Wisconsin. Der Name auf dem Diplom – geschrieben in schöner Fraktur – war Sally Jennings. Das Datum Juni 1954.

Sally Jennings war achtunddreißig gewesen, als sie das Diplom bekam. Davor lagen fünfzehn Jahre praktischer Arbeit als Bewährungshelferin, in denen sie weiter sparte und studierte. Als sie das nötige Geld beisammen hatte, nahm sie zwei Jahre Urlaub und kam mit dem Diplom zurück. Dann dauerte es noch zwei Jahre, bis eine Stelle in ihrer jetzigen Abteilung frei wurde.

Sie hatte ein noch jugendliches Gesicht, angegrautes Haar, ein gelassenes, sympathisches Auftreten und ein echtes Gefühl für die Kinder, die zu ihr kamen. Meistens spürten sie das und faßten Vertrauen zu ihr. Nur manchmal kam eins, das ihrer sonst so unwiderstehlichen Anziehungskraft widerstand. Und zu diesen wenigen gehörte offenbar Dani.

Sally Jennings blickte über den Schreibtisch hin auf Dani. Diese saß schweigend mit gefaßtem Gesicht vor ihr, die Hände manierlich auf dem Schoß gefaltet. Sally hatte schon vorher bemerkt, daß das Kind gut manikürte Fingernägel hatte. Das deutete ebenfalls auf Selbstbeherrschung. Sie griff nach einer Zigarette und spürte, wie Danis Augen ihrer Bewegung folgten.

»Möchtest du gern eine Zigarette, Dani?« fragte sie höflich und hielt ihr die Schachtel hin.

Dani zögerte.

»Es ist schon in Ordnung, Dani. Hier drin darfst du rauchen.«

Dani nahm die Zigarette und ein Streichholz. »Danke, Miss Jennings.«

Die Psychologin zündete sich eine Zigarette an und lehnte sich in ihren Stuhl zurück. Sie blickte in den Rauch, der sich langsam zur Decke hinaufzog. »Ich sehe gern zu, wie der Rauch aufsteigt«, sagte sie beiläufig. »Ähnlich wie die kleinen Wolken am Himmel, die alle möglichen Formen und Gestalten annehmen.«

»So ein ähnliches Spiel hatten die Mädchen in Miss Randolphs Schule. Wir nannten es Schnellsehen.« Sally beobachtete Dani. In den Augen des Kindes war ein Schimmer von Heiterkeit. »Sie würden sich wundern, was manche Mädchen da sehen – manchmal ganz ausgefallene Dinge.«

»Du verstehst allerlei von Psychologie für dein Alter.«

»Ich habe viel darüber gelesen. Einmal dachte ich sogar daran, selbst Psychologin zu werden, aber dann habe ich es mir doch anders überlegt.«

»Warum, Dani? Ich könnte mir vorstellen, daß du etwas leisten könntest.«

»Ich weiß es nicht. Vielleicht weil mir die Vorstellung nicht gefiel, meine Nase in anderer Leute Seele zu stecken. Oder vielleicht nur, weil ich überhaupt nicht spionieren mag. Überhaupt nicht.«

»Meinst du, daß ich spioniere?«

Dani sah sie offen an. »Das gehört doch zu Ihrem Beruf, nicht wahr?« fragte sie unverblümt. »Sie müssen doch herausfinden, warum ich spinne, nicht wahr?«

»Das ist nur ein Teil meiner Aufgabe, Dani. Der kleinste Teil. Die Hauptsache ist, einen Weg zu finden, wie ich dir helfen kann.«

»Wenn ich aber keine Hilfe haben möchte?«

»Ich glaube, wir brauchen alle Hilfe, ob wir uns das selbst eingestehen oder nicht.«

»Brauchen Sie Hilfe?« fragte Dani.

»Freilich. Es gibt Stunden, da ich mir sehr hilflos vorkomme.«

»Gehen Sie dann zu einem Psychologen?«

Sally Jennings nickte. »Ich gehe seit einigen Jahren zur Analyse. Seit der Zeit, als ich merkte, daß ich mehr über mich wissen muß, wenn ich meinen Beruf richtig ausüben soll.«

»Wie oft gehen Sie hin?«

»Mindestens einmal wöchentlich. Manchmal sogar öfter, wenn ich Zeit habe.«

»Meine Mutter sagt, nur richtig kranke Leute gehen zum Analytiker. Sie sagt, Analyse ist ein Ersatz für die Ohrenbeichte bei den Katholiken.«

Sally Jennings sah Dani an. »Hat deine Mutter in allen Dingen recht?«

Dani erwiderte den Blick, antwortete aber nicht.

Die Psychologin sah die Wand in Danis Augen aufsteigen. Sie wechselte schnell das Thema. »Der Arzt, der dich untersucht hat, sagt, daß du über Brustschmerzen klagst. Hast du diese Schmerzen schon lange?«

Dani nickte stumm.

»Wie lange schon?« Dani zögerte.

»Nun, damit stecke ich meine Nase nicht in deine Seele, Dani«, sagte Sally Jennings lächelnd. »Das ist eine rein medizinische Frage.«

»Bedeutet es irgend etwas Schlimmes?« fragte Dani mit erschrockener Stimme.

Sally sah, wie Danis Hände unwillkürlich nach ihrem Busen griffen, und hatte Gewissensbisse, daß sie da eine alte Angst des Kindes angerührt hatte. »Nein, gar nichts Schlimmes. Aber die Ärzte möchten immer gern wissen, aus welchem Grund etwas weh tut.«

»Als ich anfing, mich zu entwickeln, habe ich meine Brust gebunden. Dann fing es an, weh zu tun, und ich hörte damit auf. Aber es hat immer weiter weh getan.«

Sally lachte. »Wie kommst du um Himmels willen auf so etwas, Kind? Das ist doch schrecklich altmodisch. Das tut schon seit Jahren kein Mädchen mehr.«

»Ich hatte einmal gehört, was meine Mutter zu einer ihrer Bekannten sagte: Die Japanerinnen täten das immer, weil sie dann jung aussehen und nicht so schnell erwachsen wirken.«

»Ja ... wolltest du denn nicht erwachsen werden, Dani?«

»Natürlich wollte ich«, erwiderte Dani schnell.

»Warum hast du es dann getan?« wiederholte Sally. Das Kind antwortete nicht. »Vielleicht weil du dachtest, du tust deiner Mutter einen Gefallen?«

Sie las die Wahrheit ihrer Vermutung in Danis plötzlich großen Augen. Jetzt mußte sie hart bleiben. »Das war doch der Grund, nicht wahr, Dani? Du hast deine Brüste eingeschnürt, bis sie weh taten, weil du dachtest, es wäre deiner Mutter lieb, wenn du nicht so schnell erwachsen wirst. Warum dachtest du das, Kind? Hat deine Mutter dir einmal gesagt, sie fühlte sich alt dadurch, daß du heranwächst?«

Plötzlich weinte Dani und verbarg das Gesicht in den Händen.

Vorsichtig nahm die Psychologin ihr die Zigarette aus den Fingern und drückte sie im Aschenbecher aus. »Die meisten Mütter freuen sich gar nicht so sehr darüber, daß ihre Kinder erwachsen werden, Dani. Sie freuen sich, solange sie klein sind, weil sie sich dann wichtiger und notwendiger und auch jünger fühlen.«

»Meine Mutter liebt mich«, schluchzte Dani zwischen ihren Fingern. »Meine Mutter liebt mich.«

»Natürlich liebt sie dich, Dani. Aber Liebe allein verhütet nicht, daß sogar eine Mutter manchmal einen Fehler macht.«

Dani sah auf. Die hellen Tränen standen noch in ihren Augen. »Ich ... ich möchte nicht mehr sprechen, Miss Jennings. Darf ich wieder in mein Zimmer gehen?«

Sally betrachtete sie einen Augenblick, dann nickte sie. »Natürlich, Dani.« Sie drückte auf einen Klingelknopf. »Morgen sprechen wir weiter.«

Durch die Glaswand ihres Zimmers sah sie Dani mit der Aufseherin den Korridor entlanggehen. Sie seufzte tief. Es war schwer gewesen. Aber immerhin hatte sie einen kleinen

Fortschritt gemacht. Vielleicht würde sie morgen mehr erfahren.

Durch die geschlossene Tür von Danis Zimmer drang die Musik des Fernsehgeräts. Unbewußt bewegten sich ihre Füße im Takt. Nach ein paar Minuten überließ sie sich der Verlockung und ging hinaus in den Korridor. Hier war die Musik lauter; sie folgte ihr in den großen Aufenthaltsraum, wo die Mädchen sich vor dem Gerät versammelt hatten.

Die Musik setzte aus, und das glatte, ausdruckslose Gesicht von Dick Clark erschien auf dem Bildschirm. Seine Stimme klang lässig aus dem Lautsprecher. »Willkommen bei der amerikanischen Plattenparade. Um unserer heutigen Session gleich den richtigen Start zu geben, nehmen wir als erstes eine Platte unseres einmaligen Chubby Checkers. Er singt uns sein unsterbliches ›Let's Twist Again!‹«

Dani stand und schaute bezaubert zu, wie sich die Kamera zurückzog, um eine volle Tanzfläche freizugeben. Die meisten der Jungen trugen Sportjacken, die Mädchen waren ebenso zwanglos gekleidet. Nach einem Augenblick der Stille, während sie erwartungsvoll dastanden, kam der Anfang dröhnend aus dem Lautsprecher. Das heiser-rhythmische Lied des Sängers erfüllte den Raum:

Let's twist again –
Lak' we did last sum-muh –
Let's twist again –
Lak' we did last ye-uh.

Mehrere Mädchen taten sich paarweise zusammen und fingen an, vor dem Gerät zu tanzen. Am entgegengesetzten Ende des großen Raums saß eine Aufseherin; auch sie bewegte die Füße im Takt.

»Kannst du Twist, Dani?«

Dani sah sich um. Es war das Mädchen, das bei den Mahlzeiten neben ihr saß. Sie nickte. »Ja, Sylvia.«

Das Mädchen lächelte. »Was meinst du – wollen wir's ihnen mal vormachen?«

Dani lächelte. »Ich mach' mit, Sylvia.«

Die beiden Mädchen stellten sich in rundschultriger Haltung hin und setzten undurchdringliche Gesichter auf, während sie den Rhythmus aufnahmen. Als sie dann vorwärts und rückwärts wirbelten, scheinbar auf einer kleinen Stelle festgeleimt, sahen sie einander keinmal ins Gesicht. Jede hielt die Augen auf ungefähr die Knie der Partnerin gesenkt.

Nach ein paar Minuten, in denen jede die Twistkünste der andern abschätzte, fingen sie an zu sprechen.

»Du bist gut«, sagte Sylvia.

»Aber nicht so gut wie du.«

»Ich tanze schrecklich gern«, sagte Sylvia. »Und das werd' ich auch einmal. Tänzerin. Berufstänzerin.«

»Könntest du jetzt schon!«

Sylvia lächelte stolz. Sie war etwas größer als Dani, vielleicht ein Jahr älter, mit braunem, fast blonden Haar und blauen Augen. »Komm, wir wollen ein paar Variationen probieren.«

»Okay.«

»Hully-Gully.«

Dani lachte und paßte sich Sylvias Schritten an.

»Jetzt den Madison.« Sylvia drehte sich, und Dani umkreiste sie, dann drehte sich Dani um Sylvia.

Sylvia lachte laut. »Du, jetzt geben wir ihnen den Rest mit dem Watusi!«

Mit den fast primitiven Schritten eines Urwaldtanzes bewegte sich Sylvia jetzt. Dani folgte ihr, bis die Musik anschwoll und schließlich abbrach, während der letzte Klagelaut des Sängers mit dem letzten Ton verklang.

Die beiden Mädchen standen still, atmeten schwer und sahen sich an. »Das war fast zuviel«, sagte Sylvia.

»Aber fein«, antwortete Dani.

Die Musik kam wieder. Sylvia sah Dani fragend an. »Noch mal?« fragte sie.

Dani schüttelte den Kopf. »Die Zigaretten sind mir auf die Puste geschlagen. Diesmal seh ich zu.«

Sylvia lächelte. »Ich hab'n Extragroschen für ein Coke. Ich lad' dich ein.«

»Fein, danke.« Dani hätte selbst ein Coke kaufen können,

aber das wäre nicht höflich gewesen. Sie würde das nächste bezahlen.

Sylvia ging zum Automaten und holte sich ein Coke. Auf einem Tisch standen in einem Becher ein paar Strohhalme. Sie steckte zwei in die Flasche und kam zurück. »Komm, wir setzen uns dorthin.«

Sie setzten sich so, daß sie den Bildschirm sehen konnten, und tranken ihr Coca-Cola. Nun kam eine Werbesendung. Ihre Augen folgten dem Ansager mit weit größerer Aufmerksamkeit als dem Programm selbst.

»Diese Kaugummireklame ist das Letzte!«

Doch dann war Dick Clark wieder da und die Musik. »Warst du heute wieder bei unsern Hirnbohrern?« fragte Sylvia.

Dani nickte.

»Wer hat dich bearbeitet? Die Jennings?« – »Ja.«

»Sie ist nicht so schlimm, mit der kann man reden. Aber der Alte, der Boß! Der ist wie'n Gespenst, wenn er einen mit seinen Fischaugen ansieht.«

»Ich kenn' ihn nicht«, sagte Dani.

Ein Weilchen sahen sie den Tänzern auf dem Bildschirm zu. Die Kamera kam dicht an ein tanzendes Paar heran. Der Junge war groß und hübsch, sein Haar nach der letzten Mode geschnitten. Das Mädchen trug einen lockeren Sweater mit Rock. Sie bemerkten, daß ihnen die Kamera folgte, und spielten sich ein bißchen auf.

»Der Junge sieht wirklich schnieke aus. Erinnert mich an meinen Freund!«

»Er ähnelt Fabian, finde ich«, sagte Dani.

»Mein Freund ist das reinste Double von Fabian«, sagte Sylvia stolz. »Das hat mich gleich umgeschmissen! Ich finde, Fabian ist *der* Mann!«

»Mir gefallen Rickie und Frankie Avalon besser. Die können singen ... einfach ganz groß!«

»Das kann Elvis auch. Aber ich rede gar nicht vom Singen. Fabian kann alles. Er braucht mich bloß anzusehen, da schmelz' ich wie Butter an der Sonne.« Sie sah Dani an. »Du hast doch'n Freund?«

»Nein.«

»Aber du hattest einen?«

Dani schüttelt den Kopf. »Eigentlich nicht. Keinen festen.«

»War der denn nicht dein Freund, den du...?«

Dani schüttelt den Kopf.

»Ich dachte, er wär' dein Freund gewesen. Weil sie dich nämlich zu uns gesteckt haben. Die Jungfern kommen in ein anderes Haus. Du meinst, es war'n anderer?«

»Ich möchte nicht davon sprechen.«

Sylvia lehnte sich zurück. »Ich hab' Sehnsucht nach meinem Freund.«

»Wo ist er denn?«

Sylvia zeigte mit dem Daumen auf die Fenster. »Da drüben – in der Jungensabteilung.«

»Was macht er denn da?«

»Man hat uns geschnappt«, sagte Sylvia. »Richie hatte sich 'n Wagen geborgt, weil wir 'ne Fahrt machen wollten. Wir fuhren rauf zum Golden-Gate-Park. Da haben uns die Polypen eben geschnappt.«

»Versteh ich nicht. Warum wollten sie was von euch?«

Sylvia lachte. »Sei nicht so'n Schaf. Ich sagte doch, Richie hatte sich den Wagen gepumpt. Außerdem war's zwei Uhr nachts. Und wir waren auf dem Rücksitz und... na du weißt schon, was wir machten.« Sie trank den Rest des Coke aus. »Menschenskind, es war wirklich traumhaft, du weißt schon was?« Sie seufzte. »Das Dach von der Limousine offen, der Mond, die Radiomusik... Wir waren grade... na ja... als sie uns faßten. Mensch, das war vielleicht 'ne Pleite!«

»Ich hol' uns noch'n Coke«, sagte Dani. Als sie zurückkam, bewunderte Sylvia einen jungen Sänger, der als Gast auftrat.

»Der singt ja gar nicht richtig«, sagte Sylvia. »Er bewegt bloß die Lippen zur Musik.«

»Woher weißt du das?«

»Du siehst doch kein Orchester, oder? Außerdem hallt seine Stimme so sehr. Das geht bloß in 'nem Schallplattenstudio.« Sie betrachtete einen Augenblick die Großaufnahme des Sängers. »Aber hübsch ist er – natürlich nicht so himmlisch wie Fabian. Hast du heute Post gekriegt?«

Dani schüttelte den Kopf. »Nein, aber ich hab' auch keine erwartet.«

»Die andern haben Post gekriegt. Und ich hab' einen Brief von Richie erwartet, aber keinen bekommen. Er hat gesagt, er schreibt mir jeden Tag.« Jetzt klang ihre Stimme besorgt. »Meinst du, die alten Spitzel behalten meine Post ein?«

»Nein, das glaube ich nicht.«

»Wenn ich morgen nichts von ihm höre, sterb' ich glatt!«

»Sorg dich nicht, Sylvia, du wirst schon von ihm hören«, sagte Dani tröstend. Schweigend blieben die beiden Mädchen sitzen und teilten sich ihr Coke.

7

Ich kam gerade vor dem großen Mittagsverkehr zum Hafen hinüber. Die Verkäufer sortierten emsig ihre Ware, legten die aufgebrochenen Krebse verlockend auf die Eisstückchen, schmückten die Bretter ihrer Karren mit bunten Glasbechern voll gekochten rosa Garnelen. Ganze Berge von frischem Brot und Brötchen waren aufgestapelt, und über allem hing das schwere Aroma des Fischmarkts.

Ich ging am Tarantino vorbei auf das Meereskundemuseum zu. Die Fischerboote waren zur Nacht vertäut, sie wiegten sich leise auf der Dünung. Am Kai befanden sich noch mehr Stände. Einer, fast in der Mitte des Blocks, war mit einer ausgebleichten Persenning zugedeckt. Darauf stand mit großen Buchstaben: RICCIO.

Ich blieb stehen. Ein Mann, der am nächsten Stand mit geschickten Händen Krebse auslegte, sagte aus dem Mundwinkel:

»Die ha'm heute zu.«

»Wissen Sie, wo ich sie finden kann?«

Er ließ seine Krebse und kam zu mir. »Sind Sie'n Reporter?«

Ich nickte.

»Die sind im Bestattungsinstitut... Morgen früh ist die Beerdigung. Sind Sie hergekommen, um die Familie auszufragen?«

»Gewissermaßen... ja.«

»Der Bursche hat nichts getaugt«, sagte er. »Schon als Junge ist er nie hergekommen, um mal am Stand auszuhelfen. Wollte sich nicht die Hände schmutzig machen mit dem Fischzeug wie seine Brüder. Hielt sich für was Besseres. Ich hab' dem Vater immer gesagt, es wird 'n schlimmes Ende mit ihm nehmen.«

»Welches Institut ist es denn?«

»Mascogani.«

»Und wo ist das?«

»Wissen Sie, wo Bimbo ist?«

Ich nickte.

»Von Bimbo grade über die Straße, etwa'n Block weiter unten.«

»Danke.« Ich ging den Block hinauf zu meinem Wagen. An der Jackson Street, in der Nähe des Begräbnisinstituts, fand ich einen Parkplatz. Es war ein Gebäude mit weißer Stein- und Marmorfront. Ich öffnete die Tür und ging hinein.

In der dämmerigen, sanft beleuchteten Vorhalle blieb ich stehen, bis sich meine Augen an das Licht hier gewöhnt hatten. Dann ging ich zu der verglasten Namenstafel an der Wand. Sofort trat ein schwarzgekleideter Mann zu mir.

»Kann ich Ihnen behiflich sein, Sir?« fragte er mit gedämpfter Stimme.

»Riccio?«

»Bitte, folgen Sie mir.«

Ich ging hinter ihm her zum Lift. Er drückte auf einen Knopf. Die Tür öffnete sich. »Ich weiß nicht, ob die Familie noch oben ist. Sie sind vielleicht zu Tisch gegangen. Aber Sie können sich ja in das Buch eintragen, das gleich neben der Tür liegt in Raum A.« – »Danke.«

Die Tür des Lifts klappte zu. Als sie wieder aufging, trat ich hinaus. Raum A lag gerade gegenüber auf der andern Seite des Flurs.

Ich schaute zur offenen Tür hinein. Durch einen Bogen am andern Ende des Raums sah ich den Sarg unter einer Blumendecke. Meine schweren Schritte waren auf dem schweren Teppich nicht zu hören, als ich zum Sarg trat. Ich blieb daneben stehen und blickte auf den Toten.

Dies war also der Mann, den meine Tochter getötet hatte. Auf den ersten Blick schien er nur zu schlafen. Die Leichenbestatter hatten ihre Sache gut gemacht.

Er war ein schöner Mann gewesen. Das dichte schwarze Haar bildete in der Mitte der hohen Stirn eine kleine Spitze. Die Nase war grade und kräftig, der Mund energisch, wenn auch sogar jetzt noch ein wenig zu sinnlich. Die Wimpern lang wie bei einem Mädchen. Ich spürte eine Regung von Mitleid. Er konnte nicht viel über dreißig gewesen sein...

Ich hörte einen Seufzer hinter mir, fast ein Schluchzen. Erschreckt wandte ich mich um.

In einer Ecke saß ein alter Mann auf einem kleinen gradlehnigen Stuhl, direkt neben dem Bogen. Ich hatte ihn nicht bemerkt, als ich hereinkam, obwohl ich direkt an ihm vorbeigegangen sein mußte. Er sah zu mir auf, seine schwarzen Augen glitzerten im Kerzenlicht.

»Ich bin der Vater«, sagte er. »Kannten Sie meinen Sohn?«

Ich schüttelte den Kopf und ging zu ihm hin. »Mein Beileid, Mister Riccio«, sagte ich.

»Grazie«, sagte er mit schwerer Stimme. Seine müden Augen durchforschten mein Gesicht. »Mein Tony war gar nicht so schlecht, wie sie jetzt alle sagen. Er konnte bloß nicht genug kriegen.«

»Ich kann mir's denken, Mister Riccio. Niemand ist so schlecht, wie die Leute immer sagen.«

Hinter dem Bogen waren jetzt Stimmen zu hören. »Papa – mit wem sprichst du da?« fragte die eine.

Ich drehte mich um. Unter dem Bogen standen ein junger Mann und eine junge Frau. Der Mann sah dem Toten im Sarg sehr ähnlich, obwohl seine Züge derber erschienen. Die Frau war in Schwarz – in jenem Schwarz, das offenbar nur die Italienerinnen bei Trauerfällen immer bei der Hand haben. Über dem Haar trug sie einen Spitzenschal, ihr Gesicht war von melancholisch müder Schönheit.

»Das ist mein anderer Sohn, Steve«, sagte der Alte. Er sprach ein ungeschicktes Englisch mit stark italienischem Akzent. »Und das ist Tonys *fidanzata* Anna Stradella.«

Der junge Mann sah mich bestürzt an. »Papa!« sagte er hart, »weißt du, wer dieser Mann ist?«

Der Alte schüttelte den Kopf.

»Der Vater von diesem Mädchen! Du darfst nicht mit ihm sprechen! Du weißt doch, was der Anwalt gesagt hat.«

Der alte Mann schaute mir forschend ins Gesicht. Dann wandte er sich zu seinem Sohn. »Was geht's mich an, was der Anwalt sagt. Ich hab' dem Mann ins Gesicht gesehen, wie er beim Sarg gestanden hat. Ich sah denselben Kummer drin, den ich in meinem Herzen hab'.«

»Aber Papa«, protestierte der junge Mann, »der Anwalt hat doch gesagt, wenn wir klagen wollen, dürfen wir nicht mit ihm sprechen. Das könnte für uns schlecht sein.«

Mr. Riccio hob die Hand. »Halt!« sagte er fest und mit erstaunlicher Würde. »Später können sich die Anwälte streiten. Jetzt sind wir ganz gleich, er und ich. Zwei Väter, denen ihre Kinder Kummer und Schande gemacht haben.«

Er sprach wieder zu mir. »Setzen Sie sich, Mister Carey. Vergeben Sie meinem Steve. Er ist noch jung.«

Der junge Mann machte ärgerlich kehrt und ging davon. Das Mädchen blieb und beobachtete uns. Ich zog zwei Stühle von der Wand herüber und stellte ihr einen hin. Sie zögerte einen Augenblick, dann setzte sie sich. Ich nahm auf dem andern Platz.

»Mein Beileid, Miss Stradella.«

Sie nickte, ohne zu antworten. Die Augen standen dunkel in dem weißen Gesicht.

»Ihre kleine Tochter?« fragte Mr. Riccio. »Was macht sie?«

Ich wußte nicht, was ich antworten sollte. Wie hart mußte es klingen, wenn ich sagte »Es geht ihr gut«, während sein Sohn hier ein paar Schritte vor uns im Sarge lag?

Er begriff mein Gefühl. »Das arme kleine Ding«, sagte er leise. »Sie ist nicht viel mehr als ein Kind.« Er sah mir wieder ins Gesicht. »Warum sind Sie gekommen, Mr. Carey?«

»Um etwas über Ihren Sohn zu erfahren.« Seine Augen weiteten sich. »Nein, nicht um Schlechtes über ihn zu hören«, fügte ich rasch hinzu. »Sondern um mehr von meiner Tochter zu wissen, Mr. Riccio.«

»Schämen Sie sich nicht, Mister Carey«, sagte er freundlich. »Es ist nur richtig, daß Sie Ihrer Tochter helfen wollen.«

»Ich danke Ihnen, daß Sie mich verstehen, Mister Riccio.«

»Also – was möchten Sie wissen?«

»Hatte Ihr Sohn Freunde, die ihm nahestanden?«

Er zuckte die Achseln. »Freunde? Anna, die er heiraten wollte, wäre gern seine Freundin gewesen. Seine Brüder Steve und John wären gern seine Freunde gewesen. Aber er wollte von ihnen nichts wissen. Er wollte ein feiner Herr sein.«

Der Alte lächelte bitter, seine Augen umwölkten sich bei der Erinnerung. »Als Tony ein kleiner Bub war, hat er oft zu mir gesagt: ›Pop, Pop, sieh mal dort raus, weg vom Hafen, da oben hin, nach Nob Hill. Da oben werd' ich eines Tages wohnen. Da oben riechst du nichts mehr von den Fischen.‹

Ich hab' gelacht. ›Tony‹, hab' ich gesagt, ›geh und mach deine Schularbeiten. Spiel Baseball wie'n guter Junge. Vielleicht wirst du dann einmal so wie die Brüder Di Mag und kaufst deinem Pop 'n großes Restaurant am Kai. Hör auf zu träumen.‹ Aber Tony hat immer weiter geträumt. Als er fertig war mit der Schule, hat er nicht Baseball gespielt wie die Brüder Di Mag. Ein Künstler wollte er sein! Er ließ sich 'n Bart wachsen und saß im Kaffeehaus herum. Er kam jeden Abend spät heim und schlief jeden Morgen lange. Er fuhr nicht mit dem Boot raus wie seine Brüder. Seine Hände waren ihm zu zart. Als er zwanzig war, kriegte er 'n Job bei 'ner Kunsthändlerin. Bei 'ner dicken Dame. Ein Jahr später kriegte er einen anderen Job. In 'nem großen Laden diesmal. In der Nähe von Gumps.

Und eines Tages kommt er mit 'ner feinen Dame zu meinem Stand. Hübsch war sie. ›Das ist die Frau von meinem Boß‹, sagte er. Sie essen Garnelen und knacken Krebse und lachen wie zwei Kinder. Dann gehn sie weg. Kurz darauf les' ich in der Zeitung, sie lassen sich scheiden, der Boß und die Frau. Ich mach' mir Sorgen um meinem Tony seinen Job, aber eines Tages kommt er runter zu meinem Stand mit 'nem funkelnagelneuen Wagen. Teuer. Kein amerikanischer, 'n ausländischer.

›Pop‹, sagt er, ›ich hab's geschafft. Jetzt arbeit' ich für den Boß seine Frau. Sie ist 'ne große Nummer. Geld wie Heu. Und weißt du, wo ich wohne?‹

›Nein‹, sag' ich, ›wo wohnst du denn, Tony?‹

Da zeigt er rauf zum Berg. ›Genau dort oben, Pop‹, sagt er. ›Auf dem Nob Hill, wie ich's immer gewollt hab'. Und weißt du, was noch stimmt, Pop? Da oben riechst du keinen Fisch mehr.‹«

Der Alte sah hinüber zu dem Sarg, dann wieder zu mir.

»Von dort aus kann Tony den Fisch auch nicht riechen. Von dort aus kann er gar nichts mehr riechen, mein Tony.«

Ich blieb noch ein Weilchen schweigend sitzen, dann stand ich auf. »Es war sehr gütig von Ihnen, daß Sie mit mir gesprochen haben, Mister Riccio. Verzeihen Sie mir, daß ich Sie in... in einer solchen Stunde gestört habe.«

Er sah zu mir auf und nickte, aber schon waren seine Augen weit fort. Er blickte wieder auf den Sarg, und seine Lippen bewegten sich stumm. »Ich werde auch für Ihre Tochter beten«, sagte er. »Wie für meinen Sohn.«

Ich trat zu dem Mädchen. »Miss Stradella...«

Sie warf einen Blick auf den Alten, aber der schaute wieder zum Sarg. Plötzlich wurden die Augen in ihrem Gesicht lebendig. »Warten Sie draußen auf mich«, flüsterte sie.

Ich sah sie eine Sekunde erstaunt an, dann nickte ich und ging hinaus. Im Vorraum kam ich bei dem jüngeren Sohn vorbei. Er starrte mich an, als ich vorbeiging, und trat dann in den Aufbewahrungsraum. Ich wartete nicht auf den Lift, sondern ging die Treppen zur Straße hinunter.

An den Wagen gelehnt, wartete ich. Sie kam auf die Straße und sah sich suchend nach mir um. »Miss Stradella!« rief ich.

Schnell kam sie zum Wagen. Als sie vor mir stand, drehte sie sich um und sah noch einmal zurück nach dem Bestattungsinstitut. »Es ist besser, wenn wir uns in den Wagen setzen. Steve und sein Vater müssen jeden Augenblick herauskommen. Ich möchte nicht, daß sie uns miteinander sprechen sehen.«

Ich öffnete die Wagentür. Sie stieg ein. Ich machte die Tür zu, ging um den Wagen auf die andere Seite, setzte mich hinein und startete den Motor.

»Wohin?«

»Irgendwohin«, sagte sie nervös. »Irgendwohin... bloß weg von hier!«

Ich lenkte meinen Wagen in den Verkehr. Wir ließen den Embarcadero hinter uns. Eine gute halbe Meile fuhren wir, ehe sie wieder sprach. Ihre Stimme war hart und gezwungen. »Sie wollten sich nach den Briefen umtun?«

Überrascht sah ich sie an. So leicht hatte ich's mir nicht vorgestellt. »Haben Sie sie?« fragte ich.

Sie antwortete nicht.

»Erpressung ist ein schmutziges Geschäft«, sagte ich. »Sie können dafür mehr Jahre aufgebrummt kriegen, als Sie noch zu leben haben.«

»Ich hab' die Briefe nicht, Mister Carey«, sagte sie. »Aber ich weiß, wer sie hat.« Dann stiegen ihr die Tränen in die Augen. »Der Teufel soll Tony und seine arme Seele holen«, sagte sie zornig. »Ich hätte nie auf ihn hören dürfen. Ich hätte diese verfluchten Briefe gleich verbrennen sollen, als er sie mir gegeben hat.«

Ich fuhr den Wagen an die Bordschwelle und stellte den Motor ab. »Wer hat sie?«

Sie betupfte sich die Augen mit ihrem Taschentuch. Sie sah mich nicht an. »Mein Bruder.«

»Wo ist er? Ich möchte mit ihm sprechen.«

Sie sah mich noch immer nicht an. »Ich weiß nicht. Ich habe sie ihm Freitagabend gegeben. Seitdem habe ich ihn nicht gesehen.«

»Sie haben sie ihm gegeben?«

»Ja. Er hat sie mir abgeschwindelt. Er kam um halb elf in meine Wohnung und sagte, Tony schicke ihn, er wolle die Briefe haben. Natürlich hab' ich sie ihm gegeben. Ich war froh, sie wieder los zu sein. Dann um elf hörte ich am Fernseher die Nachrichten – und da wußte ich, was er damit vorhatte.«

»Woher wußten Sie das?«

Sie sah mich an. »Lorenzo war genau wie Tony. Immer mit einem Auge nach der fetten Beute schielend. Er war in meiner Wohnung, als mir Tony die Briefe gab. Er hörte auch, was Tony darüber sagte. Ich wollte sie gleich verbrennen, aber Tony ließ mich nicht. ›Diese Briefe sind unsere Versicherungspolice‹, sagte er. ›Wenn ich diese Alte erst einmal loswerde, dann sind die Briefe meine Garantie dafür, daß wir bis an unser Ende genug zu leben haben.‹ Tony konnte mich zu allem überreden. Darin war er ganz groß. Und immer war's ›der große Wurf‹. Morgen. Und Geld. Als er anfing, für Ihre Frau zu arbeiten, sagte er, es sei nur eine Frage der Zeit. Er könne sie nicht ausstehen. Ihm würde schon übel, wenn er sie anfassen müßte. Aber sie sei verrückt nach ihm. Aber wenn's soweit wäre, dann würde auch das Geld da sein. Immer das Geld. Zu mir in meine Wohnung kam er immer nur, um von ihr weg zu sein.«

»Haben Sie die Briefe gelesen?«

Sie schüttelte den Kopf. »Nein. Er gab sie mir in einem großen braunen Kuvert. Es war versiegelt.«

»Hat er jemals zu Ihnen etwas von meiner Tochter gesagt?«

»Nein. Halt, warten Sie... ja doch. Einmal. Vielleicht vor einem Jahr. Er sagte, die Kleine würde schnell groß, und wenn die Mutter nicht aufpaßte, wäre mit einemmal 'ne richtige Schönheit in der Familie. Und das würde der Alten gar nicht passen.«

»Etwas anderes hat er nie gesagt?«

»Nein, weiter nichts.«

»Weiß außer Ihnen und Ihrem Bruder noch jemand etwas von den Briefen? Tonys Brüder?«

»Tony und seine Brüder standen sich wie Hund und Katze. Sie hielten ihn für einen Taugenichts, und er meinte, sie seien bloß arme Luder. Ihnen hätte er so was nie erzählt.«

Ich zündete mir eine Zigarette an.

»Hat Lorenzo Sie angerufen?« fragte sie.

»Nein. Er hat meiner früheren Schwiegermutter einen Brief geschrieben. Daß er die Briefe gelesen hat, und wenn sie sie haben wolle, müsse sie ihm viel dafür zahlen.« Ich sah sie an. »Wo wohnt Ihr Bruder? Vielleicht treffen wir ihn zu Hause an?«

Sie lachte. »Denken Sie, das hätte ich nicht längst versucht? Ich bin dort gewesen. Seine Wirtin sagte, er ist Freitag noch spät abends ausgezogen. Sie weiß nicht, wohin.«

»Hat er eine Freundin?«

Sie schüttelte den Kopf. »Er läuft mit vielen herum, aber ich kenne keins seiner Mädchen. Als meine Mutter vor zwei Jahren starb, ist Renzo ausgezogen. Ich sehe ihn nur, wenn er Geld braucht.«

»Sie leben allein?« fragte ich.

Sie nickte, und plötzlich fing sie an zu weinen. »Ich dachte immer, Tony würde eines Tages heimkommen.«

Er ist heimgekommen, dachte ich, aber nicht so, wie sie es gehofft hatte. »Es tut mir aufrichtig leid, Miss Stradella.«

»Das braucht es nicht. Ich weine nicht um Tony. Das war schon lange vorbei. Ich wußte es, wenn's auch sein Vater nicht wußte. Jetzt wird Steve sich vielleicht offen mit uns aussprechen. Das hat er nicht mehr gewagt, solange Tony lebte.«

Ich dachte an den düsteren jungen Mann, den ich im Bestattungsinstitut gesehen hatte. Ich hatte gleich gedacht, daß vielleicht irgendeine Bindung zwischen ihm und ihr bestand, weil er sie so beschützend am Arm gehalten hatte. »Sicher wird er das tun.«

Sie trocknete ihre Augen. »Was werden Sie jetzt wegen Renzo unternehmen?«

»Nichts«, sagte ich, »wenn ich ihn finde und die Briefe bis Donnerstag wiederbekomme.«

»Und wenn das nicht klappt?«

Ich sprach so hart ich konnte. »Am Donnerstag wird Mrs. Hayden mit ihm verhandeln. Wenn sie sich treffen und er ihr die Briefe gegen Geld übergeben will, werde ich mit der Polizei dort sein.«

Sie saß einen Augenblick ganz still und dachte nach. »Wo kann ich Sie morgen nachmittag erreichen?«

»Ich werde sicher unterwegs sein müssen. Besser, ich rufe Sie an, Miss Stradella.«

»Okay.« Sie zog ein kleines Notizbuch aus ihrer Handtasche, schrieb eine Telefonnummer auf, riß das Blatt aus und gab es mir. »Das ist meine Nummer. Rufen Sie mich dort um vier an. Ich werde versuchen, Renzo für Sie zu finden.«

8

»Was denkst du, Sally?« fragte Marian Spicer, während sie die beiden Kaffeekännchen für Miss Jennings und sich auf den Schreibtisch stellte. »Ist das Kind wirklich gestört?«

Die Psychologin nahm einen Schluck Kaffee. »Natürlich ist sie gestört. Wenn sie's nicht wäre, hätten wir sie nicht hier. Jedoch wieweit, das ist schwer zu sagen. Wenn du mich fragst, ob sie schwer gestört ist, ob sie Anlagen zu Paranoia zeigt, so würde ich nein sagen. Nein, meines Erachtens nicht. Wenigstens keine, die ich bis jetzt hätte entdecken können. Natürlich besteht immer die Möglichkeit, daß sie sich später zeigen.«

»Sie spricht noch immer nicht?«

»Nicht viel. Eins habe ich allerdings erfahren.«

Marian sah sie fragend an.

»Viel ist es nicht. Aber zumindest ein Punkt, an dem man ansetzen kann. Dani scheint es bitter nötig zu haben, sich zu vergewissern, daß ihre Mutter sie liebt.«

»Das deutet auf ein gewisses Schuldgefühl ihrer Mutter gegenüber hin.«

Die Psychologin lächelte. »Aber, aber, Marian! Du weißt viel zuviel, um tatsächlich solche Schlüsse zu ziehen. Ein gewisses Schuldgefühl den Eltern gegenüber ist unvermeidlich.«

»Ich meine Schuldgefühl... aus einem ganz besonderen Grund.«

»In Wirklichkeit meinst du, daß sich Dani schuldig fühlt, weil sie ihrer Mutter den Liebhaber weggenommen hat?«

»Ja. Zuerst sexuell, dann physisch... durch seinen Tod.«

Sally Jennings zündete sich eine Zigarette an und trank noch einen Schluck Kaffee. »Ein Teil davon stimmt natürlich. Aber das ist neuen Datums und nicht unbedingt schlüssig. Wir suchen etwas Grundlegendes, etwas, das tief in Dani begraben ist – etwas, das sie uns ungern wissen lassen möchte. Wenn wir das aus ihr herausbringen könnten, dann hätten wir wenigstens eine Ahnung, welchen Weg wir einzuschlagen haben.«

»Richter Murphy hat veranlaßt, daß ich Einblick in die Scheidungsakten ihrer Eltern nehmen konnte.«

»So?« Sally zog die Brauen hoch. »Und was hast du darin gefunden?«

»Nicht viel. Du weißt ja, wie diese Dinge laufen. Alles wird bestens zurechtfrisiert, ehe sie vor Gericht kommen. Aber eins war auffallend: Als der Termin fast vorbei war, versuchte Danis Mutter, Colonel Carey jede Möglichkeit zu nehmen, das Kind zu sehen.«

»Das ist eigentlich nicht ungewöhnlich. Jeder Teil der Eltern ist auf den anderen eifersüchtig.«

»Aber sie gab einen Grund an, der wirklich die Höhe war: Sie hat behauptet, Colonel Carey sei überhaupt nicht Danis Vater...«

Sally dachte einen Augenblick nach.

»An was denkst du, Sally?«

»Nicht daran. Das überrascht mich nicht. Mich kann nichts mehr überraschen, wenn zwei Eltern sich vor dem Scheidungsrichter auseinandersetzen. Ich denke darüber nach, ob Dani etwas davon weiß.«

»Hältst du es für möglich?«

»Kinder verstehen es, auch die bestgehüteten Geheimnisse herauszubringen. Wenn sie es weiß, sind wir vielleicht auf einer völlig falschen Spur.« Sally blickte die Bewährungshelferin an. »Wenn sie nur nicht so verkrampft wäre. Dann wüßte ich wenigstens, was ich vorschlagen könnte.«

»Und wenn sie nicht spricht?«

»Die Antwort auf diese Frage kennst du so gut wie ich, Marian. Dann muß ich sie auf neunzig Tage nach Perkins zur Beobachtung schicken.« Marian schwieg.

»Etwas anderes kann ich gar nicht tun. Wir dürfen keinerlei Risiko laufen. Wir müssen sicher sein, daß das Kind nicht wirklich gestört ist, keine Anlage zu echter Geisteskrankheit zeigt, ehe wir es wieder in ein Leben zurücklassen, das auch nur einigermaßen einem normalen Dasein gleicht.«

Marian hörte die Enttäuschung in Sallys Stimme. »Vielleicht wird es nicht nötig sein, Sally. Vielleicht wird sie heute nachmittag wenigstens anfangen zu sprechen.«

»Ich hoffe es«, sagte Sally mit Nachdruck. »Wann gehst du zu Danis Mutter?«

»Heute nachmittag. Und nun muß ich mich beeilen.«

Am Nachmittag folgte Marian dem Diener durch die große Halle, an einer herrlich geschwungenen Marmortreppe vorbei durch einen Flur, der zu einem anderen Flügel des Hauses führte. Was für ein schönes Haus, dachte sie, wie anders als die Behausungen, in die ihre Nachforschungen sie gewöhnlich führten. Alles hier deutete auf einen sicheren künstlerischen Geschmack der Menschen, die hier wohnten.

Am Ende des Ganges öffnete der Diener eine Tür. »Bitte, treten Sie ein, Madam. Miss Hayden erwartet Sie.«

Das Atelier war groß und sonnig, die Nordwand ganz aus Glas. Marian konnte den Hafen sehen, die Bay Bridge und dahinter Oakland.

Nora arbeitete vor dem Fenster; sie hatte einen funkensprühenden Schweißbrenner in der Hand. Ihr Gesicht war von einer schweren Schutzmaske verdeckt. Sie trug einen ausgeblichenen, fleckigen Overall und dicke Handschuhe. Sie sah zu Marian hinüber. »Einen Augenblick bitte«, sagte sie. »Ich komme gleich.« Ihre Stimme war durch die Maske gedämpft.

Marian nickte und beobachtete sie. Sie arbeitete mit dünnen Stahlbändern, die sie rasch und gewandt auf ein Metallgerippe schweißte. Der Umriß war noch zu undeutlich, als daß Marian hätte erkennen können, was es werden sollte. Sie drehte sich um und hielt im Atelier Umschau.

Auf den Tischen standen Skulpturen und Statuen, alle in verschiedenen Arbeitsstadien. Holz, Stein, Metall, Draht. Alles, was sich durch eine menschliche Hand formen läßt. An einer großen Wand eine Reihe gerahmter Fotos und Skizzen. Marian ging hin und betrachtete sie.

Da war eine große Kohleskizze, der Originalentwurf für den »Sterbenden Mann«, der jetzt in New York im Guggenheim-Museum stand. Daneben ein Foto der »Frau im Netz«, mit der sie den Eliofheim-Preis gewonnen hatte. Höher an der Wand ein Riesenfoto des steinernen Basreliefs »Friedlich ist die Welt der Frau«, das ihr die Vereinten Nationen in Auftrag gegeben hatten. Außerdem mehrere Skizzen und Fotos von Werken, die Marian nicht kannte.

Sie hörte ein metallisches Geräusch und sah sich um. Nora löschte die Flamme des Schweißbrenners. Mit einem zischenden blauen Strahl ging sie aus, dann legte Nora den Brenner beiseite. Sie schob die Maske hoch und zog die Handschuhe aus. »Es tut mir leid, daß ich Sie aufgehalten habe, Miss Spicer. Aber manche Dinge können einfach nicht warten.«

Marian antwortete nicht. Sie wartete auf die nächste Frage. Die unvermeidliche. Wie geht es Dani? Sie kam nicht.

Statt dessen zog Nora die Maske vollends ab. Ihre Hände hinterließen dabei einen schwarzen Fleck auf ihrer Wange. »Ich bin mit meiner Arbeit zurück. Die ganze Affäre hat meine Arbeitseinteilung umgeworfen.«

»Ich werde mich bemühen, Sie nicht lange aufzuhalten«, sagte Marian.

Nora sah sie an. Marian wußte nicht, ob sie den Sarkasmus ihrer Antwort erfaßt hatte. »Wir können Tee trinken, während wir uns unterhalten.« Sie drückte auf einen Klingelknopf in der Nähe ihrer Werkbank.

Unmittelbar darauf trat der Diener in die Tür. »Bitte, Madam?«

»Wir möchten Tee, Charles.«

Er nickte und schloß die Tür. Nora ging zu einer kleinen Couch, die mit einem Teetisch und ein paar Sesseln als Plauderecke eingerichtet war. »Bitte, setzen Sie sich.«

Marian setzte sich ihr gegenüber.
»Ich nehme an, Sie wollen mit mir über Dani sprechen.«
Marian nickte.
»Ich weiß wirklich nicht, was ich Ihnen sagen soll.« Nora nahm sich eine Zigarette aus einem Kästchen auf dem Teetisch. »Dani ist nämlich ein höchst alltägliches Kind.«
Marian wußte nicht, ob Nora dies als positives oder negatives Urteil meinte. Es klang fast, als betrachte sie Dani als eine Art von Versager. »Die ›Alltäglichkeit‹ ist bei jedem Kind verschieden«, sagte sie. »Wir haben bereits festgestellt, daß Dani ein hochintelligentes und aufnahmefähiges Kind ist.«
Nora sah sie an. »Wirklich? Nun, es freut mich, das zu hören.«
»Es scheint Sie zu überraschen?«
»Gewissermaßen ja«, gab Nora zu. »Aber ich glaube, daß Eltern selten die Fähigkeiten ihrer Kinder richtig erkennen.«
Marian antwortete nicht. Interessierte Eltern erkennen die Fähigkeiten ihrer Kinder. »Bitte, erzählen Sie mir etwas über Danis Betragen zu Hause. Über ihr Betragen in der Schule bin ich schon ziemlich gut im Bilde.«
Nora sah Marian neugierig an. »Waren Sie heute vormittag schon in Miss Randolphs Schule?«
Marian nickte. »Dort ist sie anscheinend sehr beliebt. Sowohl die Lehrer wie die Mitschülerinnen halten sie für ein besonders nettes Mädchen.«
Sie fügte nicht hinzu, daß alle in der Schule es als sonderbar bezeichnet hatten, wie wenig Interesse Dani an dem üblichen Tun und Treiben der anderen Mädchen zeigte. Sie galt als Einzelgängerin. Sie schien die Gesellschaft Erwachsener der ihrer Altersgruppe vorzuziehen, obwohl sie bei Partys und kleinen Tanzgesellschaften bereitwillig mitmachte.
»Es freut mich, das zu hören«, sagte Nora wieder.
Der Diener kam herein. Sie schwiegen, während er den Tee servierte. Als Charles sich mit einer Verbeugung entfernt hatte, blickte Nora fragend zu Marian. »Wo soll ich anfangen?«
»Wo es Ihnen beliebt. Je mehr wir über Dani wissen, um so besser sind wir in der Lage, ihr zu helfen.«

Nora nickte. »Dani hat hier zu Hause ein sehr alltägliches Leben geführt. Bis vor vier Jahren hatte sie eine Nurse – eine Gouvernante, die seit ihrer Babyzeit bei ihr war. Dann meinte Dani, sie sei nun zu alt für so etwas, und ich entließ die Frau.«

»Fand Dani das?« fragte Marian. »Traf sie die Entscheidung?«

»Ja. Sie merkte, daß sie kein Kind mehr war.«

»Wer hat sie seitdem beaufsichtigt?«

»Dani war immer sehr selbständig. Violet, das ist meine Zofe, kümmerte sich um ihre Kleidung, genau wie um die meine. Sonst schien Dani keiner besonderen Aufmerksamkeit zu bedürfen.«

»Ist sie viel ausgegangen?« fragte Marian. »Ich meine mit Jungen und Mädchen ihres Alters?«

Nora dachte einen Augenblick nach. »Nicht daß ich mich erinnern könnte... Ich bin freilich immer sehr beschäftigt gewesen, wie Sie wissen. Ich habe mich nicht viel um Danis geselliges Leben gekümmert. Ich dachte oft daran, wie lästig es mir immer war, daß meine Mutter ständig fragte, wo ich gewesen sei. Das wollte ich Dani nicht antun. Vor ein paar Monaten kam sie einmal von einer Party, und ich fragte sie, wie es gewesen war. Sie antwortete mir: ›Recht nett‹, aber als ich weiterfragte, was sie denn getan hätten, sagte sie, nun das, was sie immer täten. Getanzt und Spiele gespielt. Dann sah sie mich ein bißchen sonderbar an und sagte mürrisch: ›Du kennst doch den Rummel, Mutter. Alle möglichen Spiele. Und die sind so dumm und kindisch, daß sie mich schrecklich langweilen.‹ Ich verstand ganz genau, was sie sagen wollte. Mir war es in ihrem Alter ebenso gegangen.«

»Wie kam sie mit Mister Riccio aus?« fragte Marian.

Nora warf ihr einen sonderbaren Blick zu. »Sehr gut«, sagte sie schnell. Viel zu schnell, dachte Marian. Sie meinte jetzt etwas Ausweichendes in Noras Stimme zu hören. »Sie mochte Rick sehr gern. Aber schließlich... ich glaube, sie hat meine Freunde immer lieber gemocht als ihre eigenen.«

»Männliche Freunde, meinen Sie?«

Nora zögerte, dann nickte sie. »Ich glaube ja. Ich habe infolge meiner Arbeit nicht viele Freundinnen.«

»Meinen Sie, Dani könnte sich irgendwie besonders Mister Riccio angeschlossen haben?«

Wieder das unmerkliche Zögern. »Möglich ist es schon. Anscheinend hat Dani immer Männer lieber gehabt. Ich erinnere mich, wie gern sie meinen zweiten Mann hatte. Und als Rick ins Haus kam, hat sie das Gefühl vielleicht auf ihn übertragen. Ich glaube, es war eine Art Vaterkomplex.«

Marian nickte.

»Ihr Vater besuchte Dani nicht mehr, als sie ungefähr acht Jahre war. Sie hat sich schrecklich darüber aufgeregt. Obwohl ich ihr hundertmal erklärte, warum er nicht mehr kam.«

»Darauf war ich neugierig«, sagte Marian. »Was war, genau gesagt, der Grund, daß er nicht mehr kam?«

»Ich kann's Ihnen wirklich nicht sagen. Er hat damals sehr viel getrunken. Wir sind wegen seines unmäßigen Trinkens geschieden worden. Und in den darauffolgenden Jahren scheint es noch schlimmer geworden zu sein. Er trank mehr denn je und lebte in La Jolla auf einem Boot, mit dem er Charterfahrten machte. Ich glaube, es war ihm mit der Zeit einfach zu unbequem, nach San Francisco zu kommen, um seine Tochter zu besuchen.«

»Ach so«, sagte Marian. »Und was haben Sie Dani gesagt?«

»Daß ihr Vater beschäftigt sei und nicht von seiner Arbeit abkommen könne. Was hätte ich sonst sagen sollen?«

»Hat Dani jemals von einem Jungen oder von mehreren Jungen gesprochen, für die sie sich besonders interessierte?«

Nora schüttelte den Kopf. »Nein, ich glaube nicht.«

»Oder von einem Mann?«

Marian hatte den Eindruck, daß Nora blasser wurde.

»Worauf wollen Sie hinaus, Miss Spicer?«

Marian beobachtete sie scharf. »Ich versuche herauszufinden, zu wem Dani sexuelle Beziehungen hatte.«

»Mein Gott!« Nora schwieg einen Augenblick. »Sie ist doch nicht...« – »Nein, in andern Umständen ist sie nicht.«

Nora seufzte erleichtert. Sie zwang sich zu einem Lächeln. »Wenigstens dafür kann man noch dankbar sein.«

Marian sah eine Träne in Noras Augenwinkel. Zum erstenmal verspürte sie etwas wie Mitleid mit der Frau ihr gegenüber. »Meinen Sie, es könnte Mister Riccio gewesen sein?« fragte sie.

»Nein«, sagte Nora scharf. Dann zögerte sie. »Ich ... ich weiß überhaupt nicht, was ich darüber denken soll. Die Tatsache selbst ist ein ziemlicher Schock.«

»Das ist sie immer.«

Noras Stimme wurde wieder normal. »Wahrscheinlich. Es ist jedenfalls immer überraschend, wenn man entdeckt, daß ein Kind so viel erwachsener ist, als man angenommen hat.«

Das hat sie auf eine gute Formel gebracht, dachte Marian. Keine Hysterie, keine Verurteilung, kein Tadel ... einfach ›so viel erwachsener ...‹ »War sie sehr oft mit Mister Riccio allein?«

»Ich glaube ja. Schließlich wohnte er ja hier.«

»Aber Sie sind nie auf den Gedanken gekommen, daß eine derartige Beziehung zwischen beiden bestehen könnte?«

»Nein«, sagte Nora bestimmt. »Nicht im geringsten.« Sie sah Marian an, etwas wie Angst lag in ihrem Blick. »Hat ... hat Dani etwas dergleichen gesagt?«

Marian schüttelte den Kopf. »Nein. Dani will überhaupt nichts sagen. Das ist einer der Gründe, warum das Ganze so schwierig ist. Dani will über nichts sprechen.«

Noras Gesicht bekam wieder ein wenig Farbe. »Noch etwas Tee, Miss Spicer?« fragte sie. Ihre Stimme war wieder vollendet höflich.

»Nein, besten Dank.«

Nora goß sich selbst ein. »Was meinen Sie ... was wird mit Dani geschehen?«

»Das ist schwer zu sagen. Es hängt ganz und gar vom Gericht ab. Momentan sieht es so aus, als würde man sie nach Perkins schicken – das ist die nordkalifornische Zentrale zur Beobachtung Jugendlicher. Die Psychiater hier bringen nicht genug aus ihr heraus, um einen Rat geben zu können.«

»Aber Dani ist doch keineswegs geisteskrank!«

»Natürlich nicht«, sagte Marian schnell. »Aber sie hat einen Menschen getötet. Das könnte immerhin ein Hinweis auf Paranoia sein.« Sie beobachtete Nora scharf.

»Das ist doch lächerlich! Dani ist ebenso viel oder ebenso wenig geisteskrank wie ich!«

Hier könnte die Wahrheit liegen, dachte Marian bei sich. Aber gleich darauf empfand sie etwas wie Schuldgefühl. Es kam ihr nicht zu, solche Urteile zu fällen.

»Ich werde ihr einige Ärzte schicken, die ich selbst für gut halte«, sagte Nora mürrisch.

»Das ist Ihr Recht, Miss Hayden. Und vielleicht ist es ganz nützlich. Vielleicht gewinnt ein Arzt Ihrer Wahl eher Danis Vertrauen.«

Nora stellte ihre Tasse hin. Marian wußte, die Unterhaltung war beendet. »Kann ich Ihnen noch irgendwelche andern Auskünfte geben, Miss Spicer?«

Marian schüttelte den Kopf. »Ich glaube nicht, Miss Hayden.«

Sie wollte aufstehen. »Da wäre nur noch eines...«

»Ja, bitte?«

»Kann ich Danis Zimmer sehen?«

Nora nickte. »Ich werde es Ihnen von Charles zeigen lassen.«

Marian folgte dem Diener die geschwungene Marmortreppe hinauf. »Wie geht es Miss Dani, Madam?« fragte Charles.

»Sie ist gesund.«

Sie langten oben an und gingen durch den Vorraum. »Dies ist Miss Danis Zimmer«, sagte Charles, vor einer Tür stehenbleibend. Er öffnete sie, und Marian trat ein. Als Charles ihr folgen wollte, kam Noras Stimme durch die Haussprechanlage an der Wand: »Charles!«

»Bitte, Madam?«

»Wollen Sie Violet sagen, sie soll Miss Spicer Danis Zimmer zeigen? Ich habe einen Auftrag für Sie.«

»Sofort, Madam.« Der Diener ging zur Tür, als auch schon das farbige Mädchen erschien. »Hast du gehört, was Madam sagte?«

Violet nickte. »Ja, natürlich.«

Charles verbeugte sich vor Marian und ging. Das Mädchen trat vollends ein und schloß die Tür hinter sich. Marian stand in der Mitte des Zimmers und sah sich um.

Es war ein schöner Raum. An der gegenüberliegenden Wand, eine Stufe erhöht, das Bett mit einem von vier Pfosten getragenen Himmel. Eine Fernsehtruhe mit Radio und Plattenspieler an der andern Wand. Marian brauchte nicht hinzusehen, um zu wissen, daß die Geräte vom Kopfende des Bettes aus bedient werden konnten.

Die Vorhänge waren aus hellgelbem Chintz, die Bettdecke vom gleichen Material. Am Fenster ein Schreibtisch, darauf eine Reiseschreibmaschine und einige Bücher. An Möbeln sonst noch ein Toilettentisch, eine Kommode und mehrere Stühle.

Marian wandte sich an das Mädchen. »Hatte Dani nicht ein paar Bilder oder Illustrationen an der Wand?«

Das Mädchen schüttelte den Kopf. »Nein, Madam. Miss Dani machte sich nichts aus solchen Sachen.«

»Was ist dort drin?« Marian deutete auf eine Doppeltür in der gegenüberliegenden Wand.

»Das ist der Kleiderschrank. Ihr eigenes Badezimmer ist da drüben – die andereTür.«

Marian öffnete den Schrank. Im gleichen Augenblick ging das Licht darin an. Die Kleider hingen ordentlich aufgereiht, die Schuhe standen auf einem drehbaren Ständer. Sie schloß die Tür und hörte das Klicken, als das Innenlicht wieder ausging.

»Wo hat Miss Dani ihre persönlichen Dinge?«

»Drüben im Toilettentisch.«

Marian öffnete das oberste Fach und sah hinein. Auch hier war alles gut geordnet – Taschentücher und Strümpfe in besonderen Behältern. Ebenso sah es in den anderen Fächern aus. Büstenhalter, Schlüpfer, Unterröcke. Alles sauber zusammengelegt.

Marian ging zum Schreibtisch und zog eine Schublade auf. Bleistifte, Federn, Papier, alles in bester Ordnung. Wo war hier die Unordnung eines normalen Teenagers? Das Zimmer wirkte nicht wie das eines halben Kindes. Sie sah das Mädchen an. »Hält Dani ihr Zimmer immer so?«

Die Zofe nickte. »Ja, Madam. Miss Dani ist sehr ordentlich. Sie mag's nicht, wenn ihre Sachen herumliegen.«

»Was hat sie da drin?« fragte Marian und wies auf die Kommode.

»Die nennt sie ihre Schatztruhe. Sie hält sie immer verschlossen, Madam.«

»Haben Sie einen Schlüssel.«

Das Mädchen schüttelte den Kopf.

»Hat ihre Mutter einen?«

»Nein, Madam. Miss Dani hat ihren Schlüssel selbst.«

»Wissen Sie vielleicht, wo er ist?«

Das Mädchen sah Marian einen Augenblick an, dann nickte sie.

»Kann ich ihn bitte haben?«

Violet zögerte. »Das sähe Miss Dani gar nicht gern.«

Marian lächelte. »Gut. Fragen Sie also ihre Mutter.«

Das Mädchen schien noch einen Augenblick zu überlegen, ging dann oben zum Regal am Kopfende des Bettes, steckte die Hand dahinter, holte einen Schlüssel hervor und gab ihn Marian.

Marian schloß die Kommode auf. Hier also waren die Bilder und Fotos. Wenn sie auch nicht an der Wand hingen – Dani hatte sie aufbewahrt. Schnell sah Marian sie durch. Da waren Bilder von ihrem Vater, vor Jahren aufgenommen, noch in Uniform. Und von ihrer Mutter – ein Titelbild des »Life« aus dem Jahr 1944. Mehrere Bilder von ihr selbst allein und mit ihren Eltern. Bilder von einem Boot. Marian konnte den Namen an dem weißen Bug lesen: *Dani-Girl.*

Das zweite Fach war mit Zeitungsausschnitten über ihre Mutter gefüllt. Dani hatte sie so gut geordnet, daß sie einen chronologischen Bericht von der künstlerischen Karriere ihrer Mutter bildeten.

Die dritte Schublade enthielt ungefähr dasselbe wie die zweite, nur war hier der Gegenstand der Vater. Marian blätterte alles schnell durch. Wieviel Zeit mußte das Kind damit verbracht haben, all dieses Material zusammenzustellen! Vieles ging zurück bis in eine Zeit, in der Dani noch gar nicht geboren war.

Die unterste Schublade schien auf den ersten Blick mit allerlei Kram gefüllt. Ein paar zerbrochene Spielzeuge. Kinderspielzeuge. Ein abgeschabter Teddybär von ausgebleichter Wolle, dem ein Glasauge fehlte. Und ein grünes Lederkästchen. Marian nahm es heraus und öffnete es.

Es enthielt eine einzige Fotografie. Hochglanzpapier. Ein lächelnder, sehr gut aussehender junger Mann. Schräg über eine Ecke des Fotos war mit schwarzer Tusche geschrieben: *Meinem Baby in Liebe!* Unterschrieben war es mit *Rick*.

Als Marian das Foto herausnahm, um es genau zu betrachten, entdeckte sie darunter eine kleine Metallschachtel. Die auffallenden schwarzen Buchstaben darauf sprangen ihr ins Auge: AMERIKAS ALLERBESTE.

Sie brauchte das Schächtelchen nicht aufzumachen, um zu wissen, was darin war. Sie hatte genug solche Schachteln gesehen. Man bekam sie im ganzen Land in jedem öffentlichen Waschraum, wenn man ein Fünfzigcentstück in einen Automaten warf.

9

Sally Jennings sah von ihrem Tisch auf, als Dani in das kleine Büro trat. »Setz dich, Dani.« Sie schob ihr ein Päckchen Zigaretten hin. »Ich habe noch ein paar Minuten zu tun. Ich muß nur diesen Bericht fertigmachen.«

Dani nahm eine Zigarette heraus und zündete sie an. Sie sah zu, wie die Feder der Psychologin über das liniierte gelbe Papier flog. Nach ein paar Minuten fand sie es langweilig und blickte aus dem Fenster. Es war spät am Nachmittag. Die grellgelbe Sonne hatte schon ein paar schwach orangene Töne. Plötzlich wünschte sich Dani, draußen zu sein, im Freien.

Welcher Tag war heute eigentlich? Offenbar hatte sie jedes Zeitgefühl verloren. Sie sah auf den Kalender. Mittwoch. Am

Samstag war sie gekommen. Also ihr fünfter Tag hier. Sie rückte unruhig auf ihrem Stuhl hin und her. Es kam ihr schon sehr lange vor. Dann schaute sie zum Himmel hinauf. Wie hübsch wäre es, draußen zu sein. Wie sah es wohl auf der Straße aus? Ob viele Leute spazierengingen? Ob viel Verkehr war? Wie hatten sich eigentlich die Bürgersteige beim Gehen an ihren Schuhsohlen angefühlt? Sie wünschte, sie hätte einen Blick auf die Straße werfen können. Aber sie konnte es nicht. Nicht von diesen Räumen aus. Die Fenster waren zu klein und zu hoch oben.

Sie sah wieder auf Miss Jennings. Die schrieb noch immer, mit einer nachdenklichen Falte auf der Stirn. Wie lange sollte sie hier noch sitzen, bis die Psychologin fertig war? Wieder spähte sie nach dem Himmel hinauf. Jetzt schoben sich ganz hoch oben kleine orangene Wölkchen vorbei. Solche Wölkchen hatte sie einmal in Acapulco gesehen. Am Himmel über den Klippen, wo die Jungens am Abend mit flammenden Fackeln ins Meer sprangen.

Da war ein netter Junge gewesen. Er hatte sie angelacht. Seine weißen Zähne hatten im Dunkeln geblitzt. Und sie hatte zurückgelächelt. Da war Rick ärgerlich geworden.

»Kokettier nicht so mit diesen Bengels!« hatte er gesagt.

Sie hatte ihn mit dem Blick großäugiger Unschuld angesehen, der ihn immer wütend machte. Sie wußte: Er fand, mit diesem Blick glich sie ihrer Mutter mehr als sonst: »Warum nicht?« hatte sie gefragt. »Er ist doch ein netter Junge?!«

»Du kennst diese Lümmel nicht. Sie sind nicht wie andere Jungens. Sie werden dich belästigen. Sie wissen nicht, daß du noch ein Kind bist.«

Sie hatte zuckersüß gelächelt. »Warum denn nicht, Rick?«

Und dann flogen seine Augen über ihren weißen Badanzug. Er wurde rot. Sie wußte genau, warum er rot wurde. Sie hatte ihn schon oft dabei ertappt, daß er sie so angesehen hatte. »Warum denn nicht, Rick?«

»Weil du nicht aussiehst wie ein Kind – darum!« sagte er, gereizt. »Du siehst nicht aus wie dreizehn.«

»Wie alt sehe ich denn aus, Rick?«

Sie merkte, wie er sie wieder musterte. Er tat es fast unwillkürlich. »Du bist ein großes Mädchen. Man kann dich für siebzehn halten. Vielleicht sogar für achtzehn.«

Sie lächelte ihm zu, dann drehte sie sich wieder nach dem Jungen um, weil sie wußte, es würde Rick noch ärgerlicher machen.

In diesem Augenblick war ihre Mutter gekommen. »Oh, verdammt, Rick... Scaasi verlangt, daß ich heute abend nach San Francisco fliege, um diesen Vertrag zu unterschreiben.«

»Mußt du unbedingt?«

»Ja, ich muß.«

»Gut. Dann geh' ich, unsre Koffer packen«, sagte Rick und arbeitete sich aus dem Sand.

»Nein, es ist nicht nötig, daß wir alle abreisen. Du kannst mit Dani hierbleiben. Ich bin morgen zum Lunch wieder zurück.«

»Gut, aber ich begleite dich zum Flughafen.«

Dani stand auf. »Ich komme auch mit, Mutter.«

Und dann war Nora abgeflogen.

Als Dani und Rick aus dem Flughafen kamen, gingen sie an einem Souvenirladen vorbei, an einer dieser Touristenfallen, die alles verkaufen, von billigem Schmuck bis zu Bauernröcken und Blusen. Dani hatte sich im Schaufenster die Röcke angesehen.

»Möchtest du gern einen haben?« hatte Rick gefragt. Sie waren hineingegangen, und er hatte ihr eine Bluse und einen Rock gekauft. Am Abend zum Dinner zog sie beides an und ließ sich das Haar lang bis auf die Schultern fallen, ungefähr im Stil der mexikanischen Pagen.

Sie sah, wie Ricks Augen groß wurden. »Wie gefalle ich dir?« fragte sie. – »Ganz groß, Kleines... aber...»

»Was – aber?«

»Deine Mutter! Ich bin neugierig, was sie dazu sagt.«

Dani lachte. »Mutter wird ärgerlich sein. Mutter hätte es für ihr Leben gern, wenn ich ewig ein Baby bliebe. Aber das nützt ihr nichts.«

Sie gingen zum Dinner aus, und der Kellner fragte sie, ob sie einen Cokctail wünsche – genau, als wenn sie eine Erwachsene wäre! Später, als das Orchester spielte, bat sie Rick, mit ihr zu tanzen.

Es war wirklich traumhaft. Nicht so wie mit den Jungen in ihrer Schule. Sie liebte Ricks Geruch, das matte Eau de Cologne und dazu das leichte Whisky-Aroma in seinem Atem. Fest preßte sie sich an ihn. Wie herrlich war es, die Kraft seiner Arme zu spüren, wenn er sie hielt. Sie seufzte und bewegte sinnlich die Hüfen im Takt der aufreizenden Musik.

Plötzlich machte er einen falschen Schritt, fluchte und zog sich unvermittelt von ihr zurück. »Ich glaube, wir setzen uns lieber.«

Folgsam ließ sie sich zum Tisch zurückführen. Er bestellte noch einen Whisky und goß ihn rasch hinunter, ohne ein Wort zu sagen. Nach ein paar Sekunden war sie es, die sprach: »Du brauchst nicht verlegen zu sein. Ich habe schon öfter gesehen, daß es dir passierte, wenn du mit Mutter getanzt hast.«

Er sah sie sonderbar an. »Manchmal denke ich, du siehst verdammt viel. Zu viel.«

»Ich bin froh, daß dir's passiert ist. Jetzt weiß ich bestimmt, daß ich erwachsen bin.«

Er wurde rot und sah nach der Uhr. »Elf vorbei. Höchste Zeit, daß du ins Bett kommst.«

Sie lag ausgestreckt auf ihrem Bett und horchte auf die nächtlichen Geräusche, die durch das offene Fenster kamen. Der schwüle tropische Gesang der Vögel und Grillen, das Knacken der Bäume und das Rascheln der Palmen. Dann hörte sie das Telefon in Ricks Zimmer läuten. Nach einer kleinen Weile war die Stille wieder da.

Plötzlich stand sie auf und ging durch ihr Wohnzimmer hinüber zu Ricks Tür. Sie lauschte einen Moment. Dahinter rührte sich nichts. Sie drehte sacht den Türknopf und trat ein. Im Dunkeln sah sie, daß die Tür zum Zimmer ihrer Mutter, gerade gegenüber, offen war. Sie schaute auf Ricks Bett. »Wer hat angerufen?« fragte sie. »Mutter?«

Er drehte sich auf die Seite, die Decke halb heraufgezogen. »Ja.«

»Was wollte sie denn?«

»Nichts. Sie sagte, daß sie morgen zurückkommt.«

Sie trat näher an sein Bett und blickte auf ihn hinab. »Sie wollte dich bloß kontrollieren. Mutter liebt keine Ungewißheiten. Dein Glück, daß du schon zu Hause warst.«

»Ich kann tun, was ich will«, sagte er gereizt.

»Jaaa.« Sie lächelte. »Natürlich!«

»Meinst du nicht, es ist besser, wenn du wieder ins Bett gehst?«

»Ich bin aber gar nicht müde.«

»Hier kannst du nicht bleiben. Ich hab' nichts an unter meiner Decke.«

»Das weiß ich«, sagte sie. »Das kann ich sogar im Dunkeln sehen.«

Er setzte sich im Bett auf. Nun sah sie, wie sich die Muskeln seiner Arme und seiner Brust bewegten, als er sich aufrichtete. Seine Stimme war heiser. »Sei nicht so unvernünftig. Du bist noch ein Kind.«

Sie kam noch näher und setzte sich auf die Bettkante. »Das hast du nachmittags nicht gedacht, als der Junge mit mir flirten wollte. Da warst du eifersüchtig.«

»War ich nicht. Unsinn.«

»Und als wir nachher getanzt haben, hast du mich auch nicht für ein Kind gehalten.« Sie knöpfte ihren Pyjama auf. Sie merkte, wie sich seine Augen wie magnetisch angezogen auf ihre Brüste hefteten. Sie lächelte. »Sehe ich aus wie ein Kind?«

Schweigend starrte er in ihr Gesicht. Sie legte ihre Hand auf das Laken. Er fing sie mit festem Griff.

»Was tust du da?« fragte er mit fast erschrockener Stimme.

»Wovor fürchtest du dich?« Ein herausfordernder Blick kam in ihre Augen. »Mutter wird es nie erfahren.«

Er sah ihr starr in die Augen, als sie seine Hand zu ihrer Brust hinaufzog. »Ich werde dir weh tun«, flüsterte er.

»Ich weiß doch Bescheid. Das ist nur beim erstenmal.«

Er schien kaum fähig, sich zu rühren. »Du bist schlimmer als deine Mutter!«

Sie lachte, und plötzlich schlüpfte ihre Hand unter die Decke.

»Sei kein Narr, Rick. Ich bin kein Kind mehr. Ich weiß, daß du mich liebst. Ich hab's längst gemerkt – aus der Art, wie du mich angesehen hast.«

»Ich seh' viele Mädels an«, sagte er.

Ihre Finger begannen ihn zärtlich zu liebkosen.

»Dani!« Miss Jennings Stimme riß sie aus ihren Träumen.

»Dani!«

Sie drehte sich um und sah die Psychologin an. »Ja, Miss Jennings?«

Die grauhaarige Frau lächelte. »Du warst aber weit weg! An was hast du gedacht, Dani?«

Dani spürte, wie ihr die Röte ins Gesicht stieg. »Ich... ich dachte nur, was draußen für ein schöner Tag ist.«

Sally Jennings sah sie an. Dani hatte das Gefühl, daß Miss Jennings irgendwie wußte, woran sie gedacht hatte, und ihre Wangen färbten sich noch dunkler. »Das würden Sie auch denken, wenn Sie die ganze Zeit hier in diesem Haus bleiben müßten.«

Sally Jennings nickte. »Vermutlich ja«, sagte sie nachdenklich. »Aber ich muß nicht... und du mußt.«

»Ich muß nicht lange. Nur bis nächste Woche. Dann komm ich wieder nach Hause.«

»Glaubst du das wirklich, Dani?«

Dani erschrak sichtlich. Zum erstenmal spürte sie, wie ein Zweifel in ihr aufstieg. »Das... das haben mir alle gesagt.«

»Wer – alle?« fragte Miss Jennings gelassen. »Deine Eltern?«

Dani antwortete nicht.

»Offenbar hast du nicht gut zugehört, als Richter Murphy vor Gericht mit dir gesprochen hat. Es ist nicht Sache deiner Eltern. Beim Richter liegt die Entscheidung, was mit dir geschieht. Er kann dich ebenso hierlassen wie nach Perkins zur Beobachtung oder auch nach Hause schicken. Er allein hat zu entscheiden, was gut für dich ist.«

»Er kann mich nicht hierlassen«, sagte Dani.

»Wie kommst du darauf, Dani? Genügt nicht allein der Grund, daß du hierhergebracht worden bist, um dich auch hierzubehalten?«

Dani sah zu Boden. »Aber ich hab's doch nicht absichtlich getan«, sagte sie mürrisch.

»Daß du das sagst, genügt noch längst nicht, um Richter Murphy zu überzeugen, daß er dich heimschickt. Jedes Kind, das hierhergebracht wird, sagt dasselbe.« Miss Jennings griff nach einer Zigarette. »Du mußt ihm durch deine Handlungen beweisen, daß du, wenn er dich heimschickt, nicht von neuem ins Unglück kommst.«

Sie blätterte in den Papieren auf ihrem Schreibtisch. »Ich schließe gerade die Akten eines Mädchens ab, das mehrmals hier gewesen ist. Diesmal schickt der Richter sie weg. Sie hat bewiesen, daß man ihr kein Vertrauen schenken darf.« Sie sah Dani an. »Ich glaube, du kennst sie. Sie ist in dem Zimmer neben dir.«

»Meinen Sie Sylvia?«

Miss Jennings nickte.

»Warum?« fragte Dani. »Sie ist doch ein nettes Mädchen.«

»Vielleicht. Aber sie gerät immer wieder auf die schiefe Bahn.«

»Ich glaube, ihr einziger Fehler ist, daß sie verrückt nach Jungens ist.«

Miss Jennings lächelte. »Das ist einer ihrer Fehler«, sagte sie. »Sie treibt sich wahllos mit jedem herum. Jetzt war sie zum drittenmal hier. Jedesmal ist sie mit einem anderen Jungen zusammen gefaßt worden, und jedesmal hatte sie den Jungen überredet, einen Wagen zu stehlen, damit sie zusammen irgendwohin fahren könnten. Sie ist nicht nur selbst moralisch verlottert, sondern sie beeinflußt jeden ungünstig, der mit ihr in Berührung kommt.«

»Und was wird mit ihr geschehen?«

»Wahrscheinlich kommt sie in ein Erziehungsheim, bis sie achtzehn ist.«

Dani schwieg.

»Ich habe versucht, ihr zu helfen. Aber sie ließ sich nicht

helfen. Sie dachte, sie wüßte alles besser. Aber du siehst, sie hat nicht alles besser gewußt... nicht wahr?«

»Ich glaube nicht« gab Dani zu.

Miss Jennings schob die Papiere beiseite und nahm einen andern Bogen zur Hand; sie hielt ihn so, daß Dani ihn lesen konnte. »Ich habe einen Bericht von Miss Spicer«, sagte sie und drückte mit dem Knie auf einen Knopf des im Schreibtisch eingebauten Tonbandgeräts. »Sie war heute bei Miss Randolph, und nachher sprach sie mit deiner Mutter.«

»Ja?« sagte Dani höflich.

»Die Lehrer und deine Mitschüler halten offenbar alle sehr viel von dir. Sie sagen, du kommst mit allen gut aus.«

»Oh, das ist nett – danke.«

»Deine Mutter war sehr überrascht, als sie erfuhr, daß du sexuelle Beziehungen zu Mister Riccio hattest.«

Danis Stimme klang halb erstickt vor Zorn. »Wer behauptet das?«

»Es ist doch wahr – oder nicht?«

»Es ist nicht wahr. Wer so etwas sagt, ist ein Lügner!«

»So? Und was hast du dann mit diesen Dingern gemacht?« Miss Jennings nahm eine kleine Blechschachtel vom Schreibtisch. »Sie sind in einem Kästchen unter seinem Bild gefunden worden.«

Dani sah sie wütend an. »Das war Violet«, sagte sie zornig. »Violet weiß, wo ich den Schlüssel versteckt habe.«

»Wer ist Violet?«

»Die Zofe meiner Mutter. Sie schleicht immer herum und bespitzelt mich!«

»Du hast meine Frage nicht beantwortet, Dani«, sagte Miss Jennings scharf. »Wenn es nicht Mister Riccio war – wer war es dann?«

»Warum muß es durchaus jemand gewesen sein?« entgegnete Dani. »Bloß weil ich zufällig diese Dinger in meiner Kommode hatte?«

»Du vergißt allerlei, Dani. Zum Beispiel die ärztliche Untersuchung, als du eingeliefert wurdest.« Sie holte einen anderen Bogen hervor. »Soll ich dir vorlesen, was die Untersuchung ergeben hat?«

»Das brauchen Sie nicht«, sagte Dani mürrisch. »Das kann beim Reiten passiert sein.«

»Stell dich nicht dümmer, als du bist, Dani. Das ist die älteste Ausrede.« Sie beugte sich vor. »Ich versuche doch, dir zu helfen, Dani. Ich möchte nicht, daß der Richter dich wegschickt und es dir geht wie Sylvia.«

Dani sah sie groß an und schwieg.

»Sag mir lieber, was passiert ist. Hat er dich vergewaltigt?« Sie sah Dani ernst an. »Wenn es so ist, sag mir's. Vielleicht trägt es dazu bei, daß der Richter besser versteht, was du getan hast. So etwas würde er natürlich sehr in Betracht ziehen, wenn er seine Entscheidung trifft.«

Dani schwieg einen Augenblick. Sie sah Miss Jennings starr in die Augen. »Ja«, sagte sie endlich mit leiser Stimme, »er hat mich vergewaltigt.«

Sally erwiderte den Blick schweigend.

»Nun, und?« fragte Dani. »Sie wollten doch durchaus, daß ich das sage?«

Die Psychologin lehnte sich mit einem Seufzer der Enttäuschung zurück. »Nein, Dani. Ich wollte, daß du mir die Wahrheit sagst. Aber du tust es nicht. Du lügst.« Sie drückte wieder auf den unsichtbaren Knopf und stellte das Tonband ab. »Ich kann dir nicht helfen, wenn du mich belügst.«

Dani senkte den Blick. »Ich möchte nicht mit Ihnen darüber sprechen, Miss Jennings. Ich möchte am liebsten überhaupt nicht an irgend etwas denken, das vorher geschehen ist. Ich möchte am liebsten die ganze Geschichte vergessen.«

»So leicht geht das nicht, Dani. Der einzige Weg, dich von dem frei zu machen, was dich bedrückt, ist der: es offen darzulegen und den Tatsachen ins Gesicht zu sehen. Dann wirst du verstehen, warum du getan hast, was du getan hast, und dann wirst du selbst dafür sorgen, daß so etwas nicht wieder geschieht.«

Dani blieb stumm.

Die Psychologin läutete nach einer Aufseherin. »Es ist gut, Dani«, sagte sie mit schwerer Stimme. »Du kannst gehen.«

Dani stand auf. »Morgen um dieselbe Zeit, Miss Jennings?«

»Ich glaube nicht, Dani. Ich glaube, wir haben getan, was wir konnten. Es hätte wenig Sinn, weiter darüber zu diskutieren, meinst du nicht auch?«

Dani sah sie an. »Ich glaube, Sie haben recht, Miss Jennings.«

»Natürlich bin ich immer für dich zu sprechen, wenn du es wünschst, Dani.« – »Ja, Miss Jennings.«

Es klopfte an der Glastür. Die Psychologin stand auf. »Alles Gute, Dani.«

»Ich danke Ihnen, Miss Jennings.« Dani wollte zur Tür, wandte sich aber wieder um. »Miss Jennings?« – »Ja, Dani?«

»Es ist wegen Sylvia«, sagte Dani. »Meinen Sie nicht auch, sie wäre nie ins Unglück gekommen, wenn die Jungens, die sie kannte, eigene Wagen gehabt hätten?«

Miss Jennings unterdrückte ein Lächeln. Keine schlechte Kur gegen manche Formen der Jugendkriminalität! Gebt ihnen allen eigene Wagen! »Nein, das meine ich nicht«, sagte sie und setzte eine ernste Miene auf. »Siehst du, was Sylvia mit den Jungens getrieben hat, war unrecht. Wenn es nicht die Autos waren, die die Jungens stehlen sollten – auf ihren Wunsch! –, so wäre es etwas anderes gewesen. Was Sylvia wirklich tat, war das: Sie sollten ihr beweisen, daß sie ihrer Gunst würdig waren. Sie hatte das Gefühl, wenn die Jungens ein wirkliches Unrecht begingen, dann kam ihr das, was sie selber machte, längst nicht so schlecht vor. Es war einfach ihre Art, ihr eigenes Verhalten zu rechtfertigen.«

»Ach so...«, sagte Dani nachdenklich. Sie sah die Psychologin an. »Vielleicht sehe ich Sie noch, ehe ich weggehe?«

»Jederzeit, wenn du willst, Dani«, sagte Miss Jennings. »Ich bin immer für dich da.«

10

Die Barbary Coast ist nichts als eine Reihe schmutziger grauer Gebäude, die jetzt größtenteils als Lagerhäuser und kleine Fabriken dienen. Dazwischen hier und da ein Nachtlokal, das um sein Dasein ringt, indem es die Sünde und den Glanz längst vergangener Zeiten feilbietet. Die besten dieser Lokale sind noch die Läden zu ebener Erde, die sich auf Jazz umgestellt haben, zumeist auf modernste Combos oder auf den Stil von Chicago und New Orleans.

Sie sind eine Attraktion für die *aficionados* und die College-Jugend, die halb träumend herumsitzen und den fremdklingenden Tönen lauschen, die dort im Namen einer neuen Kunstform produziert werden.

Die schlechtesten Lokale an der Barbary Coast sind traurige Imitationen von Nachtklubs in besseren Gegenden der Stadt. So ein Lokal war der »Money Tree«.

Es war fast Mitternacht, als ich vor dem »Money Tree« stehenblieb.

Links und rechts der Tür hing je eine lange schmale Fotografie. Die beiden Bilder waren völlig gleich. Eine üppige, lüstern blickende Person in einem schulterfreien, engsitzenden Abendkleid, das für ihre eingeschnürte Figur vier Nummern zu klein war, und mit einem Mund voll prächtig neuer Zähne. Über den Bildern stand mit großen Buchstaben: MAUDE MACKENZIE SINGT!

Hätte ich mich amüsieren wollen, so wäre dies Bild wohl das letzte auf der Welt gewesen, was mich hätte anlocken können. Nun, ich war aus anderen Gründen hier. In diesem Laden arbeitete Anna Stradella, und ich wollte mich nach der letzten Nummer hier mit ihr treffen. Sie war Fotografin in diesem »Money Tree«.

»Immer rein, Kumpel!« sagte der Portier. »Die Nummer geht gleich los.«

Ich sah ihn an. »Ja, ich glaube, ich sehe sie mir an.«

Er grinste und blinzelte. »Wenn Sie's nervös macht, allein im Dunkeln zu sitzen, dann sagen Sie Ihrem Kellner bloß, Max läßt ihm bestellen, er soll was für Sie tun.«

»Danke.« Ich ging hinein.

Wenn die Straße draußen schon dunkel war, so war es innen erst richtig dunkel. Die eigenen Hände sahen aus, als gehörten sie einem Fremden. Das weiße Hemd des Oberkellners war ein heller Schimmer in so viel Schwärze. »Hatten Sie einen Platz bestellt, Sir?«

Ich grinste im stillen. Ich sah genug weiße Tischtücher, um damit im Fernsehen bequem eine ganze Werbesendung für ein Waschmittel machen zu können. »Nein. Schon gut. Ich setz' mich lieber an die Bar.«

»Bedaure, Sir«, sagte er höflich, »an der Bar wird nur am Wochenende bedient.«

Sie erlaubten sich allerlei in diesem Ausschank. Das Geschäft schien nicht grade glänzend zu gehen, wenn sie auf diese Art und Weise ihre drei Dollars extra für die Tischwäsche herauszuholen versuchten.

»Ich habe da drüben einen hübschen Tisch frei.«

Er hatte nichts anderes vor sich als eine Reihe hübscher Tische.

Vielleicht zehn von den sechzig vorhandenen waren besetzt. Er hielt meinen Stuhl, während ich mich hinsetzte, dann blieb er stehen und wartete auf sein Trinkgeld. Ich gab ihm einen Dollar, und er verschwand. Vielleicht war er nicht ganz glücklich damit, aber es war besser als in die hohle Hand gespuckt.

Der Kellner kam und kroch mir beinahe auf den Rücken. Ich bestellte einen Bourbon. Wasser brauchte ich nicht dazuzugießen, sie hatten es anscheinend gleich mit in die Flasche gefüllt. Ich trank einen Schluck und sah mich um. Anna Stradella konnte ich nirgends erblicken.

Ich hatte sie nachmittags angerufen.

»Haben Sie Ihren Bruder gefunden?« wollte ich wissen.

»Noch nicht. Aber ich werde heute abend etwas erfahren.«

»Ich kann Sie später wieder anrufen.«

»Ich komme nachher nicht mehr nach Hause. Vielleicht

holen Sie mich lieber von meiner Arbeit ab. Wenn ich dann schon Näheres weiß, können wir vielleicht sofort etwas unternehmen.«

»Okay. Und wo arbeiten Sie?«

»Im ›Money Tree‹. Das ist ein Nachtlokal in...«

»Ich weiß, wo«, sagte ich. Sie mußte die Überraschung in meiner Stimme bemerkt haben.

»Ich bin Fotografin dort. Ich arbeite für den Inhaber. Von fünf bis acht bediene ich beim Dinner in einem Restaurant am Kai. Von neun an bin ich im ›Money Tree‹.«

»Um welche Zeit kommt die letzte Nummer?«

»Heute abend sind nur zwei Vorstellungen. Um zehn und um Mitternacht. Die letzte Nummer ist kurz nach eins zu Ende.«

»Ich werde Sie dort abholen.«

»Es ist besser, Sie kommen herein. Wenn ich bis dahin noch nichts erfahren habe, kann ich es Ihnen sagen und brauche Sie nicht lange aufzuhalten.«

»Gut.«

»Und geben Sie dem Portier nicht Ihren Wagen. Das kostet gleich zwei Dollar Service. Es ist alles Nepp dort. Beim nächsten Block ist genug Platz zum Parken.«

»Danke.«

Ich legte auf, um gleich meine frühere Schwiegermutter anzurufen.

»Sie weiß noch nicht, wo er ist. Aber ich werde sie spätabends treffen, und wenn sie es dann weiß, bringt sie mich zu ihm.«

»Um die Zeit sind die Morgenzeitungen schon da. Die Annonce wird bereits drinstehen. Und damit weiß er, daß wir zahlen wollen.«

»Was möchtest du also? Was sollen wir tun?«

»Ich will diese Briefe haben. Wenn es sein muß, sag ihm, daß ich zahle. Wir dürfen es nicht riskieren, daß sie in andere Hände kommen.«

»Sie sind bereits in den verkehrten Händen.«

»Dann unternimm nichts, was die Sache noch schlimmer macht.«

»Bestimmt nicht.«

»Was tust du morgen nachmittag?«

»Nichts Besonderes. Ich weiß noch nicht.«

»Nora und Gordon kommen her. Wir müssen bei Gericht unsere Vorschläge für Dani einreichen. Doktor Bonner und die Leiterin von Danis Schule werden auch da sein; ich dachte, du kommst vielleicht auch gern dazu.«

»Um welche Zeit?«

»Um halb vier.«

»Gut. Ich komme.«

»Und läßt du mich wissen, was heute nacht geschieht? Bitte ruf mich an – ganz gleich, wie spät es ist.«

»Ja. Ich rufe dich an.«

Es dauerte noch eine halbe Stunde, ehe Maude Mackenzie erschien. Inzwischen hatten sich noch ein paar Vögel eingefunden, die gerupft werden wollten. Der Raum war jetzt zu etwa einem Drittel gefüllt.

Maude Mackenzie sah genau aus wie auf den Fotos vor der Tür. Sie kam in weißem Scheinwerferlicht, sah sich im Saal um, überschlug die Zahl der Gäste, setzte sich dann ans Klavier und erklärte, gerade so hätte sie's gern – für ein kleines, erlesenes Publikum zu singen. In ihrem Alter könne sie die Läden, die so groß sind wie die Zirkusse, nicht mehr recht vertragen.

Das Publikum lachte, aber ich merkte, daß sie schlecht gelaunt war. Sicher arbeitete sie auf Prozente – und wenn es so war, dann gab sie diese Vorstellung praktisch umsonst.

Sie fing sofort mit einem Lied von den guten alten Zeiten an, wie sie sich in einem Planwagen zur Barbaryküste durchgerbeitet hatte. Ich betrachtete den alten Fettkloß – sie schwitzte im Scheinwerferlicht – und dachte, wieviel besser es doch gewesen wäre, wenn die Indianer sie erwischt hätten.

»Hätten Sie gern ein hübsches Foto von sich, Sir?«

Ich blickte mich um. Für den Bruchteil einer Sekunde sah Anna Stradella aus, als komme sie direkt aus einem italienischen Film. Eine schwarze Korsage und lange schwarze Netzstrümpfe. Breite Schultern, starker Busen, schmale

Taille und breite, einladende Hüften. *La dolce Vita.* Sophia Loren auf die billige Tour.

Ich wollte schon ablehnen, aber sie lächelte. »Lassen Sie mich eine Aufnahme machen!« Und dann flüsterte sie ganz schnell: »Mein Boß paßt auf. Ich muß einen Grund haben, mit Ihnen zu sprechen.«

»Okay«, sagte ich, »aber machen Sie mich recht hübsch!«

Sie lächelte und hantierte mit ihrer Kamera. Hielt sie vor ihr Gesicht, stellte sie ein. Dabei beugte sie sich über mich. Nun wußte ich, was die italienischen Mädchen mit der vielen Fettschminke tun. »Drehen Sie Ihren Stuhl so herum«, sagte sie laut und schob mich nach links. Wieder drehte sie am Sucher.

»So ist es besser.«

Sie trat zurück und hob die Kamera ans Gesicht. Das Blitzlicht flammte auf, und ich blinzelte, um die roten und grünen Flecke vor meinen Augen zu vertreiben. Sie kam zu meinem Tisch zurück.

»Ich schreib' auf die Rückseite des Fotos, wo Sie mich abholen sollen«, flüsterte sie.

»Haben Sie ihn gefunden?«

Sie nickte und richtete sich auf. Ich sah ihre Augen flackern und spürte den Mann, der vorbeiging, mehr als ich ihn sah. »Sehr gut, Sir. Das Bild wird in fünfzehn Minuten fertig sein.«

Sie wandte sich um und ging fort. Ich blickte ihr ein paar Sekunden nach. Dies war der letzte Beruf, auf den ich getippt hätte, als ich sie heute vormittag im Bestattungsinstitut kennenlernte. Aber schließlich ... was weiß man schon?

»Noch einen Drink, Sir?«

Ich nickte. Zum Teufel, es war ohnedies halb Wasser. Der Rest der Vorstellung war genauso schlecht wie das erste Lied. Maude Mackenzie war keine Pearl Williams und keine Belle Barth, aber nicht weniger deutlich. Und den Kunden, die hier waren, schien das zu gefallen. Sie schluckten alles. Also immerhin noch besser als am Mittwochabend vor dem Fernseher.

Es war ein Uhr fünfundvierzig, als ich meinen Wagen unter einer Straßenlampe dort parkte, wo ich sie erwarten sollte. Ich stellte den Motor ab und sah mir das Bild noch einmal an. Wenn man bedachte, wo es aufgenommen war, war es gar nicht einmal so schlecht. Ich drehte es um. Sie hatte mit einem weichen Stift geschrieben, von der Sorte, den die Fotografen zum Retuschieren brauchen. Hastig hingekritzelte Worte: *800 Block Jackson St.*

Ich legte das Bild neben mich auf den Sitz und steckte mir eine Zigarette an. Sie kam ungefähr zehn Minuten nach mir, mit einem Taxi, das an der Ecke hinter mir hielt. Als ich die Tür zuschlagen hörte, sah ich in den Rückspiegel.

Sie fand meinen Wagen sofort und kam auf mich zu. Über ihrer Schulter hing an einem langen Lederriemen eine Kamera, die ihr beim Gehen an die Hüfte schlug. Ich machte die Tür auf.

»Nun, was haben Sie gefunden?« fragte ich, sobald sie im Wagen war.

Ihr Blick war bekümmert. »Die Sache gefällt mir nicht. Mister Carey. Renzo ist nicht allein in der Geschichte drin. Vielleicht wäre es besser, wenn wir uns nicht einmischen.«

»Haben Sie herausbekommen, wo er wohnt?« fragte ich ungeduldig. Sie nickte.

Ich ließ den Motor an. »Also fahren wir. Wohin?«

»Renzo hat eine Wohnung über einer Bar. Draußen in der Nähe vom Cliff House.«

Ich schaltete, und wir fuhren los. Ich sah sie an. Ihr Gesicht sah noch immer bekümmert aus. »Warum so geheimnisvoll?«

»Ich sagte Ihnen ja, mein Bruder steckt nicht allein drin. Es sind ein paar gefährliche Leute dabei.«

»Meinen Sie, er hat gedacht, daß er nicht allein fertigbringt, was er sich vorgenommen hatte? Zu groß das Ding für ihn, wie?« fragte ich spöttisch.

»Genau. Er ging zu einem Freund, der auch ein sehr guter Freund von Tony war.«

»Wer ist der Kerl?«

»Charley Coriano.«

Ich sah sie an. Ihr Gesicht war ausdruckslos. Wenn sie recht hatte, steckte der Bruder in einer großen Sache. Charley

Coriano stand in dem Ruf, seine Finger in jeder krummen Geschichte in San Francisco zu haben. Natürlich konnte man es ihm nie beweisen, ebensowenig wie man Mickey Cohen jemals auf etwas Ernsteres als auf Steuerbetrug hatte festnageln können. Aber sein Ruf hing ihm unverändert an. Charley Coriano also...

»Wo haben Sie das erfahren?«

»Bei der Arbeit. Eins der Mädchen hat mir's erzählt.«

»Woher weiß sie es?«

»Sie ist die Freundin von einem von Corianos Jungens.«

»Und warum hat sie's Ihnen gesagt?«

Sie sah mich an. »Sie dachte, ich sei mit drin. Die Firma, für die ich arbeite, gehört Coriano.«

»Und wer hat die Briefe? Coriano oder Ihr Bruder?«

»Das weiß ich nicht.«

»Nun, es gibt nur einen Weg, das herauszubekommen.«

»Ich möchte nicht, daß meinem Bruder etwas passiert.«

»Das ist seine Angelegenheit«, sagte ich. »Er hat sich ja seine Freunde ausgesucht, nicht ich.«

Es war lange her, daß ich in diese Gegend gekommen war. Nicht mehr, seit ich mit Dani bei Sutro gewesen war und ihr die Automaten gezeigt hatte – sie war damals noch ein Baby. Ich dachte daran, wie versessen sie darauf war. Ich fuhr in einen offenen Parkplatz und sah mich um.

Nichts hatte sich verändert. Dieselben Würstchenstände und Buden und billigen Bars. Nur kosteten das Bier und die Würstchen jetzt nicht mehr einen Nickel, sondern einen Quarter.

Sie zeigte auf eine Bar. »Wir können zuerst hier nachsehen. Hier ist er nämlich oft.«

Ich ging ihr nach. Es war spät und nicht mehr viel Betrieb in der Bar. Ein paar Hartsäufer hockten vor ihrem Schlummertrunk, ein paar junge Burschen tranken Bier.

Der Barmann kam zu uns, wischte die Bar mit seinem Tuch ab und sagte: »Hallo, Anna.«

»Hallo, Johnny. War Renzo heute abend hier?«

Seine Augen musterten mich scharf und schnell, dann sah er sie wieder an. »Ja, vorhin. Aber er ist wieder weg.«

»Danke, Johnny.« Sie drehte sich um und wollte gehen, aber er rief sie zurück.

»Tut mir leid – das mit Tony. War'n netter Kerl. Ich hab' ihn immer gern gemocht.«

»Danke, Johnny«, sagte sie wieder.

Ich folgte ihr hinaus. »Wohin nun?«

»Diese Gasse hinunter und an der Rückseite des Hauses die Treppe hinauf.«

Ich wollte in die Gasse einbiegen, aber sie legte die Hand auf meinen Arm und hielt mich zurück. »Bitte, lassen Sie uns nicht hingehen«, sagte sie. Sie sah mir in die Augen. »Dieser Barmann hat uns gewarnt.«

»Wie kommen Sie darauf?«

»Er hat mir einen Wink gegeben, als er so von Tony sprach. So freundlich. In Wirklichkeit haßte er Tony. Sie hatten einmal eine Schlägerei. Dabei hat er Tony fast umgebracht. Irgend etwas stimmt nicht...«

Ich sah sie fest an. »Gehört dies Lokal auch Coriano?«

Sie nickte. »Vielleicht ist es besser, wir lassen sie die Sache unter sich abmachen.« Sie nahm die Hand nicht von meinem Arm. »Sie sind ein anständiger Mensch. Ich möchte nicht, daß Ihnen etwas geschieht.«

»Es geht hier um die Zukunft meiner Tochter. Sie brauchen nicht mit hinaufzukommen, wenn Sie nicht mögen. Sie können im Wagen warten.«

»Nein«, sagte sie ängstlich; ihre Hand zupfte am Riemen der Kamera. »Ich gehe mit.«

Ich sah sie an. »Warum lassen Sie die Kamera nicht im Wagen? Es hat doch keinen Sinn, das schwere Ding mitzuschleppen.«

»Hier wird alles gestohlen«, sagte sie. »Die Kamera hat mich zweihundert Dollar gekostet.«

11

Die Treppe war aus Holz. Sie führte an der Außenseite des Gebäudes nach oben. Unsere Schritte hallten hohl wider, als wir hinaufstiegen. Unter einer hölzernen Tür schimmerte Licht. Ich klopfte an.

Schlürfende Schritte wurden hinter der Tür hörbar. »Wer ist da?« fragte eine Stimme. Ich sah auf Anna.

»Ich bin's, Anna«, sagte sie. »Laß mich hinein, Renzo.«

Ich hörte einen unterdrückten Fluch, dann wurde die Tür langsam aufgemacht. »Wie zum Teufel hast du 'rausgekriegt, wo ich bin?« fragte er grob. Dann sah er mich und wollte die Tür wieder zuschlagen.

Ich stellte meinen Fuß in die Spalte und stieß sie auf. Er taumelte zurück ins Zimmer und starrte mich an. Seine dunklen Augen blinzelten. Es war derselbe gutaussehende Typ wie seine Schwester, aber zu ihm paßte das irgendwie nicht. Er sah zu weichlich aus. Er trug dunkle, enganliegende Hosen und ein Unterhemd.

»Wer ist der Kerl?«

»Das ist Mister Carey, Renzo«, sagte Anna. »Er kommt wegen der Briefe.«

Aus dem Hinterzimmer war eine Mädchenstimme zu hören.

»Wer ist da, Süßer?«

»Meine Schwester und ein Freund.«

»Ein Freund? Ich komm' gleich raus.«

»Eilt nicht«, sagte er finster. Er musterte mich. »Von was für Briefen redet sie denn?«

Ich stieß die Tür hinter mir mit dem Fuß zu. »Die Briefe in dem versiegelten Umschlag, den sie Ihnen in der Nacht gegeben hat, als Tony umgebracht wurde.«

»Was die für'n Stuß zusammenfaselt!« sagte er. »Ich weiß nichts von Briefen.«

Ich sah über seine Schulter eine Zeitung auf dem Tisch

liegen, die aufgeschlagene Morgenausgabe des »Examiner«. »Sie wissen schon, was für Briefe ich meine. Genau die, von denen Sie Mrs. Hayden geschrieben haben.« In der Ecke des Zimmers stand eine Schreibmaschine. »Auf dieser Maschine haben Sie ihr geschrieben.«

Aus dem Hinterzimmer kam ein Mädchen. Sie hatte karottenrotes Haar, ihr blauer Kimono war in der Mitte mit einer roten Schärpe zusammengebunden. »Stell mir deine Freunde vor, Süßer.«

Er blickte erst sie und dann mich an. »Ich hab' keine Briefe auf der Klapperkiste geschrieben«, sagte er.

Ich ging durch das Zimmer und hob die Schreibmaschine auf, steckte sie unter den Arm und wollte wieder zur Tür.

»He!« kreischte das Mädchen, »was wollen Sie mit meiner Schreibmaschine?«

Ich sah Lorenzo an. »Die Polizei kann die Typen prüfen«, sagte ich. »Und wenn ich richtig orientiert bin, stehen auf Erpressung zehn bis zwanzig Jahre Zuchthaus.«

»Ich hab' dir gleich gesagt, du sollst meine Maschine nicht nehmen«, zeterte das Mädchen.

»Halt den Mund.« Er wandte sich zu mir. »Warten Sie 'n Augenblick«, sagte er. »Wollen Sie kaufen?«

»Vielleicht«, sagte ich, stellte die Maschine wieder hin und sah ihn an.

Ein verschlagener Blick kam in seine Augen. »Schickt Sie die Alte?«

»Woher wüßt' ich sonst Bescheid, wenn sie mich nicht schickt?«

»Was will sie gutwillig zahlen?«

»Das kommt auf die Ware an, die Sie verkaufen«, antwortete ich. »Katzen im Sack kaufen wir nicht.«

»Sie sind goldrichtig, die Briefe.«

Mir kam plötzlich eine Idee. »Sie sind nicht der einzige, der da was holen möchte«, sagte ich.

Er schien bestürzt. »Sie meinen, da sind noch andere?«

»Ihr Brief war der vierte von der Sorte, den wir bekamen.«

Sein Gesicht verdüsterte sich.

»Woher soll ich wissen, daß Ihre echt sind?« fragte ich. »Ich müßte erst etwas davon sehen.«

»Halten Sie mich für so blöde, daß ich die Briefe hier rumliegen habe? Nee, das Geschäft geht auf Kippe. Meine Partner haben sie gut verwahrt.«

Ich nahm die Schreibmaschine wieder an mich. »Dann werde ich lieber mit Ihren Partnern sprechen, wenn sie mit der Ware rüberkommen.«

»Man sachte!« sagte er. »Hab' mir doch gleich gedacht, daß so was kommen würde! Für den Fall hab' ich mir nämlich ein paar saftige Briefe 'rausgenommen!«

Ich stellte die Maschine hin. »Das klingt schon vernünftiger. Lassen Sie mal sehen.«

Renzo sah das Mädchen an. »Zieh dir was an und geh runter – Johnny soll dir das Kuvert geben, das er von mir hat.«

»Bemühen Sie sich nicht.« Ich sah Anna an, die uns schweigend zugesehen hatte. »Würde es Ihnen etwas ausmachen?«

Sie schüttelte den Kopf.

Ihr Bruder fauchte. »Was zahlt er dir, daß du den Laufjungen für ihn machst, Anna? Hoffentlich recht viel, denn deinen Job hast du wohl die längste Zeit gehabt.«

»Nichts zahl' ich ihr, Sie Trottel. Sie will nichts weiter, als Ihnen das Zuchthaus ersparen.«

Anna ging. Renzo wandte sich an mich. »Meinetwegen brauchen Sie nicht 'rumzustehen. Sie können sich auch setzen und einen kippen.«

»Nein, danke.«

Er ging zum Schrank und holte eine Flasche heraus. »Bring ein bißchen Eis, Baby«, rief er dem Mädchen zu.

»Hol dir's doch selber«, sagte sie verdrossen.

Renzo zuckte die Achseln. »Weiber!« sagte er verächtlich. Er ging zur Kochnische und öffnete den Kühlschrank, schlug ein paar Würfel aus dem Behälter und tat sie in ein Glas. Dann kam er zurück, goß den Whisky darauf und setzte sich mir gegenüber an den Tisch. »Der Tony hatte den Bogen vielleicht raus!«

Ich schwieg.

Er trank. »Alle sind sie auf ihn geflogen. Meine Schwester. Ihre Frau. Ihre Tochter. Der brauchte keine Nacht auszulassen, wenn er nicht wollte.« Ich beherrschte mich. Was half es – ich mußte mich an solche Gespräche gewöhnen.

»Ihre Kleine war ganz scharf auf ihn. Warten Sie man, bis Sie die Briefe sehen. Die sind so heiß, daß das Papier knistert! Er muß sie gut angelernt haben – sie hatte 'ne richtige Sucht nach ihm. Und sie hat sich kein bißchen geniert, das haarklein aufzuschreiben... Was sie alles mit ihm machen möchte, wenn sie das nächstemal zusammen sind.«

Ich knirschte mit den Zähnen. Unsinn. Ich war nicht hergekommen, um mir Sonette aus dem Portugiesischen abzuholen.

»Aber Ihre Frau war auch nicht schlecht«, fuhr er fort. »Die rückte allerdings nicht so mit allem raus wie die Kleine. Aber dafür war sie eifersüchtig. In dem einen Brief schreibt sie selber, sie würde ihn glatt umlegen, wenn sie ihn mit 'ner andern erwischt. Na, die Kleine hat ihr die Arbeit abgenommen.«

Ich schwieg noch immer.

»Und meine dämliche Schwester! Sitzt da und wartet, daß Tony zu ihr zurückkommt.« Er lachte. »Er ist nur gekommen, wenn er mal Spaghetti essen und 'n guten alten italienischen Schluck trinken wollte. Wenn ihm das ganze noble Zeug, was er da oben kriegte, zum Halse 'raushing. Er sagte immer, ab und zu muß der Mensch Fleisch und Kartoffeln essen, Gänseleberpastete und Kaviar können einem verdammt über werden. Menschenskind, der Tony war vielleicht 'ne Nummer!«

Ich hörte draußen auf der Treppe Schritte. Auch Renzo hörte sie. Er hob sein Glas, als wollte er mir zutrinken. »Viel Glück.«

Ich hörte, wie die Tür hinter mir aufging, aber ich drehte mich nicht um. Dann spürte ich einen scharfen Schmerz am Hinterkopf und stürzte kopfüber in das Dunkel, das vom Boden zu mir heraufstieg.

Vor meinen Augen blitzten allerlei Lichter auf. Eins nach

dem andern, und dazwischen fühlte ich, daß ich dahin und dorthin gestoßen wurde. Ich stöhnte und versuchte mich aufzurichten, brachte es aber nicht fertig in dem Nebel um mich herum. Dann gingen immer mehr Lichter aus, und zuletzt war keins mehr da. Bloß der scheußliche Schmerz in meinem Kopf.

Von einem Guß eiskaltem Wasser wachte ich prustend auf. Ich schüttelte den Kopf und schlug die Augen auf. Johnny und Lorenzo standen neben mir. Ich sah an mir selbst hinunter. Splitternackt saß ich auf einem Bett.

Ich hörte Kleidergeraschel und wandte den Kopf, in dem der Schmerz von einer Schädelwand zur andern prallte. Das Mädchen mit dem karottenroten Haar war gerade im Begriff, wieder in ihren Kimono aus der Grant Street zu schlüpfen.

Ich versuchte, den Schmerz so weit zu beherrschen, daß er mir nicht den Schädel sprengte. Ich riß ein paarmal hintereinander die Augen weit auf und kniff sie wieder zusammen. Anscheinend half es. Allmählich begriff ich, was mir passiert war. Ich war ihnen wie ein Gimpfel auf den Leim gegangen. Eine saubere Sache, die sie mit mir angestellt hatten...

»Ihre Klamotten sind da drüben auf dem Stuhl«, sagte Renzo. »Wir gehen raus, während Sie sich anziehen.«

Sie gingen und machten die Tür hinter sich zu.

Ich saß auf dem Bett und hörte dumpf ihre Stimmen hinter der geschlossenen Tür. Ich fühlte mich keineswegs so wie in den Geschichten von Mickey Spillane. Nichts von Cloude Nine, nichts von wilden erotischen Träumen. Ich streckte den Hals und drehte den Kopf. Es tat verteufelt weh.

Ich stolperte vom Bett ins Badezimmer, drehte die kalte Dusche an und hielt den Kopf darunter. Der Strahl stach wie Nadeln, aber er wirkte. Langsam ließen die Schmerzen nach. Ich befühlte meinen Hinterkopf. Eine Beule wie ein kleines Ei. Mein Glück, daß ich so einen dicken Schädel hatte.

Nun stellte ich das Wasser auf Heiß, dann wieder auf Kalt, und so weiter, bis Hals und Schultern nicht mehr schmerzten. Mit einem schmutzigen Handtuch – das einzige, das ich finden konnte – trocknete ich mich ab. Und dann zog ich mich an.

Sie saßen um den Tisch und tranken, als ich aus dem Schlafzimmer kam.

»Sie seh'n genau aus, als wenn Sie 'n anständigen Schluck gebrauchen können«, sagte Renzo. Er goß etwas Whisky in ein Glas und schob es mir hin.

Ich nahm es und kippte es hinunter. Die Wärme schlug in meinen Magen. Ich fing an, mich besser zu fühlen. »Wo ist Anna?«

»Die hab' ich nach Hause geschickt«, sagte Renzo. »Sie hat ihre Sache prima gemacht.« Er warf mir ein Foto zu. »Saubere Arbeit, was?«

Ich sah mir das Bild an. Eine Blitzlichtaufnahme. Mit einer Polaroid-Kamera. In zehn Sekunden ist der Abzug fertig. Erst jetzt fiel mir ein, daß die Kameratasche, die sie trug, als wir herkamen, nicht groß genug war für den Apparat, mit dem sie Aufnahmen im »Money Tree« gemacht hatte.

Das Bild war genau das, was fällig war. Ich war nackt, und das Mädchen mit dem Karottenkopf auch. Die Pose war klassisch orientalisch. Ich gab ihm das Bild zurück. »Für meinen Geschmack ist sie ein bißchen zu dürr.«

»Können Sie behalten«, sagte Renzo großzügig. »Wir haben 'n ganzen Film abgeknipst.« – »Na und? Was jetzt?«

»Abwarten! Sitzen bleiben! Wir kriegen noch Gesellschaft.«

Ich steckte das Bild in die Tasche. »Das glaub' ich weniger. Mein Bedarf an Jux und Tollerei ist fürs erste gedeckt.«

Ich wollte zur Tür, aber Johnny, der Barmann, stand schnell auf. Ich trat auf ihn zu. »An Ihrer Stelle tät ich die Hände weglassen«, sagte Renzo gleichmütig. »Er war nämlich Leichtgewichtsmeister der Pazifikküste.«

Ich ging vorwärts, und Johnny wollte einen Schwinger landen, für den er gut bis Los Angeles ausgeholt hatte. Ich ging mühelos drunter durch. Man verbringt seine Zeit in einem Lager mit Bauarbeitern nicht, ohne eine gewisse Übung zu bekommen.

Ich ließ ihn seine Faust über meine Schulter wegstoßen und landete einen Judohieb auf seinem Brustbein. Er kippte vornüber, und ich schlug ihm mit der Handkante seitlich gegen den Hals. Es war der beste Hieb, den ich je gelandet hatte. Er ging zu Boden, als hätte er eins mit dem Schlachtbeil gekriegt. Mein alter Trainer von der Luftwaffe wäre stolz auf mich gewesen.

Ich drehte mich um und konnte gerade noch rechtzeitig Renzo abfangen, der auf mich zukam. Ich packte ihn und stieß ihn gegen die Wand. Dort hielt ich ihn fest. Er wand sich. Das Mädchen fing an zu kreischen, als ich meine Hand, die Handfläche flach nach unten, vor seinen Hals hielt. »Also... wo sind die andern Briefe?«

In Renzos Augen stieg die Angst auf. Er schüttelte den Kopf.

Ich klopfte ihm leicht auf den Adamsapfel. Genug, daß er ein bißchen zu würgen hatte. »Wenn ich richtig hart zuschlag', Freundchen, kannst du dir mit deinem Helden Riccio die Gänseblümchen von unten besehen.«

»Ich hab' sie nicht«, keuchte er heiser. »Ich hab' sie Coriano gegeben.« Ich machte eine drohende Bewegung.

»Ehrlich!«

»Her mit den Bildern«, sagte ich.

»Johnny hat sie.«

Die Angst schüttelte Renzo. Ich schlug ihn von der Seite ins Gesicht. Er sackte zu Boden, hockte da und stöhnte. Das Mädel lief zu ihm. »Renzo, Süßer, hat er dir weh getan?«

Jetzt ging ich zu Johnny. Er fing gerade an, sich wieder zu regen. Ich drehte ihn auf den Rücken, froh, daß ich ihn nicht totgeschlagen hatte. Ich kniete mich neben ihn hin und begann seine Taschen zu durchsuchen. Ich hatte eben die Bilder gefunden, als die Tür hinter mir aufging.

Das erste, was ich sah, als ich mich umdrehte, war die Mündung eines Achtunddreißigers. Direkt auf meinen Bauch gerichtet. Von der Stelle, wo ich stand, sah das Ding aus wie eine Fünfzig-Millimeter-Kanone. Das nächste, was ich sah, war der stämmige kleine Mann dahinter, dessen Knopfaugen fast verschwanden in den Fettwülsten, die sie umgaben.

»Ich möchte diese Bilder haben, wenn Sie nichts dagegen haben«, sagte er. Ich hielt sie ihm wortlos hin.

»Legen Sie sie auf den Tisch und stellen Sie sich an die Wand.« Mit einer Kanone kann man nicht streiten. Ich tat, was er gesagt hatte.

»Und jetzt drehen Sie sich um – die Hände oben an die Wand, den Bauch ran. Sie wissen schon, was ich meine. Genau wie im Fernsehen.« Ich wußte, was er meinte.

Ich hörte, wie er zum Tisch ging. Papier raschelte. »Nun können Sie sich umdrehen, Colonel.«

Ich tat es. »Sie sind Coriano?«

Er nickte. Er sah auf Johnny, dann hinüber zu Lorenzo und lächelte liebenswürdig. »Sie haben sich mit meinen Jungs amüsiert?« fragte er.

»Es war prima Zusammenarbeit«, sagte ich.

»Viel Arsch und kein Grips! Beide! Aber das tut nichts zur Sache. Ich hab' die Briefe schon an Ihre Ehemalige verscherbelt.«

Er zog sich einen Stuhl heran und setzte sich. »Nichts Persönliches, Colonel, das verstehen Sie doch. Rein geschäftliche Sache.«

Ich sah mir den dicken kleinen Kerl an. Er schien so zufrieden, wie er da saß, daß ich ihn wenigstens noch etwas ärgern wollte.

»Wieviel hat sie Ihnen gegeben?«

Er schlenkerte nachlässig mit dem Revolver herum. »Fünfundzwanzig Mille.«

»Da sind Sie nicht schlecht reingeschliddert. Die alte Dame war bereit, bis hundert zu gehen.«

Er sah mich einen Moment fest an, dann zuckte er die Achseln. »So ist das Leben«, sagte er philosophisch. »Das ist immer mein Pech, wenn ich spekuliere. Kaum habe ich verkauft, klettern die Kurse.«

»Was ist mit den Bildern?«

»Rückversicherung, Colonel... Für mich und die Dame, die die Briefe gekauft hat.« Er betrachtete die Bilder. »Gut getroffen, finden Sie nicht?«

Ich ging an ihm vorbei zur Tür. Coriano beobachtete mich genau. Renzo und der Karottenkopf ebenfalls. Der einzige, der es nicht tat, war Johnny. Er lag immer noch mit dem

Rücken auf der Erde. Ich schüttelte bekümmert den Kopf, als habe ich Mitleid mit ihnen allen, und ging hinaus.

Mein Wagen stand, wo ich ihn stehengelassen hatte. Ich wollte gerade die Tür öffnen, als ich Annas Stimme hörte. »Mister Carey?« Ich stieg ein und setzte mich neben sie.

»Ist Ihnen nichts passiert?«

»Ich glaube, nein«, sagte ich.

»Ich konnte nichts dafür, Colonel Carey.« Sie fing an zu weinen. »Sie haben mich dazu gezwungen. Coriano war in der Bar, als ich runterkam.«

»Sicher, Anna, sicher.« Ich tippte auf die Lederhülle ihrer Kamera, die zwischen uns auf dem Sitz lag. »Sie hatten Ihre Kamera ganz zufällig bei sich?«

»Ja. Coriano sah die Kamera, und dadurch kam er auf den Gedanken. Er sagte, das würde Sie hindern, Lärm zu schlagen und die Polente zu holen. Ich hab' aber drauf geachtet, daß ich Sie nur geknipst habe, wenn Sie die Augen zu hatten, damit Sie wenigstens beweisen können, daß Sie bewußtlos waren.«

Ich sah sie scharf an. Beweisen, daß ich bewußtlos war? Zum Teufel, ich sah einfach aus wie in höchster Ekstase.

»Ich mußte es tun, Mister Carey«, sagte sie ernst. »Wenn ich mich geweigert hätte, dann hätte Coriano mich nie mehr arbeiten lassen!«

»Schon gut, Anna«, sagte ich. »Nun sagen Sie mir, wo Sie wohnen, und ich fahr' Sie nach Hause.«

Ich setzte sie vor ihrer Wohnung ab. Als ich fast eine Stunde später in mein Motel kam, blinkte das rote Licht wieder an meinem Telefon. Ich nahm es auf. Ja, die alte Dame hatte gerade angerufen; sie ließ mich bitten, mich sofort bei ihr zu melden. Ich wählte ihre Nummer.

Ihre Stimme war hellwach und scharf. »Nun, Luke«, fragte sie, »hast du sie bekommen?«

»Nein.«

»Wie meinst du das?« fragte sie ärgerlich.

»Es war kein Geschäft zu machen. Nora hatte sie schon vor uns gekauft.«

»Nora?« Ihre Stimme klang überrascht.

»Natürlich – wer sonst?«

Sie kicherte. »Das hätte ich mir eigentlich denken müssen. Es hätte Nora freilich nicht gepaßt, wenn wir die Briefe hätten. Nun, wenigstens brauchen wir uns keine Sorgen mehr darum zu machen.«

»O nein!« sagte ich und legte das Telefon auf. Niemand außer mir. Ich hatte grade noch genug Energie, aus meinen Kleidern und ins Bett zu steigen. Es war eine lange Nacht gewesen.

12

Die Aufseherin kam in die Tür von Danis Zimmer. »Deine Mutter ist da, sie kommt dich besuchen.«

Dani erhob sich vo ihrem Bett. »Wo ist sie?«

»Sie wartet in der Kantine.«

Dani folgte der Aufseherin den Gang hinunter und durch die Stahltür. Mit dem Lift fuhren sie zur Kantine hinunter, die zu ebener Erde lag. Es war gegen drei Uhr. Der Raum war fast leer. Ein fremder Mann und Miss Jennings saßen bei ihrer Mutter.

Nora hob die Wange und hielt sie Dani zum Kuß hin. »Hallo!«

Dani schaute erst auf Miss Jennings, dann auf den Fremden. »Hallo, Mutter. Hallo, Miss Jennings.«

Sally Jennings stand auf. »Hallo, Dani!« Sie wandte sich zu den andern. »Sie entschuldigen mich – ich muß wieder in mein Büro.«

Nora und der Fremde nickten. Miss Jennings ging.

»Steh nicht so da, Dani«, sagte Nora unfreundlich. »Setz dich doch.«

Gehorsam setzte sich Dani hin. »Was wollte sie von dir?«

»Sie wollte nichts von mir. Wir wollten mit ihr sprechen.«

»Worüber?« Danis Stimme klang mißtrauisch.

»Über dich. Du scheinst ihnen ziemlich viel Ungelegenheiten zu machen!«

Dani sah ihre Mutter einen Augenblick fest an, dann musterte sie den Fremden.

»Wer ist der Mann?« fragte sie kurz.

»Dani!« Noras Stimme klang entsetzt. »Hast du keine besseren Manieren?!«

»Hier nicht«, sagte Dani ungeduldig. »Hier hat man keine Zeit für Manieren. Wer ist er?«

Nora sah ihn vielsagend an. »Dies ist Doktor Weidman, Dani. Ich habe ihn gebeten, dich anzusehen.« – »Wozu?«

»Zu deinem eigenen Besten. Denn anscheinend bekommen sie hier nicht heraus, was eigentlich mit dir ist.«

»Ach so... Willst du noch einen Kopfbohrer zuziehen?«

Jetzt war Nora unverhohlen ärgerlich. »Er ist Psychiater, Dani.«

»Ich mag nicht mit ihm sprechen.«

»Du mußt!« sagte Nora energisch.

»Warum, Mutter? Denkst du, ich bin nicht normal?«

»Was ich denke, spielt keine Rolle, Dani. Wichtig ist, was die andern denken. Sie können dich für eine lange Zeit wegschicken.«

Dani beobachtete noch immer genau das Gesicht ihrer Mutter. »Für mich ist nur wichtig, was du denkst, Mutter. Glaubst du ernstlich, mit mir stimmt etwas nicht?«

Nora erwiderte ihren forschenden Blick, dann atmete sie tief. »Ich denke das natürlich nicht, Kind«, sagte sie. »Aber...»

»Dann werde ich nicht mit ihm sprechen.«

Der Arzt stand auf. Er lächelte. »Ich glaube nicht, daß Sie Grund zur Besorgnis haben, Miss Hayden. Miss Jennings hat einen ausgezeichneten Ruf, und ich glaube, Sie können sich auf ihr Urteil absolut verlassen.« Er wandte sich an Dani. »Es könnte nicht schaden, kleines Fräulein, wenn Sie Miss Jennings etwas mehr Vertrauen schenkten. Dabei kann Ihnen nichts anderes passieren, als daß sie Ihnen hilft.«

Er machte eine kurze Verbeugung und ging.

Schweigend sahen sie sich an. »Hast du einen Nickel, Mutter? Ich möchte mir ein Coke holen.«

Nora sah sie geistesabwesend an. Dani wußte, daß sie an

etwas ganz anderes dachte. Das tat sie immer, wenn sie diese Miene aufsetzte.

»Einen Nickel, Mutter!« wiederholte sie leise.

Nora machte ihre Handtasche auf. »Kannst du wohl eine Tasse Kaffee für mich bekommen?«

»Sicher, Mutter.«

Dani stand auf und ging zur Küchentür. »Hallo, Charley! Kann ich eine Tasse Kaffee für meine Mutter bekommen?«

Ein glänzendes dunkles Gesicht erschien in der Tür. »Klar, kannst du, Dani.«

Dani brachte den Kaffee zum Tisch, dann ging sie sich ihr Coke holen. Nora steckte sich eine Zigarette an. Dani sah sie an, und Nora schob ihr mit einem zögernden Seufzer das Päckchen hinüber. Dani nahm eine Zigarette und zündete sie an.

»Ich dachte, du hältst nichts von diesen Kopfbohrern, Mutter.«

»Ich weiß nicht mehr, wovon ich etwas halten soll.«

Dani sah die Mutter neugierig an. Das sah ihr gar nicht ähnlich. Gewöhnlich hatte Nora über alle Dinge sehr verschiedene Meinungen. Nora nippte an dem Kaffee und verzog das Gesicht.

Dani lachte. »Nicht ganz so wie der Kaffee zu Hause, Mutter.«

»O nein«, sagte Nora. Sie sah ihre Tochter an. »Ist das Essen ebenso schlecht?« – »Nein, das ist ganz ordentlich.«

»Ich habe die Briefe gelesen, die du an Rick geschrieben hast«, sagte Nora leise. »Warum hast du mir nichts davon gesagt?«

Dani spürte, wie ihr das Blut heiß in die Wangen stieg. »Daran hab' ich nicht gedacht. Ich hatte es vergessen.«

»Hätte sie jemand anders in die Hände bekommen, so wäre das sehr schlimm geworden. Ich... ich wußte nicht, daß... daß das schon so lange ging«, sagte Nora gepreßt.

Dani fühlte, wie sich ihre Kehle zusammenzog. Schweigend sah sie ihre Mutter an.

Nora senkte rasch die Augen. »Wann hat es angefangen?«

»Damals in Acapulco. Erinnerst du dich? Als du nach San Francisco fliegen mußtest? Damals...«

»Das hättest du mir sagen müssen, Dani. Was hat er mit dir gemacht?«

»Er hat nichts mit mir gemacht, Mutter«, sagte Dani fest. »Ich habe ihn verführt.«

Nun stiegen Nora die Tränen in die Augen. »Warum, Dani – warum?«

»Weil ich's wollte, Mutter. Weil ich es satt hatte, immer das kleine Mädchen zu spielen.«

Sie schwieg, starrte auf ihre Mutter und zog an ihrer Zigarette.

»Ich glaube, weiter wäre darüber nichts zu sagen, Mutter. Oder...?«

Nora schüttelte den Kopf. »Ich glaube nicht.«

Es wäre so vieles zwischen ihnen zu sagen gewesen, aber Dani konnte nicht zu ihr sprechen und sie nicht zu Dani – genauso, wie Nora auch mit ihrer Mutter nicht hatte sprechen können. Jede Generation lebt auf ihrer eigenen Insel.

Sie machte noch einen Versuch. »Dani«, sagte sie ernst, »bitte sprich mit Miss Jennings. Vielleicht kann sie dir wirklich helfen.«

»Ich trau' mich nicht, Mutter. Mit ihr ist es nämlich so: Man kann nicht einfach aufhören, wann man will. Da führt das eine Wort zum andern und das andere zum dritten – und ehe man sich's versieht, hätte sie erfahren, was Freitag nacht wirklich geschehen ist. Und ich will nicht, daß es jemand erfährt – genauso, wie du es nicht willst.«

Nora sah ihre Tochter an. Darauf lief also alles hinaus, dachte sie. Das einzige, was sie zu teilen hatten, war eine gemeinsame Schuld...

Dani sah hinauf zur Wanduhr. Es war fast drei Uhr dreißig. »Ich muß zurück«, log sie. »Ich habe Unterricht.«

Nora nickte. Dani stand auf, ging um den Tisch und küßte Nora auf die Wange. Impulsiv schlang Nora die Arme um sie.

»Mach dir keine Sorgen, Mutter. Es wird schon alles gut gehen«, sagte sie leise. Nora lächelte mühsam. »Natürlich, Liebling. Wir sehen uns am Sonntag.«

Sie sah, wie die Aufseherin sich erhob und Dani in den Korridor folgte. Dann schloß sich die Schwingtür hinter ihnen. Sie starrte in ihren Aschenbecher. Ihre Zigarette glimmte noch. Langsam drückte sie sie aus, nahm ihre Handtasche, holte den Spiegel heraus und verbesserte ihr Make-up ein wenig; dann ging sie.

»Deine Mutter ist sehr schön, Dani«, sagte die Aufseherin, als sie zu Danis Zimmer gingen.

Dani schaute die Aufseherin an. Das sagten alle, die ihre Mutter zum erstenmal sahen – und dann musterten sie *sie*, und sie fühlte fast körperlich, wie enttäuscht sie waren. »Was für ein hübsches Kind«, sagten sie dann meist, aber Dani wußte, was sie dachten.

Sie ging in ihr Zimmer und schloß die Tür. Eine Zeitlang starrte sie auf die zerkratzte, bekritzelte Wand, dann streckte sie sich auf ihr Bett.

Schön und begabt. Das war ihre Mutter. Alles, was sie selbst nicht war. Sie erinnerte sich, wie oft sie sich ins Atelier hinuntergeschlichen hatte, wenn ihre Mutter nicht da war, und versucht hatte, eines der herrlichen Dinge nachzuformen, wie sie ihre Mutter schuf. Aber alles, was sie in die Hand nahm, mißriet ihr kläglich. Schnell warf sie es fort, damit es nur keiner sah.

Plötzlich merkte sie, daß sie lautlos weinte. Als ihr die Tränen versiegten, stand sie vom Bett auf und betrachtete sich in dem kleinen Spiegel. Nora sah sogar schön aus, wenn sie geweint hatte. Mit klaren Augen und blasser, strahlender Haut. Nicht so wie sie selbst, mit verquollenen Augen und rotem, geschwollenem Gesicht.

Sie nahm das Päckchen »Wash 'N Dri«, das ihr die Mutter geschickt hatte, und riß ein Blatt ab. Sie drückte es auf ihr Gesicht und genoß das Gefühl der kühlen, mentholduftenden Feuchtigkeit, das ihrer Haut so wohltat.

Sie dachte daran, wie Rick sie immer geneckt hatte, weil sie diese Papiertücher so liebte. Sie trug immer welche bei sich in ihrer Handtasche. Einmal, als sie zusammen gewesen waren und er mit geschlossenen Augen neben ihr auf dem Rücken lag, hatte sie eins genommen, um ihn damit zu erfrischen.

Aber sie hatte ihn kaum damit berührt, als er wie wild auffuhr. »Um Gottes willen, Baby, was machst du da?«

»Ich wollte dich nur wieder frisch machen«, hatte sie gesagt.

Er hatte gelacht und sie wieder über sich gezogen. Sie liebte das leise Kratzen seines Bartes, wenn er ihre Kehle mit den Lippen liebkoste. »Du bist doch ein ganz verrücktes Baby!« hatte er gesagt und sie festgehalten, und dann taten seine Hände all die wundervollen Dinge, die sie nie wieder entbehren wollte...

Sie merkte, daß ihr wieder die Tränen in die Augen kamen, und drängte sie zurück. Es hatte keinen Sinn, jetzt zu weinen. Es war niemand da, der sie trösten konnte. Früher hatte sie immer zu Rick gehen können, wenn ihr so jämmerlich zumute war. Dann hatte er gelächelt, und wenn er sie nur berührte, war aller Kummer verflogen. Aber jetzt nicht mehr...

Sie zählte die Tage nach. Gestern war Sylvia weggebracht worden. Demnach war heute Freitag. Ricks Begräbnis mußte schon vorbei sein. Ob ihre Mutter wohl Blumen hingeschickt hatte?

Wahrscheinlich nicht. Wahrscheinlich nicht, wie sie ihre Mutter kannte. Mutter hatte ihn sicher schon vergessen. Außerdem würde sie tief in ihrem Herzen noch immer viel zu eifersüchtig dazu sein. Sie dachte daran, wie wütend die Mutter gewesen war, als sie sie in Ricks Zimmer gefunden hatte. Sie hatte ihn angeschrien, und ihre Finger hatten häßliche rote Flecken auf seinen nackten Schultern hinterlassen. Sie hatte gedacht, die Mutter würde ihn umbringen. »Nein, Mutter, nein!« hatte sie geschrien.

Dann hatte die Mutter sie, nackt wie sie war, den Korridor entlang geschleift und in ihr Zimmer gestoßen. Dort hatte sie am Boden gekauert und abwechselnd gezittert und geweint, während der Streit zwischen den beiden im ganzen Haus widerhallte.

Nein, sie war überzeugt, daß Mutter ihm keine Blumen geschickt hatte. Aber sie war auch überzeugt, daß Nora Rick noch nicht vergessen hatte. Danis Augen waren trocken und brannten. Sie nahm ein neues »Wash 'N Dri«, tupfte ihr Gesicht damit ab, zerknüllte das Seidenpapier und warf es in den Papierkorb. Plötzlich fühlte sie sich entsetzlich einsam. Als sei das weggeworfene Stückchen Papier ein Band zur Vergangenheit gewesen, ein Band, das jetzt zerrissen war. Nur Rick hatte sich darum bemüht, sie zu verstehen, aber jetzt tat es niemand mehr. Niemand. Sie begann wieder zu weinen.

Sally Jennings sah hinauf zur Uhr. Ein Viertel vor sechs. Ungeduldig betrachtete sie ihren Schreibtisch. Da lagen so viele Berichte, die hinausgehen sollten. Sie begann sie sorgsam zu ordnen. Vielleicht konnte sie noch einige fertig machen, wenn sie aus dem Theater kam.

Sie hatte lange darauf warten müssen, Karten für dieses Stück zu bekommen – und heute sollte nichts sie davon abhalten, es anzusehen! Wenn sie jetzt nach Hause fuhr, sich umzog und dann wieder herunter zur Stadt kam, hatte sie gerade noch Zeit, ein paar Bissen zu essen, ehe der Vorhang aufging.

Es klopfte an der Tür. »Ja!« rief sie ungeduldig.

Zuerst sah sie nur die weiße Tracht der Aufseherin hinter der Glastür, dann ging die Tür auf, und Dani stand dahinter.

Sie blieb auf der Schwelle stehen. »Miss Jennings«, sagte sie mit dünner, scheuer Stimme, »kann ich Sie sprechen?«

Die Psychologin blickte sie ein paar Sekunden an. Das Kind hatte geweint, das sah man, aber außerdem war ein so verlorener Ausdruck in ihren Augen, den sie früher noch nicht darin gesehen hatte. »Natürlich, Dani.«

Dani sah auf die offene Mappe. »Sie wollten gerade gehen, Miss Jennings. Oh, ich kann morgen früh wiederkommen.«

Sally schloß die Aktentasche und stellte sie hinter dem Schreibtisch auf den Boden. »Nein – ich hatte mich gerade entschlossen, noch zu bleiben und heute abend zu arbeiten.«

Dani kam näher. »Ich möchte Sie aber nicht belästigen.«

Miss Jennings lächelte ihr beruhigend zu – und wenn sie

lächelte, sah sie plötzlich sehr jung aus. »Ich mach' dir einen Vorschlag: Wir essen zusammen in der Kantine. Ich denke es mir nett, zur Abwechslung jemanden zum Schwatzen zu haben.«

Dani blickte über die Schulter nach der Aufseherin, die noch vor dem Büro wartete. »Meinen Sie ... meinen Sie, daß ich das darf?«

Sally Jennings griff zum Telefon und wählte die erste Bewährungshelferin. Sie legte die Hand über das Mundstück. »Ich glaube, es läßt sich schon machen«, sagte sie zu Dani.

Vielleicht war es nicht gerade Erleichterung oder Dankbarkeit, was Sally in Danis Augen sah, aber plötzlich schien es ihr, als sei der verlorene Ausdruck aus dem Kindergesicht verschwunden. Und ebenso plötzlich kam Sally das Theaterstück, das sie schon so lange hatte sehen wollen, gar nicht mehr wichtig vor.

13

»Daß man einen Menschen nicht auf immer für sich hat, das merkte ich, als mein Vater aufhörte, mich zu besuchen.«

Dani saß Miss Jennings am Schreibtisch gegenüber und sah sie an. Sie waren gerade vom Essen zurückgekommen. »Verstehen Sie, wie ich das meine? Wenn man klein ist, hält man sich für den Mittelpunkt der Welt, und wenn man älter wird, merkt man plötzlich, daß man es nicht ist. Einen Monat lang habe ich jeden Tag geweint. Dann hatte ich mich daran gewöhnt.

Onkel Sam – das ist Mister Corwin – war wirklich nett. Mutter heiratete ihn, nachdem sie von meinem Vater geschieden war. Ich glaube, ich habe ihm irgendwie leid getan. Wir gingen in die Parks und in den Zoo. Einmal nahm er mich sogar zum Segeln mit. Aber er war nicht wie Daddy. Wenn ich bei Daddy war, kam es mir immer vor, als denke er an nichts anderes als an mich. Bei Onkel Sam war das anders. Er gab sich schrecklich Mühe, aber oft war ich doch nur eines der vielen Dinge, an die er zu denken hatte. Aber ich mochte ihn sehr gern. Und eines Tages war auch er weggegangen. Ich erinnere mich an den Tag.«

Dani schwieg und sah auf die qualmende Zigarette zwischen ihren Fingern.

»Sprich nur weiter, Dani«, bat die Psychologin. »Du erinnerst dich an diesen Tag. Was war geschehen, daß du ihn dir besonders gemerkt hast?«

Der blau-weiße Wagen mit der zierlichen Aufschrift *Miss Randolph's School* an der Tür bog in die Einfahrt und hielt. Der Fahrer in seiner hübschen grauen Uniform stieg aus und öffnete die Tür. Dani flog förmlich aus dem Wagen, ihr langes schwarzes Haar flatterte hinter ihr her, die weiße Bluse und der blaue Faltenrock leuchteten im Sonnenlicht. Sie lief schnell die Stufen zur Haustür hinauf.

»Ich wünsch' Ihnen ein nettes Wochende, Miss Dani!« rief ihr der Fahrer nach.

»Ich Ihnen auch, Axel!« Sie lächelte ihm von der Haustür aus strahlend zu. Sie warf ihre Bücher auf den Tisch in der Halle und lief, ihr Zeugnis in der Hand, in großen Sprüngen die Treppe hinauf, den Korridor entlang zum Atelier.

Dort riß sie die Tür auf und lief hinein. »Mutter, Mutter«, rief sie, »ich habe einen Einser in Kunst!«

Sie war, das Zeugnis noch hoch in der Hand, bis in die Mitte des Ateliers gelaufen, ehe sie merkte, daß niemand da war. Sie ging zu dem kleinen Zimmer hinter dem Atelier.

Die Tür war zu. Sie klopfte an. »Mutter, Mutter, bist du da drin?«

Keine Antwort.

Vorsichtig machte sie die Tür auf und sah hinein. Das Zimmer war leer. Langsam schloß sie die Tür. Sie war betroffen. Um diese Tageszeit arbeitete ihre Mutter sonst immer.

Sie ging zurück ins Foyer, nahm ihre Bücher vom Tisch und wollte die Treppe hinaufgehen. In diesem Augenblick kam Charles aus Onkel Sams Zimmer. »Guten Tag, Miss Dani.«

Sie sah zu ihm auf. »Wo ist Mutter?«

Der Diener machte ein verlegenes Gesicht. »Sie ist ausgegangen, Miss Dani.«

»Hat sie gesagt, wann sie zurückkommt?« Dani hielt das Zeugnis hoch. »Ich hab' nämlich einen Einser in Kunst. Den möcht ich ihr zeigen.«

»Das ist ja herrlich, Miss Dani«, sagte der Diener freundlich. Dann änderte sich sein Ton. »Madame hat nicht gesagt, wann sie zurückkommt.«

»Oh!« Dani war enttäuscht. Sie wollte in ihr Zimmer gehen, blieb aber stehen und sah sich um. »Lassen Sie mich's wissen, wenn sie heimkommt, Charles. Ich möchte zu ihr.«

»Natürlich, Miss Dani.«

Mrs. Holman hängte gerade ein paar Kleider in den Schrank, als Dani in ihr Zimmer trat. Ein breites Lächeln erschien auf ihrem Gesicht, als sie das Kind sah. »Da bist du ja. Ich war schon so gespannt. Nun, wie ist's?«

Dani strahlte. »Was denkst du?«

»Laß mich's sehen«, sagte die Bonne. »Ich kann's nicht erwarten.«

Übermütig versteckte Dani das Blatt hinter ihrem Rücken. »Nein, ich zeig's dir nicht, Nanni, ehe du dein Versprechen hältst.«

»Ich hab' den Kuchen schon gebacken.«

»Fein – dann darfst du!« Dani hielt ihr das Zeugnis hin.

»Ich muß erst meine Brille holen!« sagte Mrs. Holman. »Ich bin so aufgeregt, daß ich's gar nicht lesen kann.«

Sie fand die Brille in ihrer Kitteltasche und setzte sie auf. Dann sah sie schnell das Blatt an. »Oh, Dani«, rief sie, »einen Einser in Kunst!«

Sie zog Dani an sich. »Da bin ich aber stolz auf dich«, sagte sie herzlich. Sie küßte Dani auf die Wange. »Und wie stolz wird deine Mutter sein, wenn sie das sieht!«

»Wo ist Mutter denn? Sie war nicht im Atelier.«

Im Gesicht der Bonne erschien jetzt der gleiche Zug von Verlegenheit, der Dani vorhin an Charles aufgefallen war. »Deine Mutter muße ganz plötzlich beruflich verreisen ... Sie wird am Montag wieder da sein.«

»Soooo ...?« Die Mutter hatte in letzter Zeit mehrmals am

Wochenende ganz unvermutete Reisen gemacht. Dani nahm das Blatt wieder an sich. »Hoffentlich ist sie rechtzeitig zurück, um das Zeugnis zu unterschreiben. Ich muß es Montag wieder abgeben.«

»Sicher wird sie rechtzeitig zurück sein. Aber weißt du, jetzt gehen wir wieder in die Küche und lassen uns von Cookie die Milch und unseren Kuchen gebe – was meinst du? Und machen zu dritt eine kleine Party?«

Dani sah die alte Frau an. Sie war enttäuscht. Immer nur Partys mit Nanny. Wie nett hätte es sein können, wenn zur Abwechslung Mutter einmal mit dabeigewesen wäre. »Ich hab' gar keine Lust auf eine Party, Nanny.«

»Kind, tu jetzt, was ich dir sage.« Die Bonne sprach mit verlegener Strenge. Sie wußte, was Dani dachte.

»Okay.« Das Kind drehte sich um und ging hinaus. In der Halle traf sie Onkel Sam und Charles. Beide trugen ein paar Koffer.

»Onkel Sam!« rief Dani und lief auf ihn zu.

Er blieb wartend stehen. Charles ging mit dem Gepäck die Treppe hinunter. »Ja, Dani?«

»Onkel Sam, ich hab' 'ne Eins in Kunst!«

»Das ist ja großartig, Dani!«

Aber in Onkels Sams Stimme war etwas so Sonderbares, daß sie aufschaute und in sein Gesicht sah. Er sah müde aus, und sie spürte, daß er traurig war. Sie warf einen Blick auf die Koffer. »Fährst du auch übers Wochende weg? Wirst du dich mit Mutter treffen, Onkel Sam?«

»Ich fahre weg, ja... aber ich werde mich nicht mit deiner Mutter treffen.«

»Schade! Ich dachte, wenn du sie siehst, könntest du's ihr gleich sagen.«

Er schien an etwas anderes zu denken. »Was sollte ich ihr sagen, Kind?« – »Daß ich eine Eins in Kunst hab'.«

»Aber ich werde sie nicht sehen, Dani.«

»Wirst du am Montag wieder zurück sein?«

Er sah sie eine kleine Weile schweigend an, dann stellte er die Koffer hin. »Nein, Dani – ich werde Montag nicht zurück sein. Ich komme überhaupt nicht zurück.«

»Überhaupt nicht?« fragte sie verwundert.

»Nein. Ich ziehe aus.«

Plötzlich kamen ihr die Tränen in die Augen. Es war genau wie mit Daddy. Eines Tages zog er aus, und nach einer Weile kam er sie auch nicht mehr besuchen. »Warum? Hast du uns nicht mehr lieb, Onkel Sam?«

Er sah die Tränen in ihren Augen und hörte den Kummer in ihrer Stimme. Er nahm ihre Hand. »Das ist es nicht, Dani. Und mit dir hat es überhaupt nichts zu tun. Aber manchmal gehen die Dinge eben nicht so, wie sie gehen sollten. Deine Mutter und ich ... wir lassen uns scheiden.«

»So wie Mutter und Daddy?« Er nickte.

»Das heißt ... du wirst mich auch nicht mehr besuchen kommen?« Dani fing an zu weinen. »Niemand kommt mich mehr besuchen.«

Er legte bekümmert den Arm um sie. »Ich käme dich gern besuchen, Dani. Aber ich kann nicht.«

»Warum nicht?« fragte sie. »Susie Colters Mutter ist fünfmal geschieden, und alle ihre Väter kommen sie besuchen. Ich weiß es, weil sie in der Schule neben mir sitzt und mir immer die Geschenke zeigt, die sie ihr mitbringen.«

»Deine Mutter will es nicht.«

»Warum zieht sie nicht selbst aus, wenn sie sich scheiden läßt?« fragte Dani zornig. »Warum ist es immer der Daddy, der ausziehen muß?«

»Ich weiß es nicht, Dani.«

Impulsiv umarmte sie ihn. »Geh nicht weg, Onkel Sam! Du wirst mir so schrecklich fehlen!«

Er lächelte und legte seine Wange an die ihre. »Du wirst mir auch fehlen, Dani. Aber jetzt sei ein großes Mädchen und laß mich gehen – und ich werd' dir auch ab und zu ein Geschenk schicken. Das zeigst du dann deiner Freundin, damit sie weiß, sie ist nicht die einzige, die von den Daddys Geschenke bekommt.«

»Gut«, sagte Dani zögernd. Sie küßte ihn. »Aber fehlen wirst du mir doch immer.«

Sam küßte sie wieder und richtete sich auf. Er nahm sein Gepäck. »Nun muß ich mich beeilen.«

Sie folgte ihm die Treppe hinunter. »Gehst du auch nach La Jolla und wirst du auch auf einem Boot wohnen wie mein Daddy?«

Er lachte. »Nein, Dani. Ich werde eine Zeitlang in New York wohnen.«

Ihre Stimme klang enttäuscht. »Schade. Wenn du auf einem Boot wohntest, könnten wir doch mal zusammen segeln!«

Er lachte wieder. »Weißt du, Dani, ich kann nicht so gut segeln wie dein Daddy.«

Dani ging mit bis zur Tür und sah zu, wie Charles das Gepäck in einem Taxi verstaute. Onkel Sam beugte sich noch einmal zu ihr herunter und küßte sie. »Leb wohl, Dani – mach's gut!«

Sie winkte ihm noch, als das Taxi anfuhr. »Leb wohl, Onkel Sam!« rief sie, und weil ihr nichts anderes einfiel, rief sie ihm nach: »Und amüsier dich gut!«

Nachdenklich ging sie durch das Haus zur Küche. Charles, Cookie und Nanny warteten auf sie. Alle, bis auf Violet, die Zofe ihrer Mutter. Violet war nie im Haus, wenn die Mutter fortfuhr.

»Mutter und Onkel Sam werden sich scheiden lassen«, verkündete sie. »Onkel Sam wird in New York wohnen.«

Mrs. Holman holte die Schokoladentorte und stellte sie auf den Tisch. »Nun . . . wie gefällt dir unser Kuchen?«

Dani sah ihn an. »Oh, er ist herrlich.« Aber ihre Stimme klang gar nicht begeistert.

»Komm, setz dich an den Tisch, und ich schneide dir ein Stück ab«, sagte Cookie.

Gehorsam setzte sich Dani. Cookie schnitt ein gewaltiges Stück ab und legte es auf Danis Teller, neben ihren Milchbecher. Dann schnitt sie die Torte weiter auf, und alle setzten sich. Dani wußte, jetzt warteten sie, daß sie zuerst kostete, damit sie auch anfangen konnten. Sie nahm mit der Kuchengabel einen großen Bissen und steckte ihn in den Mund. »Oh . . . sie schmeckt wunderbar«, sagte sie mit vollem Munde.

»Erst schlucken, dann sprechen, Dani!«

Und dann aßen sie alle. »Wirklich, sie schmeckt sehr gut, Mrs. Holman«, sagte Charles. »Aber natürlich sind Ihre Kuchen auch sehr gut, Cookie«, setzte er schnell hinzu. Er wußte, wie rar in diesen Zeiten gute Köchinnen waren.

»Warum lassen sie sich scheiden?« fragte Dani plötzlich.

Die Dienstboten tauschten verlegene Blicke. Schließlich war es Mrs. Holman, die ihr antwortete: »Wir wissen es nicht, Kind. Es steht uns nicht zu, etwas davon zu wissen.«

»Vielleicht weil Mutter so hübsch ist und so viele Freunde hat?« Sie bekam keine Antwort.

»Ich hab' gehört, daß sich Mutter und Onkel Sam vor ein paar Tagen gestritten haben. Onkel Sam sagte, er ist es satt mit ihren Bettpartnern. Ich wußte ja, daß Onkel Sam und Mister Scaasi Partner sind, aber ich wußte nicht, daß Mutter auch Partner hat. Warum wußte ich denn nichts davon?«

»Das ist nicht unsere Sache, Kind«, sagte Mrs. Holman jetzt streng, »und deine ebenfalls nicht. Du ißt jetzt deinen Kuchen und kümmerst dich um deine eigenen Angelegenheiten.«

Dani schwieg und aß ein paar Minuten, dann sah sie auf. »Onkel Sam hat gesagt, er wird mir Geschenke schicken, damit Susie Colter nicht die einzige ist, die von ihren Daddys Geschenke bekommt.«

Zwei Wochen später wurde sie zehn Jahre alt und bekam eine große Kiste aus New York, ganz voller Geschenke. Onkel Sam hatte Wort gehalten. Ihr Kummer ließ ein wenig nach. Aber sie vermißte Onkel Sam doch sehr.

Als die Schulferien begannen, nahm ihre Mutter sie mit auf eine mondäne Farm am Tahoe-See, um dort den Sommer zu verleben. Mutter sagte, sie müsse es tun, um ihre Scheidung zu bekommen, aber Dani hatte nichts dagegen. Sie hatte so viel Spaß dort. Jeden Morgen durfte sie reiten, und jeden Nachmittag waren sie unten am See. Rick war auch dort. Er war der neue Manager ihrer Mutter. Wahrscheinlich war er einer von jenen Partnern, über die sich Mutter und Onkel Sam gestritten hatten, denn sie hatte ihn ab und zu morgens aus dem Schlafzimmer ihrer Mutter kommen sehen.

Aber sie mochte Rick gerne. Ihm machten dieselben Dinge Spaß, die ihr Freude machten. Er ging mit ihr reiten und lehrte sie Wasserski. Und er lachte so oft. Nicht wie Onkel Sam, der nie viel gelacht hatte. Mutter sagte immer, daß Rick geradeso ein Kindskopf sei wie Dani.

Mutter mochte weder reiten noch lange Zeit auf dem Wasser sein. Sie sagte, es sei schlecht für ihre Haut, sie würde zu schnell braun. Statt dessen war sie fast immer in ihrem Zimmer, das sie sich als Atelier eingerichtet hatte. Aber abends zog sie sich elegant an und fuhr mit Rick nach Reno hinein. Dann schlief sie morgens lange. Aber Rick war jeden Morgen zeitig auf und ging mit ihr reiten. Er nannte sie oft »kleiner Reitersmann«.

Damals trug er ein Bärtchen. Einen schmalen Strich, nicht viel dicker als ein Bleistiftstrich, der bis zu den Winkeln seines breiten Mundes reichte. Dani fand ihn sehr hübsch damit. Irgendwie so wie Clark Gable. Eines Tages sagte sie das zu ihrer Mutter, und aus unbegreiflichen Gründen machte es ihre Mutter ärgerlich. Sie befahl Rick, das alberne Ding wegzurasieren.

Dani fing an zu weinen. Sie wußte selbst nicht warum. »Rasier's nicht ab!« bat sie. »Bitte tu's nicht!«

»Hör auf, dich wie eine Närrin zu betragen!« hatte die Mutter sie angeschrien.

Aber Dani wurde ebenfalls wütend und wandte sich gegen ihre Mutter. »Du willst bloß, daß er's abrasiert, weil ich gesagt hab', daß es mir gefällt. Du willst nicht, daß jemand mich gern mag oder daß ich jemanden gern habe.« Sie wandte sich an Rick. »Bitte, sag ihr doch, daß du's nicht abrasierst!«

Rick sah erst sie und dann ihre Mutter an. Er zögerte.

Und dann lächelte ihre Mutter. Es war ein eigentümliches Lächeln – Dani hatte es schon oft auf ihrem Gesicht gesehen, wenn sie sie zwang, etwas zu tun, was sie in Wirklichkeit gar nicht wollte. »Du bist frei, ein weißer Mann und über einundzwanzig, Rick! Du mußt dich schon selbst entschließen, ob du es tun willst oder nicht!«

Rick blieb einen Augenblick unschlüssig stehen, dann

machte er kehrt und ging ins Zimmer. Als er ein paar Minuten später wiederkam, war das Bärtchen ab.

Dani starrte ihn groß an. Er sah irgendwie verändert aus. Wo das Bärtchen gewesen war, war jetzt ein komischer heller Strich. Er sah gar nicht mehr wie Clark Gable aus. Sie brach in Tränen aus und lief in ihr Zimmer.

Danach ging Rick nicht mehr mit ihr reiten. Er nahm sie auch nicht mehr im Rennboot mit zum Wasserski. Aber es machte nicht viel aus, weil ihr Aufenthalt hier fast vorbei war. Für den Rest des Sommers schickte die Mutter sie fort in ein Schülerferienheim.

14

Als es leise an der Tür klopfte, sah Nora von ihrer Arbeit auf. »Herein.«

Die Tür des Ateliers öffnete sich. Mrs. Holman stand verlegen im Türrahmen. »Darf ich ein Wort mit Madam sprechen?« fragte sie zögernd.

Nora nickte. »Natürlich.« Sie legte den Tonklumpen weg und wischte sich die Hände ab.

Die Bonne kam langsam herein. Sie hatte das Atelier nur wenige Male betreten. »Ich würde gern mit Ihnen über Danielle sprechen, Madam.«

Sie warf einen Blick auf Rick, der neben Nora stand.

»Was ist mit ihr?« fragte Nora.

Mrs. Holman sah wieder zu Rick hinüber. Sie konnte sich nicht entschließen zu sprechen. Rick verstand den Wink. »Ich lasse Sie lieber allein.« Er ging ins Nebenzimmer, ließ aber die Tür offen.

»Nun?« sagte Nora.

Die alte Frau war noch immer verlegen. »Danielle wächst heran«, sagte sie endlich.

»Natürlich«, sagte Nora. »Das wissen wir alle.«

»Sie ist kein kleines Kind mehr. Sie wird bald eine junge Dame sein.«

Nora sah sie an und schwieg.

»Was ich meine«, fuhr die alte Bonne fort, und ihre Stimme klang verlegener denn je, »es ist nicht so leicht, ihr manche Dinge zu erklären.«

»Welche Dinge?« fragte Nora gelangweilt und gereizt. »Ich bin überzeugt, man braucht ihr die... Tatsachen des Lebens nicht zu erklären. Das geschieht sehr klug und geschickt in Miss Randolphs Schule.«

»Das ist es«, sagte Mrs. Holman aufgeregt. »Sie weiß es.«

Nora schüttelte den Kopf. »Natürlich. Sie soll auch darum wissen.«

»Das tut sie«, sagte die alte Frau. »Und sie hat auch Augen.«

Nora schwieg ein paar Sekunden. »Deutlich gesprochen, Mrs. Holman – auf was wollen Sie hinaus?«

Mrs. Holman wich ihrem Blick aus. »Danielle sieht, was hier im Hause vorgeht. Und sie weiß, was sie weiß. Unter solchen Umständen ist es nicht gut für ein Mädchen, solche Dinge in ihrem eigenen Heim zu sehen.«

»Wollen Sie mir vorschreiben, was ich in meinem eigenen Haus zu tun habe?«

Die alte Bonne schüttelte schnell den Kopf. »O nein, Miss Hayden! Ich spreche lediglich von Ihrer Tochter. Die Dinge, die sie sieht, und die Dinge, die sie weiß, sind zu viel, als daß ein Kind wie Dani sie verstehen könnte. Sie macht sich lauter falsche Vorstellungen davon.« Sie sah Nora treuherzig in die Augen. »Miss Hayden, ich weiß nicht mehr, wie ich ihr erklären soll, daß sie in Wirklichkeit nicht sieht... was sie sieht.«

»Das ist, glaube ich, nicht Ihre Sache, Mrs. Holman«, antwortete Nora kalt.

Das Gesicht der alten Frau wurde hart. »Ja und nein, Miss Hayden«, sagte sie. »Aber ich bin Danis Nanny, seit sie geboren worden ist. Ich würde meine Pflicht nicht erfüllen, wenn ich Ihnen verschweige, wie sehr das alles Dani beeinflußt.«

»Danke, Mrs. Holman.« Noras Stimme wurde noch kälter. »Aber bitte, denken Sie daran, daß ich Danis Mutter bin, seit ihrer Geburt. Ich bin für sie verantwortlich – nicht Sie!«

Mrs. Holman sah sie an. »Gewiß, Miss Hayden.« Die drehte sich um und verließ das Atelier. Als sich die Tür hinter ihr schloß, kam Rick aus dem Nebenzimmer.

»Hast du gehört, was sie gesagt hat?« fragte Nora.

Rick sah sie an. »Die Alte muß aus dem Haus.«

»Sie hat in einer Weise recht. Dani wächst heran.« Nora nahm einen Klumpen Ton in die Hand. »Wir müssen vorsichtiger sein.«

»Vorsichtiger?« fuhr Rick auf. »Wie vorsichtig sollen wir noch sein? Versuch's doch mal, bei Nacht und Nebel aus diesem Haus und in das kleine Apartment über der Garage zu schleichen! Ich wette, die halbe Nachbarschaft weiß schon Bescheid.«

Nora lachte. »Immerhin könntest du etwas weniger Lärm machen, wenn du die Türen schließt.«

»Mach mir's vor! Besonders wenn es regnet und einem die Kleider am Leibe kleben. Ich ertrinke ja immer beinahe.«

Nora legte den Tonklumpen weg. »Ja, wir müssen etwas dagegen tun!« sagte sie.

»Wir könnten doch heiraten«, sagte Rick. »Damit wäre das ganze Theater erledigt.«

»Nein.« Nora sah ihn offen an. »Wir sind nicht für die Ehe geschaffen. Ich habe es zweimal versucht, und es ist beide Male schiefgegangen. Und im Grunde hast du dazu ebenso wenig Lust wie ich, Rick.«

Er trat zu ihr und legte den Arm um sie. »Aber wir haben's noch nicht miteinander versucht, Baby! Vielleicht wäre es etwas ganz anderes.«

Sie schob ihn weg. »Mach dir nichts vor. Keiner von uns ist der Typ, der sich gern bindet. Wir sind von der gleichen Art. Wir lieben beide ab und zu etwas Neues.«

»Ich nicht, Baby. Ich könnte gerade mit dir sehr glücklich sein.«

Sie wich seinem Arm aus. »Und was willst du deinen Freunden sagen, wenn du Dienstag und Donnerstag abend nicht mehr ausgehen kannst? Besonders nicht zu deinem kleinen italienischen Mädchen, der Nachtlokalfotografin, die an ihrem freien Abend Spaghetti für dich kocht? Was willst du ihr sagen – nachdem sie die ganze Zeit darauf wartet, daß du sie endlich heiratest?«

Rick sah sie starr an, sein Gesicht war dunkelrot. »Du weißt Bescheid über sie?«

Nora lächelte. »Ich weiß Bescheid über alles, was dich betrifft. Ich bin doch keine Närrin!« Sie zuckte die Achseln und nahm sich eine Zigarette. Sie wartete, bis er ihr Feuer gab, ehe sie weitersprach. »Aber ich nehme es dir wirklich nicht übel. Du kannst tun, was du willst – solange ich bekomme, was ich haben will.«

Jetzt lächelte auch er. »Und solange ich bekomme, was ich haben will. Ist es so recht, Baby?«

Er griff nach ihr, und diesmal wich sie seiner Umarmung nicht aus. Er nahm ihr die Zigarette aus den Lippen und warf sie in einen Aschenbecher. Er küßte sie; sein Mund preßte sich hart und brutal auf den ihren.

Sie behielt die Augen offen und sah in sein Gesicht.

Er drückte sich gegen einen Tisch, seine Hand fuhr unter ihren Rock.

»Das Fenster«? sagte sie und wies auf die breite Glasfläche, vor der sie standen.

»Zum Teufel, ich kann nicht warten! Laß die Nachbarn vor Neid platzen!«

Charles holte Dani vom Bahnhof ab, als sie aus dem Ferienheim kam. Sie sah sich um. Gewöhnlich kam er mit Mrs. Holman. »Wo ist denn Nanny?«

Charles wich ihrem Blick aus und nahm Danis Handgepäck. »Wußten Sie's nicht, Miss Dani? Miss Holman ist nicht mehr bei uns.«

Dani blieb plötzlich stehen. »Nanny ist von uns weg?«

Charles war verlegen. »Ich dachte, Sie wüßten es, Miss Dani. Sie hat eine andere Stellung angenommen.«

Danis Gesicht wurde zornig. »Hat Mutter sie weggeschickt?«

»Ich weiß es nicht, Miss Dani. Es passierte, gleich nachdem Sie ins Ferienheim gefahren waren.« Er machte Dani die Wagentür auf. – »Wissen Sie, wo Nanny arbeitet?«

Charles nickte.

»Ich möchte, daß Sie mich hinfahren«, sagte Dani gereizt. »Jetzt gleich.«

Charles zögerte. »Ich weiß nicht... Ihre Mutter...«

»Fahren Sie mich, bitte, hin«, wiederholte Dani. »Gleich!«

»Miss Dani, Ihre Mutter wird sehr böse auf mich sein...«

»Ich werde ihr nichts sagen. Fahren Sie!«

Dani stieg hinten ein, und Charles schloß die Tür. Er machte noch einen Versuch, sie von ihrem Entschluß abzubringen. »Miss Dani...«, begann er, als er sich hinter das Steuer setzte.

Plötzlich wurde die Kinderstimme so eisig wie die ihrer Mutter.

»Wenn Sie mich nicht hinfahren, werde ich Mutter erzählen, daß Sie es doch getan haben.«

Es war eines der neuen Häuser in Francis Wood. Nanny kam gerade den Weg entlang, sie schob einen kleinen grauen Kinderwagen. Dani sprang aus dem Auto, ehe es noch ganz stand.

»Nanny!« rief sie und lief auf Mrs. Holman zu, »Nanny!«

Die alte Frau blieb stehen und blinzelte in die Nachmittagssonne. Sie hielt eine Hand über ihre Augen. »Dani?«

Dann wurde das Bild klar, und sie öffnete beide Arme, um das atemlose Kind aufzufangen. »Dani!« rief sie, und ihre Augen füllten sich mit Tränen. »Dani, mein kleines Mädchen!«

Auch Dani weinte jetzt. »Warum hast du mich verlassen, Nanny? Warum hast du mich verlassen?«

Die Bonne küßte ihre Wangen, ihr Gesicht. »Mein Baby!« murmelte sie zärtlich. »Mein kleines Mädchen! Wie groß du geworden bist – und so braun!«

Dani verbarg ihren Kopf an Mrs. Holmans üppigem Busen. »Du hättest mir's sagen müssen«, schluchzte sie. »Du hättest nicht... einfach so... weggehen sollen!«

Plötzlich verstand Mrs. Holman, was Dani meinte. Sie hob den Blick und sah Charles an, der langsam den Kopf schüttelte.

Intuitiv begriff sie, was er meinte. Sie wandte sich wieder

an das Kind. »Du bist jetzt ein großes Mädchen, Dani. Viel zu groß, um noch eine Nanny zu brauchen.«

»Du hättest mir's aber sagen müssen!« Danis Tränen flossen noch immer. »Das war nicht recht!«

»Mein Platz ist aber bei wirklichen Babys, Dani. Kleine Babys brauchen mich nötiger.«

»Ich brauche dich auch«, sagte Dani. »Du mußt jetzt mir mir nach Hause kommen.«

Nun schüttelte Mrs. Holman langsam den Kopf. »Ich kann nicht, Dani.«

»Warum nicht?«

Mrs. Holman legte die Hand auf den Kinderwagen. »Dieses Baby braucht mich auch«, sagte sie einfach.

»Ich brauche dich aber viel nötiger! Du bist immer bei mir gewesen!«

»Und jetzt ist es Zeit, daß du ohne mich fertig wirst, Kind«, sagte die alte Frau. »Du bist ein großes Mädchen. Was kann ich noch für dich tun, als herumsitzen und zusehen, wie du kommst und gehst? Du kannst selbst auf dich achtgeben. Bist du nicht den ganzen Sommer gut ohne mich ausgekommen? Warum sollte das anders sein – nur weil du wieder zu Hause bist?« – »Aber ich habe dich doch lieb, Nanny!«

Mrs. Holman drückte sie wieder an sich. »Und ich habe dich auch lieb, meine kleine Dani.«

»Dann mußt du jetzt mitkommen!«

»Nein, Dani«, sagte die Bonne. »Ich kann nicht mitkommen. Deine Mutter hatte vollkommen recht. Sie sagte, eines Tages müßte es doch einmal sein.«

»Meine Mutter? Dann hatte ich recht. Sie hat dich *fortgeschickt,* Nanny!«

»Früher oder später mußte ich doch fort, Dani«, sagte die Bonne traurig. »Du bist nun schon zwölf Jahre. Fast eine junge Dame. Bald werden die Jungens dich besuchen kommen, und du wirst zu Tanzabenden und Partys gehen. Möchtest du dann, daß dir eine alte Nanny am Rockzipfel hängt? Du mußt jetzt dein eigenes Leben führen, Dani.«

»Hat Mutter dich weggeschickt?« fragte Dani hartnäckig.

»Wir haben uns geeinigt, daß es so am besten ist. Deine

Mutter war sehr freundlich. Sie hat mir noch ein ganzes Jahr Übergangsgehalt gezahlt.«

»Aber du hättest darüber mit mir sprechen müssen«, sagte Dani. »Denn du warst *meine* Nanny und nicht Mutters.«

Mrs. Holman schwieg. Gegen Danis Logik kam sie nicht auf. »Ich glaube, du mußt jetzt gehen, Kind. Deine Mutter sorgt sich sonst, wo du so lange bleibst. Außerdem hat sie eine sehr hübsche Überraschung für dich.«

»Ich mach' mir nichts aus ihren Überraschungen«, antwortete Dani. »Darf ich dich besuchen kommen? Ab und zu, meine ich. Das heißt... wenn du nicht zu mir kommen darfst?«

Mrs. Holman umarmte sie liebevoll. »Natürlich, Dani. Ich habe jeden zweiten Donnerstag frei. Vielleicht können wir uns dann nach der Schule treffen.«

Dani küßte sie auf die Wange. »Aber du wirst mir so schrecklich fehlen, Nanny!«

»Du mir auch.« Mrs. Holman waren die Tränen nahe. »Und nun mußt du gehen, sonst bekommt Charles Unannehmlichkeiten.«

Langsam ging Dani zum Wagen zurück. Sie blieb auf dem ganzen Heimweg schweigsam. Als sie fast zu Hause waren, beugte sie sich vor zum Chauffeursitz. »Was für ein Überraschung hat Mutter für mich?«

»Das darf ich Ihnen nicht sagen, Miss Dani. Ich hab's Ihrer Mutter versprechen müssen, daß ich Ihnen nichts verrate.«

Aber schließlich war es doch Charles, der das Geheimnis verraten mußte, denn ihre Mutter hatte im Atelier eine Besprechung und ließ sagen, sie wolle nicht gestört werden. Dani ging die Treppe hinauf. Charles folgte; als sie in ihr Zimmer abbiegen wollte, sagte er: »Nicht hier, Miss Dani. Hierher bitte!« Er drehte sich um und ging zum andern Ende des Korridors.

Sie folgte ihm. »Ist das die Überraschung?«

Er nickte, als sie vor der Tür eines der früheren Gästezimmer stehenblieben, des größten. Es lag weitab von Danis altem Zimmer und dem Schlafzimmer ihrer Mutter. Mit einer Verbeugung öffnete er die Tür.

»Nach Ihnen, Miss Dani!«

Der Raum war doppelt so groß wie ihr altes Zimmer. Alles war neu darin, vom großen Himmelbett bis zu dem eingebauten Fernsehgerät und dem Plattenspieler. Als Schrank diente, wie bei ihrer Mutter, ein kleiner Nebenraum. Auch ein Bad war eingebaut worden, mit eingelassener Wanne und einer Ankleidenische. »Sie können den Fernseher und das Radio vom Bett aus bedienen!« sagte Charles stolz.

»Sehr hübsch«, sagte Dani ohne jede Begeisterung. Sie sah sich um. »Wo ist meine Schatztruhe?«

»Sie paßte nicht zu den neuen Möbeln. Ihre Mutter hat sie auf den Boden bringen lassen.«

»Bringen Sie sie herunter.«

»Jawohl, Miss Dani.«

»Was ist aus meinem alten Zimmer geworden?«

»Daraus hat Ihre Mutter ein Büro für Mister Riccio machen lassen. Und Mrs. Holmans altes Zimmer ist jetzt sein Schlafzimmer, Miss Dani.«

»Soooo«, sagte Dani gedehnt. Sie war alt genug, um zu wissen, was das bedeutete. Die Mädchen im Ferienheim flüsterten sich genug darüber zu, was zwischen den männlichen und weiblichen Erziehern vorging, die ihre Zimmer so dicht nebeneinander hatten.

Charles brachte ihr Handgepäck ins Zimmer. Ihr großer Koffer war schon da. »Ich werde Violet schicken, sie soll auspacken. Wir haben auf Sie gewartet, weil Sie den Kofferschlüssel haben.« – »Ich brauche keine Hilfe.«

»Natürlich brauchst du Hilfe!« Ihre Mutter sagte es. Sie stand in der offenen Tür. »Du kannst unmöglich alles selbst auspacken.«

Dani wandte sich zu ihr. »Ich habe alles selbst eingepackt«, sagte sie. »Ich brauche Violets Hilfe nicht.«

Nora blickte sie an. Sie wußte, daß etwas nicht in Ordnung war. Sie sah zu Charles hinüber. Sie nickte. »Ist das eine Art, deine Mutter zu begrüßen, nachdem du den ganzen Sommer fort gewesen bist? Komm her und laß dich ansehen.«

Sie beugte sich etwas herunter, damit Dani ihre Wange küßte. Gehorsam befolgte Dani den alten Ritus. Charles verließ das Zimmer und schloß die Tür hinter sich.

»Warum hast du Nanny weggeschickt?« fragte Dani, kaum daß das Türschloß zuschnappte.

»Ist das deine erste Frage nach all der Mühe, die ich mir gegeben habe, dies Zimmer für dich einzurichten? Zumindest hättest du mir sagen können, wie es dir gefällt.«

»Es ist sehr nett.« Danis Ton verriet, daß es nichts gab, was ihr gleichgültiger sein konnte.

»Du kannst den Fernseher und den Plattenspieler vom Bett aus bedienen – dort sind die Schalter.«

»Ich weiß. Charles hat's mir schon gesagt.«

Anscheinend erwartete Dani eine Antwort auf ihre Frage, aber Nora schien ebenso entschlossen, diese Antwort nicht zu geben. »Du bist gewachsen. Du bist fast so groß wie ich. Hast du dich gemessen?«

»Einsvierundfünfzig.«

»Dreh dich um«, sagte Nora. »Laß dich ansehen.«

Gehorsam drehte sich Dani langsam um sich selbst.

»Du bist aber nicht nur gewachsen ... du bist ja schon eine junge Dame!«

»Ich trage Büstenhalter Größe drei«, sagte Dani, und in ihrer Stimme klang etwas wie Stolz. »Aber ich habe einen sehr breiten Rücken. Wenn ich so weiter wachse, werde ich nächsten Sommer mindestens Größe vier brauchen.«

»Über solche Dinge sprechen junge Damen nicht«, sagte Nora gereizt. »Ich schicke dir jetzt Violet, sie soll dir auspakken helfen.«

»Ich will Violet nicht«, sagte Dani; ihre Stimme klang wieder mürrisch. »Ich will meine Nanny.«

Noras Geduld war zu Ende. »Also, deine Nanny ist nicht mehr hier. Wenn du dir nicht von Violet helfen lassen willst, mußt du es eben allein machen.«

»Ich brauche niemanden!« antwortete Dani scharf. Ihre Augen wurden feucht. »Warum hast du mir nicht gesagt, daß du Nanny fortschicken willst? Warum hast du mir's verheimlicht?«

»Ich habe dir nichts verheimlicht«, sagte Nora zornig. »Du bist jetzt ein großes Mädchen, du brauchst keine Amme mehr!«

Dani begann zu weinen. »Du hättest mir's sagen müssen!«

»Hör' jetzt auf, dich wie ein Kind zu betragen! Ich muß dir überhaupt nichts sagen. Ich tue, was ich für richtig halte.«

»Das sagst du immer! Das hast du gesagt, als du Daddy weggeschickt hast! Jedesmal, wenn du siehst, daß mich jemand lieb hat – lieber als dich! –, dann schickst du ihn weg! Und deshalb hast du's getan! Bloß deshalb!« – »Halte den Mund!«

Und zum erstenmal in ihren Leben schlug Nora das Kind ins Gesicht... Danis Hand flog zu ihrer Wange, während sie ihre Mutter mit entsetzten Augen ansah. »Ich hasse dich! Ich hasse dich! Eines Tages wirst du jemanden ebenso liebhaben wie ich es tue, und dann werde ich ihn von dir wegschicken! Dann wirst du endlich einmal fühlen, wie es ist!«

Nora fiel auf die Knie und wollte Dani umarmen. »Es tut mir leid, Dani«, flüsterte sie. »Es tut mir leid... Ich wollte es nicht tun!«

Dani sah ihr ein paar Sekunden in die Augen, dann wandte sie sich ab und lief ins Badezimmer. »Geh weg! Laß mich allein!« schrie sie durch die geschlossene Tür. »Ich hasse dich! Ich...«

»...hasse dich«, schloß sie leise.

Sally Jennings blickte sie an. Danis Augen waren rotgeweint. Die Tränen hatten auf ihren Wangen graue Spuren hinterlassen. Sally schob ihr ein Päckchen Kleenex hin.

Dani nahm eins und trocknete ihr Gesicht. Sie sah die Psychologin dankbar an. »Ich meinte es nicht so. Wirklich, ich meinte es nicht so. Aber es gab keine Möglichkeit, mit meiner Mutter zu sprechen. Wenn ich nicht schrie oder kreischte oder ganz hysterisch wurde, hörte sie mir überhaupt nicht zu.«

Sally nickte. Sie sah auf die Uhr. »Ich glaube, für heute ist das alles, Dani«, sagte sie freundlich. »Geh jetzt und versuche, ein wenig zu schlafen.«

Dani stand auf. »Ja. Miss Jennings, werde ich Sie Montag sprechen können?«

Die Psychologin schüttelte den Kopf. »Leider wird es nicht gehen, Dani. Ich muß im Krankenhaus arbeiten und bin deshalb den ganzen Tag nicht da.«

»Und Dienstag ist die Verhandlung. Da werde ich Sie auch nicht sprechen können.«

Sally nickte. »Das stimmt. Aber sorg' dich nicht, Dani, irgendwie werden wir's schon einrichten.«

15

Sie sah dem Kind nach, wie es von der Aufseherin den Korridor entlang begleitet wurde. Dann lehnte sie sich auf ihrem Stuhl zurück, griff nach einer Zigarette, steckte sie an und schaltete am Tonband. Sie hatte noch nicht alles beisammen – aber wenigstens genug für den Ausgangspunkt. Das war das Unangenehmste bei ihrer Aufgabe: Es blieb ihr nie genug Zeit, eine Sache wirklich gründlich durchzuführen.

Ich ging zum Fenster und sah hinaus. Noch lag der Morgennebel schwer auf der Straße. Ich war unruhig. Ich zündete mir eine Zigarette an und betrachtete das Telefon. Vielleicht sollte ich noch einmal versuchen, Elizabeth zu erreichen. Nein, besser nicht. Sie würde nicht antworten. Sie würde das Telefon einfach läuten lassen. Wie idiotisch war ich gewesen... Ich hätte ihr das Bild nicht schicken dürfen!

Als ich ihr telefonisch alles erzählt hatte, war Elizabeth ganz ruhig gewesen. »Es ist doch sinnlos«, hatte sie gesagt. »Was kann sich Nora von so etwas erwarten?«

»Ich weiß es nicht. Vielleicht eine Rückversicherung, wie der Mann sagte, oder um es als Damoklesschwert über meinem Haupt zu halten. Und deshalb schicke ich dir das Bild.«

»Nein, schick es mir nicht, Luke. Ich will es nicht sehen. Schaff es dir vom Hals.«

»Das kann ich nicht. Meine einzige Möglichkeit ist, es dir

zu schicken. Wenn es nicht so ein Schwindel wäre, täte ich's nicht. Das weißt du. Ich schicke es eingeschrieben, mit Luftpost. Du brauchst das Kuvert gar nicht aufzumachen. Nur gut aufbewahren!«

»Du verlangst ein bißchen viel. Du weißt genau, ich kann dann der Versuchung doch nicht widerstehen!« – »Also gut, sieh dir's an, damit du siehst, was für einen Idioten du geheiratet hast.«

Sie schwieg einen Augenblick, dann sagte sie: »Ich hätte dich niemals hinfahren lassen sollen.«

»Jetzt ist's zu spät, darüber nachzudenken.«

Sie schwieg wieder.

»Wie geht es dir, Elizabeth?«

»Gut.«

»Wirklich?«

»Wirklich. Wir warten beide darauf, daß du heimkommst.«

Das war Mittwoch morgen gewesen. Ich gab den Brief auf und rief sie am nächsten Tage an, als sie ihn meiner Berechnung nach bekommen haben mußte. Als ich ihre Stimme hörte, wußte ich sofort, daß ich alles verkehrt gemacht hatte. Es klang, als hätte sie geweint.

»Du mußt sofort nach Hause kommen!«

»Aber Elizabeth«, protestierte ich. »Es sind doch nur noch ein paar Tage bis zur Verhandlung.«

»Das ist mir gleich«, sagte sie. »Du kommst nach Hause!«

»Hast du dir das Bild angesehen?«

»Das Bild hat nichts damit zu tun.«

»Ich hab' dir doch gesagt, es war eine Falle.«

»Und wenn's eine Falle war«, schluchzte sie jetzt, »du durftest dabei nicht so verdammt glücklich aussehen!«

»Elizabeth, sei doch vernünftig.«

»Ich bin lange genug vernünftig gewesen. Jetzt bin ich eben eine Frau. Ich will kein Wort mehr hören. Schick mir ein Telegramm, wenn du abfährst.«

Dann legte sie auf. Ich rief sofort wieder an. Aber eine Stunde lang kam nur das Besetzt-Zeichen. Sie mußte den Hörer einfach beiseite gelegt haben. Inzwischen wurde ich aus der Halle unten angerufen, daß Miss Spicer auf mich warte; ich ging hinunter.

Wir hatten unsere Unterredung im Café. »Wie geht es Dani?« fragte ich, sobald uns die Kellnerin den Kaffee gebracht hatte.

»Viel besser«, sagte sie. »Sie hat in den letzten Tagen direkt mitgeholfen.«

»Das freut mich sehr.«

Sie sah mich an. »Aber sie ist noch immer sehr krank.«

»Warum sagen Sie das?«

»Was sie auch bedrückt – sie hat es tief in sich begraben. Wir finden und finden keinen Grund, warum sie derartig außer sich geriet. Es ist da Verschiedenes an Dani, was wir einfach nicht verstehen können.«

»Was zum Beispiel? Vielleicht kann ich Ihnen helfen?«

»Hatte sie als Kind Wutanfälle oder Temperamentsausbrüche, bekam sie Zustände, wenn ihr etwas verweigert wurde?«

Ich schüttelte den Kopf. »Nicht, daß ich wüßte. Gewöhnlich war sie ... gerade entgegengesetzt. Wenn sie sich über etwas aufregte, ging sie meistens fort und blieb am liebsten allein. Meistens ging sie in ihr Zimmer. Gelegentlich zu ihrer Nanny. Oder sie tat, als sei überhaupt nichs geschehen. Dann war sie besonders artig, besonders bemüht, lieb zu sein.«

»War das ... Ihnen gegenüber?«

Ich lachte. »Ich fürchte, dazu hatte sie nie Gelegenheit. Mich hat Dani immer um den kleinen Finger wickeln können.«

»Also ihrer Mutter gegenüber?«

Ich zögerte.

»Bitte, sagen Sie es mir. Ich möchte nicht, daß Sie denken, ich sei nur neugierig oder wolle Sie gar verleiten, lieblos zu sein. Aber in diesem Stadium ist jede Kleinigkeit, die man mehr weiß, ungeheuer wichtig.«

»Nora hat sie nie gescholten«, sagte ich langsam. »Die Dinge, deretwegen Dani so etwas wie ein schlechtes Gewissen zeigte, waren gewöhnlich keine Fehler, die sie begangen hatte, sondern Unterlassungssünden.«

»Haben Sie und Miss Hayden oft vor dem Kind Streit gehabt?«

Ich sah sie an und lachte. »Unsere Beziehung zueinander war sehr kultiviert – wenigstens in Noras Augen. Wir lebten in einem ständigen kalten Krieg. Es kam niemals zu einem offenen Konflikt.«

»Und warum hörten Sie plötzlich auf, Ihre Tochter zu besuchen?«

»Weil es von mir verlangt wurde.«

»Von Miss Hayden?«

Ich nickte.

»In den Akten steht nichts von irgendwelchen Beschränkungen Ihres Rechts, Dani zu besuchen. Haben Sie sich nicht darauf berufen, als Miss Hayden Ihnen die Besuche untersagte?«

»Ich war nicht in der Lage, etwas zu unternehmen. Ich war ruiniert und mittellos.«

»Was haben Sie also getan?«

Ich sah ihr in die Augen. »Ich habe mich betrunken«, sagte ich offen.

»Sie haben nie versucht, Ihrer Tochter zu erklären, weshalb Sie Ihre Besuche eingestellt haben?«

Ich schüttelte den Kopf. »Was hätte es genützt? Nicht das geringste.«

Miss Spicer schwieg eine kleine Weile, dann sagte sie: »Ich habe gestern mit Ihrer früheren Schwiegermutter gesprochen. Ich nehme an, Sie wissen, was sie mit Dani vorhat?«

»Ja.«

Ich war bei der Besprechung zugegen gewesen. Die alte Dame hatte in der kurzen Zeit, die ihr zur Verfügung stand, wahre Wunder vollbracht. Es mußte sie allerhand gekostet haben. Dani war bereits von einer neuen Schule angenommen, die für ihre Behandlung schwieriger Kinder den allerbesten Ruf besaß, und Dr. Weidman, ein berühmter Jugendpsychiater, der auch mit der Schule in Verbindung stand, war bei der Besprechung ebenfalls dabei und bereit, die Verantwortung für ihre seelische Gesundheit zu tragen. »Billigen Sie diese Pläne?«

»Ich halte sie für außerordentlich gut. Ich möchte annehmen, daß Dani dabei weit besser betreut sein würde, als dies staatlicherseits geschehen kann.«

»Sie hätten nichts dagegen, daß Dani das Mündel Ihrer Großmutter wird?«

»Nein. Es scheint mir, im Gegenteil, die einzig praktische Lösung. Mrs. Hayden ist ein Mensch von ungewöhnlichem Verantwortungsgefühl. Sie würde Sorge tragen, daß Dani alles bekommt, was sie braucht.«

»Davon bin ich auch überzeugt«, sagte Miss Spicer trokken. »Aber das hat Danis Mutter auch getan, wenn es stimmt, was Sie mir gesagt haben.«

Ich verstand, was sie meinte. Nora hatte Dani alles gegeben, was sie zu brauchen schien, und hatte doch nichts verhindert.

»Mrs. Hayden ist in der Lage, Dani viel mehr Zeit zu widmen. Sie hat nicht so viele andere Interessen wie Nora.«

»Natürlich wissen Sie, Colonel, daß Ihre Tochter keine Jungfrau mehr ist. Aller Wahrscheinlichkeit nach hatte sie ein Verhältnis mit dem Mann, den sie getötet hat.«

»Das konnte ich mir denken«, sagte ich offen.

»Miss Hayden behauptet, sie habe nichts davon gewußt.«

Darauf hatte ich nichts zu sagen.

»Wir haben den Eindruck, daß Dani fast jeder Begriff für sexuelle Moral fehlt. Und wie wir bisher feststellen konnte, hat ihr Miss Hayden gerade kein gutes Beispiel gegeben.«

»Ich glaube, das ist uns allen klar«, sagte ich. »Das ist auch einer der Gründe, warum ich es für weit besser halte, wenn Dani in Zukunft bei ihrer Großmutter lebt.«

Sie sah mich an. »Das könnte wahr sein. Aber wir sind dennoch ziemlich besorgt. Wenn die alte Dame nicht in der Lage gewesen ist, ihre eigene Tochter auf die richtige Bahn zu lenken – wieviel Erfolg kann sie dann wohl bei ihrer Enkelin haben?« Sie trank ihren Kaffee aus. »Vielleicht wäre es für das Mädchen am besten, wenn man es ganz und gar von ihrer bisherigen Umgebung trennen würde.«

Sie stand auf. »Ich danke Ihnen herzlich, Colonel, daß Sie mir Auskunft gegeben haben.«

In der Halle blieb sie noch einen Augenblick stehen. »Ich hätte noch zwei Fragen, die mich beschäftigen.«

»Und die wären?«

»Warum hat Dani ihn getötet, wenn sie ihn doch liebte?«

»Und die zweite?«

»Wenn sie ihn getötet hat... warum findet sich nirgends, wo wir auch suchen, ein Beweis, daß Dani ein so ungezügeltes Temperament besitzt? Ein Temperament, das in Totschlag ausarten konnte?« Sie sah mich einen Augenblick unschlüssig an. »Wenn wir nur mehr Zeit hätten!«

»Was würde das helfen?«

»Wir müssen die Ursache finden, wenn wir eine Behandlung vorschlagen sollen. Die Zeit arbeitet gegen uns. Wir empfehlen eine Behandlung und hoffen, daß wir recht haben. Aber wenn wir den Grund nicht aufdecken können, müssen wir vorschlagen, daß das Kind nach Perkins geschickt wird, zu einer bis ins Tiefste gehenden Beobachtung. Wir müssen sichergehen.«

»Wie sind Ihre Erfolge durchschnittlich?«

Sie sah zu mir auf und lächelte plötzlich. »Überraschend gut. Ich wundere mich selbst immer wieder darüber.«

»Vielleicht sind Sie doch besser, als Sie von sich denken.«

»Ich hoffe es«, sagte sie ernst. »Mehr um der Kinder als um unseretwillen.«

Ich begleitete sie zum Ausgang, dann ging ich wieder auf mein Zimmer und rief Elizabeth an. Das Telefon läutete und läutete. Keine Antwort. Schließlich gab ich es auf und ging über die Straße zu »Tommy's Joint« und ließ mir als Dinner eine große Bockwurst mit Bohnen und einen Krug Bier geben.

Am Sonntag fuhr ich zum Jugendgewahrsam. Dani schien in viel besserer Verfassung.

»In dieser Woche hat mich Mutter zweimal besucht. Du hast sie gerade verpaßt. Sie sagte, sie werden alles so arrangieren, daß ich bei Großmutter wohnen darf, wenn ich herauskomme. Sie war beide Male mit Dr. Weidman hier. Kennst du ihn, Daddy?«

»Ich habe ihn kennengelernt.«

»Er ist ein Kopfbohrer. Mutter mag ihn anscheinend.«

»Wie kommst du darauf?«

Sie grinste etwas schüchtern. »Er ist Mutters Typ. Du weißt, was ich meine... Redet 'ne Menge und sagt nichts. Kunst und all der Krampf.«

Ich lachte. »Wie wär's mit einem Coke, Dani?«

»Gute Idee!«

Ich gab ihr zwei Zehner und sah ihr nach, wie sie zum Automaten ging. Nur wenige Tische waren besetzt. Es sah hier eigentlich mehr nach einer Schule an einem Elterntag aus als nach einer Haftanstalt. Nur die Aufseherinnen an den Türen und die Gitter vor den hochgelegenen Fenstern verrieten, was es war. Dani kam wieder und stellte die Cokes auf den Tisch.

»Willst du einen Strohhalm, Daddy?«

»Nein, danke. Ich trinke meines gleich so.« Ich hob die Flasche an den Mund und trank einen Schluck.

Sie sah mich über ihren Strohhalm an. »Wenn ich das tue, sagt Mutter, es ist ordinär.«

»Deine Mutter ist Expertin, was das Ordinäre betrifft«, sagte ich unbesonnen. Sofort bereute ich es. Wir schwiegen eine Weile.

»Trinkst du immer noch so wie früher, Daddy?« fragte Dani plötzlich. Ich sah sie überrascht an. »Warum fragst du das auf einmal, Dani?«

»Weil ich mich gerade an etwas erinnere«, sagte sie. »Wie du immer gerochen hast, wenn du zu meinem Bett kamst und mich herausnahmst. Es ist nicht wichtig. Ich dachte nur gerade dran, weiter nichts.«

»Nein, ich trinke nicht mehr so wie damals.«

»Hast du es wegen Mutter getan?«

Ich überlegte einen Augenblick. Es wäre einfach genug gewesen, ja zu sagen. Aber es war nicht die volle Wahrheit. »Nein«, sagte ich. »Das war nicht der Grund.«

»Warum hast du's dann aber getan, Daddy?«

»Aus mancherlei Gründen. Hauptsächlich wohl, weil ich mich vor mir selber verstecken wollte. Ich wollte der Tatsache nicht ins Gesicht sehen, daß ich ein Versager war.«

Dani schwieg und dachte darüber nach. Dann hatte sie die Antwort gefunden. »Aber du warst kein Versager, Daddy«, sagte sie. »Du hattest doch dein Boot.«

Ich lächelte. Auf was für einen einfachen Nenner ihre Logik es brachte! Aber in gewisser Weise hatte sie recht. Sie wußte wahrscheinlich nicht, daß ich jemals etwas anderes versucht hatte.

»Ich war Architekt, Kind, Baumeister. Ich wollte große Bauten machen – und das ist mir schiefgegangen.«

»Aber jetzt bist du doch Baumeister. Das steht in der einen Zeitung.«

»Ich bin kein richtiger Baumeister, ich arbeite nur für einen Baumeister. Tatsächlich bin ich nur ein Angestellter.«

»Ich möchte Baumeister sein«, sagte sie plötzlich. »Ich würde aber nur glückliche Häuser bauen.«

»Wie würdest du das anfangen, Kind?«

»Ich würde nur dann ein Haus für eine Familie bauen, wenn sie miteinander glücklich ist und zusammenbleiben will.«

Ich lächelte ihr zu. Wo sie recht hatte, hatte sie recht. Sie hatte das einzige Fundament gefunden, auf dem man bauen kann. Aber wer gibt einem diese Garantie? Gott?

»Weil wir grade ›Würde und Hätte‹ spielen, Dani, möchte ich dich gern ein paar Dinge fragen.«

Ein wachsamer Blick kam in ihre Augen. »Zum Beispiel... was, Daddy?«

»Genau: Wessen Freund war Riccio? Deiner – oder der deiner Mutter?«

Sie zögerte. »Er war Mutters Freund.«

»Aber du...«, und nun zögerte ich.

Sie sah mich offen an. »Hat man dir gesgt, daß wir...«

Ich nickte.

Sie sah herunter auf ihr Coke. »Das stimmt, Daddy. Wir hatten...«

»Warum, Dani? Warum gerade mit ihm?«

»Du kennst doch Mutter. Sie will immer der Mittelpunkt sein, um den sich alles dreht. Und dies eine Mal wollte ich ihr beweisen, daß sie es nicht war.«

»Und deshalb hast du ihn getötet, Dani?«

Sie wandte den Blick von mir ab. »Ich wollte es nicht«, sagte sie leise. »Es war ein unglücklicher Zufall.«

»Warst du eifersüchtig auf deine Mutter, Dani? Hast du es deshalb getan?«

Sie schüttelte den Kopf. »Ich möchte nicht darüber sprechen«, sagte sie entschlossen. »Ich habe bei der Polizei alles gesagt, ehe sie mich hierher gebracht haben.«

»Wenn du ihnen nicht die Wahrheit sagst, Dani, werden sie nicht zulassen, daß du bei deiner Großmutter lebst.«

Sie sah mich noch immer nicht an. »Auf ewig können sie mich nicht hierbehalten. Wenn ich achtzehn bin, müssen sie mich rauslassen. Soviel weiß ich auch.«

»Dreieinhalb Jahre sind eine lange Zeit, wenn man hinter Schloß und Riegel sitzt.«

»Was kümmert es dich?« Sie sah mich trotzig an. »Am nächsten Dienstag, wenn alles vorbei ist, wirst du nach Hause fahren und wahrscheinlich nie wieder zu mir kommen. Genau wie bis jetzt.«

»Ich mache mir Sorgen um dich. Deshalb bin ich doch hier. Ich habe dir ja gesagt, weshalb ich inzwischen nicht mehr kommen konnte.«

Ihre Stimme klang mürrisch. »Das ist doch bloß Gerede! Du hättest kommen können, wenn dir genug daran gelegen hätte!« Sie sah wieder auf ihre Cokeflasche. Was mochte sie in der braunen Flüssigkeit so Interessantes sehen?

»Es ist leicht für dich, jetzt wiederzukommen und solche Dinge zu sagen.« Sie sprach leise. »Es ist immer leicht, das Richtige zu sagen. Aber es ist schwer, es zu tun...«

»Das weiß ich, Dani. Ich bin der erste, der zugibt, daß er Fehler gemacht hat.«

»Schon gut, Daddy.« Sie sah auf – und mit einem Male war sie kein kleines Mädchen mehr. Sie war eine junge Frau. »Und wir haben alle Fehler gemacht. Sprechen wir nicht mehr davon. Ich sagte dir, ich will nicht mehr über die meinen sprechen. Es ist mein Leben. Und nichts, was du auch sagen magst, kann etwas daran ändern. Dazu ist es zu spät. Du bist zu lange fort gewesen.«

Sie hatte recht – und sie hatte unrecht. Wie es kein absolutes Weiß und kein absolutes Schwarz gibt...

»Hattest du auch andere... Freunde?«

Sie schüttelte den Kopf. »Nein.«

»Du belügst mich jetzt nicht, Dani?«

Sie sah mir gerade in die Augen. »Nein, Daddy. Ich hätte es mit jemand anderem nicht tun können. Es hat vielleicht damit angefangen, daß ich Mutter eine Lehre geben wollte, aber dann hat es sich so ganz anders entwickelt.«

»Wie denn, Dani?«

Jetzt waren ihre Augen klar und weich und sehr traurig. »Ich habe ihn geliebt, Daddy«, sagte sie ruhig. »Und er hat mich geliebt. Wir wollten zusammen weglaufen und heiraten, sobald ich alt genug war.«

Endlich brach die Sonne durch den Nebel. Ich ging unruhig vom Fenster weg, nahm die Zeitung und sah in die Vergnügungsanzeigen. Ich dachte daran, ins Kino zu gehen, aber ich hatte schon fast jeden Film gesehen, der in der Stadt lief. Ich stellte den Fernseher an. Aber zehn Minuten später schaltete ich ihn wieder ab. Was da geboten wurde, war nichts für mich. Ich gehörte zu der falschen Generation, zu der dazwischenliegenden: Genau eine Generation zu alt, und eine Generation zu jung.

Als das Telefon läutete, sprang ich auf. Vielleicht hatte Elizabeth sich eines besseren besonnen...

»Colonel Carey?«

»Ja.«

»Hier ist Lorenzo Stradella. Erinnern Sie sich an die beiden Briefe, die wir Anna holen lassen wollten?«

»Was ist mit ihnen?«

»Na, die hab' ich noch.«

»Warum rufen Sie mich an? Sie wissen doch, wer sie gekauft hat.«

»Stimmt. Aber die hat schon gezahlt. Ich glaube, für diese beiden wären Sie mir gut.«

»Ich habe kein Interesse dran. Bringen Sie sie zu Miss Hayden.«

»Einen Augenblick noch! Hängen Sie nicht ab!«
»Gut. Ich warte.«
»Ich kann sie ihr nicht bringen. Ich würde Ihnen einen günstigen Preis machen.«
Plötzlich verstand ich. Natürlich konnte er sie Nora nicht bringen, denn Nora würde es Coriano sagen. Und Coriano schätzte es gar nicht, wenn seine Jungens ihn ausschmieren wollten. Ich probierte meine Theorie aus.
»Okay, aber ich verhandle nicht mit kleinen Leuten. Sagen Sie Coriano, er soll sich mit mir in Verbindung setzen. Nur auf die Art kann ich sicher sein, daß später nicht noch weitere Briefe auftauchen.«
Ich hatte richtig geraten.
»Nix Coriano. Es ist ein Geschäft zwischen uns beiden.«
»Das wird Coriano nicht gefallen.«
»Ich mach's so billig, daß er's nicht zu wissen braucht.«
»Was nennen Sie billig?«
»Fünfhundert.«
»Adieu, Charley«, sagte ich und legte auf. Ich hatte gerade Zeit, mir eine Zigarette anzuzünden, als er wieder anrief.
Diesmal klang seine Stimme beträchtlich höflicher.
»Was nennen Sie billig?«
»Fünfzig Dollar.«
»Das wäre allerdings billig.«
»Sie sprechen auch mit einem billigen Mann. Ich bin nämlich von der armen Seitenlinie der Familie.«
»Gut. Dann will ich's Ihnen leicht machen. Zwei fünfzig.«
»Einhundert – höher kann ich nicht gehen.«
Er sagte ein paar Sekunden nichts, wahrscheinlich überlegte er.
»Es ist doch gefundenes Geld«, sagte ich.
»Gut. Sie haben gewonnen.«
»Bringen Sie sie her.«
»Nicht so eilig. Sie sind 'n komischer Typ. Vielleicht haben Sie die Polente da.«
»Seien Sie nicht so feige.«
»Sie sind heute abend um elf in Ihrem Zimmer. Ich schicke dann jemand mit den Briefen.«

»Okay«, sagte ich.

»Denken Sie dran: keine Tricks. Kommen Sie mit dem Zaster rüber, dann haben Sie die Briefe.«

Das Telefon verstummte, und ich legte auf. Ich ging zum Tisch und schrieb einen Scheck über hundert Dollar aus. Dann ging ich hinunter und ließ ihn mir auszahlen. Ich drückte die ganze Zeit den Daumen, bis mir der Kassierer das Geld aufzählte. Ich hoffte nur, daß noch Geld genug auf der Bank war, um den Scheck zu decken.

16

Als ich in mein Zimmer zurückkam, flackerte schon wieder das rote Licht am Telefon. Nora hatte angerufen und gebeten, ich solle mich gleich bei ihr melden. Ich wählte ihre Nummer. »Hier ist Carey, Charles«, sagte ich. »Ist Miss Hayden zu Hause?«

»Einen Augenblick, Sir. Ich verbinde sofort!«

Ich hörte es klicken, und dann ihre Stimme. »Luke?«

»Ja«, sagte ich. »Bitte, was wünschst du?«

»Ich möchte mit dir sprechen. Kannst du zum Dinner kommen?«

»Ich glaube nicht. Ich würde mich nicht sehr wohl dabei fühlen.«

»Sei nicht so altmodisch! Ich werde dich nicht fressen. Ich möchte mit dir über Dani sprechen.«

»Was willst du über sie wissen?«

»Darüber sprechen wir beim Dinner.«

Ich zögerte einen Augenblick. Ein gutes Essen könnte mir nicht schaden. Bockwurst mit Bohnen war mir ziemlich über. »Um welche Zeit?«

»Früh genug zu einem Drink vorher ... Sagen wir sieben?«

»Also auf nachher.« Ich legte den Hörer auf – was zum Kuckuck wollte sie auf einmal?

Als ich um sieben läutete, machte Charles im selben Augenblick die Tür auf. »Guten Abend, Colonel!«

»Guten Abend, Charles.«

Es war fast, als sei ich nie fortgewesen. »Madame ist in der Bibliothek. Sie kennen ja den Weg«, sagte er mit leisem Lächeln.

»Allerdings«, antwortete ich trocken.

Ich klopfte an die Tür der Bibliothek und trat ein. Nora erhob sich von der großen Couch vor dem Schreibtisch. Dr. Weidman eine halbe Sekunde nach ihr. Sie kam mir mit ausgestreckter Hand entgegen. »Luke! Ich freue mich sehr, daß du gekommen bist!«

Ich kannte diesen Ton. Er war warm und freundlich, als habe es zwischen uns niemals wirkliche Differenzen gegeben. Die Gesellschaftsstimme, die sie immer gebrauchte, wenn sie ein Auditorium hatte.

Sie behielt meine Hand in der ihren, als sie sich zu dem Arzt wandte. »Du erinnerst dich an Dr. Weidman? Er war neulich mit bei Mutter.«

Wie hätte ich ihn vergessen können? Besonders nach dem, was Dani gesagt hatte. Was erwartete sie von mir? Sollte ich vielleicht den Brautführer spielen?

»Guten Abend, Doktor.« Ich hätte ihm meine Hand hingestreckt, aber aus irgendwelchen Gründen hatte Nora sie noch nicht losgelassen.

Er verbeugte sich elegant. »Freut mich, Sie wiederzusehen, Colonel.«

Nun ließ Nora meine Hand los. »Auf der Bar steht eine frische Flasche Bourbon. Bourbon ist doch immer dein Leib- und Magengetränk, oder ...?«

Ich nickte. Eins zu null für sie. Ich ging zur Bar. »Kann ich dir etwas mixen?« fragte ich unwillkürlich. Es war, als lebte ich noch hier. Ich hatte diese Frage immer gestellt, wenn wir in der Bibliothek etwas tranken.

»Nein, danke. Der Doktor und ich haben schon einen Martini.«

Ich drehte mich um und sah ihn an. Das war ein Zeichen dafür, daß Nora Interesse an Dr. Weidman hatte. Denn sie trank eigentlich nur Scotch wirklich gern. Aber es gab zwei Dinge, die sie blitzschnell erfaßte, wenn sie einen neuen

Mann gefunden hatte: seine Zigarettensorte und sein Getränk...

»Auf dein Wohl«, sagte ich und hob mein Glas.

Wir tranken alle einen Schluck. Erst als ich mich setzte, merkte ich, daß ich zu meinem alten Sessel hinter dem Schreibtisch gegangen war. Ich nahm noch einen Schluck und stellte mein Glas auf den Schreibtisch. »Nichts ist verändert«, sagte ich und sah mich im Zimmer um.

»Es bestand kein Grund, etwas zu verändern, Luke«, sagte Nora schnell. »Dies war immer *dein* Zimmer.«

Warum mochte sie das sagen? Nora war in solchen Dingen doch sonst nicht sentimental. »Ich glaube, ich würde es verändert haben«, sagte ich. »Schon um die Erinnerungen zu vermeiden.«

Sie lächelte. »Ich hatte nichts zu vermeiden.«

Doktor Weidman leerte sein Glas und stand auf. »Leider muß ich jetzt wirklich gehen, Nora«, sagte er.

»Können Sie nicht doch zum Dinner bleiben, Doktor?«

Er schüttelte bedauernd den Kopf. »Ich werde in meiner Praxis erwartet«, sagte er. »Ich habe eine Verabredung für acht Uhr.«

Nora stellte ihr Glas hin und stand auf. »Ich bringe Sie noch bis zur Tür.«

Weidman wandte sich zu mir. Diesmal schüttelten wir uns die Hände. »Nett, Sie gesehen zu haben, Colonel.«

»Kommen Sie gut nach Hause, Doktor.«

Ich blieb stehen, bis sie aus dem Zimmer waren. Dann setzte ich mich wieder hinter den Schreibtisch. Unwillkürlich zog ich eine Schublade auf. Zuoberst lag eine alte Pause. Ich nahm sie heraus und sah sie an. Es war eine Skizze für das erste Haus meines ersten Projektes. So viele Jahre war es her... und dabei war es wie gestern. Ich sah mir die Grundrisse genau an. Es war ein gutes Haus, auch für heutige Begriffe. Nur ein paar Kleinigkeiten würde ich heute anders machen.

Nora stand in der Tür und beobachtete mich. »Du siehst, es ist nichts verändert, Luke. Ich habe nicht einmal den Schreibtisch ausräumen lassen.«

»Das sehe ich.« Ich legte die Pause zurück und schloß die Schublade. »Ehrlich: Warum hast du mich zum Dinner eingeladen?«

Sie lächelte und zog die Tür hinter sich zu. »Laß das bis nach Tisch, Luke. Du bist mit vollem Magen immer erheblich umgänglicher.«

Sie kam näher, blieb vor dem Schreibtisch stehen und sah zu mir herunter. »Ich habe immer gesagt: In solche Räume gehören Menschen. Dieser hier ist mir ohne dich immer irgendwie leer vorgekommen, Luke.«

»Mach einen Punkt, Nora.« Ich lächelte, um meinen Worten die Schärfe zu nehmen. »Es ist kein Publikum mehr da. Du bist doch nicht sentimental mit solchen Nebensächlichkeiten!«

Sie lachte plötzlich. »Uns sind keine Illusionen geblieben, Luke, nicht wahr?«

Ich schüttelte den Kopf. »Ich glaube nicht, Nora.«

Sie ging hinüber zu ihrem Glas und nahm es in die Hand. Eine Sekunde lang betrachtete sie es, dann stellte sie es mit einem Ruck auf den Tisch. »Sei nett, Luke. Mach mir einen ordentlichen Scotch mit Soda. Ich kann nicht begreifen, wie ein Mensch diese verdammten Martinis schlucken kann! Sie riechen wie billiges Parfüm.«

Ich stand auf, mischte ihr einen Drink und brachte ihn ihr hinüber zu der Couch. Sie nahm einen Schluck und nickte. »So... das ist schon besser!«

Ich ging zurück, lehnte mich gegen den Schreibtisch, hob mein Glas und trank ihr zu. Sie nickte und trank auch.

»Dr. Weidman hat so ein interessantes Gesicht. Findest du nicht auch, Luke?« Ich machte eine Geste mit den Händen.

»Weißt du, wie er mit Vornamen heißt?« – »Nein.«

»Isidor! Kannst du das glauben? Isidor! Heutzutage! Man sollte meinen, er ändert einen solchen Namen.«

»Vielleicht gefällt er ihm?«

»Das glaube ich nicht«, sagte sie nachdenklich. »Aber er ist zu stolz, um das zuzugeben. Das habe ich schon oft bei jüdischen Ärzten festgestellt. Sie sind sehr stolz.«

»Sie haben auch alle Ursache dazu.«

»Sie hüllen sich in ihre Religion wie in einen Mantel. Und weißt du, was ich noch an ihnen beobachtet habe?«

»Was denn?«

»Sie haben alle so traurige Augen«, sagte sie. »Wie auf den Christusbildern.«

Die Tür ging auf, und Charles kam in die Bibliothek. »Das Dinner ist angerichtet, Madam.«

Das Dinner war zu reichlich. Es fing mit Krebsschwänzen an, die zierlich auf Salatblättern über Eisstückchen ausgebreitet waren, dazu die wunderbare scharfe Senfsauce, die Charles' Spezialität war. Dann gab es *cioppino*, eine Art Friscoer Bouillabaisse, mehr ein Frischbrei als eine Suppe, mit allem darin, was der Pazifik zu bieten hat. Anschließend Roastbeef, eine große dicke Scheibe, noch an der Rippe, mittelgar, so daß beim Schneiden der rote Saft auf den Teller rann. Und zuletzt große halbe Pfirsiche auf Schokoladeneiscreme, genauso, wie ich sie gern aß. Ich sah Charles an, während er mir Kaffee eingoß.

Er lächelte. Er erinnerte sich also, wie gern ich eingemachte Pfirsiche aß. Zuerst war er entsetzt gewesen über meinen gewöhnlichen Geschmack und hatte extra für mich Riesenpfirsiche bestellt. Aber nach einiger Zeit gab er nach und bestellte Konservenpfirsiche. Und er hatte auch nicht vergessen, daß ich nach Tisch gern eine große Tasse Kaffee trank, keine Schlückchen aus Mokkatäßchen.

»Das war ein tolles Dinner, Nora!« sagte ich.

Sie lächelte. »Es freut mich, daß es dir geschmeckt hat, Luke.«

Es hatte mir tatsächlich geschmeckt. Ich hatte gegessen wie ein Pferd, aber sie hatte, genauso wie früher, nur ein paar Bissen zu sich genommen.

»Soweit ich dich kenne, hast du nichts dagegen, daß ich in die Küche gehe und Cookie sage, wie großartig es war.«

Nora stand auf. »Geh nur gleich hinunter. Wir trinken dann noch einen Kaffee und einen Kognak im Atelier, wenn du heraufkommst.«

Ich ging in die Küche. Cookie stand mit erhitztem, rotem

Gesicht am Herd, genau wie einst. Nur war ihr Haar jetzt grau. Ja, ja, die Zeit vergeht.

»Colonel Carey!« rief sie erfreut.

»Ich kann doch nicht weggehen, Cookie, ohne Ihnen zu sagen, was für ein herrliches Essen das war.«

»Ich habe es so gern für Sie gekocht, Colonel. Sie waren immer ein guter Esser.« Dann bewölkte sich ihr Gesicht. »Nur eins hat gefehlt. Ach, wäre doch Miss Dani auch hier gewesen.«

»Vielleicht kommt sie bald nach Hause«, sagte ich leise.

»Glauben Sie das wirklich, Colonel?«

»Ich hoffe es, Cookie.«

»Ich hoffe es auch. Wären wir an dem Tag nur alle zu Hause gewesen... dann wär's sicher nicht passiert.«

Ich hatte gerade gehen wollen. Aber nun drehte ich wieder um. »Waren Sie denn nicht da?« fragte ich.

»Nein, Sir. Eigentlich ist Mittwoch unser freier Tag. Aber da Miss Hayden in Los Angeles war und erst Freitag spät abends zurückerwartet wurde, hatte uns Mister Riccio noch bis Freitag Urlaub gegeben.« – »Das wußte ich nicht.«

»Ich fuhr nach Oakland zu meiner Schwester, und kam erst spät zurück. Erst als alles vorbei war.«

Ich sah Charles an. »Und Sie?«

»Ich bin um sechs zurückgekommen. Miss Hayden war schon zu Hause.«

»Und Violet?«

»Violet kam ein paar Minuten nach mir.«

»Dann müssen Sie doch etwas von dem Streit gehört haben.«

Charles schüttelte den Kopf. »Nein, Sir. Niemand wollte das kalte Supper haben, das ich vorbereitet habe, und deshalb blieben Violet und ich in der Küche. Und von hier aus können Sie nicht hören, was im Haus vorgeht.«

Damit hatte er recht. Ich erinnerte mich: Ich hatte alles so umgebaut, daß die Küche und die Räume des Personals abseits lagen. Nora hatte immer gesagt, nichts sei so lästig, als wenn die Unterhaltung bei Tisch das Geräusch des Geschirrwaschens in der Küche übertönen müsse.

Ich wandte mich wieder an die Köchin. »Immerhin – das Dinner war herrlich, Cookie – vielen Dank für Ihre Mühe!«

Sie lächelte ebenfalls. »Nein, ich danke Ihnen, Colonel.«

Auf dem Tisch in der kleinen Plauderecke des Ateliers standen Kaffee und Kognak. Nora sah mir lächelnd entgegen. Daraus merkte ich, daß sie jetzt bereit war, zur Sache zu kommen.

»Nun, wie war's?« fragte sie. »Hat sich Cookie gefreut, dich wiederzusehen?«

»Es war geradezu die Heimkehr des verlorenen Sohnes«, sagte ich, schloß die Tür und setzte mich ihr gegenüber.

Sie goß etwas Kognak in die Gläser und reichte mir eins davon. Ich legte die hohle Hand um die Wölbung und schwenkte den Kognak, um ihn anzuwärmen. Ich genoß den Geruch, der vom Glas aufstieg. Reich und warm und prikkelnd.

Nora beobachtete mich. »Nun?« fragte ich.

Sie nahm ihr Glas und trank einen kleinen Schluck. Als sie sprach, klang ihre Simme belegt. »Ich möchte, daß du mir hilfst, Dani hierher zurückzubringen – hierher, wohin sie gehört.«

So, so. Also kam der Berg zu Mohammed...

»Warum ich?« fragte ich schließlich.

Ihre Stimme klang noch immer heiser. »Weil wir beide zusammen es erreichen können. Du und ich. Wir könnten Dani nach Hause holen.«

Ich nahm einen Schluck Kognak. »Du vergißt nur eines«, sagte ich, »daß ich nicht mehr hier zu Hause bin.«

»Das ließe sich einrichten.«

Ich saß da und betrachtete sie und stellte fest, daß sie sich keine Spur verändert hatte. Die Gesetze, nach denen sie lebte, waren dieselben geblieben. Das einzig Wichtige für sie war das, was sie wollte. Welchen Schaden sie anrichtete, wen sie verletzte – danach fragte sie nicht.

»So, so... meinst du?«

»Überlege dir's. Dani wäre bei uns besser aufgehoben als bei Mutter und bestimmt viel besser als in einem dieser Erziehungsheime. Gordon ist der Ansicht, wir könnten es durchsetzen, wenn wir es gemeinsam versuchen. Und Dr. Weidman meint, das wäre psychologisch so richtig, daß das Gericht einverstanden sein müßte.«

»Es wäre vielleicht eine ganz gute Idee, wenn ich ledig wäre«, sagte ich. »Aber ich bin verheiratet.«

»Du sagtest doch, deine Frau ist vernünftig... Dann muß sie doch verstehen, was du für Dani empfindest; nun ja, sonst hätte sie dich gar nicht herkommen lassen. Wir können ihr eine für sie sehr günstige Lösung anbieten. Sie brauchte für den Rest ihres Lebens keine Geldsorgen mehr zu haben.«

»Du redest umsonst, Nora«,, sagte ich. »Es ist unmöglich.«

Ich stellte den Kognak weg und wollte gehen. Sie beugte sich vor, faßte meine Hand und sah mir ins Gesicht. »Luke!«

Ich starrte sie an. Es war, als ginge Elektrizität vom Druck ihrer Finger aus. Ich blieb ganz still sitzen und sagte nichts.

»Weißt du noch, wie alles war, Luke?« fragte sie leise.

»Ich weiß es noch.«

Der Druck ihrer Finger wurde stärker. »Es kann wieder so werden, Luke. Es war mit niemand anderem so, wie zwischen dir und mir, Luke!«

Es war fast, als wäre ich hypnotisiert. »Nein«, sagte ich.

»Es könnte wieder so sein, Luke...«

Empört zog ich meine Hand weg – zorniger auf mich selbst als auf sie. Ich wußte, daß das, was ich fühlte, genau das Unrecht war, das Nora immer zum Recht umbiegen wollte. Der Bann war gebrochen. »Nein«, sagte ich kurz. »Nichts kann mehr so sein wie früher. Denn was es auch war – es war niemals die Wahrheit. Es war niemals wirklich. Ich kann nicht in ein Leben aus lauter Lügen zurückkehren.«

»Das ist es ja gerade, Luke! Wir brauchen doch jetzt nicht mehr zu lügen. Jetzt, da wir keine Illusionen mehr haben. Wir könnten sehr vernünftige Vereinbarungen treffen.«

»Red' kein dummes Zeug, Nora!«

»Ich habe meine Arbeit«, sagte sie. Ihr Blick ließ mich nicht los. »Und du hättest deine. Ich habe mit Vetter George gesprochen. Er sagt, er wäre froh, dich wieder in der Firma zu haben. Und das Wichtigste: Wir hätten ein Heim für Dani, in das sie zurückkehren kann.«

Plötzlich war ich müde... Wirklich, Nora hatte nichts übersehen. Aber sie begriff nicht, daß nichts davon wirklich war. Sie fing an mir leid zu tun. »Nein, Nora«, sagte ich ruhig.

Nora lehnte sich in ihrem Sessel zurück. Etwas wie Ärger klang in ihrer Stimme. »Du hast so viel von deiner Tochter gejammert«, sagte sie bitter. »Wie du sie liebst. Wie viel du für sie tun willst. Und nun, wo du Gelegenheit hast, wirklich etwas für sie zu tun – da machst du nicht einen Finger krumm.«

Und jetzt auf einmal begann ich zu begreifen, begann so vieles zu begreifen. Zum Beispiel, was Elizabeth gemeint hatte, als sie sagte, sie wünschte sich, daß ich endlich ohne die Gespenster heimkäme, die mich so lange verfolgt hätten. Irgendwie mußte sie geahnt haben, daß es zu einer solchen Szene kommen würde. Daß ich zwischen ihr und Dani wählen mußte...

Mir wurde ganz weit ums Herz. Sie hatte es gewußt, und doch hatte sie mich hergeschickt. Mehr konnte kein Mann von seiner Frau verlangen!

Ich sah wieder auf Nora, und in gewisser Weise war es, als sähe ich sie zum erstenmal. Sam Corwin hatte ganz recht gehabt, als er sagte, das einzige, was sie besaß, sei ihre Kunst. Außer dieser Kunst hatte sie nichts, aber auch gar nichts, das sie mit einem Menschen teilen konnte.

»Ich bin hergekommen, um Dani zu helfen«, sagte ich ruhig. »Aber nicht, um ihr ein neues Leben auf Lug und Trug aufzubauen.«

»Wie edel zu bist! Ich nehme an, als nächstes wirst du mir erzählen, du liebst deine Frau!«

Ich sah sie nachdenklich an. Plötzlich mußte ich lächeln. Sie hatte alles für mich in ein paar Worte gefaßt. »Genau das ist es, Nora«, sagte ich. »Ich liebe meine Frau.«

»Was meinst du, wie sehr sie dich lieben wird, wenn ich ihr diese Bilder schicke?« Darauf hatte ich gewartet. Ich antwortete nicht. »Und was für einen Grund hättest du dann noch, meinen Vorschlag abzulehnen?«

»Den besten Grund der Welt, Nora. Ich mag dich nicht.«

Bei solchen Worten stirbt die Liebe. Sie verbrennt zu Asche und zerstört sich selbst durch die Sprache des Hasses und der Vorwürfe. Zorn und Bosheit haben sie zugrunde gerichtet. Aber dennoch bleibt eine Spur von ihr zurück, hält sich im Herzen wie eine unerfüllte Hoffnung, als Erinnerung an eine Leidenschaft, die niemals fruchtbar geworden ist. Und endlich stirbt auch dieses Letzte durch ein paar einfache, fast kindische Worte...

Dann sind die Gespenster verschwunden, dann ist die alte Schuld getilgt. Es war vorbei – es war für immer vorbei. Gleichviel, was geschah.

Ich machte alle Fenster meines kleinen Wagens auf, als ich zum Motel zurückfuhr. Die kühle reine Nachtluft wusch den Rest von Haß weg, den ich noch in meinem Herzen spürte. Nora bedeutete mir nicht einmal mehr so viel, daß ich sie hassen konnte. Nicht einmal das mehr.

17

Um Viertel vor elf war ich im Motel und ging sogleich in mein Zimmer. Pünktlich um elf klopfte es an meiner Tür. Ich öffnete. Draußen stand Anna Stradella mit ziemlich ängstlichem Gesicht. Ich trat zurück. »Kommen Sie herein, Anna«, sagte ich. Ich machte die Tür hinter ihr zu. »Warum hat er *Sie* hergeschickt?«

»Weil er dachte, mich würden Sie nicht der Polizei übergeben, falls Sie die geholt hätten.«

»Sie brauchen keine Angst zu haben – ich habe sie nicht geholt, Anna.«

Sie sah mich erleichtert an. »Ich hab's auch nicht gedacht.«

»Haben Sie die Briefe?« Schweigend öffnete sie ihre Handtasche, nahm sie heraus und gab sie mir.

»Und wenn ich nun sage, ich habe das Geld nicht?«

Sie zuckte die Achseln. »Das bliebe sich gleich.«

»Was wollten Sie dann Ihrem Bruder sagen?«

Sie blickte mich an. Ich sah an ihren Augen, daß sie verletzt war. »Ich brauche ihm gar nichts zu sagen. Ich habe ihm das Geld gegeben, ehe er mir die Briefe gab.«

»Warum, Anna?«

»Weil ich wollte, daß Sie sie bekommen. Wir haben Ihnen genug angetan.«

Sie begann zu weinen. Ich konnte nur dastehen und sie anschauen. »Sie dürfen nicht weinen, Anna«, sagte ich dann. »Ich habe das Geld.«

»Deshalb weine ich nicht.« Jetzt rollten ihr die großen Tränen die Wangen herunter und hinterließen tiefe Rinnen in ihrem Make-up. »Ich weine, weil alles so schrecklich durcheinander ist.« – »Was denn, Anna?« fragte ich. »Erzählen Sie doch, warum weinen Sie?«

»Wegen Steve. Er hat mich heute gefragt, ob ich ihn heiraten will. Und ich wußte nicht, was ich ihm antworten soll.«

Ich lächelte. Ich werde die Frauen niemals verstehen! »Ich dachte, das haben Sie sich längst gewünscht?«

»Natürlich.« Sie schluchzte in ihr Kleenex, das sie aus der Tasche gezogen hatte.

»Dann ist es doch kein Problem. Er weiß doch von seinem Bruder?«

Sie sah zu mir auf. »Er weiß von Tony. Aber sonst weiß er von nichts.« – »Was sollte er denn noch wissen?«

»Dasselbe, was Tony wußte«, sagte sie. »Ein Mädchen, das für Coriano arbeitet, tut... tut allerlei.«

Ich holte tief Atem. »Möchten Sie Steve gern heiraten?« Sie nickte. Ich legte ihr die Hand auf die Schulter. »Dann tun Sie es. Das ist das einzige, worauf es wirklich ankommt.«

Sie sah mich zweifelnd an. »Glauben Sie das tatsächlich?«

»Er liebt Sie. Sonst würde er Sie nicht heiraten wollen. Und nur das ist wichtig.« Sie lächelte zaghaft.

»Und jetzt gehen Sie ins Badezimmer und waschen sich das Gesicht. Ich telefoniere nach unten und lasse uns Kaffee heraufbringen. Wir könnten ihn beide brauchen.«

Sie ging ins Bad und schloß die Tür. Ich bestellte Kaffee, dann setzte ich mich hin und las die Briefe.

Zuerst Danis Brief. Mir wurde elend. Es war ein Brief, wie ihn nur ein Kind schreiben kann, aber die Dinge, die darin standen, hätte kein Kind wissen dürfen. Es war genauso, wie Lorenzo es geschildert hatte.

Es klopfte. Hier wird man wirklich schnell bedient, dachte ich, als ich zur Tür ging. Ich öffnete. Draußen stand Nora.

»Darf ich hinein?« fragte sie und ging an mir vorbei ins Zimmer. Ich konnte sie nur sprachlos ansehen.

»Ich bin gekommen, um mich zu entschuldigen, Luke.« Sie zog ein Kuvert aus ihrer Handtasche. »Hier sind die Bilder. Ich hätte sie ohnedies nicht benutzt.«

Automatisch nahm ich den Umschlag. Ich hatte noch kein Wort gesagt, als sich die Tür des Badezimmers öffnete und Anna hereinkam. Sie hielt noch das Handtuch in den Händen. Ihr Gesicht war wieder frisch und ohne Make-up.

Sie starrten sich einen Augenblick an, dann wandte sich Nora wieder zu mir. Was immer ich vorher in ihrem Gesicht gesehen hatte – jetzt war es nicht mehr da. Sie sah gekränkt und ärgerlich und düpiert aus.

»Ich hätte es wissen müssen«, sagte sie kalt. »Ich war drauf und dran, dir alles zu glauben, was du gesagt hast.«

Ich legte die Hand auf ihren Arm, um sie zurückzuhalten. »Nora!« Sie schüttelte sie heftig ab und sah mir ins Gesicht. »Jetzt kannst du aufhören zu lügen, Luke«, sagte sie. »Du bist kein lieber Gott. Du kannst jetzt reden, wie dir ums Herz ist.« Die Tür schlug laut hinter ihr zu.

»Oh, das tur mit leid, Mister Carey. Immer mache ich nur Ungelegenheiten!«

Ich sah auf die geschlossene Tür. Noch nie hatte ich gehört, daß sich Nora für etwas entschuldigte. Nein, niemals. Ich betrachtete das Kuvert in meiner Hand. Die Bilder waren darin. Ich steckte sie in die Tasche.

Dann klopfte es wieder an der Tür. Diesmal war es die Bedienung. Ich bezahlte den Kaffee und goß uns ein. »Hier«, sagte ich und hielt Anna eine Tasse hin. »Trinken Sie. Es wird Ihnen sicher guttun.« Dann ging ich wieder zum Tisch. Anna setzte sich mir gegenüber. Ihre Augen waren groß und traurig. Nun nahm ich Noras Brief an Riccio und begann zu lesen.

Und plötzlich war es, als sei nichts weiter da als dieser Brief... Es stand alles drin. Alles. Hier war der fehlende Schlüssel. Hier waren alle Antworten. Ich hatte danach gesucht, ohne zu wissen. Ich las den letzten Absatz noch einmal, bloß um ganz sicher zu sein...

Und nun, mein Liebling, nachdem wir den Thanksgiving-Tag endgültig als Datum unserer Heirat festgesetzt haben, laß Dich von mir ernstlich vor dem einen warnen: Ich bin eine eifersüchtige Frau, eine Frau, die mit niemandem teilt. Wenn ich Dich jemals dabei ertappe, daß Du einer anderen Frau auch nur einen Blick schenkst, so schneide ich Dein Herz in tausend kleine Stücke! Also hüte Dich!

Ich liebe Dich! Nora.

Ich hörte Annas Stimme. Sie schien aus weiter Ferne zu kommen. »Was ist passiert?« fragte sie. »Ihr Gesicht ist ja weiß wie die Wand!«

Ich riß meinen Blick von dem Brief los.

»Es ist nichts«, sagte ich barsch. »Nichts ist passiert.«

Nun fügte sich das Bild zusammen. All die kleinen Stücke und Einzelheiten. All die verschlungenen Windungen, all die vertrackten Lügen. Jetzt kannte ich die Wahrheit. Außer Dani und Nora war ich der einzige, der sie kannte. Nun blieb nur noch ein Problem übrig:

Dem Gericht zu beweisen, daß meine Tochter keinen Mord begangen hatte. Und daß ihre Mutter die Mörderin war.

FÜNFTER TEIL

Colonel Careys Geschichte
Die Verhandlung

1

Als Dani in den Sitzungsraum kam, sah sie bleich und nervös aus. Sie blieb hinter Marian Spicer im Türrahmen stehen und sah sich in dem kleinen Saal um.

Wir saßen an dem langen Tisch, wie bei der letzten Vernehmung, nur hatte diesmal Dr. Weidman neben Nora Platz genommen und Harry Gordon zwischen ihr und ihrer Mutter. Dadurch kam ich an das Ende des Tisches, genau gegenüber den Plätzen für Dani und ihre Bewährungshelferin.

Der Richter saß bereits an seinem Pult; auch der Gerichtsschreiber und der Stenograf befanden sich an ihren Plätzen. Der Gerichtsdiener in seiner Amtsuniform lehnte nachlässig an einer geschlossenen Tür.

Als Dani auf dem Weg zu ihrem Platz an mir vorbeiging, berührte ich ihre Hand. Sie war eiskalt. Ich lächelte ihr zuversichtlich zu.

Sie zwang sich zu einem Lächeln, das ihr kläglich mißglückte. Ich machte eine kleine Geste mit der Hand, die ihr Mut machen sollte. Sie nickte und ging weiter. Bei der alten Dame und Nora blieb sie eine Sekunde stehen, küßte sie und begab sich dann auf ihren Platz.

Der Richter wollte offenbar keine Zeit verlieren. Er klopfte schon mit seinem Hammer auf, ehe Dani noch richtig saß. »Es ist der Zweck dieser Verhandlung«, sagte er, »zu einem Entschluß über die zukünftige Vormundschaft und Fürsorge für die Jugendliche Danielle Nora Carey zu kommen, der im Einklang steht mit ihren eigenen Interessen und zugleich den Interessen des Staates Kalifornien.« Er blickte hinunter zu Dani. »Verstehst du das, Danielle?«

Dani nickte. »Ja, Sir.«

»Du wirst dich auch erinnern«, fuhr er fort, »daß ich dich, als du letzte Woche hier vor diesem Gericht standest, darüber unterrichtet habe, daß du gewisse Rechte hast: das Recht, Zeugen zu deinen Gunsten zu benennen; das Recht auf einen

Anwalt; das Recht, jede Aussage über dich, die du als für dich nachteilig oder schädlich empfindest, im Kreuzverhör anzufechten.«

»Ja, Sir.«

»Ich habe zur Kenntnis genommen, daß du zusammen mit deiner Familie Mister Gordon bestellt hast, um die gemeinsamen Interessen wahrzunehmen. Bist du damit einverstanden, Danielle?«

Sie hob den Blick nicht. »Ja, Sir.«

Der Richter sah uns alle an. »Dann werden wir fortfahren«, sagte er. Er nahm ein paar Blatt Papier zur Hand, die vor ihm auf dem Tisch lagen. »Uns liegen zwei verschiedene Anträge wegen der Vormundschaft über dieses Kind vor. Der eine wurde von der Bewährungshelferin Miss Marian Spicer eingereicht; sie ersucht darum, daß der Staat die Vormundschaft behält, bis Danielle einer ausreichenden Behandlung unterzogen worden ist, welche sie so weit wiederherstellt, daß durch ihre Handlungen ihr selbst und anderen kein Unheil mehr geschehen kann. Der andere Antrag, der durch Mister Gordon namens der Eltern und Verwandten des Kindes eingereicht wurde, befürwortet, daß das Kind zum Mündel von Mrs. Hayden,. der Großmutter mütterlicherseits, erklärt und ihrer Vormundschaft und Fürsorge unterstellt wird. Sie würde die Aufsicht, Erziehung und Fürsorge für das Kind übernehmen, bis es großjährig wird.

In beiden Anträgen werden ausführliche Vorschläge hinsichtlich der Erziehung und des Wohls des Kindes gemacht. Wenn kein Einspruch erfolgt, werden wir unsere Verhandlung damit beginnen, den Antrag der Bewährungsbehörde zu erwägen.«

»Ich erhebe keinen Einspruch, Euer Ehren«, sagte Gordon.

»Gut.« Der Richter sah die Bewährungshelferin an. »Miss Spicer, würden Sie bitte dem Gericht Ihre Gründe darlegen, warum der Staat weiterhin die Vormundschaft für das Kind behalten soll?«

Marian Spicer räusperte sich nervös und stand auf. »Wir haben mehrere Gründe, Euer Ehren.«

Dann begann sie mit dünner, angespannter Stimme, aber je mehr sie sprach, desto mehr verschwand die Nervosität, und ihre Stimme klang normal. »Wir müssen im Auge behalten, daß dieses Kind der Bewährungsbehörde eingeliefert und vor Gericht gestellt wurde, weil eine schwere kriminelle Handlung vorliegt – ein Totschlag.«

»Ich erhebe Einspruch!« Harris Gordon sprang auf. »Der Spruch des Untersuchungsrichters und der Geschworenen lautete auf ›berechtigte Notwehr‹.«

Ich sah, daß Marian Spicer verwirrt errötete. Sie sah den Richter an.

»Ich nehme Kenntnis von dem Einspruch«, sagte er mit einem Blick auf Gordon. »Aber ich möchte Ihre Aufmerksamkeit dahin lenken, daß das Jugendgericht automatisch vorsieht: Alle derartigen Einwände werden nur zugunsten des Jugendlichen gemacht und vermerkt. Da dieses Gericht keine Geschworenen hat, die über diese Dinge instruiert werden müssen, halten wir es nicht für nötig, solche Einwände weiter zu erörtern.«

Gordon nickte. »Jawohl, Euer Ehren.«

Der Richter sah die Bewährungshelferin an. »Sie können fortfahren, Miss Spicer.«

Marian Spicer warf einen Blick auf die Papiere vor ihr auf dem Tisch und begann wieder: »Die Bewährungsbehörde beschäftigt sich natürlich nicht nur mit der Beschuldigung selbst, sondern auch mit den Ursachen, mit der Frage also, warum die Minderjährige eine solche Tat begangen hat, und was nach Möglichkeit geschehen kann, um einen ähnlichen Vorfall seitens der Jugendlichen in Zukunft zu verhüten.

Sie werden aus unserem Bericht ersehen, Euer Ehren, daß wir gründliche Nachforschungen über die bisherige Umwelt des Kindes angestellt haben, ebenso über die Umstände, unter denen sich diese Tat abgespielt hat. Wir haben das Kind, soweit wir das unter den vorliegenden Gegebenheiten konnten, physisch und psychisch überprüft.«

Sie sah Nora einen Augenblick an. »Auf Grund der physischen und medizinischen Untersuchung sind wir zu der Feststellung gekommen, daß sie im allgemeinen in guter körperlicher Verfassung ist, daß sie aber während der Zeit unmittelbar vor ihrer Einlieferung bei uns intensive sexuelle Beziehungen gehabt haben muß. Nach Ansicht des untersuchenden Arztes hat sie seit mindestens einem Jahr sexuellen Verkehr gehabt. Danach wäre sie erst etwas über dreizehn Jahre alt gewesen, als sie damit begonnen hat.«

Ich sah Dani an. Mit bleichem Gesicht sah sie starr auf den Tisch. Die Bewährungshelferin fuhr fort:

»Als wir Dani darüber befragten, verweigerte sie jede Auskunft. Sie wollte uns nicht sagen, mit wem sie diese Dinge getan hatte, sie wollte auch weder bestätigen noch leugnen, daß sie sexuellen Verkehr gehabt hat. Als wir darauf hinwiesen, daß ihre Weigerung, über diese Dinge zu sprechen, sich ungünstig auf ihre Lage auswirken könne, blieb sie hartnäckig dabei, daß dies nichts mit der Angelegenheit zu tun habe, deretwegen sie zu uns gebracht worden ist.«

Der Richter räusperte sich. »Dani«, sagte er ernst, »verstehst du, was Miss Spicer sagt?«

Dani sah nicht auf. »Ja, Sir.«

»Du weißt natürlich, daß solche Dinge sehr unrecht sind?« fuhr er im gleichen strengen Ton fort. »Daß anständige Mädchen so etwas nicht tun? Daß ein solches Betragen allen moralischen Grundsätzen zuwiderläuft und als sehr sündhaft gilt?«

Dani sah weiter auf den Tisch. »Ja, Sir.«

»Dann hast du uns also nichts zu sagen, womit du dich irgendwie rechtfertigen könntest?« Jetzt sah ihn Dani an.

»Nein, Sir!« antwortete sie mit fester Stimme.

Der Richter betrachtete sie einen Augenblick prüfend, dann wandte er sich wieder an Miss Spicer. »Bitte, fahren Sie fort.«

»Das Kind hatte mehrere Aussprachen mit Miss Sally Jennings, der Psychologin unserer Abteilung; auch hierbei weigerte sie sich, über diese Dinge zu sprechen, mit der Begründung, sie seien ihre private Angelegenheit. Über andere Dinge hat sie aber offen mit Miss Jennings gesprochen; der Bericht hierüber liegt der Eingabe unserer Abteilung bei.«

Miss Spicer nahm ein Blatt vom Tisch. »Hier ist der zusammenfassende Bericht von Miss Jennings. Ich lese ihn wörtlich vor.

›Nach mehreren Aussprachen mit Danielle Nora Carey bin ich zu folgendem Ergebnis gekommen: Hinter der äußerlichen Gefaßtheit und Fügsamkeit des Kindes liegt tief verwurzelt und wohlverborgen ein Gefühl des Grolls und der Eifersucht auf ihre Mutter. Dies hat sich – nach eigenen Worten des Kindes – viele Male in Auseinandersetzungen und heftigen Szenen mit der Mutter Luft gemacht. Danielle findet eine gewisse Beruhigung in der Tatsache, daß ihre Mutter sie liebt, was sie aus der Aufmerksamkeit schließt, welche die Mutter ihr in solchen Augenblicken der Rebellion zeigt. Zu anderen Zeiten empfindet Danielle mit Sicherheit, daß ihre Mutter nicht das mindeste Interesse für sie hat. Dani sprach über ihr Gefühl, daß die Mutter sie von jedem Menschen trenne, der sie mehr liebt als ihre Mutter, und daß ihre Mutter eifersüchtig auf sie sei, widersprach sich aber durch die wiederholte Versicherung, daß ihre Mutter sie liebe. Es sind einige Anzeichen dafür da, daß hinter diesen Bemerkungen eine leichte Form von Paranoia steckt, was aber im derzeitigen Stadium unserer Beobachtungen des Kindes schwer zu beurteilen ist. Ob diese latente Paranoia stark genug ist, unter gewissen Umständen zu einem Ausbruch von Gewalttätigkeit zu führen, kann ich nicht mit Sicherheit sagen. Ich würde dringend empfehlen, das Kind unter staatlicher Obhut zu behalten, bis alle diese Momente ausreichend überprüft sind und richtig eingeschätzt werden können.‹«

Miss Spicer legte den Bogen hin und sah wieder den Richter an. »Wir haben wie üblich auch genaue Nachforschungen über das schulische und häusliche Leben des Kindes vorgenommen. Der Bericht ihrer Schule ist, was die Leistungen betrifft, ungewöhnlich günstig. Sie ist die Beste in ihrer Klasse. Im Umgang mit ihren Klassenkameradinnen wird sie allgemein akzeptiert, obwohl diese finden, daß sie ihnen gegenüber auf dem Gebiet des Intellektuellen und der Allgemeinbildung eine gewisse Überlegenheit zur Schau trägt. Die wenigen Knaben, mit denen sie ausgegangen ist, hatten alle den Eindruck, daß sich Danielle in ihrer Gesellschaft ziemlich gelangweilt hat.

Wir haben auch mit Miss Hayden Rücksprache genommen; die Mutter des Kindes drückte größtes Erstaunen über unsere Feststellung aus, daß die Jugendliche sexuellen Verkehr gehabt hat. Sie behauptet, niemals etwas davon bemerkt zu haben. Unsere Feststellungen über Miss Hayden ergaben, daß trotz ihrer Sorgfalt in bezug auf das physische Wohl des Kindes das Niveau ihrer eigenen Moral sowohl im Haus wie außerhalb keineswegs ein annehmbares moralisches Klima für ihre Tochter darstellt. Ohne uns ein Urteil über Miss Hayden anmaßen zu wollen, die, wie wir zugeben, als Künstlerin in einer besonderen und eigenen Welt lebt, sind wir der Meinung, daß die Begriffe eben dieser Welt und ihre Lebensführung Danielle nicht günstig beeinflussen können in dem, was man normalerweise mit Recht und Unrecht bezeichnet. Ohne auf einzelne Beispiele aus Miss Haydens Lebensführung einzugehen – wir haben zahlreiche solcher Beispiele –, kommen wir zu dem Schluß, daß diese Sachlage allein es außerordentlich gefährlich erscheinen läßt, das Kind ihrer Aufsicht anzuvertrauen.«

Ich blickte auf Nora. Ihre Lippen waren fest zusammengepreßt; sie sah die Bewährungshelferin starr an. Wenn Blicke töten könnten, wäre Miss Spicer eine Leiche gewesen.

Miss Spicer aber erwiderte den Blick nicht, sondern hatte ihre ganze Aufmerksamkeit weiterhin auf den Richter konzentriert. »Wir haben auch mit Danielles Großmutter mütterlicherseits, Mrs. Hayden, Rücksprache genommen; sie möchte die Verantwortung für dieses Kind übernehmen. Mrs. Hayden hat einen ausgezeichneten Ruf in der Gemeinde und wird von jedermann hochgeachtet. Es besteht hier jedoch ein Hindernis, das uns äußerst bedenklich erscheint. Mrs. Hayden ist zur Zeit vierundsiebzig Jahre alt, und obwohl sie sich offenbar bester Gesundheit erfreut, stehen wir doch der Tatsache gegenüber, daß sie sich nicht ständig persönlich um das Kind kümmern kann. Sie muß es notgedrungen anderen Personen überlassen, eine ganze Reihe von Handlungen vorzunehmen, denen sie selbst nicht gewachsen ist. So bewunderswert ihre Absichten sind, bezweifeln wir doch, daß sie in der Lage ist, all die Pflichten zu erfüllen, die sie auf sich zu nehmen bereit ist. Bei größter Hochachtung für Mrs. Hayden haben wir dennoch Bedenken, das Kind jetzt ihrer Obhut anzuempfehlen.«

Die Augen der alten Dame blieben gelassen. Sie sah die Bewährungshelferin ruhig an. Offenbar hatte sie diesen Einwand von vornherein erwartet.

Jetzt kam ich an die Reihe. Miss Spicer sprach weiter: »Wir haben auch mit dem Vater der Jugendlichen gesprochen, mit Colonel Carey. Er kommt schon automatisch als Vormund des Kindes dadurch nicht in Betracht, daß er außerhalb des Staates Kalifornien wohnt. Dazu treten aber auch noch andere Faktoren, die es ausschließen, daß er diese Verantwortung übernimmt. Er hat jahrelang keinerlei Verbindung mit seiner Tochter gehabt. Sie haben sich auseinandergelebt und sind durch mehr als die beim Aufwachsen eines Kindes normalen Umstände voneinander getrennt. Wir bezweifeln, daß er finanziell wie persönlich die Erfahrung und die Fähigkeit besitzt, die Verantwortung für seine Tochter zu übernehmen.«

Jetzt konnte ich verstehen, warum sie mir gesagt hatte, daß sie nicht viele Fälle verpfuschen. Ich sah den Richter an, welchen Eindruck er wohl haben mochte. Sein rötliches Gesicht glänzte von der feuchten Hitze im Sitzungsraum. Aber seine Augen hinter den Brillengläsern verrieten mir nichts.

»Angesichts der vorgetragenen Informationen«, fuhr Miss Spicer fort, »beantragen wir, daß das Gericht das Kind dem Kalifornischen Jugendamt übergibt und zwar der Nordkalifornischen Aufnahmezentrale in Perkins. Wir hoffen, daß man sie von dort nach genauer Prüfung nach dem Los-Guilicos-Erziehungsheim in Santa Rosa überweisen wird, wo sie unter wirksamer Aufsicht steht und die geeignete psychiatrische Therapie erhält, bis sie das gesetzliche Alter erreicht hat und in eigene Verantwortung entlassen werden kann.«

Als die Bewährungshelferin sich setzte, herrschte tiefes

Schweigen im Raum. Keiner von uns wagte den andern anzusehen.

Die Stimme des Richters unterbrach das Schweigen. »Haben Sie irgendwelche Fragen betreffs der Vorschläge im Antrag der Bewährungsabteilung?«

Harris Gordon stand auf. »Es gibt – wie das Gericht ohne weiteres verstehen wird – eine ganze Anzahl von Einwänden, die ich unter normalen Umständen zu einem Bericht dieser Art vorzubringen hätte. Aber da das Gericht sie sicherlich ebenso klar erkennt wie ich, lassen wir sie fallen.«

Der Richter nickte. »Gut, lassen wir sie fallen.«

»Ich danke Ihnen, Euer Ehren«, sagte Gordon höflich. »Wir glauben, daß unser eigener Antrag sowohl unsere Lage wie alle Fragen darlegt, die wir hinsichtlich des Antrags der Bewährungsabteilung haben. Wir glauben, daß die Nachforschungen der Bewährungsabteilung in vieler Beziehung oberflächlich und voreingenommen waren. Unter manchen Umständen würde dies, so meine ich, keinen großen Unterschied machen, aber das Gericht muß anerkennen, daß die Möglichkeiten der Familie, in richtiger Weise für das Wohl des Kindes zu sorgen, durchaus vorhanden sind, sowohl im gegenständlicher wie in finanzieller Beziehung – vielleicht besser für das Wohl des Kindes zu sorgen, als der Staat dazu in der Lage sein dürfte.«

»Das Gericht hat Ihren Antrag gelesen, Mister Gordon. Wir sind bereit, ihn nunmehr in Erwägung zu ziehen. Würden Sie bitte fortfahren?«

Gordon nickte. Er blieb stehen. »Darf ich Euer Ehren darauf hinweisen – es dürfte bei diesem Antrag dienlich sein –, daß die Antragstellerin in diesem Fall Mrs. Marguerite Cecilia Hayden ist, die Großmutter des Kindes mütterlicherseits.«

»Das Gericht hat es zur Kenntnis genommen.«

»Ich danke Euer Ehren. Ohne damit eine Ansicht über das Kind irgendwie vorwegnehmen zu wollen, möchte ich sagen, daß die Antragstellerin viele der in diesem Fall eine Rolle spielenden Faktoren, von denen im Antrag der Bewährungsbehörde die Rede ist, durchaus anerkennt. Dennoch behauptet die Antragstellerin, daß die genannte Behörde infolge ihrer nun einmal begrenzten Möglichkeiten und der Staat wegen der vielen Lasten, die er ohnehin zu tragen hat, dem Kind nicht die Fürsorge angedeihen lassen können, die zu seiner völligen Wiederherstellung so notwendig ist. Die Antragstellerin jedoch ist dazu durchaus in der Lage.

Im Gegensatz zu den etwas unklaren Verallgemeinerungen über Aufsicht und Behandlung im Antrag der Bewährungsabteilung haben wir einen sorgfältig im Detail ausgearbeiteten Plan für die Fürsorge und Behandlung des Kindes erstellt und sind bereit, ihn dem Gericht zu unterbreiten.

Wir haben bereits mit der Abingdonschule für Mädchen verabredet, daß das Kind sofort dort aufgenommen wird. Ich brauche den guten Ruf, den die Abingdonschule genießt, nicht zu betonen. Ich bin überzeugt, es ist dem Gericht wohlbekannt. Die Schule verzeichnet die besten Erfolge mit den sogenannten schwierigen Kindern, bessere als jede andere Schule in diesem Land. Man sagt, einer der Gründe für diesen Erfolg sei es gerade, daß die Kinder nicht ganz von jedem Kontakt mit einem normalen häuslichen Leben abgeschnitten sind. Jedes Kind wird in einer völlig normalen Umgebung erzogen und kehrt wie in einer normalen Schule jeden Abend nach Hause zurück.

Ich habe Herrn Dr. Isidor Weidman gebeten, bei dieser Verhandlung anwesend zu sein. Dr. Weidman ist ein bekannter Kinderpsychiater und arbeitet eng mit der Abingdonschule zusammen. Er würde die psychologische und psychiatrische Betreuung des Kindes selbst übernehmen. Er hat sich zur Verfügung gestellt, falls irgendwelche Fragen hinsichtlich seiner speziellen Pläne für dieses Kind gestellt werden sollten.« Gordon sah den Richter fragend an.

»Dr. Weidman ist dem Gericht bekannt«, sagte der Richter. »Es hegt große Achtung vor seinen Fähigkeiten und seinen Ansichten. Jedoch im Augenblick liegt kein Grund vor, Dr. Weidman zu befragen.«

Gordon nickte. »Mrs. Hayden hat ferner Vorsorge getroffen, daß sich ihre Enkelin der Gemeinde der St.-Thomas-Kirche anschließt zur Unterweisung in der Führung eines echten Christenlebens. Der Pfarrer, Reverend J. J. Williston von der St.-Thomas-Kirche, der leider zu dieser Verhandlung heute morgen nicht kommen konnte, ist gern bereit, falls von ihm eine Auskunft gewünscht wird, etwas später am Tage, wann es dem Gericht beliebt, hier zu erscheinen.«

»Das Gericht nimmt es zur Kenntnis, Mister Gordon.«

»Mrs. Hayden hat ferner einige Räume in ihrem Haus ausgesucht, die sie neu einrichten und für das Kind beziehbar machen wird. Sie ist bereit, dem Kind all die Fürsorge physischer und moralischer Art angedeihen zu lassen, zu der sonst die Eltern verpflichtet sind. Hinsichtlich der Besorgnisse der Bewährungsbehörde über die körperliche Verfassung von Mrs. Hayden...«

Gordon nahm ein Glas Wasser, das vor ihm auf dem Tisch stand, und trank einen Schluck. Er stellte das Glas wieder hin und wandte sich erneut an den Richter.

»Mrs. Hayden ist zur Zeit Mitglied des Direktoriums von elf verschiedenen Gesellschaften und aktiv an der Leitung von vier dieser Firmen beteiligt. Sie gehört darüber hinaus dem Kuratorium des Kollegiums für Kunst und Wissenschaften der Universität an und hat ferner eine führende Stellung in der Gesellschaft der ›Töchter der Gründer von San Francisco‹.

Vor einigen Tagen begab sich Mrs. Hayden auf meinen Rat in das ›General Hospital‹ und ließ sich gründlichst untersuchen. Ich habe die schriftlichen Berichte darüber hier und würde sie gern verlesen.«

Er griff nach einem Bogen Papier. »›Nach Ansicht der untersuchenden Ärzte, die diesen Bericht unterzeichnet haben, ist Mrs. Marguerite Cecilia Hayden, vierundsiebzig Jahre alt, bei bester Gesundheit und im Vollbesitz ihrer Kräfte. Es haben sich keinerlei ungewöhnliche gesundheitliche Schäden feststellen lassen, die sonst bei Menschen ihrer Altersklasse auftreten. Wir sind weiter der Ansicht, daß sich Mrs. Hayden, außer infolge eines Unfalls oder unvorhersehbarer Ereignisse, ihres jetzigen Gesundheitszustandes noch viele Jahre erfreuen dürfte.‹«

Gordon machte eine Pause und sah den Richter an. »Dieser Bericht ist unterschrieben von Dr. Walter Llewellyn, Professor für Geriatrie an der Universität von Südkalifornien, Chefarzt der Untersuchungsstelle, sowie von fünf weiteren Ärzten.

Wenn das Gericht wünscht, werde ich die Namen verlesen.«

»Das Gericht akzeptiert die Feststellung des Anwalts. Es liegt kein Grund vor, die Namen der anderen Ärzte zu verlesen.«

Gordon trank wieder einen Schluck Wasser. »Ich habe diesem Antrag kaum noch etwas hinzuzufügen, außer dem einen Hinweis.« Er sah über den Tisch zu Dani hin. »Wir bitten das Gericht, im Auge zu behalten, daß es für ein Kind keine wirksamere Behandlung geben kann, als geliebt zu werden und sich sicher zu fühlen in der Gewißheit, geliebt zu werden. Ohne solche Liebe ist alles medizinische und psychiatrische Wissen und Können machtlos. Mit solcher Liebe ist keine Heilung unmöglich.

Wir beharren auf dem Standpunkt, daß Mrs. Hayden alles für ihre Enkelin tun kann, was der Staat beabsichtigt, und mehr als das. Dazu käme dieser eine unendlich wichtige zusätzliche Faktor der Liebe zwischen Großmutter und Enkelin – Liebe, die keine Institution, so wohlmeinend sie auch sein mag, aufbringen oder ersetzen kann.«

Der Richter sah Miss Spicer an. »Haben Sie hinsichtlich dieses Antrags irgendwelche Fragen?«

Die Bewährungshelferin erhob sich. »Unsere Abteilung hat den Antrag von Mrs. Hayden sehr sorgfältig geprüft, ist aber dennoch nach wie vor der Meinung, daß dem Interesse des Kindes sowie des Staates am besten mit unserem eigenen Antrag gedient sein dürfte. Wären wir zu einem anderen Schluß gekommen, so hätten wir den Antrag von Mrs. Hayden mit unserer Empfehlung unterstützt.«

Der Richter sah herunter auf Dani. »Danielle, hast du irgendwelche Fragen über diese beiden Anträge zu stellen?«

»Nein, Sir«, antwortete sie mit leiser Stimme.

»Du verstehst doch, was ich jetzt zu entscheiden habe?« fragte er. »Ich muß jetzt entscheiden, was mit dir geschehen soll. Ob du in Obhut des Staates bleiben oder zu deiner Großmutter kommen sollst. Je mehr ich von dir weiß, um so besser kann ich meine Entscheidung treffen. Hast du noch irgend etwas auf dem Herzen, was du mir gern sagen möchtest?«

Dani mied seinen Blick. »Nein, Sir.«

»Du hast nicht nur eine furchtbare Tat begangen«, sagte er mit seiner ernstesten Stimme, »sondern du gibst es auch zu, ein höchst unmoralisches und unpassendes Leben geführt zu haben. Ein Leben, von dem wir beide, du und ich, wissen, daß es unrecht ist und unter keinen Umständen fortgesetzt werden darf. Kannst du mir etwas sagen, was mich überzeugen könnte, den Antrag deiner Großmutter zu genehmigen?«

Sie sah immer noch auf die Tischplatte. »Nein, Sir.«

»Wenn du hier vor Gericht nicht sprechen willst – würdest du mir vielleicht allein etwas zu sagen haben? Drüben in meinem Zimmer, wo uns kein anderer hört?«

»Nein, Sir.«

Er seufzte. »Du weißt wohl selbst, daß du mir kaum eine Wahl läßt, nicht wahr?«

Jetzt war ihre Stimme sehr matt. »Nein, Sir.«

Ich glaubte einen Schimmer von Traurigkeit in den Augen des Richters zu sehen, als er sich in seinen Sessel zurücklehnte. Er saß einen Augenblick ganz still, dann wandte er sich ein wenig zur Seite und musterte uns alle. Sein Gesicht war feierlich. Er räusperte sich, als er zum Sprechen ansetzte.

Wir sahen ihn so gespannt an, als sei er der letzte Mensch auf dieser Welt. Er räusperte sich nochmals, dann griff seine Hand nach dem Hammer.

»Euer Ehren!« rief ich plötzlich und stand auf.

»Ja, Colonel Carey?«

Ich sah mir die Runde um den Tisch an. Ich sah die Überraschung und den Schrecken in allen Gesichtern, aber das einzige Gesicht, das ich tatsächlich sah, war Danis Gesicht.

Sie blickte mich groß an, ihre Augen standen weitgeöffnet und rund in dem blassen Gesicht. Ich sah die mattblauen

Schatten unter ihnen und wußte, daß sie geweint hatte, ehe sie in den Sitzungssaal kam. Ich wandte mich ab und blickte den Richter an. Es war meine letzte Chance, etwas für meine Tochter zu tun.

2

Ich hüstelte nervös. »Habe ich das Recht, einige Fragen zu stellen, Euer Ehren?«

»Sie haben vor diesem Gericht dieselben Rechte wie Ihre Tochter, Colonel Carey«, erwiderte der Richter. »Sie haben das Recht auf einen juristischen Berater, das Recht, Zeugen beizubringen und die Aussagen anderer Zeugen hinsichtlich aller Dinge im Rahmen dieser Verhandlung anzufechten.«

»Ich danke Ihnen, Euer Ehren«, sagte ich. »Ich habe zunächst eine Frage an Miss Spicer.«

»Bitte, stellen Sie Ihre Frage.«

Ich wandte mich zu der Bewährungshelferin.

»Miss Spicer, *glauben* Sie, daß meine Tochter eines Mordes fähig ist?«

Gordon sprang auf. »Ich erhebe Einspruch, Euer Ehren!« sagte er gereizt. »Colonel Carey stellt eine Frage, die ein Vorurteil gegen meine Klientin hervorrufen könnte.«

Der Richter sah ihn scharf an. »Mister Gordon«, sagte er, mit ebenfalls etwas gereizter Stimme, »ich meinte Ihnen bereits erklärt zu haben, daß alle Einwände *zugunsten* der Jugendlichen automatisch genehmigt sind.« Er wandte sich an Miss Spicer.

Die Bewährungshelferin zögerte. »Ich weiß es nicht.«

»Sie haben gestern zu mir gesagt, es falle Ihnen schwer zu glauben, daß ein Kind wie Dani einen Mord begehen könne. Daß Ihnen wohler wäre, wenn Sie einen stichhaltigen psychologischen Grund für diese Tat entdecken könnten. Warum hatten Sie diese Empfindung?«

Marian Spicer sah den Richter an. »Es ist weder Miss Jennings noch mir gelungen, einen so engen Kontakt mit

Danielle herzustellen, daß wir beurteilen könnten, wozu sie wirklich fähig ist und wozu nicht. Wir sind der Meinung, daß sie ein für einen so jungen Menschen außergewöhnliches Maß an Selbstbeherrschung an den Tag legt.«

»Sie waren bei der Verhandlung vor dem Untersuchungsrichter zugegen und haben die Aussagen dort gehört. Waren Sie mit dem Spruch der Geschworenen einverstanden?«

Sie sah mich an. »Ich habe ihren Spruch akzeptiert.«

»Danach frage ich nicht, Miss Spicer. Glauben Sie nach dem, was Sie jetzt über meine Tochter wissen, daß sie einen Mann getötet hat, wie dies bei der Verhandlung angenommen wurde?«

Sie zögerte wieder. »Für möglich halte ich es.«

»Aber Sie haben noch immer Ihre Zweifel?«

Sie nickte. »Zweifel hat man immer, Colonel. Aber wir müssen uns mit den Tatsachen abfinden. Wir können und dürfen uns nicht von unseren persönlichen Empfindungen beeinflussen lassen. Die Tatsachen, vor denen wir stehen, rechtfertigen den Spruch der Geschworenen. Deshalb müssen wir entsprechend handeln.«

»Ich danke Ihnen, Miss Spicer.«

Ich wandte mich wieder dem Richter zu. Er hatte sich ein wenig vorgebeugt und beobachtete mich. Offenbar war er neugierig, was ich weiter vorbringen würde.

Gordon war schon wieder aufgestanden. »Ich muß protestieren, Euer Ehren«, sagte er. »Ich kann nicht einsehen, was Colonel Carey zu erreichen hofft, wenn er solche Fragen stellt. Die ganze Form seines Vorgehens erscheint mit höchst... ungewöhnlich.«

Der Richter wandte sich an mich. »Ich muß zugeben, daß auch ich etwas betroffen bin. Genau: Was hoffen Sie denn zu erreichen?«

»Ich weiß es nicht genau, Euer Ehren, aber da sind einige Dinge, die mich irritieren.«

»Was sind das für Dinge, Colonel Carey?«

»Wenn meine Tochter keine Jugendliche wäre, sondern erwachsen, und wenn dann das Urteil der Geschworenen auf ›berechtigte Notwehr‹ oder ›Totschlag in Notwehr‹ gelautet hätte..., dann wäre sie doch jetzt aller Wahrscheinlichkeit nach frei und könnte ihr normales Leben fortsetzen. Stimmt das nicht?«

Der Richter nickte. »Ja, das stimmt.«

»Aber da sie eine Jugendliche ist, unterliegt sie der Bestrafung, und darum steht sie jetzt vor diesem Gericht?«

»Das ist nicht wahr, Colonel«, antwortete der Richter. »Ihre Tochter steht hier nicht wegen Mord vor Gericht. Hier findet eine Verhandlung über die Vormundschaft statt – eine Verhandlung, die vornehmlich zu ihrem eigenen Wohl und Besten stattfindet.«

»Verzeihen Sie meine Beschränktheit, Euer Ehren. Ich bin kein Rechtsanwalt. Für mich ist die bloße Tatsache, daß ihr Gefangenschaft oder Haft droht, gleichbedeutend mit Bestrafung. Was auch der Grund sein mag, das Verbrechen, dessen man sie beschuldigt, oder ein durch den Staat gegebener – für mich scheint es auf dasselbe hinauszulaufen.«

»Sie können versichert sein, Colonel, daß Strafmaßnahmen das letzte wären, was dieses Gericht beabsichtigt«, sagte der Richter förmlich.

»Vielen Dank, Euer Ehren. Aber da ist noch etwas, das mir unverständlich ist...« – »Und was ist das?«

»Wenn ich heute eines Verbrechens angeklagt wäre, so würde ich vor ein Schwurgericht gestellt werden. Dort hätte ich das Recht, mich gegen die Anklage zu verteidigen und endgültig, ein für allemal, meine Unschuld oder Schuld feststellen zu lassen.«

Wieder nickte der Richter.

»Das wurde aber im Fall meiner Tochter nicht für nötig gefunden. Man hat mir hier vom ersten Augenblick an nachdrücklich erklärt, daß es überflüssig sei, sich mit der Frage einer Strafe zu befassen, da Dani eine Jugendliche sei. Das einzige, worüber es zu verhandeln gelte, sei die Vormundschaftsfrage. Erst heute ist mir klargeworden, daß ein sehr wichtiger Faktor fehlt.«

Ich war sehr durstig und goß mir ein Glas Wasser ein. Der Richter sah mich neugierig an, als ich weitersprach.

»Ich habe bei diesem ganzen Verfahren nichts gesehen,

was auch nur irgendwie einer Verteidigung meiner Tochter glich. Sie ist doch sicherlich dazu berechtigt, daß man ihr eine Gelegenheit gibt, sich zu verteidigen.«

»Man hat ihr keines ihrer Rechte vorenthalten«, sagte der Richter etwas gereizt. »Meines Erachtens haben Sie und ihre Mutter einen höchst fähigen Anwalt bestellt. Mister Gordon ist bei allen Verhandlungen zugegen gewesen. Wenn Sie irgendwelche Klagen über die Art seiner Verteidigung haben, so ist, fürchte ich, das Gericht nicht die dafür zuständige Stelle.«

Ich hatte das Gefühl, mich immer mehr in ein Paragraphennetz zu verwickeln. Wie töricht war meine Annahme gewesen, ich könne das Gewebe der Verdunkelungen zerreißen, welches das Gesetz schon um sie geschlungen hatte.

»Euer Ehren«, sagte ich verzweifelt, »ich versuche doch nur, in simplen Worten zu fragen: Was kann ich tun, um die Wahrheit über meine Tochter vor dieses Gericht zu bringen?«

Nun sah mich der Richter lange an. Dann lehnte er sich in seinen Sessel zurück. »Wenn das alles ist, was Sie wünschen, Colonel«, sagte er langsam, »so fahren Sie nur fort – in jeder Art, die Sie für nützlich halten. Dieses Gericht ist ebenso eifrig wie Sie selbst bestrebt, die Wahrheit zu erfahren.«

Gordon stand auf. »Dies ist in hohem Maße ungewöhnlich, Euer Ehren«, protestierte er. »Colonel Carey kann nichts weiter tun, als die ganze Angelegenheit unnötig in die Länge zu ziehen. Die Geschworenen des Untersuchungsrichters haben ihren Spruch gefällt. Ich kann nicht einsehen, was für einen Sinn es hat, die ganze Geschichte noch einmal aufzuwärmen. Wir wissen alle, daß es bei dieser Verhandlung um die Vormundschaftsfrage geht, und ich lege dagegen Verwahrung ein, daß sie in etwas anderes verwandelt wird.«

»Vor jedem andern Gericht hätte meine Tochter doch das Recht auf Berufung, Euer Ehren?« fragte ich. »Könnte dieser Gerichtshof ihr nicht dieselben Rechte einräumen?«

Der Richter betrachtete uns beide, Gordon und mich. »Es

liegt nicht innerhalb der Befugnisse dieses Gerichts, die Entscheidungen einer anderen Instanz zu revidieren. Es ist jedoch die Absicht dieses Gerichts, alles anzuhören, was sein Urteil über den hier verhandelten Fall fördern könnte. Es ist die Pflicht des Gerichts, sich zu vergewissern, daß ein Jugendlicher geschützt wird, wenn nötig vor seinen eigenen Handlungen, ganz gleichgültig auf welche Art. Nachdem diese Verhandlungen mehr oder weniger informell geführt werden, sehe ich nicht, was es schaden könnte, den Colonel anzuhören.« – »Danke, Euer Ehren.«

Gordon warf mir einen sonderbaren Blick zu, als er sich wieder setzte. Ich wandte mich wieder an den Richter: »Darf ich eine Zeugin vorführen?«

Der Richter nickte.

Ich ging durch den Saal und öffnete die Tür des Warteraums. Anna saß in der gegenüberliegenden Ecke in der Nähe der Glasfenster. Ich winkte ihr, und sie kam in den Saal.

»Dies, Euer Ehren«, sagte ich, »ist Anna Stradella.«

Noras Gesicht war weiß vor Zorn. Ich sah, wie sie Gordon etwas zuflüsterte. Das Gesicht der alten Dame war gelassen wie immer und Dani schien nur neugierig.

»Bitte setzen Sie sich, Miss Stradella«, sagte der Richter. Er deutete auf einen Stuhl in der Nähe der Richterbank. Anna setzte sich, der Schreiber trat mit einer Bibel in der Hand zu ihr. Er nahm ihr schnell den Eid ab und setzte sich wieder.

»Sie können fortfahren, Colonel«, sagte der Richter. Jetzt waren seine Augen hinter den Brillengläsern lebendig. Seine Miene verriet ein Interesse, das er vorher nicht gezeigt hatte.

Anna war ganz in Schwarz, aber ihr dunkles Kleid konnte die Üppigkeit ihrer Gestalt nicht verbergen. Sie saß ruhig, die Hände über ihrer Handtasche gefaltet.

»Würden Sie dem Gericht erzählen, wie wir uns kennengelernt haben, Anna?« fragte ich.

»Ich lernte Colonel Carey kennen, als er in das Bestattungsinstitut kam, um mit der Familie von Tony Riccio zu sprechen.«

Ich sah aus dem Augenwinkel, wie Dani sich plötzlich

vorwärts über den Tisch beugte und Anna betrachtete. »Warum waren Sie dort, Anna?«

»Tony war mein Verlobter gewesen«, antwortete sie ruhig. »Wir hatten die Absicht zu heiraten.«

»Wie lange waren Sie verlobt?«

»Neun Jahre.«

»Das ist für heutzutage eine lange Verlobungszeit, meinen Sie nicht?«

»Wahrscheinlich«, antwortete sie. »Aber Tony wollte warten, bis ihm der große Coup gelungen war.«

»Ich verstehe. Sie wußten, daß er bei Miss Hayden beschäftigt war, nicht wahr?«

Sie nickte.

»Haben Sie über die Art seiner Stellung dort jemals mit Tony gesprochen?«

Sie schüttelte den Kopf. »Nein, er hat nie darüber gesprochen. Aber er sprach oft von Miss Hayden.«

»Was hatte er über sie zu sagen?«

Gordon schoß hoch. »Gegen diese Frage muß ich schärfstens Verwahrung einlegen, Euer Ehren. Der ganze Gegenstand ist absolut unerheblich, und vor diesem Gericht nicht zur Sache gehörig, Euer Ehren!«

»Abgelehnt«, sagte der Richter fast nachlässig. Ich merkte, er war gespannt, worauf ich hinaus wollte. »Beantworten Sie die Frage, Miss Stradella.«

»Er sagte, sie sei eine reiche Dame in mittleren Jahren, und eines Tages würde er ein hübsches Bündel Scheine von ihr kassieren.«

Ich warf einen Blick auf Nora. Ihr Gesicht war weiß und voll Zorn. Ich wandte mich wieder an Anna. »Hat er mit Ihnen jemals irgend etwas besprochen über seine... Beziehungen im Hause seiner Arbeitgeberin?«

»Ja«, flüsterte Anna. »Er sagte, daß er zwischen der Kleinen und der Mutter... daß er nicht wüßte, bei welcher er sich zuerst das Kreuz brechen würde.«

»Ich nehme an, er wollte damit ausdrücken, daß er mit beiden sexuelle Beziehungen hatte?«

»Ja.«

»Während dieser Zeit hatte er auch Beziehungen zu Ihnen?«

Anna sah zu Boden. »Ja«, flüsterte sie.

»Hatten Sie nichts gegen seine Beziehungen mit Miss Hayden und ihrer Tochter einzuwenden?«

»Was hätte es genützt?« fragte sie mit tonloser Stimme. »Er sagte mir, er müsse es tun. Es gehöre zu seiner Stellung.«

»Das ist eine Lüge!« schrie Dani plötzlich. »Das ist eine schmutzige Lüge!«

Der Richter klopfte scharf mit dem Hammer auf. »Sei still, Danielle«, verwarnte er sie, »sonst muß ich dich aus diesem Saal bringen lassen.«

Danis Gesicht erstarrte. Sie sah mich groß an. Jetzt wußte ich, wie Judas zumute gewesen ist, als er Jesus ins Gesicht blickte. Ich wandte mich wieder zu Anna.

»Wann hatten Sie Ihren Verlobten zum letztenmal gesehen?«

»Ungefähr zwei Wochen, ehe... ehe er starb.«

»Und was hatte er Ihnen damals zu sagen?«

»Er gab mir einen großen Umschlag und bat mich, ihn aufzubewahren«, erwiderte sie. »Er sagte, er enthalte Briefe von Miss Hayden und ihrer Tochter, und die Briefe würden binnen kurzem für uns eine Menge Geld wert sein. Genug Geld, daß wir damit heiraten könnten.«

»Haben Sie diese Briefe gelesen?«

»Nein«, sagte sie. »Der Umschlag war versiegelt.«

»Was haben Sie damit getan?«

»Ich habe sie aufbewahrt«, sagte sie. »Aber dann kam eines Abends mein Bruder und sagte, Tony wolle sie wiederhaben, und ich gab ihm den Umschlag. Erst als mein Bruder fort war, erfuhr ich, daß Tony schon tot war.«

»Was hat Ihr Bruder mit den Briefen getan?«

»Er hat sie verkauft.«

»An wen?«

»An Miss Hayden.«

»Aber Miss Hayden hat nicht alle Briefe bekommen, nicht wahr?« fragte ich.

»Nein, mein Bruder hat zwei davon zurückbehalten.«

»Und was hat er mit diesen beiden getan?«

Sie sah mir gerade ins Gesicht. »Er hat sie Ihnen verkauft – für hundert Dollar.«

Diesmal war es Nora, die von ihrem Stuhl emporfuhr. »Dieser schmutzige kleine Gauner!«

Gordon zog sie zurück, und ich konnte sehen, daß er ebenso überrascht war wie die andern. Er hatte vermutlich überhaupt nicht gewußt, daß diese Briefe existierten.

Ich zog die Briefe aus der Tasche. »Sind das dieselben, die Ihr Bruder Ihnen für mich gegeben hat?«

Anna sah sie an. »Ja, sie sind es.«

»Das ist alles, Anna. Ich danke Ihnen.«

Anna erhob sich und ging zur Tür. In der offenen Tür blieb sie noch eine Sekunde stehen und blickte zurück, dann schloß sich die Tür hinter ihr.

»Ich würde gern einen Absatz aus einem dieser Briefe hier vorlesen«, sagte ich und las den letzten Absatz aus Noras Brief vor, ohne die Zustimmung des Richters abzuwarten.

»Du hast mir nicht gesagt, daß du ihn heiraten willst, Mutter«, rief Dani. »Du hast es mir nicht gesagt!«

»Sei still, Dani.« Die Bewährungshelferin legte die Hand auf Danis Arm.

Gordon war schon wieder aufgestanden. »Ich beantrage, daß die gesamte Aussage dieser Frau und der Auszug aus dem Brief als unerheblich und unwesentlich aus dem Protokoll gestrichen werden!«

»Genehmigt«, sagte der Richter gleichgültig. »Die Streichung ist hiermit angeordnet.« Er sah mich an. »Haben Sie weitere Überraschungen, Colonel Carey?«

»Jawohl, Euer Ehren. Ich möchte einige Fragen an Miss Hayden stellen.«

Gordon schnellte hoch. »Ich erhebe Einspruch, Euer Ehren.«

»Abgelehnt.«

»Dann ersuche ich um eine kurze Pause, um mich mit meiner Klientin zu besprechen«, sagte Gordon.

Der Richter beugte sich über sein Pult und sah herab auf Gordon. »Sie haben anscheinend einen Überfluß an Klienten bei dieser Verhandlung, Mister Gordon. Von welcher Ihrer Klientinnen sprechen Sie?«

Gordon wurde rot. »Von Miss Hayden, Euer Ehren.«

Der Richter nickte. Er klopfte mit seinem Hammer auf das Pult. »Das Gericht setzt die Verhandlung für fünfzehn Minuten aus.«

Wir erhoben uns alle, als er den Saal verließ. Miss Spicer brachte Dani in das Wartezimmer für Mädchen. Kaum hatte sich die Tür hinter ihr geschlossen, wandte sich Gordon zu mir.

Seine Stimme war gereizt und scharf: »Was, zum Teufel, wollen Sie tun, Luke?«

3

»*Ihre* Arbeit, Rechtsanwalt Gordon«, sagte ich. »Ich versuche, meine Tochter zu verteidigen.«

»Sie sind verrückt, Luke. Sie machen alles nur noch schlimmer für sie!«

»Was kann noch schlimmer werden? Der Richter ist entschlossen, sie wegzuschicken.«

»Das wissen Sie noch nicht. Er hat seine Entscheidung noch nicht gefällt. Und wenn er gegen uns entscheidet, werden wir morgen Antrag auf Wiederaufnahme stellen.«

»Und was würde das nützen?« fragte ich. »Dani bleibt eingesperrt. Warum fürchten Sie sich so sehr davor, daß ich die Wahrheit herausbringe? Oder sind Sie mit in die saubere Geschichte verwickelt?«

»Ich welche ...?«

Ich erkannte, daß er wirklich ganz überrascht war. »Nora hatte Angst, ich könnte zufällig über die Wahrheit stolpern und aufdecken, was in jener Nacht tatsächlich geschehen ist. Deshalb hat sie mir von Coriano eine Falle stellen lassen, als ich mir die Briefe holen wollte.«

»Eine Falle? Ihnen?«

Ich nahm die Bilder aus der Tasche, zeigte sie ihm und

erklärte ihm, was vorgefallen war. Er war blaß, als ich sie wieder in meine Tasche schob und zu ihm sagte: »Nora hat mich gewarnt, ich solle mich nicht einmischen. Andernfalls werde sie die Bilder meiner Frau schicken.«

»Ich hätte sie dir niemals geben sollen«, zischte Nora wütend. »Ich muß völlig verrückt gewesen sein!«

Jetzt war aber auch Gordon zornig. Er faßte sie ziemlich grob am Arm und zog sie fort.

Ich beobachtete sie, wie sie an das andere Ende des Saales gingen. Ich hörte sie flüstern, konnte aber nicht verstehen, was sie sagten. Ich setzte mich und griff nach einem Glas Wasser. Ich hätte gern eine Zigarette geraucht, wußte aber nicht, ob das Rauchen hier gestattet war.

»Sie haben Ihre Tochter sehr aufgeregt, Colonel«, sagte Dr. Weidman.

Ich sah auf. In seinem Blick war etwas wie echtes Mitgefühl. Ich trank das Wasser. »Es ist besser, sie regt sich jetzt auf, Doktor, als wenn wir versuchen müßten, den Schaden wiedergutzumachen, den ihr drei Jahre Erziehungsheim antun.«

Weidman schwieg. Ich griff nach einer Zigarette und zündete sie an. Zum Teufel mit allen Vorschriften. Ich fühlte, wie meine Hand zitterte.

Die alte Dame legte plötzlich ihre Hand auf die meine. Ihre Stimme war so sanft und weich wie ihre Berührung. »Ich hoffe, du weißt, was du tust, Luke.«

Ich sah sie an. Offenbar war sie die einzige von uns, die ihre Vernunft behalten hatte. Ich erwiderte ihren Händedruck. »Ich hoffe es«, sagte ich.

Mit einem Male wünschte ich mir, Elizabeth wäre hier. Sie würde wissen, was ich zu tun hatte. Sie würde imstande sein, die plötzlichen Zweifel und Befürchtungen, die in mir aufstiegen, zu beruhigen. Vielleicht hatte Gordon recht. Vielleicht richtete ich mehr Schaden an, als ich Gutes tat. Ich wußte es nicht; ich konnte mich nicht erinnern, mich jemals so einsam gefühlt zu haben.

Die Tür des Richterzimmers öffnete sich, und der Richter betrat den Saal. Wir standen auf, bis er uns mit seinem

Hammer das Zeichen gab, uns wieder zu setzen. Gordon und Nora nahmen ihre Plätze am Tisch ein. Ich sah, daß Gordons Gesicht noch gerötet und zornig war.

»Der Gerichtsdiener soll das Kind holen«, sagte der Richter.

Der Beamte ging hinüber zu dem Warteraum für Mädchen und klopfte an die Tür. Wenige Sekunden darauf kamen Dani und die Bewährungshelferin wieder herein.

Die blauen Schatten unter Danis Augen schienen mir noch tiefer geworden zu sein. Ich sah, daß sie wieder geweint hatte. Als sie an mir vorbei auf ihren Platz ging, blickte sie mich nicht an. »Sie können fortfahren, Colonel Carey«, sagte der Richter.

Noch ehe ich etwas sagen konnte, hatte sich Gordon erhoben. »Ich muß nochmals gegen dieses Vorgehen protestieren, Euer Ehren. Es ist absolut gesetzwidrig und könnte, wenn es fortgesetzt werden darf, zu Beschwerden gegen den Gerichtshof wegen Voreingenommenheit und Vorurteils führen.«

Richter Murphys Augen waren plötzlich kalt.

»Ist das eine Drohung gegen diesen Gerichtshof, Rechtsanwalt Gordon?«

»Nein, Euer Ehren. Ich habe lediglich eine als gesetzlich geltende Möglichkeit erwähnt.«

»Das Gericht respektiert die Meinung eines erfahrenen Anwalts«, sagte der Richter. Seine Stimme klang noch immer sehr frostig. »Es weiß seine Vorsorglichkeit sehr zu schätzen. Aber das Gericht wünscht folgendes klarzustellen: Da, wo Sie ihm Vorurteil und Voreingenommenheit zugunsten der Jugendlichen vorwerfen, erfüllt es lediglich seine Aufgabe. Dem Gesetz entsprechend ist es die erklärte Pflicht dieses Gerichts, jeden Jugendlichen, der vor ihm erscheint, mit allen Mitteln zu schützen.«

Gordon setzte sich schweigend hin. Der Richter sah mich an. »Sie können fortfahren, Colonel.«

Ich erhob mich von meinem Sitz. »Ich würde gern Miss Hayden befragen, Euer Ehren.«

»Miss Hayden, würden Sie bitte den Platz neben der

Richterbank einnehmen«, sagte der Richter und deutete auf denselben Stuhl, auf dem Anna gesessen hatte.

Nora sah Gordon einen Augenblick an. Er nickte. Sie stand auf und ging auf den angewiesenen Platz zu. Der Schreiber trat zu ihr und vereidigte sie. Nora setzte sich und blickte mich an. Jetzt war ihr Gesicht ruhig und gelassen, fast als sei es aus einem der Marmorblöcke in ihrem Atelier gemeißelt.

Ich holte tief Atem. »Nora«, begann ich, »bei der Vernehmung durch den Untersuchungsrichter vor einer Woche hast du ausgesagt, daß du dich mit Tony Riccio an dem Tag, an dem er getötet wurde, gestritten hattest. Kannst du sagen, wann dieser Streit angefangen hat?«

»Daran erinnere ich mich nicht genau.«

»Nur so ungefähr... Um acht Uhr morgens? Um zehn? Oder zwölf? Nachmittags um zwei?«

Ich sah in ihren Augen, daß sie begriff, worauf ich hinauswollte.

»Es ist schwierig für mich, eine genaue Zeit anzugeben.«

»Vielleicht kann ich dir helfen, dein Gedächtnis ein wenig aufzufrischen«, sagte ich. »Du warst den ganzen Donnerstag in Los Angeles. Die Western Airlines haben mir die Auskunft gegeben, daß du auf ihrer Passagierliste für die Maschine von Los Angeles gebucht hattest, die Freitag nachmittag zehn Minuten nach vier in San Francisco ankam. Wenn man die üblichen Verspätungen durch den Straßenverkehr einrechnet, müßtest du gegen... sagen wir, fünf Uhr zu Hause gewesen sein. Hat der Streit zu diesem Zeitpunkt begonnen?«

Jetzt wurden ihre Augen kalt und zornig. »Ungefähr, ja.«

»Also hat der Streit, von dem du ausgesagt hast, er habe sich durch den ganzen Tag hingezogen, ungefähr nachmittags um fünf Uhr begonnen? Ist das richtig?«

»Das ist richtig.«

Wieder fuhr Gordon wie ein Schachtelmännchen in die Höhe. »Euer Ehren«, sagte er, »ich muß denn doch...«

»Mister Gordon!« Die Stimme des Richters klang jetzt sehr ärgerlich. »Bitte enthalten Sie sich jeder weiteren Unterbrechung dieser Verhandlung! Als der Anwalt, der doch wohl die Jugendliche vertritt, sollte Ihnen jede Information willkommen sein, die Licht auf ihre Handlung wirft und zu ihrer Verteidigung beitragen kann. Es kommt mir allmählich so vor, als versuchen Sie, zu vielen Herren zu dienen und zu viele Tatsachen im voraus zu beurteilen. Lassen Sie mich Ihnen wiederholen, daß *ich* hier der Richter bin, und daß Sie jede Gelegenheit haben werden, Ihre Meinung zu gegebener Zeit Ausdruck zu verleihen. Bitte nehmen Sie Ihren Platz wieder ein, Mister Gordon!«

Gordon setzte sich. Sein Gesicht war blaurot vor Wut. Der Richter sah mich wieder an. »Bitte, fahren Sie fort, Colonel Carey.«

»War jemand zu Hause, als du ankamst?« fragte ich.

Zum erstenmal zögerte Nora. »Ich weiß nicht, was du meinst.«

»War jemand von der Dienerschaft zu Hause?«

»Nein, ich glaube nicht.«

»Waren Dani oder Tony Riccio da?«

»Ja.«

»Beide?«

»Beide.«

»Hast du sie gesehen, als du ins Haus kamst?«

»Nein.« Sie schüttelte den Kopf. »Ich ging direkt ins Atelier. Ich wollte einige Ideen skizzieren, die mir inzwischen gekommen waren, ehe sie mir wieder verlorengingen.«

»Um welche Zeit hast du sie dann endlich gesehen?«

Sie blickte mich an. Zum erstenmal sah ich einen bittenden Blick in ihren Augen. Als wollte sie mich beschwören, aufzuhören.

»Um welche Zeit?« wiederholte ich kalt.

»Gegen... gegen sieben Uhr dreißig.«

»Dann ging der Streit nicht vor sieben Uhr dreißig an, nicht um fünf Uhr?« fragte ich.

Sie sah auf ihre Hände. »Das ist richtig.«

»Du hast bei der Vernehmung durch den Untersuchungsrichter auch gesagt, daß es bei dem Streit mit Riccio um geschäftliche Fragen ging«, sagte ich. »Das war nicht der wahre Grund, oder doch?«

»Nein.«

»Und als du Miss Spicer sagtest, du wüßtest nichts über Danis Verhältnis zu Riccio«, sagte ich, »da hast du ebenfalls nicht die Wahrheit gesagt – oder doch?«

Sie fing stumm zu weinen an, die Tränen sammelten sich auf ihren unteren Augenlidern und rollten ihre Wangen hinunter. Ihre Hände begannen nervös zu zucken. »Nein.«

»Wo hast du sie gefunden?«

»Als ich hinaufging; ich wollte mich zum Abendessen umziehen.«

»*Wo*, nicht wann! In welchem Zimmer?«

Sie sah nicht auf. »In Ricks Zimmer.«

»Was taten sie?«

»Sie waren...« Jede Spur von Empfindung war aus ihrer Stimme gewichen. Ihre Augen waren stumpf und glasig. »Sie waren im Bett.«

Ich sah sie an. »Warum hast du das nicht beim Verhör gesagt?«

»Alles war ohnedies schlimm genug«, flüsterte sie. »Ich dachte nicht...«

»Du dachtest nicht!« unterbrach ich sie bitter. »Das ist es ja gerade. Du *hast* gedacht! Du wußtest. Wenn du *so viel* sagen würdest, so müßtest du bald die ganze Wahrheit sagen. Die ganze Wahrheit über alles, was sich in jener Nacht abspielte.«

»Ich... ich verstehe dich nicht!« sagte sie mit einem verwirrten, ängstlichen Ausdruck in den Augen.

»Du verstehst mich recht gut!« sagte ich brutal. »Ich weiß nicht, wie du Dani dazu gebracht hast, damit einverstanden zu sein, aber du wußtest, wenn du die Wahrheit sagst, so konnte das übrige nicht geheimgehalten werden... Nämlich, daß *du* diejenige warst, die Tony Riccio erstochen hat, nicht Dani!«

Ich konnte sehen, wie sie vor meinen Augen alt wurde. Ihr Gesicht erstarrte, und auf einmal waren Linien darin, die ich vorher nie gesehen hatte.

Da kam von hinten ein lauter Aufschrei. »Nein, Mutter, nein! Er kann dich nicht zwingen zu sagen, daß du es getan hast!«

Ich drehte mich halb nach Dani um, aber sie war schon aufgesprungen und lief auf ihre Mutter zu. Sie nahm Nora in ihre Arme und drückte sie an sich und hielt sie wie beschützend umschlungen. Nora strömten die Tränen noch über die Wangen, aber Danis Augen waren trocken und blitzten mich zornig und haßerfüllt an. Als sie nun zu mir sprach, schrie sie beinahe.

»Du denkst, du weißt eine Menge! Du kommst nach all den Jahren zurück und bildest dir ein, daß du alles mögliche weißt. Du bist ein Fremder! Nichts weiter als ein Fremder! Du kennst mich überhaupt nicht. Und ich kenne dich nicht. Das einzige, was wir beide voneinander wissen, ist unser gemeinsamer Name!« – Ich sah sie erschrocken an. »Aber Dani...«

»Ich habe dir die Wahrheit gesagt!« rief sie. »Aber du wolltest mir nicht glauben. Ich habe dir gesagt, daß es ein Zufall war, daß ich es nicht beabsichtigt hatte, aber du hast mir nicht geglaubt. Du hast meine Mutter so sehr gehaßt, daß du einfach nichts davon hören wolltest... Nun, wenn du jetzt durchaus die Wahrheit hören willst, dann höre nur zu: Nicht ich war es, die Rick in jener Nacht im Atelier töten wollte. Es war meine Mutter!«

Ich sah mich im Sitzungssaal um. Es war tödlich still. Alle Blicke hingen an Dani. Selbst der Gerichtsstenograf, der den ganzen Morgen ein undurchdringliches Gesicht gemacht hatte, während seine Augen blicklos in den Saal starrten und seine Finger blitzschnell über die Tasten der Maschine flogen, sah jetzt Dani an.

»Wir waren in Ricks Bett, als Mutter uns fand«, sagte sie, und ihre Stimme klang nun ruhig und nüchtern. »Wir wußten, daß es schon spät war, aber ich wollte nicht von ihm weggehen. Er wollte mich wegschicken, aber ich wollte nicht. Wir hatten nichts gehört, deshalb glaubten wir, wir seien noch allein. Wir waren beinahe zwei Tage im Bett gewesen, außer zu den Mahlzeiten, die ganze Zeit, seit die Dienstboten weggegangen waren. Aber ich wollte noch immer nicht weg.«

Jetzt trat ein trotziger Blick in ihre Augen; ich hatte ihn schon kennengelernt. »Willst du gern wissen, was wir taten, als Mutter uns fand, Daddy?« fragte sie. »Willst du?«

Ich konnte nichts sagen.

»Wir waren beide nackt im Bett. Er lag unten, und ich war auf Händen und Knien über ihm. Weißt du, was ich meine, Daddy? Ich versuchte, es so zu machen, daß er mich wieder haben wollte und ich nicht weggehen mußte.«

Mir wurde hundeelend zumute. Mein Gesicht mußte es ihr verraten haben, denn jetzt kam der Trotz auch in ihrer Stimme.

»Du weißt doch, was ich meine, Daddy, nicht wahr?« sagte sie ruhig. »Aber du möchtest es gar nicht ausdenken. Nicht einmal ganz für dich allein. Du möchtest immer noch denken, daß ich dasselbe kleine Mädchen bin, das du vor sechs Jahren verlassen hast. Nun – ich bin es nicht! Die Vorstellung gefällt dir nicht, daß ich über solche Dinge Bescheid weiß – über die möglichen Arten, wie man es tun kann. Es gefällt dir nicht, daß dein kleines Mädchen solche Dinge tut. Aber ich habe sie getan.«

Ihre Stimme wurde allmählich etwas lauter, und in ihren Augen schimmerten unterdrückte Tränen. »Jawohl, ich habe sie getan. Noch und noch und noch! Sooft ich nur konnte.«

Sie sah mir fest in die Augen. Immer schlimmer würgte es in mir.

»Das hörst du wohl nicht gern, Daddy – nicht wahr?«

Ich gab keine Antwort. Ich konnte nicht.

»Mutter kam durch dein altes Zimmer zu uns herein. Erinnerst du dich, wie du früher von deinem Zimmer in meins kamst? Denselben Weg kam sie. Nur daß es jetzt Ricks Zimmer ist . . . Ricks Zimmer war. Sie riß mich vom Bett und zerrte mich den Flur entlang in mein Zimmer und schloß mich ein. Ich weinte. Ich sagte ihr, daß Rick und ich heiraten wollten, aber sie hörte mich nicht an. Ich habe sie nie zuvor so zornig gesehen.

Dann ging sie hinunter ins Atelier, und ich blieb auf meinem Bett liegen, bis ich hörte, daß Ricks Tür ging. Ich hörte seine Schritte auf der Treppe, und ich wußte, daß er hinunterging, um mit ihr zu sprechen. Ich zog mich an, so schnell ich konnte, und verließ mein Zimmer durch das Bad, das Mutter vergessen hatte abzuschließen.

Ich schlich mich ganz leise hinunter. Ich hörte Charles und Violet in der Küche, auf der andern Seite des Hauses. Dann stahl ich mich durch die Halle und den Gang und blieb vor der Tür des Ateliers stehen und horchte. Ich verstand beinahe jedes Wort, das sie sprachen.

Ich hörte, wie Mutter zu Rick sagte, sie gebe ihm genau eine Stunde Zeit, bis er aus dem Haus sei. Dann sagte Rick, er habe genug mit uns beiden erlebt, um aller Welt zu erzählen, was für Huren wir wären. Mutter sagte, wenn er nicht schleunigst verschwände, würde er im Zuchthaus enden wegen noto...« – sie stolperte über das Wort – »notorischer Notzucht!«

Eine leichte Unruhe ging durch den Saal.

»Dann hörte ich Mutter lachen und sagen, daß sie von ihm nichts anderes erwartet habe... und wieviel er verlange. Tony lachte auch. Nun kämen sie der Sache schon näher, sagte er. Fünfzigtausend Dollar. Mutter erwiderte, er sei wohl ganz verrückt. Zehntausend würde sie ihm geben und keinen Cent mehr. Also fünfundzwanzig, sagte er. Gut. Gemacht, sagte Mutter. Und da geriet ich außer mir.«

Die Tränen stürzten ihr in die Augen und liefen ihre Wangen hinab. »Ich wurde rasend! Ich konnte nichts anderes denken, als daß sie es schon wieder so machte. Genau das, was sie mit jedem machte, den ich gern hatte: Sie schickte Tony fort!

Ich stieß die Tür auf und schrie sie an: ›Das darfst du nicht‹, schrie ich. ›Du darfst ihn nicht fortschicken!‹ Mutter sah mich nur an und befahl mir, wieder hinaufzugehen in mein Zimmer. Ich sah Rick an. Er sagte, ich solle tun, was meine Mutter mir befahl.

Da sah ich den Meißel auf dem Tisch neben der Tür. Ich nahm ihn und rannte auf Mutter zu. ›Du darfst ihn nicht fortschicken‹, schrie ich, ›eher bring' ich dich um!‹

Ich hob den Arm und stieß nach Mutter, aber wie aus dem Boden gewachsen war Rick plötzlich zwischen uns, und der

Meißel steckte in seinem Bauch. Er stand da und drückte die Hände gegen den Bauch. ›Herr im Himmel, Dani, warum hast du so etwas Idiotisches getan?‹ sagte er. Dann sah ich, wie das Blut zwischen seinen Fingern hervorquoll, und rannte schreiend an ihm vorbei zu Mutter. ›Das wollte ich nicht, Mutter‹, schrie ich, ›das wollte ich nicht, Mammi!‹

›Ich weiß, du wolltest es nicht, mein Kleines‹, sagte sie zärtlich, wie immer. ›Ich weiß, du wolltest es nicht!‹

Dann sagte sie, wir wollten allen Leuten erzählen, daß er ihr weh getan habe und daß ich es getan hätte, um sie zu beschützen. Dann brauche auch kein Mensch zu erfahren, was zwischen Tony und mir gewesen war. Sie wiederholte es immer wieder, um ganz sicher zu sein, daß ich es auch genauso sagen würde. Dann schlug ich die Hände vors Gesicht und schrie, und dann ging die Tür auf, und Charles kam herein.«

Sie klammerten sich aneinander, jetzt weinten sie beide; ich starrte sie an. Es war beinahe, als sähe ich sie auf einem Stereofoto ohne die Brille: wie zwei getrennte Bilder derselben Person. Sie sahen so gleich aus, dieselben Tränen rollten ihnen über die Wangen. Mutter und Tochter. Ganz gleich. Aus einem Holz geschnitzt.

Ich sah sie an wie hypnotisiert. Dann plötzlich schien der Bann gebrochen. Denn nun waren Danis Augen trocken. Nur Nora weinte noch immer.

»Nun weißt du die Wahrheit, Daddy«, sagte Dani ruhig. »Bist du jetzt zufrieden?«

Ich sah ihr tief in die Augen. Ich weiß nicht, was ich darin las – aber der Druck in meinem Innern löste sich. Nun wußte ich die Wahrheit. Noch verstand ich nicht, wieso ich die Wahrheit wußte, denn Dani hatte sie nicht ausgesprochen, aber darauf kam es jetzt nicht an. Denn dies war so, wie es Dani haben wollte. Weil es auch einfach so war, wie es sein mußte. Und weil ich in tiefster Seele wußte, daß sie keinen Mord begangen hatte.

Der Richter ordnete eine Unterbrechung von zehn Minuten an. Als er zurückkam, saßen wir alle still da, in Erwartung seiner Entscheidung.

»Das Gericht hat entschieden, daß der Staat Kalifornien die Vormundschaft über die Jugendliche Danielle Nora Carey behält, wie die Bewährungsbehörde dies vorgeschlagen hat. Deshalb wird sie der Obhut des Kalifornischen Jugendamtes übergeben und ist von ihrer Bewährungshelferin in die Nordkalifornische Aufnahmezentrale in Perkins einzuweisen, für die übliche Zeit von sechs Wochen, nach der eine genaue Diagnose möglich ist. Nach Ablauf dieser Zeit und nach Zustimmung dieser Amtsstelle wird sie in das Los-Guilicos-Erziehungsheim in Santa Rosa überwiesen, für die Dauer von mindestens sechs Monaten, die zu ihrer Wiederherstellung unerläßlich nötig scheinen. Danach wird das Gericht den Antrag in Erwägung ziehen, sie der Fürsorge ihrer Großmutter mütterlicherseits anzuvertrauen, den es gegenwärtig zu seinem Bedauern ablehnen muß.

Die Jugendliche Danielle Nora Carey wird hiermit zum Mündel des Staates Kalifornien erklärt, bis sie das gesetzliche Alter von achtzehn Jahren erreicht oder aber durch dieses Gericht aus der Vormundschaft entlassen wird. Die Eltern der Jugendlichen werden hierdurch aufgefordert, sich der Bewährungsabteilung gegenüber zu einer monatlichen Zahlung von vierzig Dollar zu verpflichten, solange die Jugendliche das Mündel des Staates bleibt.« Der Richter wandte sich an Dani. »Los Guilicos, Danielle, ist eine sehr gute Schule, und wenn du dich dort gut führst und beweisen kannst, daß du ernstlich die Absicht hast, dich zu bessern, wirst du nichts zu befürchten haben. Wenn du das Deine dazu beiträgst, mitzuhelfen, werden sie dir ebenfalls helfen und dich so bald wie möglich heimschicken.«

Wir standen alle auf, während er majestätisch an uns vorbei in sein Zimmer schritt.

»Sie können Dani morgen besuchen«, sagte Miss Spicer, als sie Dani zur Tür führte und diese öffnete. Dani schaute einen Augenblick zu uns zurück, dann ging sie hinaus. Die Tür schloß sich hinter ihr.

Nora begann wieder zu weinen. Doktor Weidman legte den Arm um sie, und während sie hinausgingen, lehnte sie den Kopf an seine Schulter.

Gordon kam zu mir. Er lächelte. »Nun, es ist schließlich recht glimpflich abgegangen!«

Ich sah ihn betroffen an.

Er erwiderte scharf meinen Blick. »Er hätte sie für die ganze Zeit unter staatliche Obhut stellen können, bis sie achtzehn ist. So wie sein Urteil lautet, besteht gute Aussicht, daß sie in sechs bis acht Monaten wieder herauskommt.«

Ich antwortete nicht.

Er folgte Nora.

Da faßte eine alte Hand mit herzlichem Druck die meine. Die alte Dame sah mir in die Augen. Ihr Blick war voll Güte und Verständnis. »Ich danke dir für alles, was du für Dani zu tun versucht hast«, sagte sie liebevoll. »Ich werde mein Bestes tun, sie gut zu hüten, wenn sie nach Hause kommt.«

»Davon bin ich überzeugt, Mrs. Hayden. Es tut mir leid. Das mit Nora, meine ich.«

»Jetzt ist alles vorbei, Luke. Wir haben alle getan, was wir konnten. Leb wohl. Und... viel Glück!«

»Danke.«

Sie ging hinaus in den Korridor. Ich sah nach der Treppe. Sie waren alle verschwunden. Ich zögerte einen Augenblick, dann ging ich durch den Korridor und die Halle zum Zimmer der Bewährungshelferinnen für Mädchen.

Miß Spicer saß vor ihrem Schreibtisch, als ich eintrat.

»Ich muß noch heute nach Chicago zurück«, sagte ich. »Könnte ich nicht heute statt morgen Dani adieu sagen?«

»Ich werde nachsehen, ob Dani Sie sprechen will«, sagte sie höflich und ging hinaus.

Ich hatte gerade Zeit, mir eine Zigarette anzuzünden, als sie auch schon mit Dani zurückkam. »Sie können hier mit ihr sprechen«, sagte sie. »Ich werde draußen warten.«

Als sich die Tür hinter ihr geschlossen hatte, streckte ich Dani die Arme hin, und meine Tochter schmiegte sich hinein. »Es... es tut mir so leid, Daddy«, sagte sie.

»Schon gut, mein Kleines«, sagte ich zärtlich. »Ich habe lange gebraucht, bis ich dich verstanden habe. Aber jetzt verstehe ich dich.«

Sie sah mir ins Gesicht. »Du kannst sie doch nicht so sehr

hassen, daß du sie in die Gaskammer schicken möchtest, nicht wahr, Daddy?«

»Nein, Dani. Ich hasse sie jetzt überhaupt nicht. Nicht mehr. Ich habe sie lange gefürchtet... Aber jetzt habe ich nur Mitleid mit ihr.«

»Sie muß immer jemanden haben, der sie mehr liebt als alle andern Menschen. Aber so sind alle Menschen, Daddy. Du hast deine Frau, die dich mehr liebt als alles andere.«

»Und deine Mutter hat dich, Dani.«

Mit einemmal leuchteten ihre Augen auf. »Vielleicht kannst du mich eines Tages einmal besuchen! Oder ich kann zu dir kommen und dich besuchen!«

»Vielleicht... eines Tages«, sagte ich.

Die Tür ging auf. »Es tut mir leid, Dani. Aber die Zeit ist um.«

Dani legte die Arme um meinen Hals und küßte mich. »Wirst du mir schreiben, Daddy?«

Ich küßte sie auf die Stirn. »Ich werde dir schreiben, mein Kleines.«

Ich sah ihr nach, wie sie die Halle entlangging; ihre winzig dünnen Absätze klapperten metallisch auf dem Fußboden. Dann bogen sie um die Ecke, und Dani war fort.

Lebe wohl, Dani. Lebe wohl, mein kleines, rosiges Baby. Ich erinnere mich des Tags, da du geboren wurdest. Ich erinnere mich, wie ich durch das Glasfenster schaute und du dein kleines Gesichtchen verzogst und zu schreien anfingst, und wie es mich innerlich fast zerriß, weil ich wußte, daß du mein warst und daß ich dein war und daß du das wunderbarste Baby auf der ganzen Welt warst.

Wohin die Liebe auch führt... Sie ist mit dir.

Am selben Abend um neun Uhr dreißig rollte das große Flugzeug auf der Landebahn des Flughafens O'Hare in Chicago aus. Kühle Luft strömte in die Kabine, als die Tür aufsprang. Ich war als erster draußen. Ich hatte keine Zeit, höflich zu sein. Ich wußte nicht genau, ob Elizabeth mein Telegramm bekommen hatte.

Ich rannte fast über das Feld, hinüber zu dem unvollendeten Empfangsgebäude. Zuerst sah ich sie nicht – es waren so viele Menschen da. Aber dann sah ich sie. Sie winkte und weinte und lächelte, alles auf einmal.

Ich lief zu ihr, und die Welt hörte auf zu beben, und alle meine Schmerzen waren ausgelöscht. Ich hielt sie fest an mich gedrückt. »Ich liebe dich! Ich habe dich so vermißt!« sagte ich. »Du hast mir so gefehlt. Ich liebe dich!«

Wir gingen hinüber, holten meine Handkoffer und gingen hinaus zum Wagen. Ich öffnete die hintere Tür, um mein Gepäck hineinzulegen, als ich einen andern Handkoffer darin stehen sah. Ich drehte mich um.

Elizabeth sah mich an und lachte. »Ach, hab' ich's dir noch gar nicht gesagt? Wir müssen von hier direkt in die Klinik.«

»Wie...? Du meinst... jetzt?«

»Ja, jetzt.«

»Warum hat du mir das nicht gleich gesagt?« schrie ich. »Statt hier so viel Zeit zu verschwenden. Schnell! Steig ein!«

»Du brauchst nichts zu überstürzen. Es ist noch Zeit. Die Wehen kommen nur ungefähr jede Stunde einmal.« Sie sah hinauf zu der großen Uhr über der Einfahrt zum Parkplatz. »Tatsächlich... jetzt müßte es gerade wieder soweit sein.«

»Dann steh nicht hier herum!« rief ich. »Schnell, steig doch ein!«

Sie hatte sich kaum gesetzt, als die Wehen wiederkamen. Ich sah, wie ihr Gesicht weiß und gequält wurde, aber es ging vorüber, und ihr Gesicht bekam wieder Farbe. »Siehst du«, sagte sie, »es war gar nicht so schlimm.«

Ich weiß nicht mehr, wie schnell wir vor dem St.-Joseph-Krankenhaus waren. Ohne Zwischenfall. Die Polizisten waren vermutlich gerade alle zu Tisch gegangen.

Wir gingen hinein. Elizabeth wurde sofort auf die Station gebracht. Fünfzehn Minuten später lag sie auf der Bahre, und sie fuhren sie hinauf in den Entbindungsraum.

Ich stand an der Tür des Aufzugs und sah auf sie hinunter. Jetzt war sie sehr blaß, aber sie lächelte. »Mach nicht solch ein besorgtes Gesicht«, sagte sie. »Wir Schwedinnen kriegen keine Zustände, wir kriegen einfach Babys.«

Ich beugte mich über sie und küßte sie. »Die Hauptsache ist, daß dir nichts geschieht!«

Die Türen des Aufzugs öffneten sich. Die Schwester schob sie hinein. »Mir geschieht nichts. Aber paß nur gut auf dich auf. Daß du mir jetzt keinen Kummer machst, hörst du?«

»Ich höre«, sagte ich.

Die Türen schlossen sich.

Ich ging den Korridor entlang bis zu dem Zimmer, das den schönen Namen ›Der Klub‹ hatte. Es waren schon mehrere wartende Ehemänner da. Sie sahen auf, als ich in die Tür trat. Ich warf einen Blick auf die Runde und ging wieder hinaus. Ich hatte keine Lust, mich zu ihnen zu setzen. Sie sahen scheußlich aus. Ich ging hinunter und kaufte mir noch ein Päckchen Zigaretten, zündete eine an und zog ein paarmal daran. Dann machte ich sie wieder aus und ging den Korridor hinunter.

Ich stieg wieder die Treppen hinauf zum ›Klub‹. Selbst diese traurigen Burschen waren besser als niemand.

Als ich mich setzte, sagte mein Nachbar: »Ich bin jetzt schon neun Stunden hier.«

»Oooh...«, sagte ich. Ich steckte mir eine neue Zigarette an. Ich sah mich im Zimmer um. An den Wänden hingen Karikaturen. ›Hier ist noch kein Vater abhanden gekommen.‹ Sehr komisch, wirklich!

Jetzt erschien eine Schwester in der Tür, und als wären wir Marionetten, drehten sich alle unsere Köpfe zu ihr.

»Mister Carey?« fragte sie. – »Das bin ich«, sagte ich und stand auf. Mir wurde ganz wirr im Kopf.

»Hat der Mensch vielleicht ein Glück!« hörte ich den Mann neben mir murmeln. »Ich sitze neun Stunden hier – und er ist erst vor fünf Minuten gekommen!«

Auch die Schwester hörte, was er sagte, denn sie lächelte, als sie auf mich zukam. »Das stimmt«, sagte sie und nickte. »Sie haben sehr viel Glück, Mister Carey!«

MOTTO: HOCHSPANNUNG

Meisterwerke der internationalen Thriller-Literatur

50/18 - DM 10,–

50/13 - DM 10,–

01/6733 - DM 6,80

01/6721 - DM 7,80

01/6744 - DM 9,80

01/6773 - DM 7,80

01/6731 - DM 7,80

01/6762 - DM 7,80